U0113252

一个乡镇的脱贫攻坚纪实

申元初　萧子静◎主编

决战沙子坡

新华出版社

图书在版编目（CIP）数据

决战沙子坡：一个乡镇的脱贫攻坚纪实 / 申元初，
萧子静主编. —北京：新华出版社，2019.8

ISBN 978-7-5166-4817-9

Ⅰ. ①决… Ⅱ. ①申… ②萧… Ⅲ. ①纪实文学－作
品集－中国－当代 Ⅳ. ①I25

中国版本图书馆CIP数据核字（2019）第179653号

决战沙子坡：一个乡镇的脱贫攻坚纪实

主　　编：申元初　萧子静

责任编辑：蒋小云　　　　　　　　装帧设计：中尚图

出版发行：新华出版社

地　　址：北京石景山区京原路8号　　邮编：100040

网　　址：http://www.xinhuapub.com

经　　销：新华书店

购书热线：010-63077122

中国新闻书店购书热线：010-63072012

照　　排：中尚图

印　　刷：炫彩（天津）印刷有限责任公司

成品尺寸：160mm×230mm

印　　张：26.5　　　　　　　　字　　数：366千字

版　　次：2019年10月第一版　　印　　次：2019年10月第一次印刷

书　　号：ISBN 978-7-5166-4817-9

定　　价：89.00元

编委人员名单

序一

顾 久

贵州，曾是一片温暖的浅海，甚至可能孕育过地球上最古老的复杂生命。比如"贵州始杯海绵"，至今仍然是"人类发现最古老的动物实体化石"。但是多次地壳运动，特别是千万年前那次喜马拉雅造山运动，将这片土地挤压、褶皱、抬升为一片山原。至一万二千年前最后一次大冰期过后的农业文明阶段，这里的山民就不得不在这片破碎的、山地的土地上从事小农业以艰难维生。

明代《三才图会》谈及这块土地时说："贵州，古西南夷罗施鬼国地""山箐峭深，地瘠寡利，夷性猾诈，师旅绎骚""与川、湖同其灾害，而军民岁计，又大半仰给于二省，兵荒交值，时有弗继之忧。"清康熙《贵州通志》则叹道："黔，地瘠而贫。桑麻既鲜，鱼盐不通，即有所生，仅足给小民之日用，无一可供天府之需。阅斯编者，悄而思，忾而叹矣。"总之，破碎的、山地的、小农业的贵州，决定了它在历史上长期贫困、无助与无奈。

新中国成立后，党中央国务院一直深切关怀与扶持贵州的经济社会发展，扶贫减贫工作从未中断。至党的十八大以来，以习近平同志为总书记的党中央从坚持和发展中国特色社会主义全局出发，提出并形成了全面建成小康社会、全面深化改革、全面依法治国、全面从严治党的战略布局。照此宏图，总书记提出："没有贫困地区的小康，没有贫困人口的脱贫，就没有全面建成小康社会。"从而正式吹响"决战脱贫攻坚，决胜全面小康"的冲锋号。

就贵州这个山地省而言，脱贫攻坚必须打赢"四场硬仗"：一、土地破碎，一方水土养不了一方人的，采用易地扶贫搬迁——至2019年6月，贵州易地扶贫搬迁的188万人就告别旧土，迁入新居；二、山地阻隔，交通不便的，采用完善基础设施建设来扶贫——继县县通高速后，又完成村村通，进而组组通，让主动脉与毛细血管全面通畅；三、针对几千年自给自足的小农业，采用产业扶贫，让传统农业逐步走向市场，成为具有更高组织水平和科技含量的大农业——力争户户有增收项目、人人有脱贫门路；四、贫困人口难以实现社会保障，就采用教育、医疗、住房的"三保障"——让孩子能读书，老人能看病，广厦济贫民。决心之大，举措之有力，投入人力物力精力之巨，旷世未有！《三才图会》、康熙《贵州通志》的作者王圻、吴中蕃诸先生若有知，应当感慨涕零于九泉之下……

胜利的大战役，需要具体的、活生生的、有血有肉的一个个指战员、一名名战士的舍身忘死，流血流汗，冲锋陷阵来实现。印江县萧子静同志作为省委统一从省直机关选派脱贫攻坚的挂职干部，身为一线指挥员，在省交通运输厅、省社科联的关心指导下，既着眼记录下这场伟大战役，又盼望给基层的战友们树一座丰碑、张一面英雄榜，立意要为沙子坡镇的脱贫历程出一本书；而贵州省写作学会的作家与当地的文学爱好者，也不愿袖手旁观，积极投身于"文军扶贫"，走入基层，采生活之花，酿时代之蜜。两相情愿，一拍即合，于是，有了眼前这本《决战沙子坡》。

全书共分六个章节："攻坚队的'烽火岁月'"，注目于攻坚队里指战员的业绩；"尖刀班的'初心使命'"，着眼于乡村基层干部的作为；"帮扶干部的苦乐年华"，关注从其他方面"转岗"而来的帮扶者的事迹；"'四场硬仗'的华美乐章"，记述易地搬迁、基础设施、产业扶贫、社会保障等方面的功德；"主动脱贫的感人事迹"，赞美人穷志高、奋力致富，更进而惠及乡亲的当地能人；"结对支援的磅礴力量"，则描写交通、教育、医疗等部门结对支援单位的深情厚谊。各章节和附录之间，选用了《脱贫攻坚战歌》《大地丰碑》《我把他乡当故乡》《扶贫干部》《幸福串起千万家》《千山万水走近你》《红手印》《天渠》等8首脍炙人口的脱贫攻坚原创歌曲，还可扫描二维码进行视听，增添了内涵，形成特色。相信若干年后听到这些熟悉的旋律，定会回想起难忘的脱贫攻坚岁月。

全书各篇里，事件中交织着人物的活动，人物故事又映衬着事业的进展，使许多鲜活事件与众多动人的人物形象交相辉映，共同绘制出印江县沙子坡镇走出贫困的历史长卷；为了小中见大，书末附录了全国、全省和当地脱贫攻坚的大事记；为了让这些纪实的文字更具有可读性，除作者们的文字鲜明、生动、富于文采之外，更附上干部群众的睿智感言和气魄宏大的《印江脱贫赋》："美哉！万年峻岭，梵山呈霞光；壮哉！华夏属郡，净水润印江"……

于是，本书所述便成为透视当代伟大脱贫攻坚战中的一个具体鲜明的小战场的图景。通过它，可以看到中国贵州梵净山下这个已有千年贫困的乡镇的迅速改变，以及其间干部、群众的功勋与风采。

是为序。

（作者系贵州省人大常委会原副主任、省文联原主席、省文史研究馆原馆长）

印江土家族苗族自治县委、县脱贫攻坚总指挥部

众志成城，坚决打赢！

5年前，党中央吹响了精准脱贫攻坚战的号角，全党五级书记亲自出征，中央和地方各级机关24万多个工作队、300多万名机关干部投身战场，取得了举世瞩目的战果。在省市县委政府的高度重视和坚强领导下，历经数年苦战，沙子坡攻坚战终于取得了最后的胜利。

如果不是打响了脱贫攻坚战，您很难注意到沙子坡小镇：方圆129平方公里的土地上，2.63万人口中97%的贫困农民，人均只有0.8亩耕地，就连世界自然遗产5A级景区梵净山的佛光，中国书法、长寿、名茶之乡印江县的光环，都没能拂去她深度贫困的面纱。是党中央决战贫困的战略部署和战斗意志，是各级党政领导率领广大贫困群众与贫困这个敌人浴血奋战，才让这个世代贫苦的山区小镇一举挖掉了穷根，奔向了小康。

作为"八七扶贫攻坚计划"的参战小兵，19年前我曾在重庆三峡库区做了一年的扶贫工作，从此有了较强的扶贫情节，对现在这场声势浩大的脱贫攻坚战一直心向往之。2018年夏，应贵州省委省政府之邀出席生态文明贵阳国际论坛之际，担任沙子坡镇脱贫攻坚指挥长的萧子静同志陪我到印江县学习考察石漠化治理及生态扶贫工作，时值印江脱贫攻坚决战决胜的关键时期，我亲眼目睹了基层干部群众战天斗地的火热场面，内心受到了极大的震撼。从此，我就始终关注着沙子坡、印江、铜仁乃至整个贵州省的脱贫攻坚战况，即使置身千万里之遥的非洲腹地，也没有忘记遥望这里的"战场风云"。

我看到，省委省政府立下军令状："贫困不除、愧对历史，群众不富、寝食难安，小康不达、誓不罢休！"鼓舞各级干部群众，万众一心打好脱贫攻坚"四场硬仗",深入推进"五个专项治理",扎实开展春风行动、夏秋攻势等,四季轮番攻坚,一仗接着一仗打,步步为营、克难攻坚、连战连捷。

我看到,铜仁市以解剖麻雀的方式,下足绣花功夫,统筹各方力量调兵遣将,形成"76554"一系列务实管用的脱贫攻坚战术,在县乡村组户精准抓落实。

我看到,印江县立下"脱贫攻坚、实干为先,全民参与、合力攻坚,众志成城、坚决打赢"的作战誓词,紧盯"两不愁三保障",坚持"一切围绕扶贫干、一切围绕扶贫转、一切围绕扶贫算",经过一轮轮苦战,实现光荣"摘帽"、精彩"出列"。

我看到,在印江条件最艰苦的沙子坡镇,脱贫攻坚战尤为惨烈:凝冻极寒,石槽村的干部化雪煮饭,道路被冰凌覆盖,爬也要爬到孤居老人家里去嘘寒问暖;马家庄村贫困村民去世,帮扶干部为其众筹买棺,让逝者有尊严下葬;塘口村为了寻找水源,攻坚队员毫不犹豫身腰绑绳下到漆黑阴冷的深坑冒险探寻;村干部放弃客观收入坚守阵线,就算"倒贴钱"也要"不丢脸",竹元村支书说一生最自豪的是参加了两场战役,一是对越自卫反击战,二是脱贫攻坚战,父亲过世之际,仍戴孝出征。驻村干部涂显强舍命救乡亲,四坳村身残志坚的"牛人"王昭权,爱揽活儿的"小辣椒",驻村干部把新婚棉被送给贫困户保暖,还有炉塘村那支"打了鸡血"的攻坚队,韩家村按满百姓心声的86个红手印……

路通了,水来了,灯亮了,人脱贫了,指挥长、副指挥长和战友们情不自禁流泪了。仗打赢了,乡亲们的苦脸换笑脸,笑容越来越灿烂了。

近几年在黑非洲工作的实践,让我深深认识到:穷是万恶之源,贫困的土壤里也结不出人类文明的硕果。沙子坡这场战斗的硝烟即将散尽,但人类决战贫困的战争还将在全球许多地方展开。

这一曲沙子坡镇干部群众抒写的时代壮歌,这部饱含热血热泪、凝结党群干群深情的集子,是人类反贫困的精神食粮,值得传世弘扬。

（作者系生态学家,中国生态道德教育促进会副会长）

贵州省交通运输厅高度重视，派出支部帮扶沙子坡镇20个行政村，实现支部结对帮扶全覆盖，助力沙子坡"战区"打赢脱贫攻坚战。

左起：蒋兴勇、程慧、李飞、陈少荣、陈晓玉、陈昌旭、田艳、杨恩琼、张光新、张浩然

2019年7月，印江自治县脱贫攻坚迎接国务院扶贫办第三方抽检，实现胜利脱贫、精彩出列

历史记住了这一战

"我一直惦记着贫困地区的乡亲们，乡亲们一天不脱贫，我就一天放不下心来……全面小康路上一个不能少，脱贫致富一个不能落下。"习近平总书记反复说的话，温暖着贫困乡亲们的心，也鼓舞着各地干部群众决战贫困的必胜斗志。

"贫困不除，愧对历史；群众不富，寝食难安；小康不达，誓不罢休！""坚决撕掉绝对贫困的标签！让贵州延续几千年的绝对贫困问题，在我们这一代人手中历史性地得到解决！""把确保按时打赢脱贫攻坚战作为守初心、担使命最重要、最直接的体现！"作为全国脱贫攻坚主战场之一，贵州任务艰巨、使命光荣，省委书记孙志刚铿锵话语，点燃了近4千万贵州儿女"苦干实干、后发赶超"的战斗豪情。

在东经108°17′至48′，北纬27°35′至28°28′，一片像火炬一样熊熊燃烧的热土镶嵌在雄浑的黔东大地。这火炬形状的印江区划图"外焰"位置，就是脱贫攻坚战"温度"最灼热、战斗最激烈的沙子坡。往事越千年，历经土蛮自理、土司战争，徭役瘟疫、民不聊生。山高路险、土地贫瘠，困扰着世世代代山里人。为了摆脱贫困，印江土家族苗族自治县委、县政府按照省委和铜仁市委安排部署，把打赢脱贫攻坚战作为头等大事和第一民生工程，团结带领全县各族干部群众，向贫困发起决战总攻。沙子坡作为全县最偏远、最艰难的乡镇，立下"军令状"，打响了史无前例、感天动地的脱贫攻坚战。

全县建立健全县、乡、村、组四级作战指挥体系，县设脱贫攻坚总指挥部，县委书记、县长担任总指挥长，31名县领导担任17个乡镇（街道）脱贫攻坚作战部指挥长和副指挥长，选派2623名干部组成365个村攻坚队，县乡6802名结对帮扶干部编入3103个组"尖刀班"，实现村村有攻坚队、组组有尖刀班、户户有帮扶干部的责任体系，加上市、县督导组和市派驻乡镇督导组立体发力，形成了准军事化攻坚态势。通过聚焦"六个精准""五个一批"，紧盯"一达标两不愁三保障"和"三率一度"标准，用好"五步工作法"，聚焦产业革命"八要素"，严格按照"七个极"工作总要求、"三真三因三定"工作原则和"76554"工作方法，全力推进"四场硬仗"，持续发起"春风行动""夏秋攻势""百日攻坚""暖冬行动"，2018年，印江自治县脱贫综合成效考核全省排名第二，顺利通过了省级第三方评估和国务院扶贫办第三方抽检，实现胜利脱贫、精彩出列。

沙子坡镇位于印江县北部，面积128.52平方公里，距县城43公里，地处印江、沿河、德江3县7镇交界，属典型的少数民族聚居区，是贺龙1934年在此召开2000人大会并建立黔东革命根据地的革命老区，也是武陵山集中连片特困地区的困中之困、艰中之艰。

全镇辖20个行政村204个村民组，共7980户，32104人，2014年农业人口数28271人。共有13个贫困村，其中2个属于深度贫困村。2014年贫困户1982户7312人，贫困发生率为25.86%。通过实施精准扶贫、精准脱贫，2018年底剩余未脱贫214户544人，贫困发生率降至1.92%。2019年底将实现贫困人口全面脱贫。

在这场战役中，沙子坡镇脱贫攻坚作战部系统谋划，以乡村振兴、乡风文明、乡亲满意等"三计划九行动"为载体和抓手，全面打响农村基础设施、产业就业扶贫、易地扶贫搬迁、教育医疗住房三保障"四场硬仗"和党建扶贫、春晖扶贫、文军扶贫、法治扶贫"四个扶贫"，激发群众内生动力，强化基层治理，切实改变了农村落后面貌。沙子坡镇打赢了脱贫攻坚硬仗，5次经受国家、省、市大考。因为偏远艰难，是代表印江县经受正式检查最多的乡镇。

时代重任，责无旁贷，舍我其谁！镇脱贫攻坚作战部团结带领20个攻坚队和204个尖刀班，聚焦重点，精准施策，攻坚拔寨。建立《镇脱贫攻坚专项议事制度》，压实脱贫责任、下足绣花功夫，利用"好政策一点通"数据平台，提升办事效能，全力攻克决战决胜贫困的战斗堡垒。通过精准识别"找对象"，精准帮扶"定措施"，精准退出"摘穷帽"，全力打好精准管理攻坚战。实施农村公路"组组通"、安全饮水"户户用"、人居环境"家家美"、电力通讯"处处有"，全力打好基础设施建设攻坚战；通过产业扶贫"调结构"、就业扶贫"稳收入"，全力打好产业就业扶贫攻坚战；实现458户2154人"搬得出""稳得住""能致富"，率先成立"临时党支部"和"临时调解委员会"，引导群众管群众、群众帮群众，全力打好易地扶贫搬迁攻坚战；确保住有所居、学有所教、病有所医、困有所济，全力打好教育医疗住房"三保障"攻坚战。仅2018年，全镇农村饮水安全投入资金1709万元，解决20个村安全饮水。实施产业扶贫19个项目，红木村蛋鸡养殖场建设项目、食用菌厂建设生产项目等投产。教育保障落实控辍保学机制，获得教育资助人10632人次，885万元。健康扶贫方面，在实现贫困人口100%参合，保障贫困人口住院报销比例达到90%基础上，还积极落实争取到的中国扶贫基金会"顶梁柱"扶贫基金及大病保险"宝护"计划助力健康扶贫，加上县级层面实施"防贫预警＋防贫保"解决临时因灾因病致贫返贫问题更有底气。农村人居环境改善方面，全镇完成村组公路硬化232.5公里，投入资金1.42亿元；20个村均实现4G网络、宽带全覆盖，在20个村安装了多彩贵州"广电云"户户用2200户，建成卫生室20个，修建了40个垃圾堆放池，安装路灯4991盏。2014—2018年共计实施危房改造2676户，资金2989万元。四改一化一维共3438户1860万元，联户路16万米，基础设施更加完善。同时，实施综合保障性扶贫，落实低保金发放、大病救助、临时救助等工作。

群众获得感、幸福感、安全感、满意度空前提升——一是农村基础设施、生产生活条件得到极大改善；二是村容村貌、生活水平、卫生习惯得到极大改观；三是基层良知得到极大唤醒；四是干部能力和群众素质得到很大提升；五是脱贫攻坚深入人心，党心民心距离空前拉近；六是基层组织战斗堡垒作用得到有效发挥，开启了基于基层组织引领下的基层社会治理体系构建新征程……我们随处听到群众由衷感恩共产党，点赞"好干部、好作风又回来了！"

曾经，沙子坡镇塘口村土家族高腔山歌歌王刘朝英歌声高亢而又苍凉："七沟八梁九面坡，山高沟深弯又多，土地少来石头多，不到过年敲锅锅……"折射出当地乡亲们曾经的辛酸与无奈。

的确，曾经领导批评干部"再不努力就发配你去沙子坡"，街坊闹架"再啰嗦，送你去赶沙子坡……"的沧桑历史和笑谈一去不复返了。但沙子坡的父老乡亲不会忘记，广大干部夜以继日、攻坚克难，把责任扛在肩上、把热情洒在乡间，他们在酷暑中穿越、在寒冬里跋涉，演绎了一个个可歌可泣的感人故事、抒写了一曲曲催人奋进的时代赞歌！沙子坡的父老乡亲不会忘记，驻村干部扎根村里，有的亲人故去只能朝老家方向深深一拜；有的身怀六甲仍然奔忙在脱贫一线，甚至因劳累不幸流产；有的身体亮了红灯，却毅然决然留在村里，用速效救心丸和"搭桥"的心脏搭建起干群之间有温度的桥梁；有的舍命救人，有的英勇负伤，康复期间也不忘手上的扶贫工作！沙子坡的父老乡亲不会忘记，省交通运输厅派来支部结对帮扶全镇20个村，各路政队、公路段、高速营运中心、交通建设企业，共筹集两三百万元进村入户解难题、真金白银补短板，包村局长、春晖使者、帮扶干部们为乡亲群众理思路、送温暖、掏腰包、助脱贫……

没有金杯银杯，有的是老百姓的口碑！正是有了一个又一个干部的辛勤付出，正是有了一股又一股力量的倾情注入，农村面貌变化前所未有！受益群众之多前所未有！干群连心前所未有！各样功勋，沙子坡的山山水水已然铭刻。

当前，兑现"四个不摘"，落实五个专项治理，全面开展未脱贫人口脱贫"清零"行动，沙子坡镇在脱贫攻坚"解放战争"胜利之后，继续深入开展更为"凶险"的"剿匪"战，针对困扰乡亲们的不同贫困顽固形态，实施脱贫攻坚最后的"追穷寇""打老怪"，各种因病、因灾返贫随时提防，各种"捉妖记""剿匪记"厉兵秣马战犹酣。"共产党的恩情，说不尽讲不完！"这是老百姓的共同心声。

一场没有硝烟的战争，凝结成刻骨铭心的烽火岁月！感谢省社科联、省写作学会，感谢省交通运输厅脱贫攻坚办、新闻办，组织数十名作家深入沙子坡"战区"，县委书记田艳、县长张浩然给予了极大关心和鼓励，县委宣传部、县作协和诗词楹联学会给予倾力支持。脱贫攻坚战中老乡们的热情配合让人感怀，印江干部能战能写的人文素养令人钦佩，尤其是作家们为了及时原汁原味拾掇素材，不惜千山万水克服各种困难进入"战区"解密"决战沙子坡"。他们中很多都是大学教授、专家，还有刚离退休的老领导，不辞辛劳检阅和激励战区脱贫攻坚，把及时采写脱贫攻坚故事作为一场攻坚战来打，令人肃然起敬！在此一并致谢。

沙子坡一位村支书奋笔疾书：哭了、笑了、胜利了，终将被历史铭记；苦过、累过、参与过，全都是脱贫英雄！

历史，记住了故事。

故事，载入了历史。

印江土家族苗族自治县沙子坡镇脱贫攻坚作战部

2019年10月

《梵净山麓战贫困》
专题片点击二维码查阅

沙子坡镇脱贫攻坚表彰大会合影 (2019年10月)

作家采风团赴印江采写《决战沙子坡》

目录
CONTENTS

1

3 帮扶干部的苦乐年华

4 / "四场硬仗"的战斗华章

5 主动脱贫的感人事迹

6 结对支援的磅礴力量

7 | 附 录

脱贫攻坚原创
歌曲视听扫码

本歌曲由中组部、东西部协作、贵州省委分别选派印江的挂职干部联合创作，在印江自治县脱贫攻坚关键时期极大地鼓舞了干群决战决胜士气，印江城乡、铜仁部分地方及甘肃省临夏市等地广为传唱

脱贫攻坚战歌

1=G 4/4

♩=120

子静 学明 健民 词
关辉 彦超 家家 曲

3 3 6 6 | 5 3 5 6 — | 6. 6 5 6 5 5 2 5 | 3 — — — |
脱 贫 攻 坚 聚 力 量， 消 除 贫 困 上 战 场，
公 路 修 到 小 村 庄， 易 地 搬 迁 展 希 望，

6. 6 3 3 | 2 1 3 2 — | 3 3 2 3 2 3 0 5 | 6 — |
不 见 硝 烟 见 炊 烟， 村 村 寨 寨 齐 奔 忙。
不 吃 穿 不 愁 有 住 房， 产 业 兴 旺 人 健 康。

1. 1 1 6 | 1 6 1 2 3 — | 2. 2 2 6 2 5 | 3 — |
书 记 牵 挂 咱 老 乡， 哪 里 有 苦 哪 有 党，
春 种 秋 收 寒 暑 往， 五 湖 四 海 来 帮 忙，

6. 6 5 3 | 1 6 3 2 — | 7 7 3 3 2 3 0 5 | 6 — |
全 民 战 争 念 乡 愁， 自 力 更 生 变 模 样。
贴 心 话 儿 贴 心 上， 暖 心 事 儿 暖 心 房。

1 — 6 — | 5 3 5 6 — | 3 7 7 6 5 | 6 — — — |
一 路 艰 辛 一 路 唱，

3 — 6 — | 6 5 6 3 — | 6 3 1 2 5 | 3 — — — |
我 自 行 军 来 打 仗。

1 — 6 — | 5 3 5 6 — | 6 2 2 1 6 | 1 — — — |
脱 贫 攻 坚 逞 英 雄，

7. 7 7 3 | 5 6 1 | 6 1 | 2 2 1 5 | 6 — — — :‖
幸 福 百 姓 奔 小 康， 幸 福 百 姓 奔 小 康。

2 — 2 | 1 — 5 — | 6 — | 6 — — — | 6 0 0 0 ‖
百 姓 奔 小 康。

1

攻坚队的『烽火岁月』

决战沙子镇

一个乡镇的脱贫攻坚纪实

决战沙子坡

一个乡镇的脱贫攻坚纪实

闻悉印江沙子坡镇扶贫攻坚战告捷，精彩出列，可喜可贺！

今年春节，我和家人追寻父辈革命足迹到沙子坡，有幸与镇脱贫攻坚作战部一干人相遇，他们正在抢修通往沙子坡的公路，沉在村里为群众办实事做好事，脱贫攻坚、赤诚为民，丰富着火热的青春！他们肩负着党的重托和人民群众的期待，同群众一起战天斗地，"五加二"、"白加黑"，忘我的工作，是他们用心血、汗水和智慧，进一步密切了新时代党群关系，是他们的付出和努力，彰显出了党的政策就是为了人民，谱写了一曲党政军民大合唱的胜利凯歌，让红色革命老区老百姓感受到只有铁心跟着共产党，幸福的日子会越来越好。

向战斗在扶贫一线的干部、群众致敬！祝沙子坡人民生活明天更美好！

——原沈阳军区空军政治部主任、少将　邓楚润

青春携手攻坚路
——记邱家村脱贫攻坚队（之一）

涂万作

当好攻坚领头人

脱贫攻坚，除了完善路、水、电等基础设施，最具体的工作就是"四改一化一维"，即：改厨、改厕、改圈、改水，室内和房前屋后地面硬化以及房屋维修。这本是提高村民生活质量的好事，但少数村民并不理解，甚至恶言相向。比如，有一次攻坚队在为一民户改厨时，不仅遭到了户主的破口大骂，还将正在修建的灶头砸坏，其子甚至扬言要找攻坚队的麻烦。为此，有人通知了镇派出所。得知此事后，张毅迅速赶到现场，要求不要实施治安处罚。张毅说，少数村民对于改变传统的生活习惯，一时还不理解，有抵触情绪是正常的，关键是要加强正面宣传，正面引导，重在思想沟通。

还有一次在修建"组组通"公路时，占用了一村民的土地，由于修路没有补偿，该村民不理解，多次阻扰。施工队被迫撤离，设备搬走。但多数群众仍希望尽快恢复修路，要求攻坚队协调。面对群众要求，张毅迅速作出工作调整，做好当事村民的思想工作，召开本组群众会议，宣传有关政策，讲解修路好处。同时派人到县交通运输局汇报情况，最终，在张毅和攻坚队的多方协调下，很快恢复了施工，将公路建成。

张毅说，脱贫攻坚是一场伟大的战役，自己能投身其中是一生最无悔、最有意义的经历。为此，他还写下一首《脱贫攻坚感言》，诗曰：

> 一号工程党旗扬，
>
> 万名干部赴战场。
>
> 私心杂念全抛弃，
>
> 离家别子远爹娘。
>
> 春夏秋冬跑村组，
>
> 父老乡亲送茶汤。
>
> 四场硬仗展风采，
>
> 脱贫摘帽谱华章。

情到真处自然"值"

"我把群众当亲人，群众对我亦如是。"这是攻坚队员王艳在扶贫笔记中写的。

王艳，一位八零后苗族女孩，大学毕业回到家乡，先后任印江桅杆小学、朗溪小学教师、印江自治县科技局公务员、食用菌产业发展办公室营销股股长。2018年初，加入到邱家村脱贫攻坚队，担任堰刀组脱贫攻坚尖刀班班长。

王艳说："扶贫最重要的是'扶心'，物质上改善易，观念上改变难。比如文明的生活方式，良好的卫生习惯等等"。刚进村的时候，王艳见到是垃圾满地，杂物乱堆的"脏乱差"。村民家中是这样，公共环境更是这样。怎么办？讲道理一时难以奏效，还不如身体力行做表率。

于是，王艳放下了一个女子应有的矜持，捞脚挽手地搞起卫生来。她从村民的房前屋后开始，一直到公共道路、公共场所，有时还趴在地上，手伸到阴沟里清理又脏又臭的沉积物。刚开始时，一些村民只是远远观望，仿佛是在看稀奇，后来慢慢地为王艳的举动感染。再往后，就大胆地围过来，主动跟王艳说话，甚至劝她说，阴沟里脏，不要搞了。王艳觉得宣传环境卫生的时机已到，便组织群众开会宣讲环境卫生的重要性，讲解环境卫生对身体健康的好处。一来二去，逐渐赢得村民的信任。等到王艳再搞卫生的时候，大家便主动的和她一起做，还边做跟她拉家常。就这样，在王艳的带动下，村落里的群众开始自觉地打扫卫生了，而保护环境的意识也越来越强。

对于那些无自理能力的五保户老人，王艳就主动上门打扫卫生，还自己掏钱为老人添置一些日用品。比如，在帮助长期保障户冉茂会老人搞卫生时，发现床单破了，日常用品短缺，就主动为老人购买。再比如：冬天的时候，王艳到帮扶对象五保户袁义禄家，发现床上的被子又脏又薄，第二天就给老人买来新被子、新床单和过冬的衣服。为了改掉袁义禄不讲卫生的习惯，王艳一边帮他扫地、抹桌子、洗碗，一边耐心地教他自己做。时间一久，袁义禄对王艳有了信任感，以至一见到王艳就汇报自己如何抹灶头、洗碗、扫地的事。还有冉茂会老人，见人就讲，王艳比自己的女儿还亲。王艳说："冉茂会虽然不是我的结对帮扶对象，但老人家情况特殊，我又是堰刀组尖刀班班长，无论怎么讲，不帮助老人情感上过不去。"

驻村两年来，王艳为困难群众购置家庭日用品的费用，达到一万五千多元。王艳像对待亲人一样对待她的帮扶对象，而群众更是有什么心里话就跟她讲，有什么困难就跟她提。即使没事的时候，也盼着她来家里摆摆龙门阵，说说家常话。有了群众的信任，王艳感到工作开展起来更顺利，心情也格外舒畅，觉得自己所有的付出都值。

重伤也不下火线

感到压力巨大。在村两委党员干部会上，他讲得最多的一句话就是："在脱贫攻坚的战役中，我们共产党员谁也不许当逃兵，不许辞职。"他是这样说的，也是这样做的表率。

那是2018年3月8日，沙子镇召开脱贫攻坚动员大会。39岁的袁海林是在邱家村脱贫攻坚战打响之际担任村党支部书记的。作为既是村支书，又是脱贫攻坚队队员的他，骑着他的摩托一大早就出发了。正值春寒料峭，细雨蒙蒙，从邱家村到镇上的"九岭十三弯"山道，崎岖难行。

袁海林的脑海想着的都是脱贫攻坚的事：邱家村眼前最大的难题是道路不通，电压不稳，村民用电困难，基础设施落后……想着想着，不料车子一滑，连人带车摔倒在路边的堡坎下。导致左膝关节骨折，后经医院手术缝了十六针。

在手术治疗的日子里，袁海林仍坚持主持支委会日常工作，积极配合攻坚队解决了电压不稳的问题，完成了7条共5.8公里的"组组通"断头路的修建。

两次受伤的袁海林

随着脱贫攻坚工作的稳步推进，转眼间，一年的时间即将过去。刚过完春节，邱家村脱贫攻坚队便进入了快速的工作节奏。攻坚队决定，与兄弟村协商进行交叉检查，时间定在2019年2月14日。交叉检查的目的是对照"省标"、"国标"，查漏补缺，完善资料，严格把关。

按安排，邱家村这边由村支书袁海林带路，下到各村民组进行巡检。由于天气凝冻，山路湿滑，加之左膝旧伤仍吃不上力，袁海林再一次摔倒。这次伤的依然是左脚，具体部位为脚踝关节。

送到医院又缝了十四针，还上了钢板。

但，当邱家村的脱贫攻坚顺利通过"贵州省2018年贫困县退出专项评估验收"和"国务院扶贫办对2018年贫困县退出抽查"时，袁海林说，比起能够全面完成"省检"和"国检"的各项指标，自己这点伤病不算什么。

（作者系贵州省写作学会副会长、中国作家协会会员、贵阳市原记协秘书长）

沙子坡镇邱家村示意图

N

大堰组 18户

小坨组 19户

阜家组　村委会

寨上组 69户　湾里组 36户

堰刀组 34户　朗树 49户

朗家组 26户

图 例

村委会 ★
村小组 ▲
通组路 ——

青春携手攻坚路

——记邱家村脱贫攻坚队（之二）

涂万作

刚强男儿亦流泪

有句俗话叫做"男儿有泪不轻弹，只因未到伤心处。"这里要讲的"刚强男儿也流泪"，却不是因为伤心，而是激动，一种被承认、被肯定过后发自内心的激动。这位流泪的刚强男儿就是邱家村委会主任，脱贫攻坚队员袁刚强。

袁刚强2016年底走马上任邱家村委会主任时，正值37岁的大好年华。可他的妻子却流露出抱怨的情绪，说当村干部有什么好，既辛苦收入又低，连孩子学费都保证不了，还不如趁着青壮年的时候外出务工挣点钱实惠。可袁刚强的回答是：如果年轻人都走了，农村的事谁做？既然群众选了我，就要对得起这份信任。

袁刚强认为，脱贫攻坚要的是实干，而不能只喊口号。袁刚强上任后的第一件事，就是挑起"邱家村综合开发专业合作社"负责人的担子，带领7个合作社成员开始了大棚种植羊肚菌的产业。沙子坡镇政府还为此投入28万元发展资金。作为合作社法人代表的袁刚强，感到了前所未有的压力。所以在准备阶段的选址、修路、搭棚、引进菌苗等工作上，他都亲力亲为。最让袁刚强难忘的是2017年10月的那天，他和会计从怀化购买安装建大棚用的钢管材料，一路上颠颠簸簸，直到晚上12点才赶到邱家村。但到大棚基地还要经过一段爬坡路，由于钢管过长，运输车的车厢又短，车辆走起来前翘后压，无法正常前行。根据现场情况，袁刚强果断决定，让货车司机以倒车方式倒着走。就这样，边看边指挥，缓慢移动，一直到凌晨2点才将钢管运到基地。

材料准备齐了，却因为缺少搭建大棚的经验而不知道如何动手。袁刚强想了想，就带着合作社人员到镇上烤烟育苗基地，向别人学习大棚搭建技术。回来后，请村里的木工师傅按比例先做一个模型，然后依样画葫芦进行操作。经过一段时间的摸索和十来个工人的加班加点，终于完成85个羊肚菌种植大棚的安装。紧接着购买了所需菌苗，通过攻坚队长张毅协调，安装了2台水泵和200米长的水管以解决水源问题。等到一切准备就绪，却发现劳动力不够，村里大多是老人和妇女。袁刚强二话没说，就开着私家车到邻近乡镇招募工人。

羊肚菌种植终于进入投产阶段，那是袁刚强最忙碌的日子，他除了协调处理合作社日常事务，每天接送邻村工人，到了晚上，还要逐个对大棚温度进行仔细巡查，及时发现问题，消除隐患。

功夫不负有心人，第一批羊肚菌产出了，看着新鲜厚实的羊肚菌，袁刚强喜出望外。马上和另一名驻村干部一道，将包装好的羊肚菌送到印江县城收购站出售。从2017年下半年起到2018年上半年，居然实现盈利13万多元，集体经济获

邱家村大棚种植羊肚菌喜获丰收 / 袁刚强提供

益6万元。于是，脱贫攻坚队和村委会决定，拿出其中33293元，按照集体经济"721"分红模式，让全村群众第一次享受到了集体经济分红。

袁刚强说，在没有硝烟的脱贫攻坚战场上，自己是共产党员，只能向前，不能后退。所以，在2018年3月16日邱家村顺利通过"省检"验收后的那一刻，袁刚强感觉所有的酸甜苦辣聚到心头，禁不住流下激动的泪水。

弱女能撑一片天

贵州西部地区有句古老民语："黔西、大方一枝花，威宁、赫章苦荞粑。"是用来赞美黔西和大方的姑娘漂亮，夸奖威宁和赫章盛产甜美芳香的苦荞酥粑。这里要讲的王莲琴就是一位靓丽的黔西妹子，现为邱家村会计兼文书，脱贫攻坚队队员。

在脱贫攻坚队，王莲琴是最年轻的一个，她在20岁不到时就来到了邱家村，一呆就是十年。2016年，王莲琴担任邱家村会计，随着脱贫攻坚进入决战阶段，她除了会计工作，还兼任脱贫攻坚的文书，负责文字资料的搜集、整理和保管，以及各种表册的填写。这项工作十分繁杂，要求严格，

王莲琴认真整理扶贫攻坚资料 / 涂万作摄

容不得半点差错。对于没上过大学的王莲琴来说，无疑是一个严峻的挑战。但她从不叫苦，一边虚心学习，一边刻苦钻研，把资料整理得井井有条，确保了文字资料的完整和清晰，并顺利通过"省检"和"国检"验收。谁能想到，王莲琴这样一个柔弱女子，居然撑起了邱家村脱贫攻坚文字资料工作的一片天空。

回首脱贫攻坚的日子，王莲琴几乎天天扎在村子里，老公在县邮政投揽部上班，两口子各忙各的，两个孩子丢给奶奶带。对此，王莲琴从内心上感觉对不起老人和孩子，但从不表露。她说，攻坚队里其他同志每天忙得脚不沾地，相比之下，自己这点付出微不足道。其实，王莲琴也经常跟大家一起走村入户，脏活累活抢着干。同时，在到村民组的过程中做个有心人，及时了解和掌握来自村民的真实情况，为脱贫攻坚积累第一手资料。

上任以来，王莲琴得到了上级组织的信任和领导的好评，年年被沙子镇评为"优秀村干部"。而群众则亲切地称赞她："是一个上得厅堂、下得厨房的外来好媳妇"。

王莲琴与全县人大代表高唱《我和我的祖国》，喜迎新中国成立70周年，向祖国深情告白

手记

　　邱家村脱贫攻坚队的帮扶干部、驻村干部、镇村干部，不管是什么样的称呼，但目标只有一个，就是打赢脱贫攻坚战。在"攻坚"的日子里，他们坚持每天走访慰问贫困户，排查、沟通、了解群众困难，及时帮助群众解决实际问题，增进干群关系，提升群众认可度。

　　脱贫攻坚队驻村以来，带领邱家村群众发扬自力更生、艰苦奋斗的精神，通过政府扶持，共建人畜饮水池6口，解决了全村人畜饮水安全问题。建成了7条"组组通"硬化公路，实现8个村民组联户路达9.8公里。安装路灯298盏，8个村民组已实现通讯信号全覆盖，土地增减挂钩共计18户，拆除危旧住房18栋，实施"四改一化一维"（即改厨、改厕、改圈、改水，室内和房前屋后地面硬化以及房屋维修）项目，惠及152户750人。新建村级活动室一栋，建成500平方米村级文化广场一个，完成村级卫生室提级改造，配齐了基本医疗药品和医疗设备，建立乡村医生坐班制，实现了家庭医生签约率100%，确保群众能够就近看病就医。全村人居环境明显改善，基本公共服务质量有效提高。如今，呈现在人们面前的是一个环境整洁、村容亮丽、村民幸福的邱家村。

　　（作者系贵州省写作学会副会长、中国作家协会会员、贵阳市原记协秘书长）

为你摁一个红手印

丁 杰

雷家坳、韩家坪、雷家寨、大柿子坪。

对面山顶的浓雾慢慢散开，山下的田野，村庄，庄稼，小路上走过的老人，广场上玩游戏的孩子就越来越清晰了。李海松坐在村委会门口，随意坐在水泥做的旗台上。头顶上，是迎风飘扬的五星红旗，眼前，就是生自己，养自己，拿得起却放不下的韩家村。

贵州省铜仁市印江县沙子坡镇韩家村山高坡陡，路弯谷深，地瘦人穷。以前，提起韩家村，大家都摇脑壳：那个地方啊，鬼都打得死人。

李海松就是土生土长的韩家村人。

脑筋转，人勤快的李海松没有像他的父辈一样，老打老实地"修地球"，用锄头刨生活，而是买来汽车跑运输。几年下来，盖起了楼房，娶了老婆，小日子一天天安逸巴适起来。可是，当村干部的弟弟李海峰考上国家公务员后，村干部出现了"空档"。在群众的"威逼"和镇干部的"利诱"下，李海松就匆匆上阵，当上了村会计。

既然被推了上"舞台"，就要想办法的把这场戏唱好。先干什么呢？李海松自己掏腰包，把村干部带到外面去"洗眼睛""洗脑筋"。哪里干得好，哪里名气大，他就带着大家去看，去学，去比较。眼界宽了，思路也就宽了。只要干，村里就会有变化，群众的信任和支持就会一天天多起来。顾得了村这个大家，就真的顾不上自己的小家了。两年，李海松就卖了自己的车，贴光这些年"跑来的"钱。

事是干出来的，路是走出来的，情感是时间里泡出来的。两年后，李海松被选为韩家村支书。

"村两委＋春晖社"及"全民标准积分管控"的乡村管理模式，是李海松的骄傲，也是每一个韩家村人的骄傲。村里没有钱，李海松悄悄用家里的钱"顶"上。干村里的事，免不了要占点地，拆点房。村民不理解的时候，跑到家里头来又打又骂，李海松做到打不还手骂不还口。修学校，建广场，搞生猪养殖，抓景观树种植，一件件，一桩桩，李海松都付出了汗水和泪水，李海松也都收获了满满的获得感和幸福感。"敢做事，会做事，想做事，能做事，做好事，干成事，超前谋划，大干快上，是我当村支书的理解和准则。"这是李海松的QQ签名，也是群众对他的评价。

以前，村里穷，村里的姑娘都往外跑，小伙子难得娶上媳妇。现在，韩家村致富有产业，村庄干净，道路干净，庭院干净，家家户户干净文明，成了有名的"贵州省文明卫生村""省级基层民主法制示范村""全省脱贫攻坚先进基层党组织"。在公交车上，在朋友们交流中，邻村人的口里，大家一说起韩家村就会竖起大拇指，韩家村的人也会为自己是韩家村的人而有满满的自豪感。86岁的老党员任达奎不仅从城里搬回到韩家村长住，还把党组织关系也转到韩家村党支部，和大家一起打扫卫生，谋划发展。远嫁湖南省多年的谯鸿等不仅回韩家村居住，还把户口迁回韩家村。是啊，走进韩家村，天是蓝的，山是青的，水是甜的，笑容是透明的。

乡村振兴、乡风文明、乡亲满意三项计划，基础设施攻坚、产业发展致富、基层组织提升、移风易俗整治、环境卫生保洁、邻里互助暖心、干群连心帮扶、社会民生保障、主动脱贫比武九项行动正在助推韩家村走上发展的快车道。今年，李海松参加事业单位招聘考试，被录用到刀坝镇计生协会。这些天，刀坝镇那边一直在催李海松这匹好马赶紧去"拉车"呢。

怎么能让他走呢？韩家村脱胎换骨上大路，还有好多事等着他要去做呢，这个时候，怎么能让这小伙子撂挑子呢？

大伙舍不得，想不通，都想把李海松留在村里。实在留不住，想办法把他要回沙子坡镇，兼着村里的支书也可以啊。怎么留？写请愿书，摁红手印。一份情真意切的请愿书，摁满了一个个鲜红的手印。

如果真的要调你要走，你现在最急着干的是什么？对这个有点突然又不得不面对的问题，李海松这个39岁的土家汉子淡淡地说：现在最要紧是要把养猪场的五百多头猪卖成钱，我们年底村里分红，人均至少可以比去年多分一百块钱。还有山体公园的亮化，休闲步道的推进，乡村旅游的规划，村里的事，哪一件不急，哪一件不牵肠挂肚啊。

如果在国家干部和韩家村支书之间选择，虽然前者每个月千多两千来块钱的工资，但我还是舍不得韩家村，在韩家村工作，有底气，有思路，有感情。

村里的点滴变化，群众从怀疑到认可，从支持到抱团，这就是李海松最大的念想和收获。在李海松看来，一个人的价值，就是有人舍不得，有人忘不掉。想到村里唠唠叨叨的老人和嬉嬉哈哈的孩子，想到村民的请愿书上满纸的真诚和一个个跳动的红手印，李海松想哭：感动的哭，幸福的哭。

一个人，无论走到哪里，不管在干什么，都要留下脚印，歪歪扭扭也好，深深浅浅也罢。脚印是自己走出来的，肯定和挽留的红手印，是大家一个一个摁上去的。一个个红手印，就是一颗颗燃烧滚烫的心啊！

在中国，面对一个好干部的去和留，红手印是最朴素的，最真实的，也是最热烈，最坦荡的表达。李海松这个土家汉子感动了一个村庄，无数个李海松一样的基层干部，感动了中国。

就让我用为李海松这样的基层干部们写的歌词来结束这篇短文吧：

红手印

树上那只鸟
又在喳喳叫
说来又说去

都是你的好

听说你要走

我就睡不着

晃来又晃去

都是你的笑

白云朵朵飘

稻谷黄了

为你摁个红手印

你留下来好不好

青山绿水绕

日子红了

为你摁个红手印

你慢点走好不好

（作者系中国音乐文学学会理事，贵州省音乐文学学会副会长，贵州省作家协会会员。）

别样的攻坚队队长姜仕军

何　琼

2018年脱贫攻坚战役打响后，印江县沙子坡奋战在脱贫攻坚第一线的党员、干部、群众中，涌现了许多先进人物，其中最令我感动、佩服的却是一位过去"人见人怕"，现在却"人见人夸"的干部——脱贫攻坚队队长姜仕军。

舍小家，为大家

姜仕军，土家族。从事计生工作27年，因此得罪了不少人，镇上所有的村民见到他就怕、就躲。

2018年3月，沙子坡脱贫攻坚进入决战阶段，组织上任他为马家庄村脱贫攻坚队队长。很多人认为姜仕军是有理由推辞的，因为他夫妻双方都从事计生工作，一直没有要二孩（夫妻双方均为少数民族的可生二孩）。现在姜仕军已经47岁，欣喜又揪心的是已39岁的妻子包红已怀上二胎了；另外，家里还有两位年满70的外公外婆需要照顾，儿子读高二，也是关键时期。"脱贫攻坚是伟大的事业！我虽然不是党员，但妻子是村支部副书记，组织上信任我，我应该担起这个责任。"没有半点推辞，姜仕军即刻走马上任。

于是，村里处处出现了他的身影，深入走访、调查、协调。密密麻麻的几百页的笔记，思路出来了。督促规划建设，盘活荒弃的茶园，带领村"两委"干部逐户协调危房改造，从方案到管理细节，他都真心付出，力求做到最好。

回不了家是常态，闲时只能用微信问候家人，提醒妻子注意身体。然而，不幸与打击还是降临了。7月三伏天，妻子含泪告诉他"肚子里的孩子没了。""医生说这次流产的后遗症，也许再也不能怀孩子了。"再硬的汉子也扛不住了，"眼泪包不住了"，顺着黑黝黝的脸颊往下淌。然而妻子包红也是攻坚队一员，是凉水村支部副书记兼会计，在决战的关键时期不但没离开岗位，还与队友一起多方协调落实水、电、路、住房等项目建设，一起拟定产业发展"一户一方案"……"我亏欠家人太多了"。即便是这样，妻子从没有抱怨过。

唯一能得到安慰的是辛勤付出后的回报。半年时间，在姜队长的带领下，马家庄村盘活了140亩荒弃的"白茶园"；在谭家组新建200方水池和维护50方旧水池，确保了200人的饮水安全；排除一切矛盾纠纷，连通并硬化1.5公里通村路……不错的成绩得到上级部门的充分肯定。

临危受命，甩开膀子干

2018年9月，姜仕军又临危受命调任镇石槽村脱贫攻坚队长。石槽村处于沙子坡镇东南部，有贫困户43户154人。

"不记得走了多少路，有时候忙起来水都忘了喝。"在完成所有贫困户的走访后，对怎么扶、扶什么，心中有了盘算。遇到难题，就真诚地讨教70高龄的石槽村"活字典"任贞瑜老支书，从而掌握了贫困户基本信息，完善"档、卡、袋"工作和全村43户贫困户的"一户一档"填写工作。谁家有病人、收入来源有哪些、最渴盼什么……这些信息都熟记于心。

翻开姜队长厚厚的工作笔记，其中记录了一位特殊的二类贫困户尹修别。今年73岁的尹修别老人是我见过的最不幸的一位母亲了。大儿子、儿媳和二儿子在广东打工，在2012年、2014年相距两年时间不幸遇难。三儿子2015年又患上颅内胶质瘤，丧失了劳动力。为了不增加母亲的负担，他悄悄离家到湖南靠收垃圾卖钱为生，三儿媳妇忍受不了贫困的煎熬远嫁他乡。丢下三个幼小孩子与尹修别老人相依为命，当时最大的孩子9岁，最小的仅4岁。老人精瘦、衣着虽旧，但干净清爽。言谈中，老人的一句话深深打动了在场的每一个人。她说，"感谢党、感谢政府、不是姜队长帮助，我可能要不是就疯了，要不就是人没了。"老人说着眼里泛出泪光、哽咽不能自己。

原来姜队长第一次走访到她家中时，她重复了无数遍的话就是："这日子啥时候才是个头啊，没法过了……"然后眼里泛着泪花……命运的折磨使她焦虑、寝食难安。看到如此景象，姜队心里一阵阵酸楚，也一次次开导老人。"要相信党，相信政府""虽然穷，但是要为孙儿们活着，孙儿们就是希望！""你就是这个家的支柱，一定要撑起来！"姜队的开导和实实在在帮助，才让我们今天见到话语中透着坚强和韧性的尹修别老人。

像尹修别老人这样的特困户要脱贫又不返贫难度可想而知，姜队主动与尹修别家结对帮扶。再忙，每星期也要抽时间去几次。他说："我深感责任重大。面对群众的期盼、组织的重托，思想上、精神上的压力难以言表！"在攻坚队的共同努力下，如今尹修别老人家一幢100平米的危改房已经完工，还为她开辟一块蔬菜地，同时纳入土地流转入股分红户，安排老人做点卖茶青等力所能及的事，解决了三个孩子的教育基金。

姜仕军带领攻坚队走访帮扶贫困群众

看着群众一个个富起来，姜仕军打心眼里感到开心、欣慰。

统筹推进，产业发展成效初显

"扶贫工作要输血，更要造血。"在姜队的带领下，攻坚队多次与村"两委"就村里发展现状、产业定位、乡村振兴、科学规划进行论证。申请创立了石槽村综合开发专业合作社，围绕长短结合、统筹兼顾的原则，利用村级集体经济发展资金50万元，在石槽村新建茶园340亩长效稳定产业，三年后将惠及全村农户；同时，利用集体经济发展资金，流转55户200亩土地种植太子参100亩，烤烟100亩，辣椒88亩。带动贫困户43户154人长期稳定增收。去年已开始创收13万元，增加了农户财产性收入，壮大了集体经济资本。2019年7月石槽村与沙子镇一起顺利通过了国家级验收检查。

决战以来，无论是在马家庄村还是石槽村，姜队长都是沉下身子，走进村子，用心干、用情帮。干出了成绩，帮出了感情。集体经济组织不断壮大，村容村貌发生了翻天覆地的变化，群众对"姜队长"更是赞不绝口，也不再"怕"他、"躲"他了，而姜队走在村里也扬起了自信的笑容。

姜队长的笔记本上有这样一段话："喊破嗓子不如甩开膀子，把农民当朋友不分高低贵贱，视为亲人，久而久之，他们也会把我当亲人、当家人，故而干群一家亲，团队才能有战斗力。只有做，才能出成效，不做，只能永远做观众，上不了历史的舞台。"姜队长由"人怕"到"人夸"的背后就是敢于担当、不讲条件、不讲困难实干的结果。

是的，实干兴邦。昨夜一场大雨的洗涤石槽村焕然一新，白墙黛瓦的房屋在绿茵从中与蓝天白云交相辉映，呈现出一幅洁美和谐的乡村图景，清静悠然。茶园、辣椒、烤烟等农作物散发出沁人的香气。

这里已看不见贫困的影子了。

（作者系贵州财经大学教授、硕士生导师，

民族学/中国少数民族经济学术带头人）

扶贫攻坚有我在现场

——一个驻村第一书记的日记

吴 畏

我见证了一个时代的伟大，我见证了一个伟大的时代！

我骄傲、我自豪、我幸运：扶贫攻坚，决战印江沙子坡，有我在现场，有我战沙场！

今天中午2200人集聚一堂，在我县脱贫攻坚"整县摘帽"工作推进大会上齐声宣誓："脱贫攻坚，实干为先！全民参与，合力攻坚！众志成城，坚决打赢！"场面宏大、热烈，誓言铿锵激越，令我激情满怀、心潮澎湃。扶贫路上的一幕幕，驻村任第一书记的一天天又浮现在我眼前。

去年中秋节的第二个晚上，那天是我的生日，我独自一人在青球村委会楼上举头望月，站在我和驻村干部们合住的集体宿舍窗前品味我在青球村度过的第二个生日。突然，垮里组的曹老汉打来了电话，带着哭腔急促地说："任书记，救命啊！我的儿他不想活了！"

原来，老人的儿子曹志刚慢性肺病急性发作，送往遵义医治虽得到控制，但高昂的医疗费、漫长的治疗期给并不富裕的家庭带去长期的拖累，伤感、绝望击垮了他，让他产生了轻生的念头，家人劝不了拦不住，这才远程求助我们——村民最信任的驻村帮扶干部。我马上与曹志刚通话，好言相劝、暖语相告，说人生的价值和意义，说父母的挚爱与伤心，又告诉他攻坚队将为他申请医疗补短板，可报医疗费90%，告诉他明天我们就召开村民代表大会，由群众评议，评他为2018年新增的贫困户，以保证他的后续治疗费。曹志刚听后心暖了，不再轻生了。现在的志刚不仅身体健康，并且在干部们的帮助下，养了七头牛，与村民分享了村集体入股发展光伏发电、种植红香柚和优质水稻种子的收入，脱贫致富奔小康了。

今年年后，外出打工的村民纷纷离开了村子。他们走后就将年老的父母和年幼的孩子交给了我们这些驻村干部，他们说我们是他们最信任的人，是他们最坚实的靠山，说我们不是亲人胜似亲人，有我们在家乡，他们在外生活放心、工作安心。初春清晨，太阳早早就出来了，冬日的太阳异常金贵。老人们纷纷从屋里走出来晒太阳、干农活，寂静的乡村热闹起来了。我正和唐勇老领导一起给村民曹茂怀老人检修漏水的管子，突然接到攻坚队长赵建江的电话："任书记啊，我现在在炉下组探望五保户，他们说有两三天没看见任明洲老人出门了，我感觉不对，他家就他一人在家，怕是有什么事，你赶紧去看看。"我放下水管就往炉下组的任明洲老人家里跑。任明洲老人家大门紧闭，边拍门边喊屋里都没有声音，不好，一定出事了。我猛地撞开了门，冲了进去，只见老人满脸乌紫、双目紧闭躺在床上——老人幸免于难，老人逢人就说驻村干部是他的救命恩人！昨天，我看见他开着小拖拉机在忙活，完全无法与当时他那气息微弱、生命垂危的样子联系起来。

今天从县城回村已近黄昏，只见夕阳西下炊烟袅袅，这让我想起了一个身影，我们青球村的驻村干部唐勇同志踏着夕阳唱着歌晚归的身影："你挑着担我牵

任书记到独居老人家中关心老人

着马，迎来日出送走晚霞。"五十多岁的唐勇同志对工作永远有着火热的激情，吃苦耐劳、勇于奉献。听到群众反映虽然政府的管网改造已全面覆盖，但因为没有安水表和缺少管道维护，造成水资源浪费和住房位置较高的村民得不到水喝。为了解决这一问题，让清洁甘甜的自来水流进每家每户，让每个村民都珍惜这来之不易的清洁甘甜的自来水，他起早贪黑，理管道、查漏点，自费替村民购换配件，向村民宣讲水资源的宝贵和水管的维护。两个月的早出晚归、披星戴月，两个月不计金钱、时间、精力的全心付出，终于使问题得到了彻底的解决，让政府的管网改造工程福泽千家。

去年年底，我们修出了一条连通村组、连通家家户户的环村路、连户路。为了让环村公路如期在2018年年底修通，攻坚队长赵建江和驻村干部唐勇受尽了委屈和劳累。"这是一条神奇的村路，带我们走进人间天堂！"是谁在夜深人静的半夜一点钟、在深秋的寒风中、在村委会的门前忘情歌唱？是赵队长和唐书记！是他们回来了，他们终于拿下了阻挡修路的钉子户，施工队可以进场继续修路了！多少次的无效劝说，多少次的焦急失望，

青球村攻坚队帮群众搬家

沙子坡镇青球村示意图

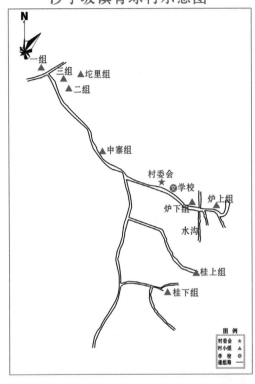

多少个方案的提出与否决,多少个不眠之夜啊!今晚泪水变成了微笑,集体宿舍里的驻村干部们一起冲下楼去迎接凯旋的英雄!国庆过后,施工队进场施工了,攻坚队全体到场协助指挥,赵队长和唐书记在现场一直招呼着问题户,保障施工顺畅。12月27日,全程硬化结束。12月28日,气温骤降,沙子坡下起了鹅毛大雪。是我们的诚心、是我们的大爱、是我们的努力、是我们的执着感动了天,天要为我们举行一场盛大的竣工典礼!这是一条浸透着扶贫攻坚心血和汗水的爱的长路,这是一条连接干部和群众的连心路,这是一条让青球村村民通往富裕的幸福路!

人生的价值在哪里?就在这一场场攻坚扶贫的战役里。青球村村民的生活、人生因我们的努力和付出而改变,而这一切的努力和付出又成就了我们无悔而精彩的人生,我们的生命之花在此怒放!当我老了回首往事的时候,不会因为虚度年华而悔恨,不会因为碌碌无为而羞耻,我会为今天所投入的如火如荼的脱贫攻坚战斗而感到无尚光荣、无比自豪!我见证并书写了一个时代的伟大!我无愧于这个伟大的时代!

（作者系贵州大学教授、硕士研究生导师,贵州省写作学会常务理事）

幸福流进村里头

张　永　尤雁子

打赢脱贫攻坚战，人畜安全饮水是个硬指标。

塘口人不只是满足于脱贫出列，他们想要更大的发展和幸福。

而这个夏天，迎来汩汩山泉，告别缺水的日子，脱贫攻坚的"攻坚队"乐了，村民笑了……

一股活水出山来

沙子坡镇塘口村所依附的凤凰山，山顶海拔1000米。距离山顶100米处有个"望天洞"，洞口口径不足10米，鸟瞰，像只黑眼，阴森森的。

第一次山顶勘测

山腹中藏有伏流侵蚀，淘出个"葫芦体洞"钻出地表，但荆棘掩盖，传说中无人提到洞底有水源。

2017年盛夏，一天，塘口村数十位村民围着洞口：目测、猜想、尝试……村民王友强、王廷斌、王廷海3人先后拴着大伙筹集的2000多元买来的保险绳，入洞探寻。因已有一只大公鸡充当"开路先锋"，首吊者王友强平添了几分胆识。陆续出洞后，3个大男人喜极而泣："有水了，洞中有水了，手腕腕这么粗！"

塘口村山高坡陡，因留不住"望天雨"，所以一坡荒山干得起火。多年来，全村人畜用水就是"老大难"。于是，寻找水源就成了父老乡亲们年复一年的梦。

2017年觅水，2018年动工，至今年6月，投资150万，终于打出50米隧道，直抵藏在山腹中的水源地。

在隧道掘进的同时，隧道口200米开外的人工蓄水池，以及接到各家各户的自来水管同步施工、铺设。

7月13日，脱贫攻坚"攻坚队""第一书记"尹业江站在凤凰山头估算了一下："最多10来天，待过滤、沉淀达标后就可开闸供水，到时，482户村民就像城里人一样用上自来水喽！"

塘口村属于"一类贫困村"，要在2018年全部出列并持续巩固，人畜安全饮水是个硬指标。

"决不能让乡亲们吃水的希望成为泡影！"2018年6月，脱贫攻坚"攻坚队"驻进塘口村后，与村"两委"及群众合力攻坚，四方奔走，最终，印江县水务部门向塘口村群众兑现了沉甸甸的承诺——300多万的人饮工程资金一分没少。

自2018年6月6日取水隧道动工以来，"攻坚队"的9名成员隔三差五就要轮流往山上跑，来回一两公里的山路上，深深浅浅的足迹，诠释的是"攻坚队"期待的汩汩山泉，更是村民们祖祖辈辈的希望和幸福。

一个信念找水源

"塘口村哟水似银,靠天吃水愁煞人。要想喝上自来水,除非平地起甘霖。"村民的歌谣唱出了塘口村父老乡亲生存条件的艰苦。

受缺水的制约,塘口村在2014年被纳入了一类贫困村:总人口1838人,贫困群众就达470人,贫困发生率高达25.6%。

"时间一年年过去,看着其他地方逐渐喝上了自来水,我们的心里不仅是着急,更多的是一种难过和酸楚。光去年干旱,200多块钱一小车水,村民吃水简直贵如油。"回望昨天,村支书何真明仍然感伤。

决不屈服于条件的限制。数十年来,塘口人寻找水源的念头从来就没有消退,一代代塘口人找水的脚步就没有停下过。

话说山有多高水有多高。而凤凰山似乎在磨练着这一方父老乡亲的筋骨和意志:不但找不出汩汩的山泉,就是"麻丝丝"也不见一线线。

去年夏天,看似万念俱灰的乡亲们又聚在一起商议:从河底抽水,高差大、距离远,不现实;筑塘蓄水,雨量少、无沟渠,也不现实。此时,胆大的王友强撸了撸胳膊,提议大伙再上凤凰山,探寻"望天洞"。

"凤凰山顶有个望天洞早有传闻,但那地方鬼都打得死人,而且在那山顶顶,也没谁敢吊进去看看。""立功"后的王廷海略显自豪。

一支队伍意志坚

10米见方的蓄水池建在凤凰山的半山腰,王友强的50亩烤烟地也在半山腰,两者恰好处在同一个水平线,看上去,见规模、成气候、有希望。

王友强家距村委会两公里,"攻坚队"的"第一书记"尹业江隔天不到王友强家了解一下,自己心里就不踏实——王友强需要思想上的督促——在有新水源的基础上,"种植大户"的头衔要保证顶得实打实。

去年,王友强找了8位村民搞种植,轻活就是拔杂草、打烟芽、做烘烤，重活还是背水种烟。工人们每天两餐的伙食，月底每人都能拿到两三千元钱，这让"攻坚队"看到了做好"水文章"的大希望。

为了助推王友强持续扛起"种植大户"的旗帜带领村民发展致富，尹业江没少操心，一年下来，胡子叭髭，人都瘦了十来斤，原因还是水的问题。

塘口村14个村民小组统属于"攻坚队"9名成员的责任组，补齐水源"短板"成了"攻坚队"的"硬骨头"。

水源地鸟上组属于尹业江的定点帮扶组，作为塘口村"第一书记"，"最难受的是这地方缺水，要是帮助不了乡亲们解决水的问题，还谈哪样子帮扶，乡亲们凭什么相信咱。"从开挖引水隧道的当日，9名来自不同地方的"战友"团结一气，协调修路、监督施工、跟踪安全，他们每天都恨不得马上看见流水哗啦啦。

"攻坚队"刚驻进村里时，村支书何真明讲：多年前，山坳里的小水潭实在舀不起一碗水了，乡亲们只得下到河底背水，来回两小时的"毛狗路"，脚底磨起大水泡。一天，腿脚不便的一位村民天不亮就下到河底去背水，中午才回到村里头，临近家门，一桶水却被打翻了。看着洒满一地的水，年迈的村民嚎啕大哭，孩子们也跟着大哭。

听了这番话，"攻坚队"集体静默、个个忍泪。班长任聪双拳握得紧紧，誓必不见水源不死心——

（作者系特邀作词家、歌唱家）

那路·那房·那人

左禹华

"七沟八梁九面坡，山高沟深弯又多，土地少来石头多，不到过年敲锅锅……"沙子坡镇塘口村刘朝英用土家高腔唱出往昔沙子坡人生活的心酸和无奈。

怀揣着对美好生活的向往，一代又一代的沙子坡人，用勤劳的双手在128平方公里的土地上辛勤劳作、奋力挣扎。近年来，随着精准扶贫的强劲号角响彻邛江大地，精准脱贫的阳光雨露润泽着沙子坡的村村寨寨。

如今的沙子坡，农村公路组组通、安全住房户户有、人居环境家家美，党心民心更近、村容村貌更美、寨风民风更淳，贫困渐行渐远，幸福越来越近。

联户路，连民心

沙子坡人贫于土地，困于交通。"晴天一身灰、雨天一脚泥"是往昔沙子坡群众出行的真实写照。沟壑纵横、交通不便，沙子坡人肩挑背磨，过着穷苦日子。

穷则思变，变则通。沙子坡镇按照"不通则搬、不搬则通、一组一路"的原则，快速推进农村公路"组组通"、联户路建设，畅通道路最后一公里，实现组组通硬化路、家家通联户路。

道路通畅、群众舒畅，修路的事老百姓热情高昂。64岁的任贞洪是沙子坡镇凉水村石家组村民，居住的房子是自己一手一脚帮人做石工换回木料建起的，唯一就是路不通，走的是泥巴路。

听说村里实施联户路建设，任贞洪就主动出力，用两天时间挖通了到邻居家80多米长的联户路，让施工队顺利进场硬化。

交通大动脉畅通了，村组微循环改善了，一条条联户路联通每个家庭，如毛细血管连接每个细胞。走在联户路上，任贞洪老人总有说不完的话："国家政策再好，自己不动手，也还是不行的，要靠自己双手劳动。"

夜幕降临，一盏盏太阳能路灯，守在乡间小路旁，用光亮撑破黑夜，让乡村的夜不再漆黑。村民吴永别高兴地说："现在好喽，道路家家连通，雨天出门不用担心泥巴弄脏脚，晚上亮堂堂的，感谢党的好政策！"

仅2017年和2018年间，沙子坡镇已实施联户路178.5千米，惠及近8千户3万人，联户路成了便民出行之路、密切干群关系的情感之路。

安全房，安民心

盛夏的冷草村，在滴滴答答的雨声中拉下夜幕。一栋年久失修的破旧木屋里，耄耋老人邓杨萍撑着雨伞，在昏暗的灯光下做晚饭。

回想起一年前在老屋提心吊胆的生活场景，邓杨萍老人心里打颤。住上安全的房子，成了她多年的愿望。

"脱贫路上，住房保障不落下一户一人！"2018年春，冷草村攻坚队全面对村里住房安全进行摸排，随即把邓杨萍老人住房保障工作纳入脱贫攻坚的重要日程，迅速启动危房改造项目。

联系工人、平整地基、搬运材料……驻村干部跑上跑下，没少操心。经过一个多月的施工，一栋50平米的砖房拔地而起。

搬家那天，是邓杨萍老人最高兴的日子。孙女和驻村干部赶来帮忙搬东西，还自掏腰包给老人添置了必要的家具。住进新房子，邓杨萍老人告别了破旧木房，激动地说："现在安逸了！"

住房安全保障是脱贫攻坚的核心任务，是实现"两不愁三保障"的硬

施工中的通组路

指标。沙子坡镇切实把解决困难群众住房安全问题放在脱贫攻坚工作的首要位置,组建危房改造和人居环境改善建设专班,针对房屋主体住不了的进行新建、建好了的进行维修,实现户户有安全住房。

同时,沙子坡按照"缺什么、补什么"的原则,对农村全面实施改厨、改水、改圈、改厕和室内及房前屋后硬化、房屋维修"四改一化一维"工程,人居环境得到了大幅改善。

2017至2018年,沙子坡镇在20个村共实施危房改造1321户、改厨1874户、改水1929户、改圈895户、改厕2292户、硬化2517户、房屋维修675户。

奋斗人,感民心

"脱贫攻坚,实干为先!全民参与,合力攻坚!众志成城,坚决打赢!"誓词,激发昂扬的斗志,令人热血沸腾;行动,展现实务的作风,催人等不起、慢不得。

在沙子坡,脱贫攻坚的战鼓声声催人奋进,追梦小康的步伐步步铿锵有力。乡亲们迸发出前所未有的内生动力,不等不靠与贫困决战到底。

初夏的早晨，笼罩在雨雾中的沙子坡镇四坳村，显得格外美丽。身残志坚的王昭权，一瘸一拐的忙着给牛准备草料，无不为之感动。

王昭权自幼患有小儿麻痹症，无法像正常人一样站立和行走，只能手脚并用向前爬行。面对身体缺陷，王昭权没有向命运低头。

2012年春，王昭权东挪西借凑了几万元钱买了10头牛，走上了养牛的道路。他每天起早贪黑，不是在喂牛，就是在地里干活，像一匹永不疲倦的"骡子"。

日复一日，年复一年。凭着坚韧的毅力和勤劳的双手，王昭权养牛收入已远远超过了当年人均收入贫困线。2018年1月，王昭权向村里递交了贫困户出列申请书，申请书上写道：去年卖两头牛有一万多元，我提前申请出列。我可以买小牛来养，把牛养好了，卖个好价，同时和四坳村群众一起致富，感谢我们的党和人民政府……

脱贫一线，沙子坡的群众如此，党员干部更是发扬艰苦奋斗革命精神，舍小家顾大家，沉得下心，勇于担当，真抓实干，全力向脱贫发起总攻，用辛苦指数换来群众的幸福指数。

2018年7月17日，沙子坡镇竹元村突发一起路坎滑坡死人事故。遇难者父亲心情极度悲伤，在其轻生跳坎的瞬间，驻村第一书记涂显强死死抓住对方，自己身体先落地，导致头部和腰部多处受伤，遇难者的父亲只受一点皮外伤。

面对群众的安危，涂显强奋不顾身，舍命相救，用自己的生命保障群众的安危。在沙子坡战场上，无数像涂显强这样冲锋在脱贫攻坚的最前线，把责任扛在肩上，把群众放在心中的好干部，成为这场没有硝烟的战场中的中坚力量。

他们是最可爱最可敬的人。

（作者系印江新闻中心副总编辑）

最稳的靠山

朱淑因

2019年1月2日下午，凄厉的北风，在阴沉沉的马家庄村里嘶吼，村民们都躲在家里烤火取暖，只有被冻得透明的冰凌和光秃秃的树木与寒风对峙。突然，一片比冬寒还肃杀的哭喊，在静寂的村庄上空爆发开来。

这是一户六口之家。在空得只有床铺的卧室内，任晓琴和她的四个孩子扑在丈夫床前嚎啕大哭。她的丈夫李江涛患癌症过世，公公婆婆也在这两年内因癌症相继离世。失去挚亲的痛苦、贫困生活的压迫、养育孩子的艰辛，让任晓琴哭得声声啼血。三个女儿拉着李江涛逐渐冰凉的手，5岁的幺儿扯着衣襟，声声切切地呼喊着爸爸、爸爸，可任凭妻儿千呼万唤，李江涛都无声无息，放任凛冽的寒风，在这个穷得连门都无钱安装的家中，冰冷地抽着五张凄凉的脸。

闻讯赶来的村民们，听着孤儿寡母凄惨的哭声，看着这个连一张像样的桌椅都没有的家，都流下了同情的泪水，但对于李家的困境却无能为力。马家庄村隶属于全国贫困县，几千块的棺材费对李家是雪上加霜，对贫困的村民们亦是个天文数字。

为了给家人治病，任晓琴花光了家里的积蓄还借了不少外债，望着四个嗷嗷待哺的孩子和家徒四壁的空房，孤苦无依的任晓琴，感觉自己坠入了一个深不见底的黑洞。正在大家一筹莫展之时，一个村民突然说"嘿，找攻坚队嘛！"此话就像一石激起千层浪，村民们顿时七嘴八舌的，这个说起大雪封山的时候，攻坚队翻山越岭为孤寡老人送棉被棉衣，扫雪除凌、挑水劈柴……那个又抢着说，三伏天里攻坚队如何顶着烈日，在接近40度

033

的高温里，为大家改造危房，修通道路、水路、电路……任晓琴更是想起了在丈夫住院期间，年轻的攻坚队长见她一人照料病人和四个小孩太辛劳，为了帮她减轻负担，不管不顾地将其在同一所幼儿园上课的女儿，交给镇中学任教的妻子，来帮她接送两个小孩。还想起丈夫在世的最后一个生日，队长明知其已不能进食，仍自费买了一个生日蛋糕给丈夫过生日。想到这里，她马上给攻坚队长打电话报丧。

还在看望其他贫困户途中的攻坚队长，一接到电话便立即停车，迅速在电脑上调出一份《我想为我的帮扶人募捐一口棺材》的倡议书，署上日期发到朋友圈和沙子坡镇脱贫攻坚工作群。原来，一个月前攻坚队长来看望时，李海涛就有气无力地说：这些年治病花光了所有的钱，马上就要死了，棺材都买不起，还有四个小孩……这辛酸的话，当时就让攻坚队长的心，像刀割一样疼痛难捱。

离开医院后，处理完冗繁的工作已是第二天凌晨1点，尽管全身酸软得像散了架，但攻坚队长却躺在床上翻来覆去地睡不着。他的眼前，老是浮现出李江涛那张被病魔折磨得只剩皮包骨的脸。耳边，总有李江涛那段酸得令心生痛的话。他想，棺材是人生的最后归宿，是亲人给逝者安的家，也是古今人们俗称的"老家"。如不能将逝者装棺入殓，不仅是逝者没有了尊严和归宿，更为可怕的是，逝者亲属还会背上沉重的精神枷锁，一辈子遭受良心的鞭笞。想到这些，攻坚队长立即下定决心，决不让李江涛"无家可归"！但现在一年的扶贫攻坚工作多处着力，财政、民政已无多余的款项，怎样才能为李江涛弄到一口棺材呢？左思右想，只有众筹这条路了。于是，他马上翻身下床，拟了一份未署日期的众筹倡议书备用。

李家的悲惨遭遇，让攻坚队员们十分揪心，他们不仅纷纷伸出援助的手，还一边忙工作一边紧张地盯着网上的捐款数字，盼望尽快捐足棺材钱。病魔无情人有情，仅仅4小时就募到了棺材款3800元。第一个捐款的是沙子坡脱贫攻坚指挥长萧子静副县长，他不仅带头捐款和在工作群里振臂高呼，还留下了"感动于马家庄，感动于张河涛，你们做得好，让寒冬有了暖意"

的肺腑之言。

次日，早起的村民看见，一口凝聚着沙子坡镇96颗脱贫攻坚队成员爱心的棺材送达李家门口，还有沙子坡镇脱贫攻坚作战部的慰问金1400余元；还有马家庄村攻坚队长连夜到民政部门，为李家治丧申请到的200斤白生生的大米、10箱乌黑的木炭，和带着这些东西前来治丧的攻坚队员。攻坚队员在李家停灵的五天时间里，就像户主一样守护……一直忙到将死者送上山，入土为安才离开。

李江涛去世后20天左右，攻坚队便帮任晓琴办理了治理跑风漏雨补短板资金补助3000块钱，把她家中的4个卧室全部安上了门。攻坚队长还亲自帮她办理了顶梁柱保险赔偿手续，获赔651元。不仅如此，为了让她家除了享受政府发放的最低生活保障外，还有点零花钱，攻坚队又设身处地的，为她申请到1份精准扶贫林管员工作，这是个既能让她安心在家带小孩又能完成任务的公益性岗位，月工资600元。

通过攻坚队的倾力帮扶，任晓琴已不再蜷缩在"我走过的孤独和黑，你拿什么体会"的困苦里长吁短叹。如今，重燃生活希望的她，信心满满

马家庄村脱贫攻坚队长张河涛和村民任晓琴一家

地对关心她的人说，有孩子，有党和政府脱贫攻坚的好政策，就没有什么过不去的坎。

看见任晓琴脸上久违的笑容，看见她每天轻松地骑着摩托车，像风儿一样在绿树成荫的林间小道和村中掠过，村民们更加相信，习主席"让人民过上幸福美好的生活是我们的奋斗目标，全面建成小康社会一个民族、一个家庭、一个人都不能少"的话，就是全国人民脱贫致富的最稳靠山！

（作者系贵州省作家协会会员，省写作学会常务副秘书长）

沙子坡镇马家庄村示意图

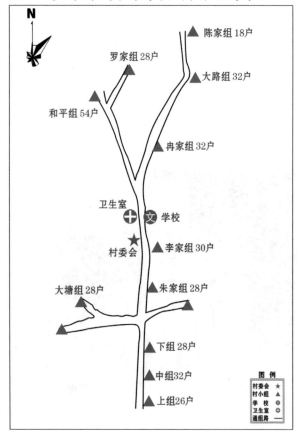

在石坪，路上刻着你的累

李 翊

　　有这么一个人，有这么一群人，有这么一个脱贫攻坚团队，从2018年春开始，在没有硝烟的战场上并肩前行，有苦有泪，有辛酸有委屈，有欣慰有收获。

　　一滴水融入溪流，才具有生命的活力；一个人融入一个团队，就能够凸显出他的人生价值。在印江县脱贫攻坚的决胜时期，有这样一个人，在石坪村这个边远的地方，他依然风里雨里、脚步坚定、豪情满怀，真诚做人，良心做事，在石坪村的老百姓中赢得了良好的口碑——他就是印江自治县农业农村局的陆向伟。

　　虽是春夏之交，在沙子坡镇这片土地上，乍暖还寒。陆向伟拉开寝室的门，一股凉飕飕的山风灌进来，不禁打了一个寒颤。在驻村的第一天，陆向伟就和石坪村支书王昭茂、村长王昭宽及村会计吴荣交流过，石坪村在印江县与沿河县交界的大山脚，湿度大，是一类贫困村，六个组的村民分散在六井溪河的河岸和山腰，气候恶劣，人居环境差，村产业发展滞后，村民生活质量不高。从沙子坡镇驱车还有大约40分钟的路程，而且公路弯道多，弯道急，开车一定要谨慎驾驶，进村入户须得注意安全。

　　陆向伟总共帮扶十户，后洞组八户，石坪组两户。陆向伟在心里给自己许诺，既来之则安之，心里有一盏明灯，前行的路上就走得稳重。迈出了第一步，那以后的每一步都会坚定而踏实。于是，他拿着帮扶户的资料开始驻村工作的第一天的走访。

　　低洼不平的村寨路旁，几笼映山红摇曳着春光，那红彤彤的娇艳之势，充满生机，那映山红正如鲜艳的党旗扮靓生命的颜色。

捂热一颗心，需要时间；捂热一群人的心，需要的是包容和实干。那些日日夜夜的操劳，村民亲切的招呼，撵走身心上的疲倦，风里来雨里去，用铮铮誓言敲开每一户村民的家门，陆向伟做到了，而且做得顶天立地，无怨无悔。

石坪村的第一封感谢信张贴在村委会公示栏时，那朱红的纸上，李开元没有华丽的辞藻，油亮的墨迹，一字一句都彰显出一个村民对驻村工作队的高度认同，震撼着驻村工作队的每一个人。是啊，在脱贫致富的路上，时间见证了干群关系的鱼水情谊，也考验了深入一线干部的精气神。党的召唤，群众的期盼，家人的叮嘱，时时刻刻萦绕在陆向伟的耳旁。

村干部吴荣说，陆向伟的轿车的尾箱就是一个百宝箱，水电安装的工具从零到渐渐地增多，哪一家的水电出现问题，第一个想到的就是陆向伟。

2019年4月20日，忙碌了一天的陆向伟对留守老人蔡显凤说：蔡嬢嬢，你家的水管已经接好，可以得用了。蔡显凤老人一把拽住陆向伟的手说：感谢陆同志，你倒贴材料又不收工钱，我们在这里住一辈子都住了，你不嫌弃饭菜粗糙，吃一餐可以不？蔡显凤老人的眼里噙着热泪，瞬间滴在陆向伟的手上，陆向伟一阵心酸，看到的是一双被贫困挤压过的手，一张被生活的劳累烫伤的脸，但老人的脸上刻着一位母亲的慈爱，岁月风干了曾经的韶华，依然彰显出母爱的人性之美。

日头早已经梭下山梁，石坪村又迎来了一个傍晚的祥和时光，袅袅炊烟升

陆向伟与攻坚队成员带领党员群众开展环境保护工作

腾在六井溪河的山腰，犬吠之声回荡在大山深处，倦鸟已回林，只有陆向伟拖着疲惫的身子还行走在回石坪村委会的路上。扶着村委会楼道的扶手，一步一步来到寝室门前，利索的摸出浸润着汗迹的钥匙打开寝室门，平躺在床上，长长的舒了一口气，这长长的一口气里包含几多艰辛和感慨，煎熬了好长时间。

有些话对石坪人说，有些话对自己说，有些话对至亲的人说。陆向伟小憩一会儿，打开手机向妻子报平安。

"向伟，就你逞能，就你忙，我知道脱贫攻坚任务重，肩膀上扛起的是一份责任，心里装着的是村民的疾苦，带领大家踏上幸福路义不容辞。你驻村我没有怨你，你黑了瘦了也不怪你，家里的事情你就一概不管？新房子烧了，损失五六万，你回来看一眼，你说邻居之间和睦最重要，交代处理一下又开车去石坪，再不回家来，到时候都不认识你了。"妻子的话语分明是责怪，却透出一份至亲的激励和心疼。陆向伟坐起来，强忍泪水，把视线仰望成45度角，哽咽着对妻子说：今生有你知足了。

陆向伟用实际行动诠释了一句话——我是一名驻村干部，我知道哪里更需要我，我就会去哪里。正如习近平总书记指出，青春是用来奋斗的，奋斗的青春最美丽！

陆向伟的名字浸润成什么颜色，刚来的时候，很多群众都持怀疑和观望态度，日子久了，村民从他驻村生活和工作的点点滴滴中感觉到，他已经走进村民的生活，走进村民的心里，村民对他越来越热情，加之他低调的工作作风如同三月的细雨，润物无声。

一首《驻村干部》唱出了多少驻村干部的心声，"待到来年花开时，再来村里住一住。"在石坪村驻村的一年多时间里，原本衣着朴素整洁、温文尔雅、腼腆的陆向伟多了些土气，更增添了底气。

（作者系印江诗词楹联学会副会长）

深深的牵挂

黄金城

好久没去沿海缤纷的城市了，视野自然有些狭窄，所幸通讯还算顺畅，然而网络上的消息也不尽然逼真。

芳菲三月，遂和几个比较谈得来的成年人驱车迤逦前行，试图寻幽觅胜，来打发胸中久积的戾气。

一路花草，清香碧绿。薄薄的雾绾在山腰间，飞飞扬扬，遍野的芬芳相互交织，幽香的味道具体也叫不出什么名称，惟有椿芽的气味格外袭人，悠悠地要进入鼻孔似的！

好在道路都是水泥浇筑的，小巷清幽处驱驰。拐过几道弯，路旁牌子上三个"石槽村"大字醒目地跃入眼帘。

石槽村位于印江自治县县城北部，距城区四十八公里，距沙子坡集镇五公里，山路蜿蜒，曲径清幽！

2018年，国家脱贫攻坚战进入冲刺阶段。李承强受县委委派，进驻石槽村脱贫攻坚阵地，他，高挑个子，脸略显方正，看上去将近六十岁，体格精神强健，和县水务局监测的田建华，村中教师袁永恒，沙子坡镇镇派干部姜仕军及其他几位结成战斗梯队，向贫困堡垒发起了冲锋。

2018年冬月下旬，寒潮如期而至，天气一天比一天阴冷，丛林早已淡去夏日的碧绿，树叶缱绻，似乎恋恋不舍。可终究敌不过劲风的残酷，飘落之后，尤绕树三匝，然后绻缩在避风的角落。

夜深了，村委会的灯还亮着，风拍打着门窗，一阵急过一阵，扶贫队员们仔细整理着报表，这样的情景不止一次。风携带着沙沙的雪粒凌厉起来，片刻工夫，门外就是厚厚的积雪，天地一片苍茫。

连续几天，气温持续下降，树上满是冰挂，通体晶莹！

叮铃铃、叮铃铃……手机铃声骤然响起，李承强从裤兜里掏出手机应声道："贞鳌老哥吗？有啥事，你说，"其实也没啥事，如不嫌弃，今早上到我们家吃饭，雪天也没啥好菜，我现在就生火煮饭。"不了，谢谢老哥，冰天雪地的，不用那么麻烦。"李承强书记动情地婉拒了任贞鳌夫妇的邀请。

村中留守女人吴贤花就更让人担忧了。儿子，媳妇打工在外，祖孙三人一道生活。她忍受着咳喘病的纠缠，勉强维持着孙子孙女的起居。遇到这么长的凝冻天气，日子就更难过了。坚守在扶贫第一线的李承强书记，得知吴贤花家水管管道堵塞，即刻冒着刺骨的寒风一步一滑地帮吴贤花理通了水，时常观察着祖孙三人的生活动态。

天气继续寒冷，连续几天，冰冻加厚。四周一片凛冽！李承强已经很多餐用雪水烧化煮方便面充饥，水管已然结冰了，天气愈发凌厉起来。

表不尽山川人物，道不完扶贫济困！发生在沙子坡镇脱贫路上许多感人的故事星光

石槽村吃连心饭

熠熠!

石槽村老支书任贞瑜感慨地说:"广大群众在中国共产党的英明正确领导下,尤其是改革开放以来,村里的变化很快,生活水平逐年提高,居住环境得到极大改善,特别是脱贫改坚政策'四改一化一维'落实以来,村民的幸福指数明显提高"。道路硬化、网络覆盖连村接户,大学入学率逐年增长,村民素质提升较快,致富带头人缕缕出现。

产业有太子参、茶园、烤烟、辣椒等等,而且颇具规模。

老支书挂在嘴边的口头禅是"作为领导,打铁还须自身硬。"对任村委会主任的儿子取消自己低保待遇表示理解,理解村委的苦衷,支持脱贫攻坚工作,积极参加支部组织生活会,热心公益,帮助化解村民之间的纠纷,以身作则,号召集资,投工投劳修建村民饮水水池500立方容量一座,助力集资购买集体公益桌凳,全身心的为村民谋利益!

山花一路锦绣,朝霞漫天通红。

贫困堡垒在全体干部群众的通力协作下——被攻克,贫困——被摘帽,小康的梦想和美满生活就在眼前!

(作者系印江诗词楹联学会会员)

攻坚战场换新"颜"

谭恩婵

庹家村距离印江县城43公里，平均海拔778米，其地理位置偏远，居住分散，水资源匮乏，属于一类贫困村。当脱贫攻坚的号角吹响时，一群驻村干部举着大旗，满腔热血走进了这片贫瘠的土地，他们用自己的实际行动践行了当初的誓言……

干部亲为冲一线

2018年6月，攻坚队长田静红告别年迈的父母，背起简单的行囊，来到了庹家村。简陋的村委会，连容身的地方也没有。破旧的民房，板壁上布满了青苔。坑坑洼洼的山路，晴天满地灰尘，雨天一路泥泞。满地的垃圾，散发出一股难闻的气味，"各人自扫门前雪"已成了村民由来已久的陋习。

田静红目睹着眼前这一切，心想：面对这样一个贫困村，我们能改变什么？他最先想到的就是要整治村里的环境卫生。于是，他动员干部捐款，购来100只垃圾桶，发放给村民，动员帮扶干部发动群众，开展环境卫生专项整治。帮扶干部挨家挨户做工作，无果。他决定带头到组入户，带头清理村庄乱倒的垃圾。

在枫香坪组，丁明奇家房屋右侧的老坎边，积存的垃圾又脏又臭。田静红下定决心要将这里的垃圾处理掉。他找来了钉耙，抓住斜坡上的树枝，每下一步都要艰难地回头看看，稍有不慎就会摔下山坡，有时只能把脚伸进腐烂的垃圾堆里才安全，难闻的气味倔强地刺激着他。他硬是咬牙挺住了，一点一点地将厚厚的垃圾往低处掏。帮扶干部和在场的村民感动了，纷纷参与清理垃圾的行列中。通过近4个小时的清理和泥巴覆盖，满坡的垃圾终于不见了。只是，田静红早已满头大汗，身上到处是脏兮兮的污泥，一股难闻的气味在空气中弥漫。没有人捂鼻子，目光中却带有几分敬佩。田队长不怕脏不怕累的事迹，很快在村里传开，干部纷纷效仿，带头清理全村各组的环境卫生。老百姓也自觉参与其中，全村脏乱差的环境得到了极大改善，公路、连户路、房前屋后变得干净、变得靓丽了。

老庄旧貌换新"颜"

老庄组坐落于沙子坡镇最偏远的地方。这里山清水秀，屋舍俨然，简陋的木板房，散发出红的或者黄的亮光，透着古老的气息。房屋周围和院坝，全部硬化，都用水冲洗得干干净净。房屋的一旁，用篱笆围成的菜地里，整齐划一地种着各种蔬菜，黄瓜在竹枝上荡秋千，玉米在微风中展开笑颜，红薯努力地伸出叶子，争先恐后地吸收温暖的阳光。端上来的茶水还没来得及品尝，好客的主人又从地里摘来了鲜嫩的黄瓜，还没入口，就闻到了那份馨香。轻轻尝上一口，脆嫩，香甜，是我童年的味道。站在庭院里，茂密的丛林映入眼帘，一条宽阔的水泥马路蜿蜒其中，知了声声，伴着各种鸟鸣，俨然一种世外桃源的景象。内心深处的旷达，仿佛走进了人间仙境。

放眼过去，我不禁对这里的一切肃然起敬！以前，这里条件落后，屋舍破烂不堪，雨天到处是稀泥，水电路不通，村民想修房造屋，运费比材料贵很多。这里自然成了大山深处一块破旧的补丁，无人问津。二十多年前，周培祖的儿子刚大学毕业就因病去世，后来，一场无情的大火又让周培祖的家变成一片废墟。一无所有的周培祖夫妇，只能把自家旁边的牛圈收拾出来，用几块木板和土砖围在四周，搭了一个简单的灶台，楼上，连腰都直不起来的地方，铺上棉絮就当床。尽管陈设极其简单，总算可以勉强过日子了。

终于，周培祖一家盼来了党的好政策。2018年，庹家村进驻了一批驻村干部，他们一进村，就对村民的生活进行摸底排查，首先就对周培祖家进行危房改造，排除万难为老两口新修住房，添置必备的家具，厨房卫生间一应俱全。老人的脸上绽开了前所未有的笑容。当我们来到他家时，老人只有一句话：共产党好哇！这些干部辛苦啦！然后就是不停地往我们手里送东西：茶水、葵花还有饼干……

乡民侃侃话党恩

走进庹家村，我们就陶醉于清幽的环境里。干净的水泥路，靓丽的村委会，新漆的木板房，坐落有致的林下养鸡棚。刚下过雨，这里的山更绿了，天更蓝了，清新的空气迎面扑来，令人心旷神怡。站在文化广场，我仿佛看到了勤劳朴实的村民，下棋，健身，聊天，那幸福的笑容，是全村人民对驻村干部最大的馈赠。

我们沿着干净的连户路，走进每一个幸福的家庭，与热情的老乡进行

庹家村老庄组通组公路硬化施工

心与心的沟通交流。村民组长任光和见到我们，无法掩饰内心的喜悦，好吃的东西呈上来，话匣子竟在不知不觉中打开：

"我生在旧社会，长在新社会，甜的过过，苦的也过过。共产党就是好。要是没有农村合作医疗，老百姓得病了都医不起。""自来水都安装到家里来了。""往些年，买东西要走很远的路，还要坐车，现在马路都通到家门口了，还有货车拉货来，想买什么就买什么。""以前，一到晚上，到处都是黑黢黢的，现在走到哪里都有路灯。""以前打个电话，要跑一天的路，现在用手机就像我们用打火机一样，太方便了。""这种生活，就是那些年的地主也没有现在过得好喔！我现在就是要把身体养好，多坐几年，还想看看这个社会究竟要发展到好到什么程度。"

庹家村的未来，我们无法预料。目之所及的是前所未有的改变。这种改变，凝聚着驻村干部和所有村民的智慧和血汗，浸润着党的恩泽。我们期待着庹家村更加美好的明天！

（作者系印江县实验小学语文教师，印江诗词楹联学会副秘书长，县作协会员）

脱贫路上的贴心人

黄金城

雨淅淅沥沥地下个不停，整个石槽村笼罩在雨雾之中。

门口靠着一位七十多岁的老女人，体质瘦小得叫人心酸，眼巴巴地朝泥泞的山路上张望着，苍老的面容显现出期待的神情，她在等一个人……。

"奶奶，这么大的雨，姜伯伯怕是来不了啦！"小女孩很懂事地说。一边说一边把旁边的板凳向奶奶的位置挪了过去。"奶奶，坐会儿吧你都站了好久了。"

"丽丽，不会吧！昨天你姜伯伯说好的，今天如果没有会议，说好一点要来看我们的。"老人用手抹着干裂的嘴唇说。说话间那双期盼的眼睛又朝门外瞅了瞅，心里没有把握，依然固执地在雨雾中搜寻一个身影的出现。

说话的老人名叫尹修别，今年已经七十三岁了，一身命苦，从降生不久，父母相继去世。2014年是她痛彻心扉的一年，天有不测风云，人有祸福旦夕，大儿子和大儿媳妇车祸遇难，丢下两女一男三个孙子给她，与她相依为命，艰苦度日。事隔不久，二儿子又在广东省河源务工期间溺水身亡，二儿媳妇不堪负重，离家出走，整个家庭叠遭变故。

随后，三儿子任会军大脑经常头疼，久治不愈，经过到医院检查，确诊为脑胶质瘤。三儿子万般无奈之下，瞒着母亲，流落外地，至今没有与老人联系。

三重打击之下的老人依然用虚弱的身子为孙子们撑起一片天，能够撑多久，没有答案。

屋子外面的雨没有停歇，似乎不让人舒一口气。

陪着奶奶等候的丽丽没有童年的天真，倒显得几分凝重和成熟，家中不幸的阴影过早地镌刻在小丽的心头。

随着小叔任会军的出走，奶奶脸上的阴霾更重了，眼里流露出全是无尽的恐惧。

几个身影在雨雾中由远及近，大门外忽的有收伞的声音，一个略显疲惫的中年男子走进木屋，身后几个拎着方便袋的同志跟着进了屋，来人正是姜仕军——丽丽眼中的的姜伯伯和李承强书记一行。

"丽丽，你和奶奶吃过饭没有？"姜仕军亲切地问道。

"老人家，这是给你们的生活用品，你们先放好。"姜仕军指了指方便袋。随后招呼一同来的几个人，大伙对老人家问候，人多，屋子里显得拥挤，但是尹修别和丽丽却感到温馨。

"丽丽，伯伯这几天因为工作上的事情忙，没有及时来看你和你奶奶，先前给你们带的米和油还有吗？"姜仕军内疚地说。"上次来的时候，我看见丽丽的衣服的袖口和裤子的膝盖都烂了，这次我给丽丽买了套衣服，丽丽，你去试一试，看看合不合身。"丽丽娇羞地说："好嘛。"心头荡漾着一份无比的幸福。

"另外，我还在网上登载一则募捐的《诺言筹》，但愿能够给孩子们的学习和生活有所帮助。老人家，有共产党在，有我们在，今后的日子会越

姜仕军深入田间地头开展扫黑除恶知识宣讲

过越好。有你在家就在，有孩子在希望就在。"姜仕军的话掷地有声。

"姜同志，您们辛苦啊，您们的好情好意我会记得，我报答不了您们的恩情，孙子们会慢慢的报答。"尹修别老人的泪在眼眶打转转，话语质朴，瘦弱的身影显得高大。

雨，不知道啥时候停了，远山的雾在渐渐地散开，雨后的空气格外清新。

姜仕军站在路上深深地吸了口，自言自语道：这条路，我走定了！

（作者系印江诗词楹联学会会员）

沙子坡镇石槽村示意图

倾听大山深处的声音

杨紫江

"感谢共产党，感谢好干部！"这是来自印江县沙子坡镇四坳村蔡上组魏敦厚老人最动情的话语。

这里群山莽莽，林峰苍翠。尽管连绵群山如锁链一般束缚着一代代山里人，但踏山而行，攀岩而立，一直是他们抗争贫困命运的呐喊与行动。脱贫攻坚好政策，精准施策及时雨。今天，走进大山深处看到了他们勤劳的身影，聆听到了他们最真的声音。

千沟万谷，山水人家。在驻村第一书记任军民同志的带领下我们走进了魏敦厚老人的家中，任书记作了简要介绍后老人就去开电风扇，拾掇凳子，电热壶烧茶……这忙碌与其说是主人在尽最好的待客之道不如说像是久别的亲人重逢时的那份欣喜与激动。

忙了一阵终于交谈上了。"我家上两辈人没有住上房子，我要感谢共产党，是党和政府让我住上了房子"。魏老人直盯盯地注视着我们说，态度斩钉截铁，话音铿锵有力。此时，老人异常兴奋与激动，双唇微颤，浑浊的眼里泪花打旋，一度摇头摆手不语。"住上了房屋"好像是他幸福的全部，一片真诚此无声，一份感念何千言，应此情景不得不让人去探寻魏敦厚老人脱贫路上的故事。

"我家几代人都是住茅草棚，祖父魏德科，父亲魏应忠没有住上房子。这茅草棚一年四季有'三怕'：春怕大风刮，夏怕暴雨刷，冬怕大雪压。那时我还小，要帮我爹用索索把茅草绑牢实，还要扛木头来撑，硬是搞伤老火了……"

"现在你们这些干部都爱谈家常事情，我很开心啊，我是生在国民党，长在共产党,以前住的是茅草棚,穿的是烂粗布,现在住上了平顶房,我要感谢共产党,一辈子不忘记党的恩情。"

情至深处话闸开,酸甜苦辣滚滚来。说起家世老人滔滔不绝,兴致盎然。其房屋前张贴的"四卡合一"显示,魏敦厚,男,1943年1月29日生,76岁;膝下一女两子,女已出嫁,次子已结婚生子,现家中6口人;2014年因病致贫属于低保贫困户。

魏老人热心正直、爱憎分明。他渴望能住上不跑风漏雨的房子,2008年争取到了政府一笔建房资金后来他获悉时任四坳村支书的陈朝娥私自截留了本属于他的一部分资金后便拿着小喇叭到集镇上去叫屈喊冤(陈朝娥已被处理),使得他对村干部产生一些负面看法,也为后来的帮扶干部在工作上造成了一些障碍。

"开始我是不相信这些帮扶干部的"。

"要帮助我就不要光是嘴说,你们做的事我要得实用才好使!"

魏敦厚老人这一语中的,新到任的第一书记任军民同志面对自己的这个帮扶对象围绕"一达标,两不愁,三保障"目标任务和"三真三因三定"工作原则对魏敦厚户精准施策。2017年补助老人15000元修建了两间一层住房,2018年在"四改一化"政策下又修建了厨房和卫生间;同时硬化了院坝,结束了"风过起灰尘,雨天满泥泞"的现状。

新居落成,厨卫完工,魏敦厚老人非常激动,这实实在在的看得见能受用的帮扶感动了他的内心,改变了他对帮扶干部的看法和态度。谈到修房改厨改卫,老人当即竖起了大拇指,动情地说道:"我这一辈子没有想到有为老百姓修房子的政府,今天我享受到了,感谢党的好政策,感谢这些帮助我们的好干部!"一声感谢铭党恩,满脸幸福尽欢颜。

住房竣工的当天,老人就往村委会和镇政府分别送了一面锦旗。任书记说,后来的工作开展就容易多了,修公路,连户路,安装路灯等工作,有的农户修路不许挖土边田角,水管不许往自家院子里经过魏老人就带着攻坚队干部去跟这些人理论,在他的影响下,这一系列的施工障碍得以顺利解决。

"聋子谈话各谈各，你要和我大声说"魏老年逾古稀，耳有点背。当他发现自己答非所问时，随即冒出这似诗又像谚语的话，我们都不禁笑了。

气氛融洽，乐享其亲，此刻老人谈性甚浓。

"即便老了只要能动都得自己劳动，不能坐着向国家要。现在，我就是在近处种点蔬菜，儿子儿媳都去打工了，田里的活儿子们不许我做了，怕我摔倒受伤，他们又隔得远……讨担心；现在我一个人在家也不怕，周围的人也挺关心我。"

一脸幸福，满屋亲情。魏老人一家现在主要经济来源是依靠打工，帮扶干部为他算好了收入账，制定好了脱贫措施，他家的境况正快速地好转起来，家庭收入、住房条件等各项指标已达脱贫之列。

不忘党恩跟党走，福泽民生大如天；干群情亲如鱼水，和谐富美新农村。此刻，夕阳在山，夜的帷幕即将垂下，我们起身向老人告别。

脱贫老人给镇政府送的锦旗

"老人家，谢谢你的支持配合。"我握住他的手说道。

"你的那些腊肉都生虫了，不能吃了哟！"任军民书记向他大声说。魏老人没有回答，不知道是不是真没有听见。

"你有菜吃没有？没有就打点四季豆去，今年的瓜还没有结。"老人笑着问任书记。

如此随性随意，一切又是那么自然；我虽初到这里但从未有过陌生感，唯一有的是亲切。

"谢谢你们来看我，感谢党的好政策，感谢你们这些好干部，我一辈子都记得的"。

临别时，魏敦厚老人再一次开心地笑着表达谢意，我看到了他脸上绽开的幸福，能感受到他内心再一次扬起的激动。那一遍遍感恩的声音将传遍这块土地，让人们脱贫致富的信念更加坚定，步伐更加沉稳；我们相信在上级党委政府的带领下印江县沙子坡镇即将开创和谐富美农村新纪元。

（作者系印江三中教师）

沙子坡镇四坳村示意图

丰岩组 24户

木棚组 37户

洪家组 42户

坳上组 29户

坨里组 27户

村委会

对门组 24户

罗白组 22户

借家组 26户

蔡下组 37户

蔡上组 23户

谢家组 27户

桅杆组 20户

图 例	
村委会	★
村小组	▲
通组路	—

红星村的攻坚队员们

郑江义

快过年了，红星村的坝子上，篝火燃起来了，土家族的摆手舞跳起来了。一阵掌声过后，一位系着围裙的大妈歌声也响起来了："我们共产党人，好比那种啊子，人民好比土地，我们到了一个地呀方，就要和那里的人民结合起来。在人民中间生根开花，在人民中间生根开花，在人们中间哎生根开花。"这是红星村吃连心饭的晚会，吃饭，发言，唱歌，跳舞，热闹非凡，虽是寒冬腊月，却是热气腾腾。

红星村攻坚队员与乡亲们欢聚一堂，问寒问暖，乡亲们别提有多开心了！他们知道，在印江县脱贫攻坚的战场上，在决战沙子坡的战役中，驻村干部和村干部组成的攻坚队员们，一个个都是好样的！

红星村第一书记周秋实是湖南人，刚到红星村时乡亲们不太听得懂他的话，少说多干是他的风格。儒雅的外表，如风的行动，乡亲们渐渐就懂他了。为了了解情况，他走遍全村400多户。田间地头，房前屋后，乡亲们见惯了他的身影，只要一天不见，就会问"周书记今天怎么没来"？为了组组通路，他和攻坚队员分两个组对各家各户的宅基地和距离面积分别进行丈量，腰酸了，腿痛了，手肿了，没吭过一声。

攻坚队长任兵的手机里收藏着一段段的视频，有红星村95岁的老党员符佐辅对党忠诚的肺腑之言，有红星村大妈质朴真情的歌声。他一直舍不得删去，每次点开这些视频，他的思想都会更加坚定：攻坚队不能让红星村的党员群众失望！他们建起了"干群连心室"，关注脱贫热点难点问题，为群众宣传讲解党的政策。在红星村的12个组各设一个尖刀班，把攻坚队员分到各组任组长，带领尖刀班开展工作，各组的生产、修路、经费保障等所有工作都跑在最前面，更快更好地为群众解决实际问题。

攻坚队员阚斯铭从来没有想到，她会被派到印江县最边远的沙子坡红星村驻村。她更没有想到，她这个一直生活在妈妈身边的"娇娇女"，居然在这里学会了做饭！刚来到红星村时，攻坚队员们没饭吃，她第一次被"逼着"做饭，"伺候那几位更不会做饭的大爷"。本来她不愿意干，但看着"大爷"们每天下村组又忙又累，她咬咬牙，系起围裙就上了锅台。把带毛的猪肉用夹子一根根拔掉，把锅烧红了烙猪皮，加烫水洗了刮干净，才可以炒菜，一顿饭才算做出来。禁不住大家夸，她就一直做下来了。可是，阚斯铭的包组任务并没减少，工作做慢了周秋实书记也是要批评的。但她从没有服输过，包组任务也完成得不折不扣。在"连心室"里，被误解的乡亲撕掉了工作记录，她不急不燥，耐心解释，最终得到乡亲的理解。

为工作而推迟婚期的故事，以往或许只是在电影里和小说中见到过，但攻坚队员陈浪涛却来了一个真人秀。舍小家，为大家，红星村的乡亲们知道陈浪涛的付出有多少，但小陈什么也不说，只是想群众之所想，急群众之所急，把攻坚队员的责任扛在肩上，更落实到跑村下组的行动中。

红星村的篝火会议

56岁的杨杰是年龄最大的攻坚队员，每次走村下组，他都像青年小伙子一样雷厉风行，行为果敢。在弯急坡陡的山路上，如果有塌方的石头滚到路上，第一个下车搬开石头的往往是他。

享受着低保政策的贫困户吴光珍，每次见到攻坚队员周彬，都会亲热地拉着他的手，热情地邀他到家中吃饭，还要拿出糯米来包粽粑。去年修路，要占她家两米宽的地，她起先不肯，周彬多次到她家做工作，后来想通了。还有修水池时，有一家农户不肯让出水源，说是他家老祖宗留下的，周彬也是反复劝说，终于同意，并要请攻坚队吃饭、喝酒才让走。周彬说，这样的农户不止一家两家，都是靠耐心细致做工作，一年多来，也不知跑了多少家，"吵了多少架"，最终得到群众支持，保证了红星村修路7条共6000多米，挖沟、引水和在山坡上修水池4个，确保了红星村组组通和主要坡地的灌溉。

农户思想不通，攻坚队员赵晓莲也没少跑农户家，早出晚归，苦口婆心。但有的农户今天讲好了，明天又变了，工作进展受影响，没少挨批评，她有时委屈得掉了眼泪，但也从没放弃过，硬是一次次攻坚，把硬骨头啃下来。急群众之所急，每次问题得到解决，她也特别舒心。

红星村野茶组通组路建设

晏光俊身为民风较为"剽悍"的红星村的党支部书记，用他的话来说，经历了红星村从野蛮到文明、从"比武"到"比文"的过程。2018年脱贫攻坚誓师大会开过以后，在驻村干部和攻坚队的努力下，得到县交通运输管理局、水务局、安监局、供电局、财政局的帮扶，他忙前忙后，红星村天天在变化，一年多来翻天覆地。晏光俊说："如果没有脱贫攻坚，没有驻村干部，这些变化都是不可能的。"

红星村脱贫攻坚的重要工作内容之一，是环境卫生改善，这一点攻坚队员、村长晏祖斌非常清楚。他组织群众共立规矩，互相监督，建立了"家中不准放尿桶""冰棍包装纸不能扔地上"等具体可行的文明制度。2018年起合作社成立，2019年起合作社开始发挥作用。他也想了很多既维稳又推进的办法，妥善解决了印江、沿河修路的边界纠纷。

新来的大学生符武，一个回到家乡的有志青年，也加入到红星村脱贫攻坚的队伍中。他学的是畜牧专业，做的是会计工作，边学边干，脱贫工作的桩桩件件，他尽心尽力。他说，红星村的畜牧项目可以做，今后他愿意为之努力。点点滴滴，熔铸了他对家乡的热爱。

夏天来了，风儿热热地吹来。红星村的坡地上，一片片玉米地里，饱满的玉米棒子鼓鼓的，丝丝缕缕的玉米须在微微颤动，夏风中弥漫着香香甜甜的丰收的味道。

红星村的攻坚队员们，你们闻到这丰收的味道了吗？

（作者系黔南民族师范学院教授、硕士生导师，贵州省写作学会副会长）

本歌曲凸显了交通扶贫情怀及交通条件改
善给贵州城乡群众带来的获得感、幸福感

大地丰碑

作词：大路

作曲：大路

1=D 4/4

♩=67

‖: 0 5̇ 6̇ 1 6̇· 5̇ 5 3 | 3 − − 0 | 0 5̇ 6̇ 1 6̇· 5̇ 5 1 | 1 − − 0 :‖
　　 嘿 嘿 哟 嘿 嘿 哟 　　　　　　　嘿 嘿 哟 嘿 嘿 哟

‖: 0 3̇ 3̇ 3̇ 2̇ 5 5 | 0 3̇ 2 | 2 1· 1 0 0 | 0 1 1 1 6̇ 1 1 | 0 1 6̇ | 3 2· 2 0 0 |
　高原的阳光 　照着 脸庞 　　河谷的劲风 　吹打 胸膛
　奢香的驿道 　惠泽 四方 　　葛镜的古桥 　世代 颂唱
§1.五尺的小路 　走了 千年 　　过往的足迹 　山高 水远

0 3̇ 3̇ 3̇ 6̇ 5 5 | 0 5̇ 3 | 2 1· 1 0 0 | 0 1 1 6̇ 3 2 2 | 0 3 2 | 2 1· 1 0 0 :‖
　的飞雪 　不能 阻挡 　　大山的孩子 　挺 起 脊梁
祖先的叮咛 　未曾 遗忘 　　追梦的故事
昨日的崎岖 　挥手 告别 　　曾经的沧海 　0 3 2 3 | 2· 1 1 − 0 |
　　　　　　　　　　　　　　　　　一直在 路 上

0 3 2 | 2 1· 1 0 0 |
变 了 桑田

0 0 0 0 | 0 3̇ 3̇ 3̇ 2 3 3 | 0 5̇ 3 | 2· 3 3 − 0 | 0 1 1 6̇ 3 2 2 | 0 1 6̇ | 3 2 2 − 0 |
　　　汗水 挥洒在 　月亮 山巅 　　泪水 滴落在 　百里 梯田
　　§2.青春 燃烧在 　千乡 百县 　　热血 沸腾在 　乌蒙 天险

0 3̇ 3̇ 5̇ 3 3 3 | 0 2 3 | 2 1 1 − 0 | 0 1 1 6̇ 3 2 2 | 0 3 2 | 6· 1 1 − 0 ‖
歌声 飞扬在 　舞村 侗寨 　　号子 回响在 　赤水 河边 　　　　D.S.1.
生命 怒放在 　苍茫 大地 　　丰碑 刻画在 　天地 　　　　　　D.S.2.
　　　　　　　　　　　　　　　　　　　　　2· 1 1 − 0 ‖
　　　　　　　　　　　　　　　　　　　　　之 间

‖: 0 3̇ 3̇ 3̇ 2 3 3 | 0 5̇ 3 | 2· 3 3 − 0 | 0 1 1 6̇ 3 2 2 | 0 1 6̇ | 3 2 2 − 0 |
　汗水 挥洒在 　月亮 山巅 　　泪水 滴落在 　百里 梯田
　青春 燃烧在 　千乡 百县 　　热血 沸腾在 　乌蒙 天险

1.
0 3̇ 3̇ 5̇ 3 3 3 | 0 2 3 | 2 1 1 − 0 | 0 1 1 6̇ 3 2 2 | 0 3 2 | 6· 1 1 − 0 :‖
歌声 飞扬在 　舞村 侗寨 　　号子 回响在 　赤水 河边
生命 怒放在 　苍茫 大地 　　丰碑 刻画在 　天地

结束句
2· 1 1 1 − − | 1 − − − | 1 0 0 0 ‖
之 间。

2

尖刀班的『初心使命』

决战沙子坡

决战沙子坡

一个乡镇的脱贫攻坚纪实

铜仁地处武陵山集中连片贫困地区，少数民族占比大，由于历史地理因素，脱贫攻坚任务艰巨。10个区县都是贫困县，有1个深度贫困县、2个极贫乡镇、1565个贫困村其中深度贫困村占319个。在党中央和省委关怀下，我市以脱贫攻坚统揽经济社会发展全局，围绕"一达标两不愁三保障""三率一度"标准和打赢脱贫攻坚"四场硬仗"，提出了"7个极"总要求、"三真三因三定"工作原则和"76554"工作方法，把脱贫攻坚作为头等大事和民生工程，坚持眼睛向下、重心下移、资源下沉，集中火力、攻坚克难！省委省政府高度重视和统一部署，东西部协作深入推进，社会力量积极参与，贫困发生率大幅降低，脱贫成效显著提升。总书记说，脱贫攻坚是和平年代的一场战役。在脱贫攻坚中，印江各级干部众志成城、全心付出，川岩村原支书张曙光在帮助群众时负伤牺牲，点亮"曙光精神"，每次看《梵净山麓战贫困》专题片我都会热泪盈眶，真正体现了极高的政治站位、极深的民生情怀、极强的全局统筹、极佳的脱贫成效、极准的路径举措、极硬的工作作风、极优的组织保障。功夫在诗外，真金不怕火炼。因此在迎接第三方评估复查中，要做到"6个不"：不紧张、不打探、不干扰、不作假、不宣传、不超标。

——摘自铜仁市委书记陈昌旭在印江自治县2018年贫困县退出抽查工作对接会上的讲话

贵州是全国脱贫攻坚主战场，历届省领导高度重视、亲力亲为，带领全省干部群众持续发力、接续奋斗，实现连战连捷，凸显了"团结奋进、拼搏创新、苦干实干、后发赶超"的贵州精神。在2018年度全省脱贫攻坚综合成效考核中，印江自治县名列前茅，为全省减贫事业贡献了印江智慧。

沙子坡镇地处偏远，条件越艰苦、考验越严峻，战斗自然越激烈。《决战沙子坡》用纪实文学手法解剖了一个乡镇的脱贫攻坚战斗，用一个个感人的情景再现，为全省脱贫攻坚战提供了弥足珍贵的沙子坡素材，留下了难忘的时代印记。值得捧读，值得纪念，值得回味。

——贵州省社科联党组书记、副主席　包御鲲

张羽春，泪流满面

申元初

2009年，张羽春在石家庄给一家公司跑业务，一个电话打到石家庄。电话那头，是沙子坡镇党委戴书记。

接通电话，戴书记开宗明义就说："桂花村支部换届，镇党委需要你的支持，请你回来主持工作……"

桂花村，沙子坡镇政府所在地！

那时，张羽春的月薪3000多，回到桂花村，等待他的工资将是500元！

说不犹豫，是假话！

戴书记在电话里吼："春哥，钱，一辈子是找不完的，但家乡需要你，组织需要你，我，需要你的支持！镇党委，需要你的支持！"

张羽春回到了桂花村！

他郑重地说："促使我回来的，是领导的信任，是战友的感情，我不可能抹得开这份沉甸甸的感情！"

他又调侃地说："促使我回来的，还有一份'虚荣心'吧！用正股八经的话说么，就是哪样'人生价值'的体现咯！"张羽春脸上是自嘲的表情，眼睛里却隐藏着一股亮光！

一个亲戚"关心"地对张羽春说："哥哎，跟你谈个事情嗬。"

张羽春有些好奇："哦，啷样事情，还神秘出这个样子？"

"伯娘有个想法，不好跟你说得，你看阿个低保，是不是跟伯娘弄一个，她老人家手头也活络点啥。""伯娘"，就是指张羽春的母亲了！

张羽春脑壳里头轰的一声，但脸上不动声色，平静地说："哦，我晓得嘞啦。"

张羽春召集村委会和党员大会。大家难得看到张书记抹下脸来说话："低保是国家给我们困难户的关怀。但是弄好了是个好事，弄不好就要出问题！评低保，讲的就是符合条件，该吃才吃，不该吃，就不能吃！我们评议低保，决不能有半点私心。大家都是为人子女，哪个不想好处落到自家屋头，但一定要公平公正。公平公正了，我们说话才有底气，工作才好开展！"会场鸦雀无声！

回到家，张羽春给妈说："妈呀，儿子跟你说，儿子是你生，儿子是你养，只要有儿子一碗饭，就有妈一碗饭！你放心哈！"

母亲看到张羽春语重心长的样子，半天，对儿子说："羽春啊，妈懂！阿，妈懂！"

2014年，沙子坡向贫困发起挑战。首先就是修路建街，镇里统一规划街道建设，要建一个美丽新沙子坡。

有建就有拆，规划区内要拆一个寺庙。

寺庙不大，就是个五立四间的大木房，也不是古建筑，不算文物。但寺庙身份却有点特殊，这是村里的老人们自己凑钱修起来的！

村里的老人，文化不高，他们凑钱修这座庙，一是大家有一个团乐的地方，二是找一点精神寄托，三是他们内心深处，希望菩萨保佑桂花村和沙子坡镇平安吉祥、百姓安居乐业。寺庙修起来，香火旺盛，老人们聚在一起，给供桌掸掸灰，给香客泡泡茶，大家围坐在一起，吃吃斋饭，谈谈村镇日新月异的变化，觉得日子安康，夕阳正红！

忽然，镇里要他们拆庙，老人们跳起来了：不干！

这个思想工作不好做。镇里把这个任务交给桂花村！接到任务，张羽春苦笑："你们还不如直接说，把任务下给张羽春好了。"镇领导也笑了："这是组织的信任！"

张羽春把老人们请到村委会。

老人们喝茶，嗑瓜子，说："张书记，喝茶吃饭都可以，拆庙，免谈！"

张羽春笑眯眯地，给大家鞠一个躬："各位老辈子，我代表桂花村的弟兄姊妹，感谢各位老人！"

老人们不明所以，皱着眉头，这个张羽春，要搞哪样？

"这个张羽春"接到说："老辈子们修庙，是祈求老天爷保佑老百姓安居乐业、幸福安康，过好日子。所以要感谢大家！"

老人们先愣神，后直点头。张羽春接着说："所以这个庙不是拆！"老人们更愣神了，啷样意思？镇里头就是要拆啦嘛？

张羽春笑笑说："庙不是拆，而是搬！沙子坡要发展，桂花村要发展，生活要往前，日子要越过越好。当初我们建庙，是做好事，现在，我们拆庙，也是做好事啥！"

这个道理很有道理，老人们真还找不到话说。

张羽春又说了："我们选个更好的地方，村里给你们提供方便，把水给你们接过去，把电给你们拉过去！支持你们继续做好事！"

张羽春深入农户调研

老人们你看我，我看你，先是说不出话，后是笑着点头。这个张羽春，道理硬，感情切，考虑周全，老人们心服口服，不服不行。

新庙建好，热闹如常。老人们聚会，要请张羽春书记去吃饭。张羽春春风满面，点头作揖说："各位老辈子，你们的盛情羽春心领了，但我不好参加你们的活动，请大家理解。"

老人们说："我们懂我们懂，有你这句话，虽说你人没到，我们晓得你的心到了！"

老人们高高兴兴走了。

2018年腊月，印江县脱贫攻坚战役决战时间，沙子坡脱贫攻坚关键战役，全省贫困县退出第三方专项评估检查即将到来！张羽春带领村委会和扶贫驻村工作组日以继夜，完善脱贫措施，检查脱贫成果，整理脱贫攻坚资料。

沙子坡镇脱贫攻坚指挥部、沙子坡镇党委镇政府、各村支部村委会、各村驻村干部，本土人士三过不入，外地人士以村为家，有老人小孩的托人照顾，结婚的年轻人推迟婚期！

全体沙子坡人激情高涨，忘我投入！

腊月初二，张羽春母亲生病要住院，张羽春只得给儿子说："儿呀，关键时刻，爸爸脱不开身，奶奶就交给你啦！"儿子带着奶奶上了车，张羽春转身，投入紧张的工作。

腊月二十九，母亲出院回家。将近一个月，张羽春抽不出一点时间去看母亲。他哽咽着对母亲说："妈呀，你要理解当儿子的呀！"

2019年3月，印江县顺利通过专项评估，作为重点检查单位，沙子坡镇顺利通过专项评估！

七尺男儿张羽春，泪流满面！

（作者系贵州省警察学院教授、副巡视员（退休），
原贵州警官职业学院副院长。贵州省作协理事）

86岁的"妇联主任"

喻莉娟

走到满头银发的老妇联主任，任达奎婆婆家，没进门就听到一阵的欢笑，86岁的老人再加上五六个年轻漂亮的"女子党员突击队"员，欢笑如春天的花语。

任婆婆热情开朗的性格首先打动了我们，一进门，她急着从屋里抱出一个大西瓜，递给和我们同行的沙子坡脱贫攻坚作战部指挥长萧子静，说，这个任务交给你！一阵的欢笑！

任婆婆，安顿大家堂屋里坐下，吃西瓜。有人提议，婆婆唱首歌！唱前次唱的那首"红旗飘飘"！婆婆是这里的明星，大小会议上有她，家家欢聚有她，唱首歌是她的开场白。

婆婆眯着眼，向窗外远处望着，雨后阳光映照，今天的韩家村，青山绿水的，房屋如洗，花园似的乡村，一展眼底。

婆婆说，我另唱一个！唱一个"五星红旗"！

86岁老人清了清嗓子唱起："五星红旗迎风飘扬，胜利歌声多么嘹亮……"她节奏明快，歌声昂扬。大家和着节拍，给她打着拍子，这么大的年纪，能把这首歌唱完，我们都为之感动。其实这个"胜利的歌声"，那不也是我们脱贫攻坚战的胜利，飘飘的旗帜，正是我们脱贫走上致富路的旗帜！

村领导介绍，任婆婆，有六十多年的党龄，比我们在座的人年龄都大，她是本村的人。在韩家公社妇联主任职务上退休，退休有三十年，当时的退休工资就181元钱，以前她一直在城里住。在2016年返乡长住。

任婆婆来到她的家乡，她工作过的地方，这时正是脱贫攻坚工作开始的时候，她积极参加到场战斗中。

86岁高龄老人关心韩家村的各项工作，帮助村两委加强党员培训，以身作则带头讲党性，思路清晰。在每年的党员培训班和定期开展的支部活动日上为参训的党员讲党课，用自己60年党龄，讲社会发展对比，她用她的人生阅历，工作感受，教育全体党员。深入浅出，生动具体。她说，特别在脱贫攻坚的战斗中，每一个党员都应该走在前面。

任达奎老人，更以她的实际行动去支持、帮助村里的发展。2016年9月，她回到家乡，当看到村文化活动室条件简陋，活动开展难以进行，她主动给村委会捐赠价值1800元的优质塑胶凳100条。村里人看到"我们的这个'妇联主任'"，八九十岁的老人了，自己勤俭节约，生活朴素，还拿出这么多钱支持村里的工作，大家没有什么说的，只有在脱贫攻坚战役中加油干！

86岁的任达奎婆婆，其实自己都是一个需要人关心照顾的高龄人，但她却时常想到的是村里的老人和孩子们的生活。

任达奎婆婆：脱贫攻坚，放声赞颂

2016年7月，她听说石坪村后洞组，有一个孤寡老人黎廷枝，三个女儿，一个是瘫痪，两个是精神病，而老人自己却大小便失禁，生活十分困难。任达奎婆婆，焦急万分，叫来自己的侄儿李世玉，对他说，你把这300元钱拿去，给那个黎廷枝老人，买尿不湿！还有其他需要用的东西。老人可怜得很，我们能帮，就要帮，也给政府减少一些负担。

韩家村的晏继香、谭秀仙、任明婵等，这些老人都有各种困难，任达奎老人对她们，关怀备至、嘘寒问暖，时常伸出援助的手，村里人人感动而敬佩。

在村里的广场边，大路上，时常有她的身影，她走得并不矫健，却不时弯腰捡一下路边的一块垃圾，脚下的一个空瓶。"卫生是人人都要爱护的，美丽乡村靠大家维护"，任婆婆说。

任达奎老人，润物细无声，感染着这里的每一个人。

村里的年轻人感动了，行动起来，向老人家学习。团支书胡雪娇与村"两委"委员任爱平、王霞，女子党员胡丽、积极分子郭巩霞、谯信芝、何贵红等发起，组成"女子党员突击队"，以任达奎婆婆为榜样，充分发挥女性党员和青年特长，大家共同商议，让老人们老有所依、老有所享、老有所乐，更好地支持配合村脱贫攻坚队，开展脱贫攻坚工作，充分利用女党员细心周到的优势，去帮助去服务村内的困难老人及弱势群体。

任达奎老人，是这支"女子党员突击队"顾问，在任达奎老人的带领下，专门针对全村孤寡老人、留守儿童，定期进行入户走访慰问、帮助打扫卫生、整理家务、洗衣服、代购生活用品，帮助与在外打工的子女通电话、看微信视频，让老人们感受到党组织的关心与关怀，感受到来自社会的温暖，让子女在外放心工作，减少后顾之忧，也更理解和支持村里的工作。

来韩家村人，都会对韩家村优美的环境，干净的卫生，和谐的氛围，村民积极向上的思想态度而赞不绝口！

"女子党员突击队"，活跃在韩家村家家户户，她们自豪地说："任婆婆是我们的顾问，更是我们的榜样！"

这个普通的基层干部，退休三十年的村妇联主任，用她自己的方式，走在脱贫攻坚的路上，发挥着标杆的作用。

大家都说，在脱贫攻坚战役中，任达奎老人，是妇联主任中的"夕阳翘楚"。

（作者：系贵州警察学院教授、调研员；贵州省写作学会副会长；贵州作协会员）

沙子坡镇韩家村示意图

包丰组

57户
韩家坪组

★
村委会

44户
杉树沟组

22户
雷下组

30户
雷中组

37户
雷上组

图 例

村委会　★
村小组　▲
村　　　……
道组路　—

马不停蹄的"正妃娘娘"

张永　安平　龙燕

"七梁八坎九山坡，山高沟深弯又多。土地少，石头多，不到过年敲响锅。"沙子坡镇塘口村当门组高腔山歌非物质文化传承人刘朝英老人自编的歌词，形象地描绘了昔日塘口人的生存条件是多么的艰苦。

而今，塘口村家家户户或白墙为主的砖混小楼、或翻修一新的杉木瓦房，在一片郁郁葱葱中显得安静祥和。质量过硬的"组组通"托起了村民发展的致富路、深得民心的串户路构起了村民来往的网状图。

2019年7月10日，印江自治县"两不愁三保障"已顺利通过国务院扶贫专家组检验。按理，作为塘口村村主任兼脱贫攻坚"攻坚队"成员的孙正妃本该稍作休息了，但一个电话后，孙正妃又跨上了6年前她从广东带回来的"南方125"，突！突！突！突！……一袭白衬衫拽着摩托车尾气，赶迎下一场脱贫攻坚"战事"——

从外出务工的"女汉子"到返乡创业的"带头人"，再到村"两委"的"二当家"，孙正妃凭着不知疲倦的干劲和心直口快的为人以及对村民的关爱，苦口婆心地走访各家各户，带领着1838名群众不等不靠、积极发展、主动脱贫，被大伙亲切地称她为"正妃娘娘"。

去年深秋，一个周二早上，塘口村村委会脱贫攻坚"攻坚队"的干部们正准备奔赴各自联系的村民组，这时，有村民急匆匆跑过来，似要找"正妃娘娘"讨说法。

驻村干部张光松"看事火有点不对"，转身挡在了孙正妃和村民之间。

"怕他做哪样，他还能把我吃了？"推开张光松，孙正妃镇静中略带微笑："等他把气话发完，我们再给他解释。""娘娘，别误会别误会，我是来道歉的。想到你们平时工作忙，生怕碰不到你们，所以一大早就来候起。"原来，塘口村脱贫攻坚"攻坚队"在帮助推进本村"组组通"建设中，要将一条条"毛狗小路"拓宽硬化。但在工程施工中，村民的老圈坑挡在了路中间而暂时"卡了壳"，"攻坚队"的成员多次上门无果。一次，知根知底的孙正妃带队找到该村民，"拆了你家的圈，我赔，要是阻碍公路建设，影响了大家发展致富，今后你家要是有个大小事，休想得到大伙帮忙。以后要拉什么东西也不能从这马路上过，得从原来的地方背，你做得到吗？"软硬兼施、合情合理，"钉子圈""硬骨头"终被啃下。

"组组通"修好后，看着亮堂堂的路面和村民们幸福的笑容，联想到之前自己的不对，村民赶来向"攻坚队"表示歉意。得知该村民的思想"华丽转变"，孙正妃眼里闪过幸福的泪花。

今天，"正妃娘娘"要到鸟上组整治卫生。自沙子坡镇脱贫攻坚指挥部开展"三计划九行动"后，孙正妃要趁这大好时机，好好整顿本村的环境卫生，带领村民建设美丽家园。

从一条条"组组通"的维护到白色垃圾的处理，从村规民约的遵守到卫生死角的清除，孙正妃数十次挨家动员、带头清扫。白天走访宣传，晚上参加研讨村里产业发展、整理工作资料……深夜十一二点才能回家"眯个瞌睡"已是工作常态。

从2017年当上塘口村村主任后，孙正妃和"攻坚队"的战友们经常"踩着鸡鸣上班、迎着星星回家"，自己的两个孩子因缺少监督和关爱，只能让他们自己照顾自己。尤其是一段时间丈夫的不理解，深夜回到家看到杂乱的锅碗瓢盆，一向要强的孙正妃只能在无人处悄悄抹泪。

"塘口村来水似银，每逢干旱渴死人。要想喝点干净水，除非老天降甘霖。"缺水，对沙子坡来说是"先天不足"，而对于塘口村，更是难以根治的"痛点"。

鸟下组王胜雄回忆："小时候，山脚下石窝窝里的小水塘，村民经常会为了争舀一桶'黄泥汤汤'而闹得不可开交甚至大打出手。"生命之源啊，对于这一方父老乡亲来说，真是刻骨般的感痛！

塘口村虽是"吃水贵如油"，但孙正妃在1998年不顾家人反对，从隔壁沿河县谯家镇嫁到这山沟沟。从此，背水不但成了生活的主要，更消耗了发家致富的精力。

看到如此发家致富实在渺茫，夫妻俩在1999年举家外出，融入南来北往的打工潮流。赴广东、到广西、去云南，进瓷厂、入砖窑、钻煤井……虽不再受背水的苦，但故乡贫穷的痛时时萦绕在孙正妃的心间。

沙子坡镇塘口村示意图

2013年，带着多年打工的积蓄，孙正妃返回塘口村，在镇上做起了木门生意。顿时，这干练的"铁娘子"引起镇里干部的注意，4年后被推荐当上了村主任。

当上村主任后，自家木门生意全由丈夫打理，孙正妃全身心投入到村里大小事务。

上面千条线，下头一根针。村里虽有支书"扛大头"，又有脱贫攻坚"攻坚队"，但天性要强的孙正妃，学文件、做资料、出点子，将脱贫指标背得滚瓜烂熟，将村情实况了然于心。她知道村民仅靠耕种几亩石窝窝地，最多只能"填肚皮"，要想持续脱贫致富，需要搭乘"产业化"的快车。

鸟上组村民王友强，一家4口只有2亩包谷地，2014年成了贫困户。在孙正妃及"攻坚队"战友的帮扶下，承包了80亩荒山种烤烟，一年下来，毛利润就有10多万，繁忙时，还能吸纳10多人务工，成了名副其实的种植大户。

谈到"正妃娘娘"，村支书何真明充满自豪：在我们村的脱贫攻坚"攻坚队"，男人就是"董存瑞"、女人就是"穆桂英"。战友们经常搭着她那"南方125"走村入户，工作效率高多了……

（作者系特邀作家）

"正妃娘娘"孙正妃在非洲津巴布韦打工

桂花有两个花木兰

喻莉娟

张江南

张江南，名字听上去像个英俊男生，其实是个秀气女子。

张江南看上去温温柔柔，内心里却韧劲十足。

张江南做事韧性十足，对人却充满大爱精神。

2018年6月，印江县脱贫攻坚战役进入决战阶段，全县干部总动员，在县交通运输局工作的张江南，被委派为沙子坡镇桂花村攻坚队队长。沙子坡镇是印江最偏远的乡镇，其时，江南孩子未满5岁，而婆婆已87岁高龄，张江南老公在信访局工作，工作繁忙可想而知。江南只好把孩子送到侄儿媳妇那里代管，母子告别，孩子哭"妈"，张江南珠泪长流！临别，步履艰难而坚定！

未几，忽电话传来，孩子生病，张江南只有连夜赶回县城，把孩子送到医院，又匆匆赶回沙子坡。

张江南一温柔女子，工作就靠耐心和韧性。镇里脱贫攻坚危房大改造，牵涉很多农户。有一户空巢老人，儿女不在身边，故屋难离，工作不好做。张江南的办法就是天天上门做思想工作，帮助老人做做家务，关心关心老人的生活。慢慢，与老人思想近了，感情深了，同意搬家了。谁来搬？柔弱女子张江南，不想把困难推给别人，自己承担了搬家重任。张江南任劳任怨，给老人搬家，老人女儿回来了，顺口问的是："还没搬完唛？"倒好似张江南是老人的女儿，而女儿倒好像旁观的客人。

一家贫困户，母亲生病了，在外打工的家人，不给自己家人打电话，却一个电话打到了江南这里："张队长，老人病了，麻烦你去看一下哈！"结果，张江南不但去"看一下哈"，而且把老人送到了医院。

镇上有一个有名的残障人，属于间隙性精神病。人们形容这个残疾人家里"乱得像个狗窝"，不仅如此，一个间隙性精神病人，还真的养了一窝狗，其家里之脏乱，名副其实。而这位残障人，平时，下巴上经常吊着一丝涎水，叫人远避三舍。唯有温柔善良的张江南，经常给他送点米，送点菜，送点用的吃的。这位间隙性精神病人，时而犯病，时而清醒，没有个准信，面对他，你不知他是否要犯病，要发作，这也是人们远避三舍的重要原因。但，他只要看见张江南，无论任何时候，眼睛变得清澈，头脑变得清醒，恭恭敬敬喊一声："张队长！"

说到这些事，秀气女子张江南没有骄傲，却有些微微的羞涩……

付天婵

憨厚和蔼的付天婵，职务是桂花村镇派驻村干部。但热心肠、好管事的付天婵，管的却远不止"脱贫"那些事。

脱贫攻坚，付天婵说："临到要退休了，还能参加脱贫攻坚战役，感到很荣幸！"

而桂花村支部书记张羽春却说："脱贫攻坚战役，有付天婵参加，是桂花村的幸运！"

付天婵是桂花村的活字典！

脱贫攻坚，精准扶贫，一个重要前提是什么？那就是摸清各家各户困难在哪，收入多少，家庭境况如何。张羽春说："只要问付天婵，没有她不清楚的！"

脱贫攻坚，牵涉到危房改造，征地补贴，低保发放，无论你做得再好，不合危房标准的，征地被评估为低等级的，家庭条件超出低保标准的，看见人家享受了补贴，心里总是不舒服的。有机会了，部分比较"精狡"的人，往往会出些"幺蛾子"，或找事刁难刁难你，或该大家鼓劲为发展家乡出力做事的时候，他在旁边泼冷水说："叫他们享受补贴吃低保的人去做啥，他们是得了政府的好处的啦嘛！"

而有了付天婵准确的信息，村委评议这些补助的时候，就能做到"精准扶贫"。桂花村支书张羽春很强调"公平公正"，但只有掌握了农户的准确情况，才能做到真正的公平公正。有了公平公正，群众就服气，就没有人"闹事"，所以张羽春支书说："脱贫攻坚，有付天婵参加，是桂花村的幸运。"

付天婵不但准确掌握了村民的信息，而且更准确地掌握了国家对农民的优惠政策。根据这些政策，村民该享受什么优惠和补贴，一般来说，只要村里传达了文件，宣传了政策，谁符合享受条件，谁就可以提出申请，然后村委就是审核落实的问题。只要审核落实爽快，不为难群众，就是好政府、好干部。

攻坚队帮助贫困户吴习蓉挖化粪池

但付天婵却不同。她是想方设法主动把优惠政策送上农户的门。有些细分的优惠政策，不要说农民不清楚，就是很多干部也不一定了解。

大爱情怀的付天婵说："你不知道的，我来给你说，你不会办的，我来给你办，不要说你在广东上海打工，你就是在国外做事，该你享受的，我这里都跟你搞落实！"

至此，付天婵最后一句斩钉截铁的话，听在群众的耳朵里，不但没有抵触和怀疑，而且是打心眼里信服："但你们要晓得感恩党！"

2015年，王信豪的孩子王海龙，考上了中职，看着翻新的房子，拿着孩子的入学通知书，王信豪从内心感到高兴，但他叹了一口气："哎！万事无周全啊！"

大家都知道，如果是贫困户，孩子考上中职，就该享受铜仁市的教育补贴，但恰好就是这一年，王家已经脱了贫，不能再享受，心里还是有些遗憾。

谁知道，付天婵找上门来了："海龙，市里的补贴没有了，我们还可以享受省里的噻！还有春晖捐助……"王家一家先是懵，接着是意外的喜！农村人，虽然脱了贫，但要供孩子上学，日子还是有些紧巴的。现在凭空得了一笔补贴，是人家付大姐主动送上门的！王信豪拿着付天婵给他们办好的手续，蠕动着嘴，半天，不知说什么好，眼里，转动着泪花……

村支书张羽春说："这就是付天婵，为了群众利益，完全是自找麻烦。其实，有些政策，她不说，哪个会晓得！"

憨厚的付天婵，却红着脸说："脱贫攻坚，这些工作，是我们应该做的噻！"

（作者系贵州警察学院教授、调研员；贵州省写作学会副会长；贵州作协会员）

武陵山上的霞光

敖铭建

任光霞，印江县天星村女村支书，49岁，乐观、干练、有责任心。6年的村支书工作生涯中，她和天星村脱贫攻坚队一道，把党中央精准扶贫政策的光芒洒在沙子坡镇这个偏远贫困的小山村。

50多岁的黄某某，因老公去世，孩子还幼小，村里便以单独孤寡人口的形式让她享受国家低保政策，帮助她渡过了生活的难关。贫困人口识别建档时，两个子女皆已长大成人，在外务工有稳定收益。因此，村里开会评议时，没把她列入贫困人员，也就未能再享受国家的低保政策。

黄某某听闻此消息后，认为村支书任光霞跟她过不去，在村里大骂开来："她任光霞不让我吃低保，我就要让她家锅里下蛋、碗里开花"。带着冲天的火气，挽着袖子，直扑任光霞家而来，准备与任光霞大干一仗。

一场大仗已不可避免，队员们劝她："任支书，您还是赶紧躲一哈，没有必要跟她较真！"

此时，任光霞深知，自己已经坐上了火山口，如果这个时候选择回避了，村里更多的火山口就会冒出来，到那时精准扶贫工作就无法开展。思忖了一下，她在家里沏好茶、摆好了水果和点心，安静的等候黄某某的到来。

咣当！杀气腾腾黄某某摔门而进，只见任光霞一个人在家中，并且和颜悦色的招呼她："姐姐，您快来坐，我已经等您一哈。"见此景，黄某某有些懵了，很不情愿的一屁股坐了下来。

"光霞，您为什么把我的低保给取消了！"黄某某开门见山的责问道。

"姐姐，您别生气，你的低保政策的事，不是我光霞一个人就能取消的，就是借我十个胆，我光霞也不敢做这个决定呀！

"村里头大事小事还不是你一个说了算！"黄有容有一些不相信。

"好姐姐，现在的政策变了，村里的事，村民委员会和村民代表大会共同商议作决定。今天光霞要是乱办事，明天组织就会派人来调查，一旦有问题，我是吃不着兜着走喔，不但要下课，还要受到处分哩！"

"现在的政策真有这么严！"感觉到任光霞并没有针对自己，黄某某语言也温和起来。

"姐姐呀，那家能当贫困户，哪人够享受国家贫困补助，都要根据入户调查摸底的实际情况来决定。冒当贫困户，一旦发现了，不但被批评，还要通报处理，补助事小，做人事大呀！"

"那这次村里有那些人家享受贫困政策？"黄某某想比较一下，看自己吃亏没有。

"申某某，50多岁，单身汉，眼睛看不见，符合国家精准扶贫政策标准，村里认为他符合建档立卡对象"。任光霞推出了村里最有名困难户。

"无儿无女，怪可怜的，他当贫困户，我没意见"。

"还有任某某家，他爱人前些年在浙江打工，患上了股骨头坏死和脑梗，行走不方便，村里有名的老病号，县中医院的王勇院长还专门为他诊

天星村贫困户扶贫后的新房和旧房的对比

断过，治不好，一个月光药钱就要千把块。"

"他们的条件比我差远了，我家老大、老二在外面上班，每个月都要给寄回一二千块"。

"是呀，你家老大老二肯干能干，在外面挣了大钱，全村都挺羡慕姐姐这样有出息的孩子，而且镇领导特意问了俩孩子的情况哩"。任光霞顺势夸起她见人就吹的俩孩子来。

"真的吗，光霞，镇领导真的问了吗！"看见镇里的领导重视自己的孩子，黄某某顿时无比骄傲，一种做母亲的自豪感写满了脸上。

"姐姐呀，镇里的领导还希望两个孩子能早点回村当春晖使者，把学到的技术带回村发展产业，带领村里的乡亲共同致富呢！"看见火候到了，任光霞提出了自己的想法。

"大家都乡里乡亲，娃儿些回来做事，那不是应该做的嘛！"黄某某显有些得意起来。

为了抓住镇领导重视的难得机会，黄某某也讯速作了表态，"光霞，姐姐我不懂现在的扶贫政策，性子急，说了些不该说的话，你莫在意，村里的扶贫工作，我大力支持，低保补助我不要了。但光霞妹妹，你可要向镇领导好好的说一说俩孩子的事哟！"黄某某一边说，一边起身离开了任光霞家。

当一些乡亲因没评上贫困户，享受不了精准扶贫政策，产生抵触情绪时，任光霞晓之以理、动之以情，因为脱贫光荣，带动贫困户脱贫更光荣。

脱贫攻坚，产业优先。2017年，天星村在县、镇领导的帮助下，与贵茶集团携手合作，发展茶业500亩，茶业进入丰产期后，年产值将突破100万元，对巩固天星村的脱贫成果、助力乡村振兴起到支撑作用。

扶贫先扶志，能不能唤醒贫困人口脱贫的内生动力是关键。为了激发起贫困群众挑战贫困的勇气和脱贫决心，天星村在决战脱贫攻坚的战斗中，创新了党员干部与贫困群众一起吃"连心饭"的工作模式。特别是2018年的"连心饭"，村里组织全村贫困群众和春晖使者吃了一顿有500人参加的

"连心饭"。吃了"连心饭",沟通感情,与贫困群众拉近了距离,还通过观看村联欢晚会,增强贫困群众决战的决心。同时,"连心饭"春晖使者看见脱贫攻坚工作队的扶贫情怀,村里外出能人悉数返乡创业,带动贫困群众致富。

决战脱贫攻坚,任光霞既敢碰硬又敢较真,不但有村干部的扶贫情怀,更有一名共产党员的使命担当,因为她深知,一名农村基层组织的书记,她不但是全村的脱贫致富的引路人,更是党中央精准扶贫政策的贯彻者,天星村的贫困群众对中央政策满不满意,都写在他们的脸上。

沙子坡镇天星村示意图

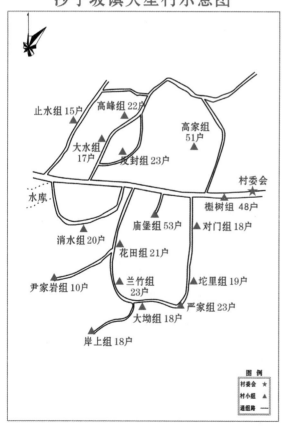

雨停了,阳光穿过乌云,武陵山脉上,任光霞和脱贫攻坚工作队又开始了一天进村入户的走访工作。见了任支书和脱贫攻坚队来了,群众们都热情的上来打招呼,特别两眼失明的申某某,听见任光霞的声音,噌噌几一下,就从屋子走了下来,犹如重见光明,走路虎虎生风。此时,在他和群众的心中,任光霞和天星村脱贫攻坚队已化身成为党中央精准扶贫政策的耀眼霞光,照亮了他奔向小康的幸福之路。

岁月有你，安暖相伴

谢 凯

高高的山梁，绿绿的茶园，火红的石楠，艳艳的海棠，十里绿杨醉春烟，好似又到江南岸。站在村委会所在的山坡上眺望，天上飘起的云朵与隐约的六井溪升腾的雾气相融，似云似雾，似仙似幻。在这七沟八梁九面坡的山旮旯里，在这绿野青山的仙境里，沙子坡镇的韩家村在这里用双手和肩膀，用智慧和朝气亲手描绘了最美山乡，用汗水和坚韧谱写了韩家村的生态美、和谐美和幸福美。

都说从前车马慢，从前，人们会为一些话、一颗树、一拢地，来讨说法，来争高低，来吐口沫。而今，人们会专为一杯茶、一瓢水、一段情，来听文明事、表衷情，述党恩。这些话，有的清远悠扬，有的激越豪迈，有的荡气回肠。从前慢，人们在慢中疏理，在生活里感悟，风雨如霜，经历如歌，我们的党始终守在民心身旁，看到鱼目，看到连珠，听到涌泉，听到波涛，岁月沧桑，谁与你安暖相伴！

要说从前，杉树沟组的组长郭巩霞最有感受。如今她连声说自己从前错了，错怪了村支书错怨了村干部。想起那时，自己外出打工十多年才回家，在不了解的情况下就拧着性子对着村委干，你说东，我偏说西，你说南，我偏说哪门子朝北。

在老公去世后，自己身体有病重活干不了，危房改造期间，是村党支部，是脱贫攻坚的队员们帮忙打扫卫生，做农活，用党员的所作所为感动了自己。慢慢的，她看见韩家村变美了，吃水问题解决了，过去的毛沟沟路现在硬化了，寨寨连，组组通，还安了路灯，照得路面明晃晃，照得心里暖融融。她说道：如今村里规划得这么好，环境变得干净美丽，是我们的党，我们的村干部办事公平公正，做事有理有据，我要求加入党组织，我也想和他们一起出力把韩家村搞好。

2018年10月，郭巩霞写了入党申请书，用自己的行动带领杉树沟组积极参与乡村产业及文明建设，坚定自己跟党走的态度和决心。

还有包丰组组长黄廷权，感受到村里翻天覆地的变化而震撼感动，不仅担任组长还写了入党申请书，他深情说道，能加入党组织是我一辈子的荣幸和骄傲。

确实，哪里有困难，哪里就有党员有干部有突击队、攻坚队队员的身影。

韩家村党支部书记李海松说：抓党建，一个支部就是一座堡垒，一名党员就是一面旗帜。以党员标准化管控体系约束自己，制定党员正负面清单，随时想想：我能干什么？我干了些什么？我干得怎么样？我有何建议？我和党员们一起打好脱贫攻坚的战役，因为，我是韩家村的领路人！

号令如军令，人人参与，各司其职，各挡一面，既要金山银山，更要绿水青山，既要发展经济，更要生态环境。

贫困户梁国彩因摔伤住院，家里装修堆积了许多建筑垃圾，致使新居不能正常入住，而老宅年久失修存在安全隐患，知道这个情况，村攻坚队和女子党员突击队，一起合力，及时清理屋里屋外屯积的垃圾，打扫收拾，窗明几净，让其舒适入住。梁国彩一家感动在心，他嘴唇翕动着，没有你们，哪有我们温暖舒适的居住啊。

在连续强降雨中，是党支部率领党员们冒着危险将黄廷志一家紧急转移，当天晚上，黄廷志屋后的山体坍塌，近800立方米的塌方体将其两堵后墙瞬间掀翻，由于及时疏散没有一个人员伤亡。黄廷志一家事后想起仍然后怕不已，激动地说，没有你们及时赶到，就没有我们温暖的今天。

这样的事例数不胜数，李世玉家、冉龙玉家、李太春家、张羽洋家、任贞凤家等。修路、接水、搞卫生、清垃圾、拆猪圈、搬物品、运火炉，那一样事情都有党员干部的身影。抓党建，树标杆，凝聚民心汇聚力量，他们用自己的实际行动践行着党旗下的誓言，感人事情可歌可泣。

有一部纪录片《生门》这样说：产房的那道门既是生门，也是死门。医院就像一面镜子，照尽世间的悲欢离合、人情冷暖。每一个人都能在《生门》里面看到自己。

2018年11月，寒风凛冽。此时此刻，沙子坡韩家村的脱贫攻坚队队长杨印守在产房外，焦急地等待双胞胎那一声生命问世的啼哭，等待医生告知一切顺利平安，等待妻子从剖腹产手术的麻醉中尽快地醒过来深情地看自己一眼。而他为了韩家村脱贫攻坚的战斗只请了三天假啊。

妻子娘家远在毕节，四斤多一个的双胞胎孩子刚一出生，由于体弱只能马上送保温箱。看着妻子蜡黄的脸色，虚弱的病体，他只能紧紧握住妻子的手说，我本应留在你身边照顾你，照看孩子，可是，韩家村脱贫正是攻坚时期，你需要我在身边，韩家村更需要我在那里啊。

三天，72个小时，在生命长河里，虽只是短暂一瞬。而最艰难的选择，随时都在上演。对于渴望并喜欢孩子的父母，哪一个不是守护在旁，呵护有加呢？为了脱贫，为了攻坚，为了群众增收致富，哪一个党员和脱贫攻坚一线干部，不是舍小家顾大家呢。每当回忆病房里妻子不舍的眼神，那

全村党员积极参予本村经济发展苗圃代种已进入实施阶段看满山的石楠林长势喜人

双不愿松开的手和保温箱里孩子啼哭的模样，杨印的眼圈总会情不自禁地潸然湿润。

党支部书记李海松严谨自律，他还给担任村团支部书记、女子党员突击队员的妻子胡雪娇立下"三不许"：不许插手村里的惠民政策及村务安排；不许接收任何礼物礼金；不许以支书家属做损公肥私的事情。

连任三届的村长、党支部副书记李万军说得好：人在路上走着，再陡再急，只要有方向、识性能，都能平安到达。他在乡村产业发展中担任合作理事会副理事长，与党支部村委会、合作社理事一起，拓展产业扶贫，在生猪代养和苗木代种发展模式中有了长足发展，群众分红得利。

现在茶叶、红枫、香樟、红叶石楠、海棠花长势喜人，形成了规模化多彩绿化苗木专业示范村。连续几年被评为先进党组织的韩家村党支部，用实实在在的行动带领大家用勤劳的双手和肩膀，像挑山工一样，攻坚克难，用辛劳和汗水编织了韩家村的康庄家园。韩家村每个人都发自内心地说：岁月有你，温暖相伴，因为我是美丽韩家人。

（作者系省团校高级讲师，贵州省写作学会常务理事）

采风作家与韩家村女子党员突击队员

奋战在大山深处的扶贫斗士

田景祥

奋战在黔东武陵山主峰梵净山西麓三县七镇交界处的印江土家族苗族自治县沙子坡镇脱贫攻坚第一线的那一个个鲜活的生命，用青春和热血书写了勇斗赤贫的千秋佳话，他们无愧为当今时代大山深处最可爱的人。

冉航是第四个走进沙子坡镇十字村的扶贫攻坚队队长。之前由于村领导班子软弱涣散，贫困户出现较多错评漏评现象而导致脱贫攻坚工作严重受阻。冉航队长于2018年9月受命于危难之际，在十字村两次被点名通报批评之后勇敢地挑起了这副担子。他带领突击队尖刀班扎实工作，仅用了不到半年的时间便开创十字村脱贫攻坚新局面，圆满完成"百日攻坚"各项任务，从而改变了十字村的贫困落后现状。在2018年12日13日接受脱贫攻坚市级交叉检查与12月25日脱贫攻坚省级成效考核抽查中成绩显著。

冉航深入田间地头开展玉米病虫害防治工作

在2019年7月7日国务院组织对2018年脱贫摘帽县第三方评估抽查中也得到了组织的一致肯定和认可。

十字村人从此告别贫困，走上了奔向小康的幸福之路，冉航带领的脱贫攻坚队功不可没。

当黄延武拄着拐杖一瘸一拐地走进"脱贫攻坚两错一漏研判会"会场时，会场自发劲爆出雷鸣般的掌声经久不息。原来这沙子坡镇十字村村委会主任黄延武一个多月前与村党支部书记黄明一道参加完镇里召开的脱贫攻坚会议，骑摩托车返程天黑遇雨不幸摔成重伤。住院期间各级领导对他关怀备致，多次临床慰问让他深受感动。所以当他得知当天的会议是要解决脱贫攻坚有关重大议题时，身为村委会主任的使命感让他寝食难安，于是不顾医生护士们的一再劝阻，任性地拄拐杖来到了会场。

黄延武身患二型糖尿病与慢性炎症性皮肤疾患银屑病多年，他原本长年在外打工，也算是见过世面的他于2016年返乡看到家乡的贫困落后面貌不禁心生感慨，觉得自己身为十字村七尺男儿，有责任有义务为改变家乡的贫穷落后面貌尽一点绵薄之力。于是他满怀一片热爱家乡的桑梓深情不顾家人的反对毅然参加了村委会的换届竞选，并凭借口碑赢得广大村民信赖高票当选村委会主任一职，从而将全村脱贫攻坚的重任揽在了自己肩上。

可是村委会的工作任务繁重，薪酬微薄，他的三个孩子有两个都还正在学校接受教育。家庭沉重的经济负担让他的妻子不得不再度独自一人远走它乡，南下广州继续打拼。在他不幸摔伤之后，妻子无奈返回日夜照料他的起居生活。当妻子返回打工前线后，他则宛如一个轻伤不肯下火线的战士，白天带伤坚持工作，晚上独自一人在家还要忍受二型糖尿病与银屑皮肤疾患的双重煎熬。有人劝他别再逞能了，可他却依然心甘情愿，无怨无悔。他说："我既然选择了担当，就无论如何也不能在关键时刻撂挑子。扶贫攻坚是关系全村人的大事，我个人受点苦受点累算不了什么。"

同样身患二型糖尿病的杨光海在2018年6月接到组织通知派驻沙子坡镇十字村并担任该村第三任扶贫攻坚队队长的任命后，没有丝毫抱怨，没有些许迟疑，立即打点行装，随身带上每天必服的药物及注射剂等医疗器械赶赴脱贫攻坚主战场第一线。因为他意识到自己身为共产党员、国家干部的使命，养兵千日，用兵一时，在党和国家人民需要自己的时候，无论如何都必须挺身而出。

繁重的脱贫攻坚工作让他在短短的几个月内体重便锐减了10公斤。组织上考虑到他的身体情况，并了解到他的女儿即将参加当年高考，于是另外选派了接替他的第四任扶贫攻坚队长，用意是减轻他的工作压力，有利于他康复而避免病情恶化，同时也有可能抽一些时间关照一下正在迎战高考的女儿。然而杨光海却不为所动，他主动请缨继续担任脱贫攻坚队最具挑战性的尖刀班班长，以至于女儿在高考期间最需要他的时候终归没能像其它父亲一样将自己唯一心爱的宝贝女儿送进考场。也许他的女儿无法理解这样的父亲，但杨光海始终坚信自己的女儿将来一定会明白自己的选择而不会有丝毫的怨恨。

四十开外的村干部黄华家住十字村最边远偏僻的青木塘村民组。早年打工在外，2002年因年迈的父母需要人照顾才不得不从沿海打工前线回到家乡，因为有一定文化而被当选为村民组组长，且一干就是十几年。他一心为群众办实事，带头养殖，创办企业，引进项目，改善村组交通现状，深得村民好评。2016年被选进村委会并加入了中国共产党。扶贫攻坚的重任、村委会工作的压力加上年届八旬的父母与尚在学校读书的子女，无形精神压力与现实的经济压力让他实在有些喘不过气来。特别是身患严重风湿几近瘫痪的父亲需要治疗，村干部的微薄薪酬实在无法支撑其上有老下有小的沉重负担，他不得不忍痛割爱，卖掉了自己经营多年好不容易形成规模养殖的25头牛，让自己的老婆匹马单枪重返打工之路，到沿海挣钱养家糊口去了。而他自己却依然坚守在自己的岗位上恪尽职守、任劳任怨、甘之如饴。

（作者系务川自治县退休干部，贵州省写作学会理事）

舍命救人的第一书记

吴廷军

一时失去两个孩子的父亲痛不欲生，突然站起，纵身一跃，就要跳岩自杀，涂显强一惊，说时迟那时快，也纵身一跃将其抱着，来一个空中翻转，用自己的身体护着先落于十几米高坎下面的一片乱石中。这个结果谁也无法预料，涂显强也没多想，舍己救人是他心中的高尚本色。

2018年7月21日下午5点40分左右，正在上班的沙子坡镇竹元村脱贫攻坚队队长兼第一书记涂显强同志，突然接到镇领导打来电话，镇领导在电话里焦急而又坚定地对他说："在镇中学后山的山顶上，厂上组涂当银的两个儿子，因去山上玩耍意外摔下几十米高的坎下遇难，现在遇难者父亲，亲属和群众都在山上，你们攻坚队马上赶往现场，做好维稳工作，不准出现意外事故"。

听完命令，涂显强马上丢下手里的工作，带领攻坚队的全体人员向事故现场奔去。他们跑到离事故现场约50米处时，远远传来了悲伤的大哭声，呼叫声，劝导声，几百名群众在围观，拥挤，现场一片混乱。涂显强和队员们同时惊呼道："不好了，搞不好要出事"。"加快速度，快点赶到现场"。攻坚队全体人员加快奔跑速度，气喘吁吁，满头大汗地到达事故现场。山坡下两个男孩一个12岁，一个9岁躺在坎下几十米处，并被土半掩着。遇难者的父亲站在山顶边缘，悲痛欲绝，捶胸顿足，乱抓自己的头发嚎声大哭，随即就跳岩，涂显强抱着他先落在乱石中，头部，腰部等多处受伤流血不止，而遇难者父亲则安然无恙。

现场的全体人员包括镇领导和公安干警都被这突发情况惊呆了，惊呼：

"坏火了,不知他俩伤到什么程度"。有的人还以为涂书记牺牲了。事情危急,大家都不容分说,迅速从土坎上滑下,跳下去,赴向他俩实施救援。这时涂书记清醒过来了,他大声说道:"我不要紧,他情绪还没有稳定,你们要多去几个人保护好他的安全"。随后涂显强被送到医院治疗。他的事迹感动了天地,感动了所有人,也感动了遇难者父亲。不久遇难者父亲和亲属到竹元村村委会送来锦旗,向涂书记和全体攻坚队员表示衷心感谢!

涂显强不是第一次因公与死神擦肩而过,在2018年6月25日,他带领攻坚队到该村竹元组入户测量工地增减挂钩面积时,因该户危房长期没有住人,地上乱七八糟,看不清地上的情况,在丈量时他不小心被掉下阴暗、潮湿、有毒气的苕坑内,这种苕坑因长期没有使用,加上坑口被杂物盖着,不通空气,所以坑内布满了毒气,一旦人掉入坑内,不及时营救出来,就会死人的,这次因有攻坚队队员和涂书记在一起上班,及时营救才把涂书记从死神中拖了出来,不过虽然他身上多处受伤,但他轻伤不下火线,继续上班,几天后,他发现自已尿血,经医院检查是肾挫伤所致,必须住院治疗,住院后,还没有完全康复的他,又奔向脱贫攻坚战场。

今天我采访涂书记时,我问他道:"你当时舍命救人是怎样么想的"。他干脆地回答我说:"出于本能,因为我是攻坚队队长,保证群众安全是我

上组涂当银为涂显强送锦旗

第一责任"。

是呀！虽是一句简短的话，但铿锵有力，掷地有声，因为这种舍命救人的本能不是一般人能做到的，最起码要本人具有一颗善良，勇敢的心，对共产党员来说：也是一个出色的，优秀的共产党员，他心中热爱党，祖国和人民，他才会去牺牲自己，比如：方志敏，刘胡兰，罗胜教，郭永怀，以及在各条战线上为党为祖国，为人民献身的英烈们，他们就是以这种高尚的本能来履行一位共产党员的诺言。

（作者系印江诗词楹联学会会员）

沙子坡镇竹元村示意图

"不务正业"的牛倌

严 波

"怎么了？遇到什么不高兴的事了。"妻子忍不住问任永万。

"没，没什么。"任永万涨红着脸，慌乱地把发呆的眼神从窗外收了回来。

"不对哦，很少见你这样，你肯定有心事！"妻子递一杯热茶给丈夫，瘦削苍白的脸上流露出急切的表情。

"唉——"面对妻子晏祖妍的再三追问，任永万耷拉着脑袋，很费劲地吞了一口茶，"明天是扶贫募捐日，村里搞募捐活动。咱凉水村组织并邀请热心人士来参加，很多村外的人都来村里捐钱捐物，我这一村之长肯定更要积极带头募捐，但是……我这小村干部，每月工资才一千多，平时补贴家用都不够，这可如何捐呀……"话越说越小声，任永万的脸更红了，还搓起了双手。

看着丈夫尴尬的神色，晏祖妍缓缓转过身去，淡淡地说："如果捐，一般捐多少呢？"

"至少要捐两百元吧！"

晏祖妍略沉思，转身从里屋拿出一沓崭新的钞票，斩钉截铁地说："捐五百元吧，外面的人都来捐了，作为本村村长，你也不能落下。"

"这，这哪儿来的？不是刚给省外读大学的儿子又寄钱了吗？而且你上周又去县里看病了来，家里没有钱了呀！"任永万浓眉下原本很大的眼睛，在惊讶下显得更大了。

"都忘了告诉你了，这段时间经济太紧巴，没和你商量，昨天我卖了一头牛，给你拿500元去捐。村外的人都来捐了，我们更该捐，一村之长就该起带头作用！"晏祖妍说道。

接过钱，这个坚强的中年汉子，眼眶湿润了。

想起年初，妻子还百般地不理解自己的工作，言语间经常流露出对自己早出晚归不理家事的不满。也深刻地记得，妻子对自己工作从不支持到支持的转变，是从那些自己和驻村干部们夜夜加班的日子开始的……

2018年自春风行动到夏季攻势，整村脱贫攻坚进行得如火如荼，农危改、四改一化、通组路、人畜安全饮水工程、残病人口的生活保障和费用申请、村集体经济产业等等的推进，使村里各个角落都有驻村干部、村干部忙碌的身影，早起晚睡成了他们的常态，各种研判分析，各类精准再精准的调查、统计、整理、汇总……让扶贫干部们经常彻夜不眠，通宵加班。

天刚露出鱼肚白，晏祖妍背着尚在酣然沉睡的两岁孙女，踏着寒露，独自去山梁上放四十多头牛。待到牛儿们悠闲地吃着草，她又匆匆回家料理家务。忙碌完当天的家务，晏祖妍又急忙回到山梁上赶牛回家，朦胧的早晨和夜幕下的山林里、草丛中，不时有令人毛骨悚然的野兽叫声和毒蛇爬行的身影，成了每天放牛生活中最大的恐惧。

孤独地承受这一切，使性格开朗的晏祖妍不由得埋怨起丈夫来：这个不务正业的家伙，放牛原本是他的事，他现在有这么忙么？是在哪儿嫖呢？赌呢？还是在哪儿喝酒呢？

有一次凌晨，晏祖妍带着疑惑，嘀咕着，来到了村委会办公楼。

办公楼灯火通明，会议室门、办公室门都大大地敞开着，不时传出说话声，好像在念叨着一些村民的名字，也在说着哪家治病报销了多少钱，哪家的房子漏雨，哪家今年收入是多少……

寻着丈夫的声音，晏祖妍走到会议室门前，室内的大会议桌围了七八个熟悉的人，桌上每个人的面前摆放着表册，他们都拿着笔在表册上划拉着，屋里烟雾缭绕，地上到处是烟头，几个透明的杯子里茶叶渣堆到了杯腰。

"天哪！你们一天不兴睡觉？"晏祖妍惊讶的声音，让一个个专注在表册上的脑袋，纷纷抬了起来，一双双布满血丝的眼睛对晏祖妍先是愣了一下，随即笑了起来。妻子的出现，让任永万也感到了惊讶。"嘿，嘿！"任永万用尴尬而疲惫的笑声对妻子表示着歉意。

"快坐，快坐，嫂子！"第一书记梁永也连忙起身招呼，并把一旁椅子上堆放的资料抱开。

"不放心你家万哥呀？要来亲自看看他在做什么不是？"驻村干部们瞬间精神振作，打趣起来。

"哪里哪里，我不晓得你们在忙什么，还以为他去哪里喝酒去了。没想到你们这么辛苦，你们饿了吧？我帮你们煮夜宵吃。"晏祖妍脸上写满了心疼。

夜宵其实也是提前的早餐。

这次过后，晏祖妍再也不在丈夫面前埋怨了。每次丈夫拖着疲倦的双腿回家时，晏祖妍都赶紧递上吃的喝的，并安慰上一句："以后你放心地搞工作，家中的事你啥也不用管了……"

凉水村晏祖妍在山上放牛

村里人都知道，16岁丧父的任永万年轻时穷困潦倒，是个低保户。婚后，晏祖妍全身心地支持、帮助任永万发展家庭经济，并主动申请取消了低保。

任永万夫妇不再外出务工后，从最初种植烤烟300多亩到养牛10余头，再到成为现在稳定养牛40多头的牛倌，从失败到成功，尝遍了酸甜苦辣，最终用养殖得来的收入养家糊口并送孩子上大学。2016年当选村干部以来，群众眼中的任永万不光是贴心的村干部，还是凉水村养牛最多的牛倌，更是村里的产业致富带头人。

2019年7月，全县脱贫攻坚成效在国家委托的第三方评估抽查中得到了认可。带着阶段性胜利的喜悦，在半年工作述职评议会上，任永万表达了对妻子深深的愧疚，也抒发了满满的自豪。脱贫攻坚他全身心参与了，通组路通了，连户路修好了，家家户户喝上了干净水，村里的破烂房子变得崭新、宽敞，村集体经济产业已见成效……

越来越多的村民喜欢上任永万夫妇家串门了，在他们看来，任永万不是晏祖妍口中打趣的不务正业的牛倌，而是特别务正业的村长！

（作者系印江县工商联工作人员）

"你把我送来了，就不管我了"

——访脱贫攻坚心酸而遗憾的竹元村党支部书记王超

张祖荣

7月13号，沙子坡的天空灰暗而阴沉，雨，淅淅沥沥，飘个不停。

在竹元村村支两委办公楼的三楼屋子里，我与王超，围着炉子桌边坐着。他坐东向西，我坐北朝南。我环视办公室，中间是办公桌，四周的墙上挂着一本一本的文件或资料，有条不紊，譬如："文件夹：'短平快产业'资料"，"文件夹：竹元村产业发展资料"，"文件夹：村级资产……"

心想，这就是竹元村脱贫攻坚的作战室啊！

寒暄几句，我们就直入主题了。我先说："王支书，谈到扶贫攻坚，虽然我们只有短暂的接触，但我觉得你有一句口头禅，就是'哪里没有一些心酸和遗憾呢'，请你摆一摆好吗？"他嗳嚅了一下，说："分内的事，也算不了什么。"我说还是聊一聊吧。

"我叫王超，1964年12月初三生。1984年9月当兵，在广西边防。1989年退伍以来，一直从事中巴车客运，跑印江

王超支书深入村民家中"找事做"

到沙子坡、铅（yuán）厂。2010年开始搞砖厂，到2016年都开得比较好。2016年2月起担任支书，开始搞脱贫攻坚至今。"

"不是说，你为了搞脱贫攻坚折了至少五六十万吗？"

"从上任以来，砖厂就断断续续地搞，2017年下半年脱贫攻坚任务紧，松不得，砖厂就没搞了。因为要请工人，不得亲自去管理，怕出安全事故。直到今年三月约两年没开了。按经济价值保守算法，一年可按一二十万收入算，两年就损失三四十万。去年年初想抽空拉沙来让砖厂运转，不然，运沙的车摆在那里也要烂，但看到脱贫攻坚场火（形势），就想把车卖了。有人拿了12.8万，没卖，还是想跑。到了四月，还是无法运转，10.38万元就卖了，少卖了两万多元。"

"当时买了多少万呢？"

"2017年，买着二十来万。有哪个晓得我的辛酸？有老百姓认为是当官的，该倒霉！还有人说'上面政策好，村干部乱搞'。卖了车，就踏踏实实地搞脱贫攻坚。"

"车的名称叫什么，在哪里买的呢，哪个买了你的车呢？"

"叫东风力神车，拉沙的自卸车。在印江坪兴寨买的，经销商是湖北的。买车的是本村陈德学的儿子陈林。他看我的车摆着不开。"

"听说你曾想临阵逃脱，是吗？老婆的意见如何呢？"

"是曾想过。老婆叫任永琴，在镇教办工作。她说脱贫攻坚要紧，把车卖了，钱是找不完的。否则，只有辞职，临阵逃脱。但能这样做吗？"

五六十万损失的辛酸，只有往自己肚里咽。但是，最让他终身遗憾、内疚的还是他父亲的离世。

"父亲七十多岁，2018年冬月开始病重，我正在忙着扶贫。我们七姊妹，除了我在家以外，二妹嫁到浙江，其余三弟兄、两姐妹都在贵阳。父亲单独在老家座。我们商量，请与我年纪差不多的一个叫王齐的叔服伺，一个月开他二千八百元。虽离村委一公里，但我要几天才去看一回。白日夜晚，不是开会，就是串户。

"我帮父亲送到县中医院。回来就下大雪，要去看孤寡老人、独居老人，一家一家地排查，是否饿着、冻着、房子垮塌等。如冬月十四日，有个叫田井芬七十来岁的留守老人，住新田组山上，脚摔骨折了。帮她喂猪，联系她女婿冬月三十回来，直到帮她安顿好。但自己的父亲冬月初六送去，到二十四日病危，都一直没去看。腊月二十六日，凝冻天气，已封路，冒险开车去看父亲。父亲说：'哪个都不在身边，你在身边，嘟个忙，送我来了，就不管我了！'我眼泪再也包不住了。我什么也没说。我又还能说什么呢？

"父亲在电话中向姐妹兄弟们也说我不去看他。他们都责怪我。父亲就说'你送我来了，就不管我了'。我安排好后，当天就回来了，大概是腊月初二，父亲去世了。当天，我开了一天的会，战友（当兵时）们绝（骂）我。有的说我工作嘟个积极，难道还想爬官？我又有什么办法呢？要提升满意度。想到父亲说'送我来了，就不管我了'。父亲可能临死时都在恨我。当时的主治医生是田景军主任。父亲什么也没有交代，不想死。他就是反复说'送我来了，就不管我了'。我真的是图名图利吗？只是想唱戏唱到这里就把它唱好……"

沙子坡镇光伏发电基地

"送我来了，就不管我了。"我不知王超重复了多少次。我仔细观察，他右手手掌捂着脸，每说到这一句时，哽咽，语无伦次。

记得之前他说，他还要去看一位留守老人。我便说过后再聊吧。我想，已知道王超为脱贫攻坚想"临阵逃脱"、父亲去世还在开会想"爬官"的心酸、终身遗憾的来龙去脉了；确实，一位未领固定财政工资的人，为脱贫攻坚，损失至少五六十万，如果计较得失，想得通吗，怎能不心酸呢？为脱贫攻坚，不能与父亲离世时见上最后一面，世界上还有比这更遗憾的吗？！……

王超说："我这辈子感到最艰辛、也最光荣的是上了两次战场、一次是对越自卫反击战，一次是这场脱贫攻坚战"，语气铿锵、自豪。

猛一抬头，我强忍着，向窗外望去，雨还在下着，淅淅沥沥。

（作者系贵州省印江中学高级教师，国际应用写作学会会员）

听老支书任贞学给你说

申元初

要说，我这一生，感受最深的，就是参加了两大战役！

第一是自卫反击战，那是用生命去冲，要命！第二，就是脱贫攻坚战役了，那是没日没夜地干，拼命！

2014年，我们对家乡贫穷面貌发起挑战，2017脱贫攻坚战役全面展开，整个沙子坡要大变样。艰难不？太艰难！困难不？多得很！涉及到群众生活的方方面面，复杂得很啦！特别是我们桂花村，6个村民组，全部在镇上，人员复杂，情况复杂，啷嗐不困难嘛！一开始，老百姓不理解，慢慢做工作，慢慢地，各方面越来越好，日子越来越好过，人均收入达到8860元，以前，想都不敢想，因此，大家从不理解到理解，从不满意到满意。这个转变，我是看到的咯！

我们沙子坡，你们是看到的，七沟八梁九面坡，几家住在坡顶顶，几家住在坡脚脚。通过脱贫攻坚，实现了村村通，户户连，道路都硬化了，汽车开到村，摩托开到户，对于沙子坡来说，不是个简单事呢！没得脱贫攻坚，啷嗐做得到？

街上吴家，儿子在外面打工，坐公交车回家，在沙子坡下车，哈哈！憨喽！这个路，认不到喽，家，也找不到喽！不像个沙子坡人咯，不像个桂花人咯，倒像个外乡人嘞嗐，一路问起路才回到家嗐。家乡变化太大了！

我们张羽春支书家外甥，也是在外面打工回家，回沙子坡。汽车路过沙子坡，他也没有下车，认不到了嘛。走一半天，他忍不住问："师傅，沙

老哥们话脱贫

子坡还有好久到哇？"司机说："哎？早就过呀啦嘛，刚才路口几排砖房那里就是啦嘛。"外甥大吃一惊说："哪样？那就是沙子坡？哎呀，我还以为是县城呢！"满车人都笑。

镇上曾家，原来那房子，烂得哟，又没得猪圈，猪都喂到屋头，和人挤。后来，扶贫指挥部和政府帮他立起新房子，他说他没得钱安门，没得钱装修，政府又帮他装修，帮他安门。嘿！这家伙说没得钱，他倒一哈就加了个二层楼。你看嘛，原来和猪挤在一间屋里，现在住二层小洋房啦不是！

这个生活的变化，我们老人最清楚。我们从过去走过来的呀，原来是哪样样，现在是哪样样，老人们亲眼看到，亲身经历，嘟嘟不清楚嘛！

我一个老哥们说："嘟嘟不锻炼身体啥，我还想活起啦嘛！我还想看哈这个好日子还要变成个哪样样子，过去做梦都想不到！现在政策太好啦！"

哈哈！还有个老哥说得更绝："哪个还说这个政策不好，是要短阳寿的喽！"

夸张啦？一点都不夸张！我们这些老梆子些，看到过去那个穷啊，又看到现在，满街都是汽车，满街都是摩托，满街都是砖房，过去是黄泥巴路，现在一色水泥路，你说，过去做梦想得到不嘛！

哈哈！给你们说，塘口村，有个高腔山歌王，唱山歌都唱到北京去了！他也是啷样说啦嘛："我今年78岁，活到这么大的岁数，得看到现在这个好生活，幸运啊！"人家山歌王都啷嗹说，你说，哪个老人不这样说！

这么给你说嘛，我，任贞学，桂花村老支书，有幸参加了人生两大战役，自卫反击战，我们打败了侵略的敌人；脱贫攻坚战，我们看到了家乡翻天覆地的变化！

我这一生，值得了喽！

（作者系贵州省警察学院教授、副巡视员（退休），

原贵州警官职业学院副院长。贵州省作协理事）

脱贫攻坚，日子甜了

长在乡亲们心上的青杠树

雷 艳

六洞村，一片见惯的山。只要开门，就可见山；只要出门，就要上山，不管是劳动还是赶集，总与上山下山有割不断的情结。不过还好，地势低也有它的优势。人往高处走，水往低处流，这里水源充足，人们在两山的沟壑间修筑了堤坝，建起了发电站，供本村及邻村的居民使用，解决了村民用水用电问题。看来，除了山外，水也成了他们赖以生存和生活的一部分。村民把这条河流当作亲人一样照顾，他们在河道边最显眼的地方，立着警示牌，上面写着：保护河道清洁，维护生态健康。不时警醒村里的人，也在提醒外来的人们，共同维护美丽的生态家园。

站在村口，眺望村庄，两层或三层的白色楼房顺着地势，呈梯度纵向排开。老木屋，青瓦房，构建了千年的传统与风俗民情，她静静地立在那

六洞村的红香柚丰收在望 / 雷艳 摄

儿，用无声的语言倾吐着几代人落叶归根的情怀。整个村庄，镶嵌在一片碧绿之中，像一个个音符，跳动在绿色的琴键上，弹奏着一曲曲动人的歌。

刘垚，六洞村攻坚队长、第一书记。当国检结束后，这个40出头的壮实男子才稍微松了一口气。谈起那一段艰苦的岁月，他都不知道是怎么挺过来的……

在镇里开会，新的指示又下来了，他快马加鞭，召集攻坚队成员，商量对策，分配任务。正准备分头行动，不争气的手机响了，他斜了一眼，弟媳打来的，他顺手按了免提，"哥，刘满，他……他……出车祸了……"声音断断续续，接着便是嚎啕大哭。天哪！车祸？人怎么样？"伤得很严重，甚至有生命危险……"这可怎么办，任务在短时间内完成，真是屋漏偏逢连夜雨。杨文、任贞雄等几个队员异口同声："刘队长，人命关天，你快去，这儿有我们顶着。"不管那么多，生命要紧，他得赶快奔赴现场。他向镇作战部萧指挥长说明情况，得到萧指挥长肯定的答复：准许请假。他们六兄弟，其中就有四个在打脱贫攻坚战。出车祸的这个兄弟，就是在农户家排查摸底到深夜，正准备回办公室，一辆摩托车疾驰而来，眼看就要撞上了，他迅速猛打方向盘避让，却翻下悬崖十来米远，当120赶到时，他已经失去意识，欣慰的是还有生命体征。刘垚强忍着悲痛，他心中只有一个信念：只要还活着，就会有希望；只要有哥在，天就不会塌下来。他不分白天黑夜，守候在弟弟的身边。功夫不负有心人，终于在第九天的时候，弟弟苏醒过来。他紧紧地抱着弟弟，已经泣不成声，眼泪像潮水一样不受控制地涌出来。他该给自己一点点时间，稍微休息一下。可是，他交代好病人后，立马直奔村里来了，甚至从家门口路过，他也没来得及进屋拿换洗的衣服。

他，就是这样的一个书记，用厚实的肩膀担起了党和人民赋予的重任，担起了村民渴望的眼睛寄予的厚望。

俗话说：天地之间有杆秤，这秤砣就是老百姓。说起村支书杨文，他却是村里出了名的大好人，大恩人。用村民的话说，他是有钱必借，有事必做，有忙必帮。2008年冬天，凝冻天气。村民杨再富的妻子任忠芬难产。杨文知道后，背起药箱子第一时间赶到，任忠芬躺在床上，脸色发青，豆大的汗水浸湿了头发、衣服，因为疼痛多时，已经没有力气了。根据他多年的医学经验，如果不送往印江县医院，孕妇和胎儿都有生命危险。杨再富面露难色，说则容易做则难，没钱难于上青天。杨文想都不想："救人要紧，钱从我这里拿。"他开着自己的车把任忠芬送到印江县医院。经过医生的全力抢救，终于母子平安。杨再富拿着200元钱，递给杨文，说："你帮了我一个大忙，借钱给我，还开车送医院。这钱你拿着，就当是开车费。"杨文连连摆手："都本地本方的，谈拿车费就见外了！你拿去，给弟媳买点东西补补！"话都说到这个份上了，杨再富也不好推辞，他多么庆幸自己遇到这么好的一个人。

村民买农村合作医疗保险，年轻人都在外地打工，杨文按照表册一一打电话："该买保险了呢！"有的爽快："好哇！我马上转钱过来。"有的迟疑："这段时间资金紧缺呀！""那还不好办吗，我给你垫出来。"声音轻柔似一缕春风，悄悄拂过心坎，让人温暖、踏实。惠民政策工作宣传到位，没有人不交的，工作就是这样，在彼此信赖中轻松搞定。

杨文支书，全村人的顶梁柱，大事小事都找他。村长任贞雄无不感慨：杨文不管是在精力上还是财力上，都付出了很大的代价，我又有什么理由

红香柚配套设施建设

不做好自己的事情呢?

谈起村里下一步的发展,村长任贞雄的眼里闪烁着希望的光芒,他说:青杠岭山顶上地势平整,土壤肥沃,非常适合种植经济作物,由于不通路,现在一直荒着,怪可惜的,要是政府能采纳这个方案,把通向青杠岭的产业路修好,那该多好啊!还有,那一片纵横5公里路程的青杠林也是我们担心的问题。青杠树有一个特点:生长速度快,侧枝多,适当的疏通林木反而能够促进生长,如果不加强管理,这片青杠林将会死亡。有计划地砍伐树枝,不仅可以保护森林,还能将砍下的树枝烧成杠炭,为村民们创收。

这个每个月只享受国家不足2000元工资的村长,每天穿梭在田间地头,走访在每家每户,为村民谋求发展。而自家的田地,却疏于照顾,反倒成了荒地,真是富了村民穷了村长啊!

青杠岭上,几棵青杠树高大挺拔,枝繁叶茂,它们把爱与希望的根须扎在土里,智慧与情感的枝叶招展在蓝天下。无论是岁月的风雨扑面而来,还是滚滚尘埃遮蔽了翠叶青枝,它们总是静默等待,并接受一切来临,既不倨傲,也不卑微。山下的他们,不正是生长在乡亲们心上的青杠树吗?

(作者系印江一小教师)

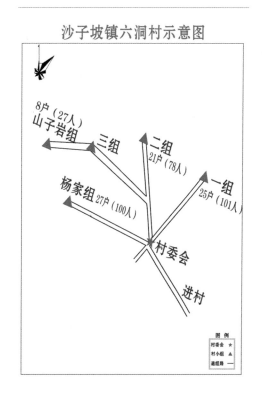

沙子坡镇六洞村示意图

105

初心不改

刘春林

迎着夏日的细雨，在沙子坡镇政府门口，我看到了朴实的黄廷武——十字村村主任。他是一个平凡的老百姓，也是一名普通的村干部。在祥和的中国大地上，脱贫攻坚是和平年代的新战场——一个没有硝烟的战场。为了决胜脱贫攻坚，着力解决贫困户"两不愁三保障"问题，黄廷武初心不改，牢记使命，用行动诠释了一名村干部的责任和担当。

都说穷人的孩子早当家，这句话放在黄廷武的身上再合适不过了。由于母亲去世早，生活艰难，1992年初中毕业的他奔赴广东佛山务工，并在这一年查出身患慢性皮肤病——银屑病，至今无法根治。之后，在不同的城市来回奔波。20岁那年，他结婚成家，婚后不久，为了生计，他不得不再次远走他乡，冒风雨、顶烈日，不怕苦、不怕累，一心为钱奔波，只为让家人过上幸福美满的生活。每当夜幕降临，站在高楼林立的城市，望着灿烂的霓虹，他的双眼渐渐迷离，心里多了一份不安，思家返乡的情绪油然而生。2015年，他毅然回到了久违的家乡，看着满山田野都长满了青草，乡亲们的房子还是那么破旧，村民们的生活也没有大的改善。此情此景，使他深刻感受到，城市和农村的差距实在太大。这时，他心里萌生了一个伟大的想法——彻底改变家乡的面貌，全面改变村民的生活。

抢抓机遇，践行理想。在家一年后，正好赶上换届年，他不顾家人反对，果断参与到村主任的竞选中。上任后，他发现村干部工作是那么陌生，没一点思路，没任何构想；他不知如何去规划全村发展，不知如何得到百姓认可。上任后，他才明白村干部看起来很平凡，但干起事来真不平凡。

上任后，他才知道村干部责任重大，才觉得工作吃力，不知如何去解决村里的大事小事。但他没有退缩，他用行动作表率，用实干鼓舞人，用苦干感化人。他决心当好村干部，把村干部这个角色演好，别人不敢做的事他带头做，别人不愿做的事他亲自做，迎难而上，奋力前行。

时间过得飞快，一晃半年就过去了。他终于悟出一个道理，产业是致富的根本。一个村必须要有产业，村里的方方面面都需要产业支撑。在这一理念的指引下，他全身心投入到村里工作，以发展产业为终极目标。不断查找之前发展产业的失败原因，总结经验，亲历亲为，于2016年带头发展水稻制种，没想到还是失败了；但他不气馁，在2017年又带领全村人民发展高粱，这次功夫不负有心人，终于告别了失败。这时，全国吹响了脱贫攻坚的号角，全县下达了脱贫攻坚的作战令。国家的各种惠农政策不断落地生根，他紧紧抓住这些难得的机遇，利用十字村土地平坦、连片、灌溉方便的有利优势，积极整合土地资源，发展精品水果，通过成立村合作社发展黑木耳，并将外出务工总结的管理经验用在合作社的管理中，从而带动全村百姓增收致富。

古人云：天将降大任于斯人也，必先苦其心志，劳其筋骨，饿其体肤，

十字村村主任黄廷武带头连夜抢收黑木耳

空乏其身，行拂乱其所为，所以动心忍性，曾益其所不能。这话应验在了黄廷武身上。他在2017年年底查出糖尿病，在这节骨眼上，脱贫攻坚进入关键之年的2018年，但他依然带病工作，心系群众，起早贪黑日复一日地工作。此时的他，两个儿子都已外出务工，最小的女儿在思南中学读书，成绩优异，由于收入微薄，妻子不得不外出务工补贴家用。2018年4月13日，他到镇里开会结束后，立马骑车回村与即将进村实施人居环境改造施工队对接工作，天空下着蒙蒙细雨，为了不让人居环境改造的资料被雨淋湿，他让支书黄明先走。此时天色已晚，路面湿滑，厄运再一次降临在他身上。他骑车到池坝村下陡坡转弯时，由于路面湿滑，他从摩托车上摔倒下来，在地上翻了个滚才停下来，而那辆摩托车更是飞出了三四米远才翻倒在地上。他坐在地上忍着痛给黄明打电话，告诉他自己从车上摔下来了。黄明知悉后，立马掉头来找他，只见黄廷武满脸血肉模糊，他关切地问："问题不大吧！"而黄廷武一声不吭，已经无法说出话来。黄明立即联系车将他送到印江县人民医院，经检查他的脸部多处受伤，左腿骨折。住院后，在外务工的妻子连忙赶回来照顾他，看到躺在病床上的黄廷武，她埋怨地说："你图个啥呀！这么苦，这么累，把自己整进医院来了安逸了。"黄廷武住院期间，沙子坡镇党委、政府主要领导带领部分班子成员到医院看望、慰问他，群众得知此事后，纷纷为一心为民的他祈福，镇村干部纷纷为他点赞。4个月后，他出院回家疗养；此时，村攻坚队正按"两错一漏"对村里建档立卡户进行清理，他作为村干部成为建档立卡户清理对象的首选。在重重压力下，他的思想曾有动摇，他想过放弃村干部工作。然而，回想走过的路，回想当村干部以来的得与失，他想通了，他决定坚定的支持国家政策退出贫困户序列，不让群众看不起自己，舍小家顾大家，尽心尽职把工作干好。在还没完全康复的情况下，由于脱贫攻坚任务紧，镇里召开脱贫攻坚"两错一漏"研判会，他没有请假挂着拐杖到镇里开会，当黄廷武艰难地走进会场时，赢得在场人员一阵阵热烈的掌声。

这就是黄廷武，用心为民，尽职履责，舍小家顾大家，用一个村干部的情怀和担当，把群众的事情放在心上，把脱贫攻坚的责任扛在肩上；这就是黄廷武，初心不改，牢记使命，为了脱贫攻坚舍弃了一切，为脱贫攻坚付出了心血。他无怨无悔，满身病痛依然冲锋在前，把人民的事当成自己的事，在平凡的岗位上书写着不平凡的人生。

（作者系印江自治县木黄镇乌巢村帮扶干部，印江诗词楹联学会会员）

沙子坡镇十字村示意图

韩家村巾帼风采

张海莲

自古豪杰有万千，沧海横流谱诗篇，古往今来多评论，谁说女子不如男。

——题记

骄阳似烈火，罩在土地上，使草木熠熠生辉；烤在庄稼人的脊背上，使劳动人民汗流浃背。

尽管烈日炎炎、暑热难耐，庄稼人的耕作热情却永远不会退减。韩家村的山坡上一家人也正在地头荷锄舞刀，精神抖擞地挖掘土地里的"宝藏"，气氛甚是祥和。唯一不足的是她们这一家人当中没有一个壮丁，全是一些女流之辈，一锄一镬间她们都是咬紧牙关，使出浑身力气，俨然一副壮汉形象。

"婆，你累了就歇会儿，剩下的交给我们，保证在天黑之前帮你挖完！"一个农妇揩了揩脸上的汗水，信誓旦旦地说着。

老妪任明婵挺直腰板，倚锄而立，激动地回应着："真是太感谢你们了，我们寨上有你们几个真是好……"

在场的人听了她的话，心里都感到美滋滋的，大家相视一笑，便又开始埋头继续手中的活儿了。而任明婵坐在一旁，望着眼前几个不辞劳苦为她干活的人，陷入了深深的回忆。

一年前大儿子不幸英年早逝，小儿子又远在南京，剩下她一个古稀老人在家孤苦伶仃。因身患残疾，无法干重农活，生活更加艰难，她时常担

110

心自己也许有一天独自在家魂归西天了都无人知晓。幸而上天眷顾，好心人任爱萍走进了她的生活，帮她除草种地、打扫房屋、清洗衣物，在她生病卧床时，任爱萍更会心急如焚，帮她求医买药、送饭送水。事无巨细，任爱萍像她的亲生女儿一样，无微不至地照顾着她。

村里像任明婵一样、甚至比她更困难的老人还有很多，而像任爱萍一样无私奉献、不计报酬的女子也不止她一个。

78岁老汉张羽洋，瘫痪在床多年，其妻忙于农活只能保障他的饮食。他居住的屋子实在不堪入目，黑黢黢的霉斑爬满了他的枕巾，排泄物染脏了他的床单，刺鼻的恶臭熏得人不敢靠近。胡雪娇、胡丽等女子强忍着难受走进老汉的房间，奋力吆喝着移开了他，她们拿出从自己家里带来的床单为老汉换上，然后打来清水，手把手搓着床单上已经干瘪了的粪便。旁人看着都觉得很恶心，而她们不在乎，依然执着地一遍又一遍地揉搓着。

行将就木的老人谭祥仙身患重病，大小便失禁，生活不能自理，子女外出无法照顾老人，眼看着死神就要夺去她的生命。热心肠的谯信芝联系同村的两个女子奔走忙碌为她请医看病，悉心照料，帮她洗澡换衣、打扫房间。奈何她们的热心终抵不过命运的安排，老人还是痛苦地走了。不甘心的她们只能无奈地陪她走完最后一程，帮助处理老人后事，夜夜为她守灵，直至老人上山入土。

杉树沟组村民郭巩霞，早些年与丈夫一直在外务工，后因丈夫身患癌症而回乡生活。面对一贫如洗的家境，她对生活充满了绝望，对村干部更是充满了怨恨。她觉得自己外出这么多年，村干部从来没有关心过她的家庭，所以她不喜欢村委会的成员，也不支持村里的工作，更甚者她会在村民大会上公然反对村委安排，对村支书破口大骂，村里人都觉得她简直是一个不好惹的悍妇。随着村容村貌的变化，郭巩霞也发生了翻天覆地的变化。现在，她成了杉树沟组组长，她体会到了来自党、来自村干部的关怀，也认识到自己以前的错误，内心充满了深深地自责与懊悔。带着这份自责，她成了村里的女强人，在丈夫辞世后，身怀疾病的她坚强地撑起了自己那个贫寒的家，供养儿子上学读书。她团结组民把杉树沟这个最偏僻的地方打造成村里的先进组，卫生整治是全村最干净的，落实任务是全村最积极的。有一次大雨连下五天，脆弱的泥土不堪重负，被冲刷地遍布道路，当村支书巡村发现杉树沟的路上堆满泥土时，一个电话打给她还没来得及叫她处理，她便急冲冲地喊上几个村民冒着大雨清扫道路。

这些可歌可泣的女子因为志同道合便组成了一个团队，随着时间的推移，她们成了韩家村响当当的的队伍——女子党员突击队！自2018年正式成立以来，她们的队伍发展到今天已有八位成员。她们就像是村里的活雷锋，奔走在村里的各家各户，热情地帮助村里一切需要帮助的人，帮人种地、网上代购、定期轮流走访贫困户、照料孤寡老人、为瘫痪老人换洗床单已成为她们的家常便饭。但是热情总被无情负，村里人认为她们是惺惺作秀，常常冷言冷语地嘲讽，她们只能暗自在心里流泪，却从不曾想过放弃。

而要问起她们为什么会无偿帮助别人时，她们会说是因为她——86岁老党员任达奎，一个年老但壮心不已的人。她是村里的老好人，看到村委会办公简陋，她私掏腰包捐助1800元买胶凳；知道93岁老人张云学一个人

韩家村女子党员突击队帮老人任明婵挖洋芋

在家生活困难，她亲自上门去送蛋送米；听说隔壁村有老人生病在床大小便失禁，她不认识，也托人帮她捎钱捎物。她是村里的老领导，村里的大小会议，她都积极参与，指正错误、提供意见，她不断地鞭策、督促村委工作。她也是一个独立的女强人，身患多种疾病，却放弃与儿子在城里的清闲生活，独自一人住在老房子里，洗衣做饭、打扫卫生，生活完全能自理。这样的一个人，成了村里年轻人学习的楷模，所以，在她的感染下，女子党员突击队形成了。

她们用自己的真心与行动发扬着伟大的雷锋精神，可谓是这个时代的巾帼英雄，是当代中国标准的共产党员。

（作者系印江县第三中学语文教师，印江诗词楹联学会学员）

周秋实"成长记"

郑江义

"秋实，你就不能在家多呆一会儿吗？"印江县城的家里，周秋实的妻子舍不得他匆匆离开。

"我是想多呆一会儿，但红星村的乡亲们在等着，攻坚队员们也在等着呢，有空我再回来。"周秋实一边解释，一边歉意地跟妻子道别。但妻子知道，他有空的时间实在太少了。

作为驻村干部，周秋实是红星村第一书记。他是印江县水务局派出的攻坚队员，湖南邵阳人，2009年毕业于湖南农业大学水利工程专业，腼腆，儒雅，典型的理工男。驻村以来，一个月都回不了一次家。

刚到红星村时，乡亲们不太听得懂他的话，攻坚队员们也不太听得懂他的话。他少说多干，雷厉风行，一年的时间，苦干实干。组织放心，群众满意，被提拔为天堂镇的副镇长。

沙子坡镇是印江县最边远的镇，被列为一类贫困村的红星村是沙子坡最边远的村，与沿河县交界，乡风民情都更为复杂，脱贫攻坚难度更大。

为了修路，他和攻坚队员们与村民商量，和相邻的沿河协商。为了了解村情，他和攻坚队员们跑遍全村１２个组400多户人家。每天，骑着摩托车，他来来回回不知要跑多少山路，也不知摔过多少跤。有一次，他又累又困，眼前陡然一个急转弯，他差点没反应过来，急忙紧捏刹车，"喇"的一声巨响，他连人带车被地上的沙子搓翻，还好，有惊无险，没出什么大事，但他摔伤了，瘸了十多天，硬扛着没去医院，照样出现在田间地头。因为，他不想让乡亲们问"周书记今天怎么没来？"他不愿让乡亲们失望。

引水，修路，荒草治理，危房改造，环境卫生改善，种植养殖产业发展，一样样落实。周秋实的话渐渐多起来了，他的话大家也越来越懂了。

黄桃是红星村的重要产业，可生产周期较长，见效慢。为了"以短养长"，种辣椒是最合适的。但去年乡亲们不肯大面积种植辣椒，怕种多了卖不出去，亏不起。周秋实和攻坚队员们组织人力开荒、下苗、施肥，丰收了，乡亲们得到了实惠。今年他们推荐农户负责组织栽种，发挥合作社的作用，辣椒又获丰收。乡亲们满心欢喜，见到周书记，都要拉进家去，又是做饭，又是倒酒，但周书记常常是坐一坐，聊几句家常，问一问情况就要走了，因为还有好多事情等着他呢。

周秋实不能忘记，那天在沙子坡镇的工作会上，因为有的群众为了争得利益而隐瞒真情，红星村被通报批评。

"太下不来台了！"有的同志觉得很委屈。他也很难过，却是深深的自责："是自己的工作没做好啊！"第二天他带着攻坚队员又上群众家了，直到做通群众的思想工作。之后，他更加深入细致地了解农户，对每一个群众的困难和问题都了如指掌。

那天，周秋实和攻坚队员到村里，路上碰到刚从坡上下来的低保户吴

周秋实（左二）看望红星村的老党员符佐辅

115

光珍，背着的背篼里有一些草，手里拿着一把镰刀，矮矮瘦瘦的，精神很好，走起路来很轻快，不太像快70岁的人。吴光珍高兴地说："周书记，到家里坐坐吧。"周秋实笑了："最近家里怎么样，都还好吧！"周彬也笑了："你家糯米还有吗，包粽粑吗？"吴光珍忙不迭地说："有有有，包包包，走家里啊！先前我真是对不起啊，让你们为难了！走吧，家里坐坐，我做饭给你们吃。"吴光珍满脸的歉疚，也满心的热情。

路边，一抬脚上几个坎就是吴光珍的家，她有病的儿子也迎了出来——三十几岁的人了，还是光棍一个。"吃李子吧，我今天才买的，甜着呢！"在儿子搬凳子让周秋实他们坐的时候，吴光珍手脚麻利地端出一簸箕刚刚洗干净的李子。原先，修路要经过她家屋后，需要让出两米地，她就是不肯，怕吃亏，怕把她家房子弄垮，又吵又闹，不依不饶。后来，帮她把地换了，没让她吃亏，路修好了，她家房子也好好的，没垮，这下吴光珍开心了，这才让周秋实放心。群众的满意度，全在他的心里啊。

为了组组通路，周秋实和攻坚队员分两个组对各家各户的宅基地和距离面积分别进行丈量。拉着皮尺，他们一家一户地量，精确计算。在三天之内，两个组各自完成了400多户人家全部丈量任务，而且两组数据完全吻合，修路有了精确的数据，做群众思想工作也有了可靠的依据。红星村哪家是什么情况，这个话语不多的第一书记清清楚楚。

上任天堂镇副镇长的周秋实，肩上的担子更重了。他牵挂着红星村的将来，更考虑着沙子坡镇下一步的发展。

红星村的特色产业黄桃种植成活了，管护得跟上。沙子坡镇组组通完成，可以发展成片的产业区。每个村都要有特色产业，形成全镇的观光农业。这样，闲置劳动力无法就业的问题也可以得到解决。还有，与沿河县相邻，过去是劣势，现在逐渐变为优势，互通有无，形成合力发展比其它乡镇更加便利。可是，脱贫攻坚的"最后一公里"，任务更重，困难更多啊！想到这些，周秋实坐不住了。

接着干，加油干，是周秋实的选择。

那天，他回家取几件衣服，看着他疲惫的身子和有些消瘦的脸，妻子心疼地说："秋实，家里你就不要管了，以后少奔波一点，注意点身体啊！"对于妻子的理解，周秋实心里一阵感动，他紧紧拥抱一下妻子，转身上了回沙子坡镇的车。

（作者系黔南民族师范学院教授、硕士生导师，贵州省写作学会副会长）

沙子坡镇红星村示意图

本歌曲曾在央视、贵州卫视展播，省领导
批示，人民日报报道。

我把他乡当故乡
（马关辉演唱）

萧子静 词
黄承志 曲

1=♭A 4/4
♩=72

```
6 3  3 2 3 2 1 | 7  5  6  - | 6 2  2 1 2 1 6 | ♯4  2  3  - |
山岗 上有我们的 脚   步，   小河 边有我们的 理   想，
```
```
                              | 6 2  2 2 1  6 | ♯4 4 2  3  - |
                                小村庄改 变了摸 样，  乡亲们的笑 容 挂在脸上，
```

```
3 6  6. 6 ♯4 3 2 | 3 6 2 3 1  - | 7 7 7 1 2 3 2 | 1  7 6 6  - |
天地 间有泥 土的 芳   香，      我心 中有淳朴的 老   乡。
泪花 开在彼 此的 心   房，      我胸 中有涌动的 热   望。
```

```
0 0 0 0 | 0 0 0 0  3 6 | 1.  1 7 5 6 | 6  - - 3 6 |
                   离开 家   乡 走四  方，      来到 建设
                   我把 他   乡 当故  乡，      来到 建设
```

```
1.  1 7 6 5 | 3  - - - | 3 6 6 3 2 0 | 3 6 6 3 1 0 |
这 个 好 地  方，      山水 多美 丽， 人们 多善 良；
他 乡 念 故  乡，      悲欢 相与 共， 甘苦 一起 尝；
```

```
7  7 6 2 3 2 | 5 3 7 - - | 7 5 6 - - ‖ 7 5 6  - - | 6  - 3 6 ‖
山 水 多美 丽， 人们     多善 良。 D.C 一起 尝。        我把  D.S
悲 欢 相与 共， 甘苦
人 生 无 悔， 无 悔
```

```
                                        2  - 1 7 6 |
7 5 6  - 3 5 | 7 7  - - | 1  - 7 6 | 6  - - - | 6 - - 0 ‖  FINE
把 歌 唱， 人生 无悔      把   歌  唱。
```

3

帮扶干部的苦乐年华

决战沙子坡

一个乡镇的脱贫攻坚纪实

决战沙子坡

一个乡镇的脱贫攻坚纪实

印江颂

脱贫攻坚战鼓酣，邛江摘帽指日间；

党的政策惠民意，僻壤穷乡貌新颜；

半载督战梦深处，几多牵念峨岭关；

百岁老人样样好，感恩崇德祈福安。

——铜仁市委常委、市纪委书记、监委主任，市委派驻印江自治县

脱贫攻坚督导组组长 蒋兴勇

印江沙子坡——山高、坡陡、路险、沟深。为这片红色革命故地共圆小康梦，一年间，两次受命带队巡访督查，崇山峻岭间，上天入地般！既震撼于百姓生计之艰难，又欣慰于党的政策匡济之精到，更为我扶贫大军战天斗地的豪情而动容。今民生改善、摘帽出列，当击揖而贺！我党政军民定当与时而进、再著华章！

——铜仁市委常委、军分区政委 费光明

在这场伟大的脱贫攻坚战役中，印江自治县坚持把脱贫攻坚作为首要政治任务、头等大事和第一民生工程，用好"五步工作法"，践行"三真三因三定"工作原则和"76554"工作方法，建立"四级作战指挥体系"，采取超常规举措，付出超常规努力，尽锐出战、苦干实干、真抓实干，取得了显著成效。决战沙子坡，是全县决战决胜脱贫攻坚的缩影，这一段艰苦卓绝的历程，这一场感天动地的战斗，这一串刻骨铭心的故事，值得我们永远铭记！

——铜仁市政协党组成员、中共印江自治县委书记、

县脱贫攻坚总指挥长 田艳

临聘人员叶敏的攻坚路

喻莉娟

"叶敏，赶快躲一下，池会钊提刀找你来了！"

叶敏一下懵了！这怎么了？

拿刀上来，我等你。叶敏想。

池会钊，人高马大，胡子拉渣。在驻村干部进村帮扶前期，对政策极度不理解，对政府及干部极度不信任，在脱贫攻坚县级交叉检查的时候，检查组走到他家时，他把检查组人员从家中轰出来。沙子坡镇作战部发放黑猪娃，供贫困户发展。池会钊领回取的两头黑猪娃，有一头回去后生病，没喂多久，死了一头。在黑猪娃生病时间，多次打电话找叶敏，要她这个帮扶干部去解决，叶敏叶和村支书，兽医站同志去看过，最后解决了他给猪看病的治疗费。他还是不满意，不满政府和政策，扬言要拿刀砍驻村干部叶敏。

叶敏接到电话后，一阵恐惧和委屈。心想，我一个脱贫攻坚的临时聘用的驻村干部，他提刀来砍我？难道不躲一下？再一想，如果不接招，他肯定更是凶，对不明真相的群众影响不好。那我就等着他，他来以后慢慢和他说，说什么也不至于来砍我。这样想着，还是打个电话给镇政法委书记杨雪锋报告。杨书记说"你用不怕，在村委会等着他，他要有极端行为，直接打派出所电话。"

这事情后来在多方面的招呼下解决好了。

池会钊在后来的一年时间，在驻村干部的帮扶下，房屋得到了改善，新安装了门窗，解决了以前住房跑风漏雨的情况，驻村干部又给他出谋划策，为他这样一个贫困户谋出路，现在他对国家政策满意了，对干部信任了，勤勤恳恳劳动，养了3头牛，5头猪，日子过得红红火火。见到叶敏还热情地邀请到家里坐，喝茶。

在脱贫攻坚的路上，叶敏走得不轻松。难忘的2018年7月7日，在走访贫困户的路上，一辆大车和她的车追尾，交警队定的是大车的全责。大车事主还百般不依，经过一个多月的交涉与维修，对方赔了维修费两万七千元。这是个要命的事，出事时，追尾的大车是压在叶敏小车尾上，力度再大一点，她就是没命的。一个多月维修时间，为了要回这维修费，她是不得安身，叶敏还是坚持在这条脱贫路上走。

这天，她双手紧握方向盘，正准备去给精准扶贫对象王仲举办出院手续。

58岁的王仲举，违法被判13年监狱，劳改释放，2017年回村，见到家乡正如火如荼地开展脱贫攻坚，觉得自家条件艰苦，理所当然该得到特别照顾，时常埋怨。他是村里的一难题，他常到村委会来闹事，提出"吃低保为哪样没得我？"

随着脱贫攻坚的深入推进，一些农村群众由于不明政策、法律意识淡薄，时常埋怨政策不公、厚此薄彼，出现争当贫困户、低保户，甚至侵占公私财物、辱骂殴打驻村干部、不赡养老人等现象。这种"埋怨"心态，不仅造成不良社会影响，还滋生等靠要、比看怨的思想，严重制约了脱贫攻坚工作的开展。印江县委县政府大力开展感恩教育、法纪教育等，引导群众知恩、感恩，知法、懂法，激发群众内生动力，营造良好的发展环境。

在这样的情景下，王仲举还在闹这个问题，村委会把这个艰巨的任务交给了叶敏。叶敏这个临聘人员，多方面给以解释，做工作，有所改进。叶敏一个月一千多元钱的工资，还常给他以生活上的帮助。两次住院，第一次是叶敏给她办的出院，除了国家给报销的90%以外，他自己应该负担122元钱。叶敏帮他交了。这次他又打电话给帮扶他的叶敏说，"你来帮我办出院，还有，出院后，我可是没得饭吃哦！"

听到他这个话，叶敏想到，他出院以后，的确需要营养，不管他是一个什么样的人，现在就是我竹元村的村民，我是管他的驻村干部，就要管他。于是她买了一袋米，一壶油给他送去。后来经过叶敏的多次帮助，各方面都有了很大的改善。

这天，在王仲举的新房门前，雨后一缕夕阳照在他脸上，那张脸有他前半生的蹉跎与晃荡的影子。当问到王仲举今后的打算时，他说，"政府出钱供我，不好意思，我找叶敏商量，想做点哪样？我参加了两次政府办的就业培训，我要找一个适合的工作做，减轻政府的负担，还叶敏给我的钱。"他有信心地说着。

这时候，从他脸上，仿佛看见做人的希望和信心。

"我有兄弟姊妹，叶敏是比亲妹妹还好！"

"我这样的人，政府他们还要这样来管我，关心我！感谢政府，感谢驻村干部，感谢叶敏！"他说着，这张蹲13年监狱的劳教人的脸抽动着，激动的热泪在眼转动。

叶敏说，我一个临聘人员，其实我也有很多困难，但他比我更困难，更需要有人关心关爱，就这样去为他做。哪里需要他的感恩。要感恩，那应该感的是时代的恩，党和政府的恩！

说到牵挂，叶敏说，她现在走村，总是还要走到特困户65岁王顺江家窗户望一望，看看他的房子是不是有潮湿，房门是否关好。这是一个以前只有一个烤烟棚住屋的孤寡老人，2018年精准扶贫，政府想到他的情况，按政策补助

王顺江危改好的房子

3万5千元，加上"四改一化一维"，他每月760元的低保，及一年1000多元的养老金。他的日子是过得不错的。他常对我说："我就把你当亲女儿了！"现在他又出去打工去了，我经常电话和他联系，给他办这边的事情。他的家就是我的牵挂！

说到牵挂，叶敏说，58岁王仲举，这样一个违法乱纪被判13年监狱，劳改释放的人员，现在有了新房子住，但一个人就是一家，身体不好，能做什么事情也不定，随时会出现问题，我只要下村，都要到他那里看看。

说到牵挂，叶敏说，池会钊这样的人，提刀要找算账的人，这样的事情，虽说是不多，在今后的工作应该早做工作，做细做深，减少极端的事情出现。群众的事情无小事，这是我的牵挂。

叶敏这样一个铜仁卫校毕业的人，应该说找个其他事情做，钱是来得容易，又更轻松一些的。当这样一个临聘驻村干部，每月一千多块钱的工资，自己还要倒贴下村的车费油费，还要给困难户出钱买东西，还要受到好多的不理解，甚至谩骂，拿刀威胁。为人之妻，家里有老有小，在脱贫攻坚的这条路上，家里的事情是一点也管不了。

我带着这个疑问，问她，她的回答没有豪言壮语，只有朴实和真诚，她说，"2017年当驻村干部以来，我们竹元村三十多名党员，没有一个认为我是临时聘人员，而看不起我，是大家的工作精神让我感动。"

"党和政府派我来，也不是为了钱，是为了工作，为了把事情做好！人是需要认可的，我得到大家的认可，我就高兴，什么都不是问题。"她说着还不好意思地低下头，擦擦激动的眼泪。这就是我们众多的脱贫攻坚的驻村干部，众多的脱贫攻坚的临聘人员。

我们的采访进行到晚上11点，她安排我在村接待室住，整齐干净床铺，看得出她做事的细心周到。

望着她在远去的街灯里消失的身影，望着这样一个为人妻为人母的疲惫的身影，我的心在跳动，感动的眼泪模糊了我的眼睛。

（作者系贵州警察学院教授、调研员；贵州省写作学会副会长；贵州作协会员）

化雪煮面的故事

何　琼

　　化雪煮面、饮雪止渴，这在青藏高原的边境和新疆边境的哨卡时有发生。而在相对较热的铜仁市印江自治县沙子镇发生，还是头一回听说。这就是发生在石槽村脱贫攻坚决战阶段温暖人心的故事……

　　2018年12月28日，下午5时刚过，凶猛的寒潮突然来临。冬日暖暖的十来度气温，骤然降至零下，大雪漫天飞舞，夹着风雨，顷刻间，白茫茫一片。在我们南方能降这么一场大雪，实属罕见。可是石槽村脱贫攻坚队四位驻村干部没有心思去享受这美景，交通阻塞、自来水管冻堵。攻坚队长姜仕军、工作队长李承强（曾担任过第一书记）、工作组长任仕权、信息员张正，这四位都是派驻的干部，对这突如其来的风雪有些措手不及。

　　"漫天的雨夹雪，几个小时，地上就积雪一尺多厚。"

　　他们被困住了！

　　雪止时，窗外，原本绿色的村庄被晶莹剔透的白雪覆盖了，眼前一片纯净。对于窗外这些已是静止的雪，大家是没有一点喜悦，而是静静的站在村委会办公室门口，呆呆的望着这白茫茫一片的村庄。一会儿，小张过来说："队长，没水了，也没有米，还有点干面条。"

　　站在门前的姜队下意识地问，"雪可以吃吗？"

　　"应该可以，我们可以化雪来煮面吃。"李书记回答说。

　　于是大家就决定用雪水煮面了。任仕权、张正趁着天还没黑尽之前，提着水桶准备去树林里低洼的地方取点雪回来化水。刚一出门小张就一趔趄，来了个四脚朝天。原来极端气候令雪与凝冻全结成了冰，稍不留意，就会摔倒！他们只得就近取"冰"，等到装满整桶时，"他们的双手已是被冻得几乎失去了知觉。"讲起这段两位还嘿嘿笑，说当时只想着用这雪水煮出来的面会是怎样的一种甘甜。

意想不到的是这雪白的冰雪化成水后竟是浑黄色的，还有很多沉淀物，经过短暂的沉淀后，煮了一锅面条，一天的工作走了不少路，大家已经饿坏了。上桌来的雪水煮面冒着热气，黄黄的"汤"上面漂着一层辣椒。尽管如此，大家还是一半担忧一半渴望地下了筷子。

姜队还调侃道："嗯，吃起来这味道还特别哟！唯一的缺点是少了面条的柔软，有些硬邦邦的，好吃，好吃！""老胃病"任仕权这时也没说什么，闷头吃了一点，因为他平时饮食就很少，这样水煮出的面条更不敢多吃。几位队员是看在眼里，疼在心里，却也无可奈何。

其他几位为了晚上不饿肚子，黏黏糊糊的"黄汤面条"吃了不少。结果晚上烧心，有的还吐酸水，但谁也没有吱声。

这一夜，几位都没有入眠。各自在盘算着明天要做什么……

也许是冰雪覆盖，天亮得格外早。大家都齐刷刷下楼来到办公室，姜队提出分两组到贫困户家看看是否有水有粮。自己和李书记首先去看看69岁的贫困户吴贤花老人，"她有肺病，这天气，咋过。"这安排基本和大家

石槽村脱贫攻坚队部分成员 / 何琼摄

想法不谋而合，于是马上出发。

空空荡荡、白茫茫一片的村里寂静得人让有些心惊。吴贤花老人刚吃完早餐，感觉屋外有动静，她颤微微地拉开家门，眼前的一幕让她惊呆了，眼泪抑制不住滚滚而下。由于凝冻太滑，加上斜坡和沟坎，两位男子汉正四脚四手在往她家爬。爬了三次才爬上去。两人的手冻得像胡萝卜似的，头发之上还有冰凝。看到是吴贤花老人亲自来开门，再进屋看到有蓄水有米，通红的脸上挂满欣喜的微笑。

"一点没乱讲，这坡下的排水沟，还有这石梯冰冻。"至今，吴贤花老人手指着门外，讲起这事还激动不已，感谢不止，重复几遍"感谢党、感谢攻坚队这些好人！"

第二天，参差交错的冰冰凌将山村变得时而毛茸茸的，时而雾蒙蒙一片，很异样。姜队长带着贫困户一行5人到镇里去领政府救济的棉被，一路上的艰难与惊悚难以想象。白皑皑的公路上，踏着厚厚的冰雪，发出嘎巴嘎巴的碎响。这足音仿佛一种独特的音乐，带着男子汉粗犷而深沉的呼吸，让这茫茫的山谷奏响了生命的乐章。

有斜坡的地方道路更是"溜溜滑"，尤其是在去镇里，一路是下山多，有斜坡的地方稍有不慎有可能滑下山谷。"我们只能坐在冰地上，尽量靠向山这边，用手支撑慢慢往下滑。"讲起这段经历，村民和姜队还心有余悸。

"平时一个小时的路程，那天走了近三小时才到镇里。"路上大量的冰雪，鞋湿了，甚至裤子也湿了，雪水煮面提供的能量也已消耗殆尽，饥饿和寒冷使姜队意识到该掏钱请几位同行的村民填饱了肚子再赶路。

在镇上，与姜队相识的人都要问问他们在村里生活怎么样，姜队对自己攻坚队的困难只字未提。甚至到了镇里，只顾领了棉被往回赶，却忘了买点备用食品带回队里。

这天来回就五六个小时，回到队里，柔软的灯光下，四个人围着小火炉，稀稀呼呼的依然吃着雪水煮的面条，"谈不上香，可面条头子、汤汤水水都进肚了。"李书记还不忘鼓励大家："我们萧子静指挥长说了，这就是战役，就是要拼命、拼搏！"姜队也幽默道："我们这是在吃面条，不是吃苦，不算什么，能坚持下去的呵！"

入夜，几位男子汉头沉沉的，飘飘悠悠，一天的疲劳顿觉消失，脸上满是疲惫和骄傲。

这次凝冻持续了五天，雪夹着寒气侵身，却不能冷却攻坚队员火热的心，他们顶着凝冻战斗了五天。在这决战的土地上，留下的是一串串歪歪斜斜、深深浅浅的脚印……

当其他家住村里的队友询问他们的生活，一句困难话也没有。在村子里帮扶时，村民们挽留他们吃了饭再走，因不忍心麻烦村民而再三推辞。攻坚队员吃着雪水煮面条、喝着"涩涩的"雪水，却走访了30余户人家。看到贫困村民家里水缸有水，米缸有粮、屋里有电，他们心里就格外踏实了。

这是石槽村脱贫攻坚队记忆最深刻的五天，也是贫困户人家感觉最温暖的五天。这五天，石槽村攻坚队无时不刻想着肩膀上的神圣职责。雪水煮面，吃的是一种境界，一种担当！展示的是赤子情怀！

这短短几天化雪煮面、饮雪止渴的日子，永远留在了攻坚队员的记忆深处，也永远留在了村民们的心底，成为石槽村老百姓心中永不消逝一段暖心佳话。

（作者：何琼，贵州财经大学教授、硕士生导师，民族学（中国少数民族经济）学术带头人。）

冰天冻地石槽村

"没哪样"的冉君林

杨 超

　　近千年前的大学士苏东坡说，"刚健而不为强，敦厚而不为弱，此明公之所得之于天。"——这话用在炉塘村驻村干部冉君林身上，我觉得很巴适——因为见到冉君林之时，我感觉他就像沙子坡镇街与炉塘村之间的那匹宽厚而淳朴的六井溪梁子，缄默不语却是壮实，有着单纯而敦厚的生命力，满身披挂着一种向上的清气。

　　是的，四十五岁的冉君林，气壮，言辞雄浑而敦厚。我认定，他之所以这般内敛，具备这般诚朴宽厚的形象，怕是因为他曾经拥有十二年的军龄，是因为他曾经在武警部队的大熔炉里不停锻造了十二年吧。

　　是的，冉君林敦默寡言，他是敦谨的。当我与他聊起脱贫攻坚大决战的经历时，他说他与同事们一样，无非也是在尽力；他所作的一切，都是应该做的。然后，他连声说："没哪样没哪样。"可是此时，同事杨欢却接过话题，由衷地说："才驻村两三个月，你就穿烂了三双新皮鞋，这哪里是没那样啊？"

　　"驻村两三个月就穿烂三双皮鞋？"我一脸惊愕。

　　"是啊，驻村三个月，君林就穿烂了三双新皮鞋。"村支部书记陈周抢过话头对我说。

　　我正要过问详情，却见冉君林喃喃着说："那是因为当时到群众家的路都没修好，都是上坡下坎的烂泥路，不好走。"此时，我捕捉到了冉君林的脸上竟然露出了几丝歉意，似乎还有几丝难以言表的无奈。

　　是啊，从沙子坡镇街到炉塘村，仅仅只需翻过六井溪梁子。然而，沙

冉君林与攻坚队成员杨欢顶着风雪开展帮扶

子坡镇街海拔不过七八百米，这六井溪梁子，海拔却在1160米以上；汽车穿过镇街爬上梁子，再下到海拔926米的村委会驻地，居然有7公里之多；全村才15平方公里的国土面积，15个村民组594户2018人，却是全部粘贴在梁子半山腰的沟壑里，洒落在海拔不足500米的六井溪边的岭岗上；多年以来，村民就靠五分八厘人均耕地生息，2014年建档立卡贫困户高达155户629人！不用说，炉塘村是贫穷的，更是落寞的，七沟八梁一面坡，是炉塘的真实写照。

2018年3月，冉君林奉令从镇安监站的岗位上再次"转业"，进驻炉塘村。此时，阳春三月的太阳是温暖的，漫山遍野的野花，也是烂漫而催人奋进的。但是，当冉君林看到一个个贫困户还畏缩在破旧的屋檐下木然地盯着他的到来之时，他的心情是沉重的，因为春寒料峭中，他伸向贫困户们满含热情的手，没有一位相握；他礼貌地向他们递上了香烟，也没有一位向他说声"谢谢"。

"当时，我的心真的有点凉。"冉君林接着说，"但是，我知道群众之所以对我冷淡，不是他们不热情，而是他们不相信我们会为他们做点啥。……我们只有融入他们之中，让他们感受到了党和人民政府的温暖，他们才……"的确，冉君林没有计较村民的冷漠，而是默默地在岭岗上、在沟壑里奔走开了脚步，默默地问起了群众的困难，默默地为他们助困解难。这一默默地，他与他的同事，就在炉塘村默默地工作了一年半。

夏天来了。七月流火，催人奋发。挖掘机唱起了动听的长歌，将长长的"手臂"伸向了亘古的顽石和泥土——这是炉塘村要修通下宁至田家3.8公里的进组路。可是，这一天，挖掘机却无奈地缩回了长臂，蜷曲在了一处垭口上。原来，因为这条通向小康的路要占用某家一小块地，某家的主人居然强行爬上了挖掘机，赖在了驾驶舱里说：他家的地不能占！这某家，是冉君林战斗的"阵地"之一。

怎么能够因小家而失大家？冉君林翻山越岭赶来，顾不上一身衣衫被汗水浸透，一把就将"赖子"请下了驾驶舱。

"我嘴巴破皮，舌头发硬，使尽所有法术软硬兼施，终于做通了他的工作。"冉君林接着说："后来，这个赖子成了我的朋友。"

不用说，跑破脚板皮，磨破嘴巴皮，厚着薄脸皮，饿着肚腩皮是冉君林驻村工作的真实写照，更是所有驻村干部、第一书记和乡镇干部的必修课。改厨、改厕、改圈、改水、硬化院坝、维修房屋的"四改一化一维"工作开始了，"阵地"上的所有应该且必须做的事情，都密密麻麻、明明白白地记录在了冉君林的笔记本上；岭岗上所有陡峭崎岖的山路，都密密麻麻、踏踏实实地记录了他的足迹。田某刚说他要修卫生间，但没砖，要冉君林帮他买砖。没几天，砖运到了屋檐下。田某刚又说，没沙子，修不了卫生间，要帮他买沙子。第二天，沙子运到院坝上，田某刚却说，光有砖和沙子，修不了卫生间，还要帮他买水泥！——冉君林明白，田某刚是在要他了。但他忍了，又默默地帮田某刚运来了水泥。

……后来，田某刚的卫生间竣工，他要冉君林去他家看看。此时他说："冉君林！你没抽我一根烟，没喝我一口水！"听了这句话，冉君林心里一热，眼里不自觉就滚出了几颗热乎乎的泪豆。

"没哪样！没哪样！"冉君林悄悄擦了擦眼睛，向田某刚递上了一根香烟。是的，这天是星期六，但星期一才买的那条烟，又只剩下几根了。

……在脱贫攻坚大决战的战场上，像冉君林这样的驻村干部不胜枚举。面对他们与贫困户的那份真情，我只觉得我的文字贫乏。与冉君林握手告别时，我说"辛苦你了兄弟！"他却一脸憨厚着说："没哪样！没哪样！"

是的，"没哪样"已然成为冉君林的口头禅。我想，之所以他一星期一条烟，之所以三个月穿烂三双皮鞋，他是太敦厚、太敦厚了。

（作者系贵州省作家协会会员，特邀作者）

沙子坡镇炉塘村示意图

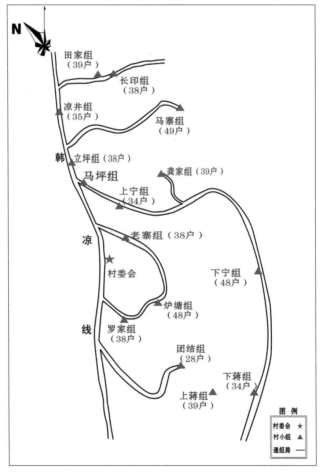

一场跑赢了蜂毒的生命保卫战

梁　殷

"谢谢你们，我爸的命算保住了。"朱兴婵紧紧握住挂帮干部罗时刚、杨玲的手。

朱兴婵是印江县沙子坡镇池坝村人。2018年9月21日，她父亲朱天斌外出劳动时被胡蜂蜇伤40多处，当场休克，不省人事。病情危急，驻村干部罗时刚得到信息后，马上联系自己工作单位印江县中医院，将朱天斌送入该院抢救。经过一系列的检查，蜂毒已造成朱天斌多器官功能严重损害，肝肾功能凝血均为危急值。9月22日，朱天斌的病情还在继续加重，经院内专家会诊建议其转院透析治疗。罗时刚立即将情况告知了朱天斌家属，在争得家属同意后，他不顾两天来一直守在医院的劳累，立即联系120将其转入遵义医学院附属医院ICU继续抢救治疗。

在遵义医学院附属医院治疗18天后，朱天斌病情稍稍平稳了。但其家属的眉头却越皱越紧了。罗时刚一了解才知道，到10月10日中午朱天斌总医疗费用已达16万9千余元，他家里已缴纳11万5千余元，欠费5万4千余元。按照当时新农合报销流程，入院患者需先行垫付所有医疗费用，出院后回当地保险公司和合管局履行报销手续。朱天斌一家三口人主要经济来源靠其妻外出打工。朱天斌几年前因外伤致腰部受伤，不能负重，这些年只能在地里做些轻活，儿子还在印江三中七年级读书。欠费严重影响治疗，出院又不能办理相关报销凭证。十多万元，对于一个依靠一人打工赚钱的农村家庭来说，无疑是一个天文数字。眼看病情刚刚稳定下来，罗时刚和驻村干部的心里急，心思也全部转移到筹集朱天斌的医疗费用上去。

为了帮朱天斌筹集到后续的治疗费用，罗时刚先以个人名义担保写申请向沙子坡镇政府借款10万元，用于支付朱天斌所欠医疗费用，但镇政府没有预算外资金。为帮助朱天斌继续治疗，罗时刚到处打听。他跑到县委找了梅芝凌副主任，上门咨询了县合管局和保险公司领导，希望能及时报销朱天斌的医疗费用。功夫不负有心人，终于他利用周六帮扶日找到了到池坝村开展督查的萧子静副县长，详细汇报了朱天斌的病情和治疗情况。汇报引起了沙子坡镇脱贫攻坚指挥部指挥长萧子静的高度重视，他当场表态，一定尽早解决所欠费用以及医疗费用报销事宜，保证朱天斌能够得到持续的治疗，防止再次因病返贫。

通过萧子静及沙子坡政府的多方协调，10月30日由罗时刚陪同朱兴婵到沙子坡镇信用社借款6万元。经过一段时间治疗，朱天斌的病情逐渐得到恢复。作为医生的罗时刚又积极咨询朱天斌的管床医师，看能否转回印江县继续透析治疗。鉴于朱天斌的经济状况，管床医师同意他出院回来继续透析治疗。11月1日朱天斌在遵义医学院附属办理了出院手续，其总医疗费用已达18.47万元。朱天斌住院治疗期间，罗时刚带上他所有住院资料和报销凭证，多次联系县合管局和保险公司的负责人。当时正值脱贫攻坚工作关键的时刻，各单位业务骨干都在乡村一线，罗时刚便利用他们回单位上班的一两天时间，找到合管局负责医疗资金补偿的经办同志。12月21日朱天斌在遵义治病的医疗扶助款7.16万元顺利划入他的账户，紧接着送到保

池坝村的攻坚岁月

险公司报销的大病商保补偿金1.39万元也划入了朱天斌的账户。随着医疗费用报销的补偿到位，罗时刚终于松了口气。三个月来压在他和驻村队员心里的大石头终于被搬开了，他们再不用担心朱天斌会因为没有钱而放弃治疗，也不用担心朱天斌一家会因为他的一场意外，让全家陷入绝境，再次返贫。接下来，罗时刚和驻村队员向池坝村委为他们申请了一家三口的低保金。2019年3月21日，他们还通过支付宝平台为朱天斌申请了医疗费用超4千元的顶梁柱资金补助。

为了保证朱天斌回到印江县能顺利入院继续透析治疗。罗时刚积极协调联系，他找到了县医院透析科主任。但当时由于县医院透析科病床已经住满，无法再接收新病人。罗时刚再三请求科室主任同意接收朱天斌入院继续治疗。11月2日朱天斌顺利入县医院透析科继续治疗。11月底，印江县医院透析科空出了床位，就首先将朱天斌转入院继续治疗。

经过这一系列的系统治疗后，朱天斌的命保住了，已经不需要长期透析。为了避免村民被马蜂蜇伤的事件再次发生，驻村队员会同乡政府请消防官兵对池坝村周边的马蜂窝进行了集中清除，彻底清除了威胁村民人身安全的安全隐患。其实，朱天斌一家只是罗时刚派驻到池坝村开展结对帮扶工作联系的三户帮扶对象之一。沙子坡镇池坝村地处贵州山丘地貌，道路坡陡、弯多、路窄，路况复杂。自2018年3月罗时刚来到池坝村工作后，就和一起驻村的同事不停地奔走在池坝村的田间小路上。"我只是做了一名医生应该做的，我们驻村战友的车平时载着我们不到一年跑了1.5万公里，到4S店保养换了3张刹车片。虽然亏欠家人很多，但看到朱天斌捡回一条命，我们还是挺高兴的。"罗时刚嘴角露出了得意的微笑。

罗时刚是池坝村众多的驻村干部中的优秀的一员，沙子坡镇这样的帮扶干部还有很多。

（作者系省社科联干部、特邀作者）

"小辣椒"的酸甜苦乐
——记沙子坡镇四坳村脱贫攻坚队驻村干部黎红敏

黄　丹

初到印江，就听说沙子坡脱贫攻坚队的驻村干部中有个"小辣椒"，刚毕业不久，没有基层工作经验，但非常爱揽活儿，不但资料整理和档案管理开展得有声有色，还喜欢走村串户，熟悉村情民情。她不是党员，却因为村支书和村长年纪大，不会使用电脑，主动揽下了基层党建工作的网上学习、收缴党费、三会一课等电脑操作部分的工作，还耐心讲解指导，帮助村委会年龄大的同志学会使用电脑。正是因为她对工作、对群众、对同事的重重热情，大家都亲切地称她为"小辣椒"。

她，就是印江县沙子坡镇四坳村脱贫攻坚队的驻村干部黎红敏。

带着浓浓的好奇，在七月一个烟雨迷蒙的清晨，我走访了沙子坡镇四坳村的驻村干部黎红敏，探寻这位年轻的90后女孩儿扶贫生活中的酸甜苦乐。

"小辣椒"的酸

小黎告诉我，在她驻村扶贫工作中，最让她感到心酸的是一个叫吴嘉俊的小朋友。吴嘉俊小朋友2岁时被确诊患有自闭症和小儿多动症，爸爸为了给孩子挣钱治病，一直在外地打工，家里的妈妈除了农活之外，还要照看年迈的家俊奶奶。本以为到了上学的年龄，小嘉俊可以和其他小朋友一样，背着书包，走进学堂，但由于嘉俊的自闭症和小儿多动症严重影响课堂秩序，导致了其他同学无法正常上课，无奈之下，妈妈只能带着嘉俊回家了。

小黎平时没事就喜欢和攻坚队的同事们一起走村串户，得知吴嘉俊家里的情况后，她不但经常去小嘉俊家里陪他玩，教他学习一些知识和做手工，还多次与韩家完小联系，请学校领导在师资紧张的情况下，依然坚持由学校送教上门，请语文老师和数学老师每周两次到嘉俊家里给小孩上课。

从言谈中看得出，小黎是真心喜欢这个孩子，不停地说他聪明，动手能力强。在小黎和攻坚队大伙儿的争取下，县委县政府不但保障了小嘉俊受教育的权利，还给嘉俊在贵州大学读书的姐姐解决了生源地贷款，并逐层上报，由铜仁市兜底资助资金给予家俊姐姐每年3700元的教育资助，由贵州省教育精准扶贫资金每年划拨4830元，确保嘉俊的姐姐没有后顾之忧，能顺利完成大学学业。除此之外，他们还帮嘉俊的母亲争取到一份护林员的工作，上个月还为小嘉俊去成都西南儿童医院检查跑前跑后，协助他们办理医疗报销事宜。虽然小黎知道自闭症很难治愈，但她还是经常去嘉俊家里陪伴他，鼓励他，希望小嘉俊能和其他小朋友一样，希望这个家庭能早日摆脱贫困。

"小辣椒"黎红敏

"小辣椒"的甜

作为脱贫攻坚战第一批驻村干部中村里唯一的女性，黎红敏身上依然洋溢着大学生的热情与干劲儿。出生于1994年的小黎是家里的姐姐，她的父亲母亲为了负担三姐弟的学费，常年在外地打工，照顾爷爷奶奶和弟弟妹妹的担子，早早就落在黎红敏的身上。也许正是因为如此，她待人处事特别细心，在去学校联系工作时，她碰到了正在接孩子的丰岩组村民袁贤芝，看着后者走路一瘸一拐，小黎赶快上前搀扶。得知袁婆婆的脚背被开水烫伤快一个月了，一直没好，小黎立马想起了自己的弟弟也曾经被开水烫过，擦了母亲买的一种药膏后，很快就好了。于是她一边送袁婆婆回家，一边联系自己的母亲，请母亲买了药膏马上寄过来。果然不出所料，袁婆婆才擦了三天药膏，伤口就开始结痂愈合了，看着袁婆婆脸上的笑容，小黎的心里也甜甜的。

"小辣椒"的苦与乐

小黎说四坳村的村民都非常淳朴，只要驻村干部愿意敞开心扉，主动沟通，让村民们感受到你的诚意，他们会发自内心的感激你，积极配合更是不在话下。

其实刚来村里扶贫驻扎时，小黎也是挺忐忑的，怕自己没有工作经验，不知怎么跟村民相处；怕自己的性格太直，会无意中得罪别人；怕工作出现疏漏，导致贫困的村民没有得到政策的帮扶；农村人口流动性大，数据核对变化多，面对填不完的表格，"小辣椒"也一度愁成"苦瓜脸"。然而，正是四坳村的村民，用自己最质朴的话语和最淳朴的行动，让小黎打消了顾虑，越干越起劲儿。

小黎至今还记得第一次看见陈德高时的情景。小黎说，2018年第一次见到陈德高时，他很不好意思靠近似的，站得远远地说："我想修房子在马路边上来，政府有什么优惠政策没"？小黎一开始不是很理解，后来才知道，他们家住的地方离马路远，一到下雨天就是满脚泥泞，连找媳妇都不好找。陈德高暗下决心一定要把房子修在马路边上，后来小黎耐心帮助陈德高解读相关政策，因其享受过危房改造政策，不能重复享受，所以只能用"一维"帮扶五千元，后来又用镇级补短板资金帮助他解决了5000元的装修费用问题。2018年末，陈德高的愿望终于达成了，他的脸上露出了久违的笑容，今年5月，因核对涉农资金一卡通账号，陈德高从家里跑来村委会复印身份证和存折，适逢沙子坡赶场天，火辣辣的太阳让人汗流浃背，临时决定去沙子坡开会的小黎在借家组柏油马路上遇见了陈德高，赶紧叫师傅停车，大喊："陈德高，快上来一起去赶场"。在车上小黎随便问了一句你们家老房子那里的粽叶之前被谁抽了吗？结果第二天下午就收到了陈德高带来的新鲜粽叶，他还说："党的政策现在这么好，粽叶都不给你们抽的话，还是良心上过不去，我要学会感恩"。小黎对我说："听到这句话，心里满满的都是正能量，之前工作中遇到的苦恼和忧虑顿时烟消云散，虽然我不是他的帮扶干部，也不是罗白组的尖刀班长，但自从第一次去他家走访，主动去他家收缴合作医疗，没有嫌弃他家的环境，他便已经把我深深地记在了心里。"

赠人玫瑰手留余香，小黎在帮助一户又一户村民解决问题的同时，收获了感动与尊重，体味了成就与成长，愿这个大伙儿喜爱的"小辣椒"，在今后的工作和生活中，继续热辣辣，暖人心。

（作者系贵州师范大学副教授，贵州省写作学会理事）

新婚上战役

喻莉娟

巍峨的武陵山脉梵净山脚下公路蜿蜒上，一车在疾行。春节节日气氛正浓，正月初十，一对新人带着幸福与祝福，踏上了归程。

望着车窗外，家乡的变化，他们吟唱着《脱贫攻坚战歌》，铿锵激越的歌声，一路飘来："脱贫攻坚聚力量，消除贫困上战场，不见硝烟见炊烟，村村寨寨齐奔忙……一路艰辛一路唱，我自行军来打仗，脱贫攻坚逞英雄，幸福百姓奔小康！"

芳映欣赏着自己的昔日的战友，今日的老公，亲密地说："慢慢开！不用这么急！"宏荟笑笑，对着位言语不多的爱人是多么的爱恋，在一起工作，爱恋几年来，好像只有今天才有心来表示感激，笑着说，"不能慢了，我们得赶快回去，我帮扶的几户，还有好些事情要落实。必须赶快回去。"芳映抢着说"我的李朝荣一户，他家大女儿读高中，教育资助经费1900元，不晓得下来没得，还要去落实。他们家申请政策，申请资金，完成危房改造、完成'四改一化'都是迫在眉睫的事情。"

王芳映、田宏荟，一对新婚夫妇，一双印江县沙子坡竹元村的驻村干部，三年前他们相知、相恋，说好的，"不脱贫不结婚"，这是当初他们的承诺，也是他们对老百姓的情怀。2018年竹元村贫困发生率降至1.69%，群众也增收致富了，在父母的一再催促下，这对二十八九的青年完成人生的大事。2019年2月14日，正月初八，他们回家举行婚礼，没有婚纱照，没有蜜月。把婚事办了，第二天就往村里赶。两人认为，马上要迎省脱贫攻坚的检查，在这场脱贫攻坚的战役中，他们是新婚上战役。

两人正说着，芳映接到家一亲戚的电话说，家里出大事了，房子被烧了，现在还在火海中！

两个人一下懵了，芳映哭着说，我们赶快掉头回去。车掉头回到老家。

一大家人哭天喊地。芳映宏荟，这时候已经不知道哭了，一场大火烧毁了刚装修好的新家，一位亲人在这场火灾中失去生命，两位住院治疗。他们送烧伤的亲人到医院，安顿家人。

这时的芳映只觉得自己站不住了，蹲在一边低着头，泪水在脸上纵横，留下一道道泪迹。我该怎么办？

芳映认为，"我的战场是竹元村，我不能被自己这家的火灾一次就打垮了，我要回到我的脱贫攻坚战场上去。"

她流着泪上了回竹元村的车。三个多小时的车程辗转，她从家乡德江到印江再到了竹元村。到了村委会，她没有去诉说新婚家里的苦难，默默站在村办公室，整理着一份份，马上就要开始的脱贫攻坚"省检"材料。在这里没有硝烟，也没有眼泪，有的是责任。

在驻村帮扶过程中，王芳映尽心尽力，尽职尽责，李朝荣户，7口人，五个小孩，大的在上高中，小的才上幼儿园，老婆在家务农，他在外打工，

李朝荣和家人在新房前合影

过年才回来。原有住房破烂不堪，外面下大雨里面下小雨，他家大女儿陈小芳在印江读高一，国家教育资助经费1900元，王芳映一直在办这个事情，帮扶一年多以来，王芳映的帮扶下，贫困户拆了老房子，通过危房改造，完成"四改一化"修建一层砖房，面积100m²左右，基本解决了住房问题。面对这样的情景，在2018年贫困户脱贫退出过程中，李朝荣户不理解，不愿意脱贫，认为他脱贫了，他以前有的国家补助就没有了，王芳映对他说，"国家政策在这里放着，脱贫以后教育医疗不变，都能够按90%报销，教育资助政策不变。"经王芳映多次解释政策，做思想工作，李朝荣户主动向村攻坚队提交脱贫申请书。

王明珠一户，就是三个孤儿，大姐王明珠六年级，二姐王奥珠四年级，三弟王子涛三年级。孤儿跟着爷爷奶奶住，一开始走访的过程中，王明珠爷爷奶奶不接受，认为他们也应该纳入建档立卡户精准扶贫户，享受相关政策，多次解释和做王明珠爷爷奶奶思想工作，"您们两个老有儿有女，有他们的赡养，和这三个娃娃不一样，不能享受国家的政策。"最后王明珠爷爷奶奶理解了政策。

王芳映每一个星期都要去一次王明珠家，要辅导三个娃娃的作业，了解他们在学校的情况。三个娃娃最高兴的是王芳映给他们送去的课外读物，带给他们几姊妹三人带去水果和营养品，王明珠姊妹三人亲切地称呼王芳映叫"孃孃"。

这条路她不知走过多次，今天觉得格外宽广，脚下步子更快了。先到李朝荣家新房子，远远就能听到他们的欢笑。李朝荣出门见到王

田宏荟大雪天走访看望贫困户

芳映，邀她进屋吃饭说"我们一家人感激你！你是我们的贵人，国家政策好，你这样的驻村干部好，我家娃娃们才上得到学，我们才有这样的房子住！"

王芳映只是说不出话，这是脱贫攻坚战打响以来，看到的群众满意的笑脸，听到群众发至内心的朴实语言。她送上新年的礼物，新春的祝福，离开了李朝荣家。

离开了李朝荣家，来到王明珠家。远远地就看见三个娃娃穿着新衣服，高矮次序站着，手上抱着个暖宝宝，这是多么熟悉的一幕。在冬日的上学，回家的路上，他们都是这抱着个暖宝宝，排着走在崎岖路上，要走一个小时，他们总是那样团结，互相关爱。每每看到这一幕，王芳映都为之感动，默默地祝福，坚强地走下去，成为社会有用的人。

今天看着站在门前的三个娃娃，王芳映有些激动，小跑几步上前。娃娃们喊"嬢嬢来了，嬢嬢来了！"扑在她怀里。芳映含着激动的泪，你们怎么在这里？

我们在这里等你，想着你应该来了！大女儿说。两个小的在汇报期末的成绩。

爷爷奶奶上前来说，"这次是老大考得最好，要感谢嬢嬢给她补习！"

王芳映说，"明珠还要越来越好哦。这是给你带来的作文书。前次的《假如给我三天光明》看完没，要你谈感受哦！"

明珠说："书看完了，我要像作者海伦凯勒说的那样，无论处于什么环境，都要不断努力。带好弟弟妹妹，做一个像嬢嬢一样的人。"

爷爷奶奶听了笑开了，奶奶说"就是要成嬢嬢一样的人。他嬢嬢，以前是我们对不起你哈，一天找你闹，不理你，是我们的不对。我家这三个孙，是全靠你了。现在党的政策好，如果没得这样好的政策，没得你来管他们，这三个娃娃就废了！"哽咽着擦着眼。七十多岁的爷爷提着一个袋子，对王芳映说，"他嬢嬢，这是自己种的花生，也没得那样给你的，你每次来都是，提这样拿那样的，我们感激不尽了，这点东西你一定要提起哈，你是娃娃们的'嬢嬢'！就是我们的亲人！"王芳映推迟不过，接过放在桌子上。

她把带来的糖果和课外读物书《昆虫记》、《爱的教育》、《鲁滨逊漂流记》、《海底两万里》、《爱丽丝漫游奇境记》交给大姐王明珠，"这几本是你们这个假期要看的，和弟弟妹妹一起看。把你们的作业放那里，我看看。"检查完他们的作业，安排了三姊妹假期要做的事情。她走上回家路，三月的省检迫在眉睫，必须赶快回村。

她走了，新婚新年家里出的事，深藏在她的视野脑海。她脚步匆匆地走在这条再也熟悉不过的路上。

（作者系贵州警察学院教授、调研员；贵州省写作学会副会长；贵州作协会员）

叶敏与她的贫困户们

张祖荣

"叶敏，比我的妹对我还好。"

这句话，是叶敏的帮扶户王仲举说的。时间是2019年7月13号下午，地点在他的老房子厨房里的炉子边。当时，我听得很清楚。叶敏，竹元村一位普通的驻村女干部，与她的贫困户们是怎样相处的呢？请允许我来讲讲他们的故事吧。

2018年三月份之前，叶敏帮扶的是十二户。从四月份开始，其他驻村干部来了，她才负责三户的。这三户分别是王顺江、王红玉（女）、王仲举等。之前的不讲了，就讲与这三户吧。

首先讲与王顺江。王顺江是一户五保户，男，六十五岁，未婚，人口一人，住新田组。致贫原因是无劳动力，为特困户。他没有住房，住在一个烤烟棚里。去年，叶敏走到那里，只有将四卡合一张贴在烤烟棚上，每次总是在烤烟棚上填写。对照"一达标、两不愁、三保障"，认为他无住房保障，心理着急，就向村脱贫攻坚队、村支两委、镇村管所等反映。问题得到了领导们的重视，领导们帮他列入了危房改造、"四改一化"名单。然后，立即帮他修房子，于2018年九月份修好。政策享受了共四万二千元，即危改补助三万五千元、"四改一化"七千元（改厨一千五百元、改卫生间两千元、坝子硬化三千元、改水五百元）等。

王顺江当时在德江县枫香溪镇帮人看摊子，每月五百元、供吃住等。他自己筹资二万多元，安马桶、贴墙砖、贴地砖、买床等。叶敏每次走访，打他电话，过问身体情况、生活过得如何等？我问："他怎么是未婚呢？"

叶敏说："他年轻时帮别人检瓦，找对象，很挑，后来高不成，低不就。这户现在我已放心了。每月低保金七百六十元。赡养协议是他侄儿签的，修房子的地基是他侄儿的。"

"他感谢你吗？"

"他已把我当女儿看。他每次回家，都要联系我。"

其次讲与王红玉。王红玉，女，原来是镇另一位叫徐慧帮扶的。接过来时，她是一个孤儿，今年二十岁，在湖北江汉大学读书。当时，她父亲王治犬死了。母亲叫梁国慧，改嫁到了宋家组，没有帮她和她妹王小玉的户口迁过去。她们的户口仍然在新田组。这户人口两人，被认定为孤儿。致贫原因为因学。她妹今年补习，比去年少考了三十分，将读高职。叶敏帮她们合了户，也就是王红玉同胞两姊妹的户口合到了宋家组母亲那里。她们的继父叫唐卓强，母亲嫁过去，生了一个弟和一个妹。合户后一家六口人，当时仍然是贫困户。

这户是最贫困的，因为刚性支出大。住房只能是达标。二〇一七年本可以易地扶贫搬迁，但唐卓强交不起钱。镇党委陈明书记说，叫唐卓强先交三千元，剩余的再交。他交了三千元，结果一看，出现了一个插曲。也就是合户之前，唐卓强已经享受了危改一万五千元。根据相关文件规定，凡是二〇一六年享受过危改的，不能享受易地扶贫搬迁，再享受了的，要退。叶敏就说借一万五千元给他，但唐卓强放弃了。他说："你帮我们够多了，崽崽些大了，再想办法。"后来，叶敏又想到他的住房不

竹元村攻坚队冒雪看望困难群众

146

达标，与脱贫攻坚队、村支两委、镇村管所联系，帮他维修，花了五千元，改卫生间花了两千元，共花了七千元。

叶敏说："这一家人，对村脱贫攻坚队、村支两委、镇村管所等非常感谢。"

第三户讲与王仲举。他住新田组，五十四岁，单身，还是高中毕业，一直在外打工，曾经服刑几年。他耳朵聋，可能是曾经在外偷抢，在监狱里被打的。要大声讲，他才能听见。他的致贫原因是缺技术。叶敏是二〇一七年才看到他。他把四卡合一贴到村委会门上。村支两委到县民政局帮他要了两包米。他聋，但办不到残疾证。二〇一八年九月份，他病了，叶敏接他到了镇医院住院十四天，是肺部感染。他要出院时，给叶敏打电话说，没钱。叶敏私人付了一百二十元，帮他办了出院手续。出院后，他又打电话给叶敏，说无米油盐等，叶敏私人出钱买了六十元二十斤的一包米，五十四元一秤的油，称了一百一十的猪肉等送给他。

二〇一九年元月份，他打来电话，说不舒服，叶敏私人请新田组王海帮他送到镇医院，输好液。散会后，叶敏与王超支书帮他提粉去等。第二天，叶敏又帮他买了五十四元一瓶的特仑苏牛奶。出院时，他又没有钱，又是叶敏私人帮他出了九十几元钱办的出院手续，且送他回家。他也享受了危改四点二万元，住房四十几个平方。过年，他没有钱，叶敏私人掏了两百元给他。

王仲举身体差，开始揪（jiú）得恼火。听说他爱赌，亢碗碗。叶敏两次去都没抓到他。群众给叶敏说："只能给他买吃的，不能给他钱。"上周，他到村里找叶敏，叶敏叫他到村王江霞会计那里去买一包米，叶敏去付钱。他不去，叫借一百元钱给他。叶敏没借。叶敏私人微信支付了五十元给王江霞，帮他买了一包米送去。后来，他写了一封感谢信，其中一句是这样写的：

"叶敏，比我的妹对我还好！"

叶敏说："他说，他有钱了，要把我送给他的钱还我。你说我会要他还吗？不过，他是懂得感恩的。"

......

我问："听说你曾有到县中医院、县医院、县计生指导站工作的三次机会，你都放弃了，而偏偏到交通不便、离县城约四十三公里远的沙子坡，嫁给一位无正式工作的人，作为区委书记的女儿，搞脱贫攻坚，摸爬滚打，把青春耗费在了桀骜不驯的贫困户身上，耗费在走村串户中，究竟为哪般，家人担忧、反对，亲朋看不起，人们不理解，你后悔吗？丈夫珍惜你吗？"

"不后悔。"叶敏毫不犹豫地回答。

"真的不后悔吗？"

"真的，不后悔。说起来内心是有些难言之痛，如迎国检时，牙齿肿痛，不得到县医院去看，因要大战二十天，痛得头都是晕的，走路都是飘的。前天才去看医生。但是，总算坚持了下来，与贫困户有了感情，还是快乐的。我与任优结婚，父亲不理解，人们不理解，但人要以家庭（感情）为重，丈夫对我是珍惜的，对我的工作是支持的……"

我注视着她，足足十多秒钟，发现她好美好美。

（作者系贵州省印江中学高级教师，国际应用写作学会会员）

邱家村的好媳妇王莲琴

田发军

2018年的冬天，似乎比往年更冷一些。邱家村村委会新装修的墙面散发出阵阵寒气。王莲琴一个人坐在资料室，不停地敲击着电脑键盘，她的手指正在一点一点地失去控制，她有一种错觉：自己苦学两年的电脑技能正在被某种神秘的力量盗走。但她不信那个邪。她把手伸进衣服最里层，放在肚子上取暖——肚子另一面，曾是两个孩子温暖的巢。

她想起村攻坚队张毅队长的交待：明天早上八点之前，必须把资料上报到镇作战部，否则将会影响到全镇数据的汇总。她的手指刚恢复一点儿生机，就重新披挂上阵，在键盘的白山黑水之间穿梭、拼杀。

与此同时，一辆轿车正在沙子坡镇的崇山峻岭之间穿行，车灯奋力撕破黑暗，为主人照亮前路。经过一个多小时的努力，车终于到达了邱家村地界。但车并没有直达它的最终目的地——村委会，而是在张家岭的脚下停了下来。车上下来一个人，他就是王莲琴的爱人袁圣勇。

妻子和两个娃儿俩月儿都没有回印江县城了，袁圣勇老早就想来老家邱家村探望他们，但投递员的工作让他在城区来回奔走，掘走了他几乎所有的时间。妻子在老家带着两个娃儿，又担着村会计的职责，听说她还加入了邱家村脱贫攻坚尖刀班。作为一个外来媳妇，她真是不容易啊！今晚，无论如何，也要冒着寒冷走这一趟，给她一个惊喜。

资料室的门被轻轻地叩响，一开始，王莲琴并没注意到，她的全部思绪都在屏幕上的资料数据中来回游走。况且，冬天夜里的风很大。当叩门声再次响起的时候，王莲琴确信，这绝不是风力所为。她心头一紧，恐惧，在她瘦弱的身体里蔓延开来。她大着胆子喊了一声："是哪个？"

"是我。"门外答道。

王莲琴听出了那个声音。她打开门迎接他："这么晚了，你怎么大老远上这儿来了？"

一束玫瑰跳跃在眼前："今天是咱们结婚十一周年的纪念日啊。老婆，祝你永远快乐幸福！"

她有些自责：竟然把这么重要的日子都忘了。她的时间概念完全被"离省检还剩多少多少天"所占据，他看到的是整个攻坚队都在围绕"暖冬行动"紧锣密鼓地开展各项工作。由于新一轮农网改造还未改到邱家村，邱家村电力较弱。白天，电脑根本打不开。只有等到晚上多数人家都关灯休息之后，才能利用电脑办公。一开始，攻坚队其它成员每天晚上都轮班协助她，但王莲琴是个年轻的女同志，大家都意识到有些不妥。为了避免大家的尴尬，王莲琴主动找张毅队长说："张队长，以后这些资料我一个人来做就可以了。"于是，王莲琴当起了邱家村脱贫攻坚的资料员。沙子坡镇指挥长萧子静听闻后说："王莲琴同志是我镇唯一一个由村干部担任的女资料员，其主动担当的精神值得我们大家学习啊！"

王莲琴在菌棚播种

丈夫在一旁陪着，王莲琴觉得手指好使唤得多了。资料也很快做完，发给了镇作战部公共邮箱。

午夜两点，二人沿着通组路向老家堰刀组盘旋而上。这条回家的夜路，王莲琴也记不清自己到底走过了多少遍，她只记得这条路是那么孤独，那么寒冷，那么漫长。但今晚的回家之路却是那么温暖，那么浪漫。

两个孩子都已安然入睡，但年迈的父母还是被惊动到了。看到儿子和媳妇一同归来，二老披衣起床，嘘寒问暖。母亲赶着去煮宵夜，父亲拄着拐仗来到堂前陪着儿子媳妇聊天。

袁圣勇拉过妻子的手，一瞬间，他的目光被妻子手上耀眼的伤疤刺痛了。袁圣勇问："你手怎么受伤了？"王莲琴答道："小伤。"袁圣勇又问伤是怎么来的。王莲琴说是发展村集体经济，搞羊肚菌种植时留下的。

那时，为了增加群众收入，邱家村引进了羊肚菌产业。村里从25户村民手中流转20多亩土地用于种植羊肚菌。这样，既提升了土地的使用价值，又增加了劳动就业机会，村民到年终还可以参加集体分红。邱家村攻坚队作为发展集体经济的主力军，在队长的带领下，个个奋勇当先。王莲琴虽然是女同志，但作为村会计的她肩上的担子更重，工作也更加繁琐。从去湖南进购材料，到砍草、翻土、搭菌棚、种植、管理，王莲琴一样也没落下。

搭建大棚那天，王莲琴一早赶到菌场，她感到右眼皮连续跳动了好几下，俗话说左眼跳财右眼跳灾，难道今天要出什么幺蛾子？但王莲琴哪顾得了这许多？况且，作为一名共产党员，她也不信那个邪。

但悲剧还是发生了。王莲琴在套两根钢管的时候，一开始怎么用力也套不进去，当她使尽全身的力气，终于把钢管套上去时，左手食指根部的皮和肉却被刮下了一大块，顿时，一阵钻心的疼痛直抵她的心房，手上血流如注。同事们赶紧用帕子帮她进行紧急包扎，但一条白帕子很快变成了红帕子……

王莲琴对丈夫说："这种小伤在脱贫攻坚的路上太平常不过了。咱们村支书袁海林为了脱贫攻坚，还摔断了腿哩。但为了不耽误工作，他刚刚能下地就拄着拐杖，回村来工作了。"

袁圣勇紧紧握着妻子的手，他多么希望把自己的力量传递给妻子，让她在脱贫攻坚的战场上更加有力量啊！

2019年，脱贫攻坚第三方评估验收抽到了邱家村。上面反馈下来的信息是：邱家村零问题通过验收。听到这个消息的时候，王莲琴正坐在自己熟悉的电脑面前。她笑了，笑着笑着，眼泪却不由自主地流了出来。

（作者工作单位：印江县文化馆）

邱家村集体经济分红大会

新婚棉被

何 琼

2018年中秋前夕，女主人任永明家祖孙三人早早的就站在"危改"后的新家门前，他们翘首以盼什么呢，原来是等结对帮扶干部袁永恒老师的到来。

呵，到了，就到了！

上午九点多袁老师和妻子张敏抱着新婚的棉被、提着月饼，看到这一家人冒着细雨齐刷刷并排在家门口迎候，也激动得眼里噙满泪水……

事情的原委是这样的：

年轻帅气的袁永恒2010年贵阳学院毕业后考入沙子坡小学，2018年扶贫攻坚决战打响，他于9月接受了结对帮扶石槽村两户贫困户的任务。

万事开头难，任务是接下来了，贫困户家的情况知之甚少，没有任何头绪，他倍感压力。"怎么帮，怎么干？"成了他常常思考的问题。

首先他想到走访石槽村和贫困户，他想，这样既可以了解情况又可以与他们增进感情。今年78岁的任永明家是他帮扶的其中之一，其子常年在外务工，很少归家。两个孙子，大的小学三年级、小的二年级，全由老人照管，一家人很淳朴。住房虽是经过"危改"新修的，但家里很简陋，床上是粗布套的薄棉被。中秋就要到了，天也渐渐凉了，冰冷的寒夜里他们怎么办，棉花板结而粗陋，已经没有多少温暖的被子沉沉实实地压在身上，人会很不舒服的。

这一夜小袁失眠了。

第二天，他与老师们交流情况，讲到任永明家情况后说："要帮就帮点

袁永恒给贫困户任永明送自己的新婚棉被

实际的，送她家棉被如何？""这简单，到县里两三百块钱买一床棉絮不就得了""再买一套四件套也就一百多两百块钱"。老师们七嘴八舌地建议。

他们哪里知道，小袁心里一直在打鼓，妻子和自己一样也是小学老师，两人工资都不高，每月除了房贷车贷剩下的生活费也就几百块钱了。再说了，既然是帮助别人，就要真诚，要把对方当做自己的亲人，也不能随便打发吧。于是他想到了拿出自己结婚的新棉被给任永明家。有了这个想法还得征求妻子的意见，毕竟棉被是陪嫁物中最不可缺少的一样东西，这是她的嫁妆，崭新的，从没用过。

回到家后，小袁心事重重，捐新婚棉被之事一直哽在喉咙说不出口。"想过悄悄拿走，又怕对妻子不尊重。"妻子张敏也发现了他有些不对劲，但没好多问。

入夜，临睡前，小袁终于鼓起勇气说出要拿棉被帮任永明家的事。妻子说："那你不早说，我们明天上街买就是了，看你一直闷闷不乐的样子"。

"不是买，是拿结婚的新被哟，就是还没用过的这床12斤，1.8×2.3米的缎面被子"。

"这是我们一千多一床的品牌丝绵被呦"。

看妻子有些犹豫，小袁说："要送就送最好的，天就要冷了，他们确实需要一床厚厚的、保暖的被子。我们结婚用的质量好、宽厚，蓬松均匀，特别软和保暖。帮人要真诚嘛！"妻子听了没作声，小袁又道："你知道，我从小是孤儿，也常常得到别人的帮助，感到很温暖。如果敷衍他们，任务是完成了，但是良心上也过不去呀。"张敏想想，也对，当初不正是看中小袁的善良、同情心强吗。于是不但同意，还说："那好，我跟你一起去，再拿两套床上用品，他们好换洗。""还有中秋快到了，我们买些月饼一起送去。"还宽慰道："以后有钱我们还可以买嘛，要帮，就不能敷衍人家。"小袁这才长长的舒了一口气，由衷地笑啦！

从沙子坡小学到石槽村不到5公里的路上，校长亲自驾着车，道路有些湿滑，车行有些慢。而小袁的心一直砰砰跳，恨不得马上就把棉被送到任永明老人家。

这就有了文章开头的一段。

"那天是9月22日，"小袁夫妇、校长和主人家一起铺好了床、套好棉被。小袁告诉笔者，当时任永明老人接过棉被时，她的手一直在颤抖。自己内心也很激动，因为终于跨出了帮扶的第一步。"看到老人泪汪汪的眼睛，紧紧握着我的手，对我触动很大，我感到两颗心灵的碰撞，我们的心拉近了。"小袁两岁不到母亲被拐卖后下落不明，刚上初中父亲又去世。一大家六七口人就靠

袁永恒及妻子张敏（后排）与帮扶对象任永明（前排中）孙女孙儿合影

当小学老师的爷爷微薄的工资生活。生活中，也常常得到好人的帮助。"我想起爷爷曾经说过："当你用真诚去帮助别人时，你也被真诚所感化了。"

之后两三天的时间，小袁的"心都平静不过来"。因为除了当好老师，他还要思考下一步如何帮扶的问题。比如接水、接电、环境卫生、孩子读书问题……

除了上课，进村了解情况、化解矛盾、上下协调、每周给攻坚队汇报、寻求帮助……几乎占满了小袁其余的时间。

如今，我们来到任永明老人家采访的时候，这一桩桩一件件，小袁都在驻村攻坚队的协助下落实了。每周小袁还继续去辅导两个孩子的学习，老人家里有什么事都会给小袁打电话。甚至生活中的点滴，老人都不给在外打工的儿子说，首先想到的就是小袁。任永明老人也极力地表达对小袁的谢意，听说他的家属生病了，主动来探望；听说小袁在村里帮扶还未吃饭，就会悄悄地赶紧做给他吃；听说他在生活中遇到难事了，又是宽慰又是赶紧出主意。一来二往，他们就这样如同亲人般相处。

采访时，在任永明家，床上没有小袁送的被子。笔者问主人，"是因为天太热，现在不用吗？"主人说："是舍不得，这被子暖心。感谢政府，感谢袁老师"。

帮扶不到一年，刚刚30出头的小袁两鬓冒出了不少的白发。但是妻子的理解支持；村民，尤其是帮扶对象亲人般的相处，小袁笑啦！他说：回想当初自己选择送新婚的棉被，就是牵挂，就是温暖，就是爱，就是传承，就是我们中华民族最优秀的文化。

临别，我问小袁："年纪轻轻的，精准扶贫就让你有了白发，后悔吗？"他没有一点迟疑地回答："不悔，值！作为年轻人，能够成为这场战役的一员，白了头发也值。""这一段经历，使我受益匪浅，学到了很多，也锻炼了自己。感触颇深。我会继续不惜余力的利用自己所学的知识，保持这份热情，为这里的发展贡献出自己的一份微薄之力。"

小袁在帮扶感言中写到：真诚最美！赠人玫瑰，手留余香，在当前脱贫攻坚的决战时期，我承担了两户贫困户的结对帮扶任务。在真诚帮扶一段时间后，两户贫困户都从内心深处，流露了表达了对自己的谢意，这让人顿生融融暖意。

这份真诚，这份暖意，至今村民们感恩不忘！

结对帮扶活动正如火如荼，帮扶干部的真诚、无私描绘着明媚山村的画卷。

（作者系贵州财经大学教授、硕士生导师，

民族学（中国少数民族经济）学术带头人。）

石槽村攻坚队给贫困户董大芝过生日

"五得" 驻村干部

袁董峰

"党的扶贫政策我们必须让每个农户知晓，不管说了多少遍，我们需要继续说，直到大家明白为止。"

"我们每天进组入户，来来回回至少要走四五公里。"

"不管多难，我一定要解决你十二年来没有户口的问题。"

……

印江县沙子坡镇庹家村驻村脱贫攻坚队长田静红、驻村脱贫攻坚队第一书记付昌友、驻村脱贫攻坚队纪检员陈涛，他们如是说。

在印江县沙子坡镇庹家村，看到和听到整个庹家村翻天覆地的变化，从过去的一类贫困村，到2019年底将全面脱贫，这一重大改变，除国家各级政府的重大决策部署外，主要得于这些驻村脱贫攻坚队带领全体村民共同努力的结果，无数辛酸与泪水、无数次进组入户、无数次交流讲解、无

攻坚队长田静红带头组织群众打扫卫生

数次熬夜难眠、无数次奔波于县镇，至2019年的7月终于赢得了国家级的扶贫检查。

这些驻村脱贫攻坚干部们的跑得（一年多来几乎每天四五公里的进组入户）、说得（不断地与各个村民沟通、讲解、动员）、忍得（少数个别村民的不理解谩骂）、熬得（想办法、找措施，几多不眠之夜）、饿得（有时忙于工作往往忘记吃饭）深深地印在笔者脑海里。

党的政策好　党群关系好

庹家村老庄组，是该村最边远最贫困的一个组，一类贫困村，过去就是其典型代表。

这里山高谷深，植被茂密；寨下是潺潺小河，寨上处处见林，几百年的古树屹立于寨旁；整个寨中一色的旧式木板房完好如新，房顶的青瓦整齐排列，古色古香；家家门前整洁干净，晚上户户家中灯火闪亮，水冲式卫生间、房外的太阳能路灯，应有尽有；早上翠烟缭绕，周边云雾升腾，多种鸟儿和凑，仿若人间仙境。

然而，谁曾想到，这里不通路时之状况。

肩挑、背托、马挞是庹家村老庄组村民真实写照。

通过群众会发扬民主并激发老乡内生动力

寨子上面，朴实勤劳的村民张玉禅家，两年前修建了一栋两楼一底的砖瓦房，两角一块的砖，搬运费却要伍角。马，是这里最好的运输工具。

2018年4月至12月，为了帮扶老庄组村民，印江中学扶贫队的老师们背着背篓，挑着箩筐，上门收购各种蔬菜，无论烈日炎炎还是酷暑寒冬，每次步行近2公里，把收购的蔬菜运往能停车之地，那段时间，每户村民都有几十、几百甚至上千元的收入。

今年83岁的村民周培祖，是土生土长的老庄组人，1993年，儿子刚大学毕业就不幸病逝；1995年，他家的木板房又不幸被大火吞噬，相依为命的老两口，就在没被火烧着的牛圈上搭上木板作为栖息之地，这一住就是20多年。

党的扶贫政策进村入户，驻村脱贫攻坚干部经多方努力，最终为周培祖老人新建了30平的小平房，房内设施齐全，老人笑逐颜开，见笔者一群人到来，老人不停地说：党的政策好，扶贫干部好！

"黑"活人

吴珍霞是庹家村万家组的村民，可在万家组生活了12年，她确是一位地地道道的"黑"活人，没有户口，新农合医保等一切福利都没她的份。

15年前，作为印江县沙子坡镇邱家村印刀组的吴珍霞，出嫁到了杉树镇顾家村，三年多的时间一直没生小孩，三个孩子都是在五六个月时夭折腹中。于是夫家人认为，吴珍霞是一位不祥之人，想尽办法，千方百计地整她，通过各种手段，把她的户口也给注销。由于没有文化，离婚后的吴珍霞，经人介绍，又与印江沙子坡镇庹家村万家组的任廷勇组成了新的家庭，并育有一儿一女，大女儿今年已12岁。

驻村脱贫攻坚队的到来，也给庹家村的村民带来了人性的光辉。

帮扶结对的驻村脱贫攻坚队纪检员陈涛，知晓吴珍霞的这一情况后，当即表态："不管多难，我一定要解决你十二年来没有户口的问题。"

为了这一承诺，陈涛带上从没出过远门的吴珍霞多次辗转、数次往返各地，到印江县公安局反映，到吴珍霞过去生活过的杉树镇调查，到吴珍霞的出生地——印江县沙子坡镇邱家村取证，最终在邱家村查到当初用笔登记的吴珍霞的身份证明。

尘埃落定，12年没有户口、12年没有享受过任何新农政策待遇、12年非法婚姻的吴珍霞，终于成一个"黑"活人变成了真正的活人。

母子最后相见于微视频

"喂，哪个？"

"张军嘛，我是庹家村驻村脱贫攻坚队的干部，我们现在你家，你病重的妈妈王治娥，想要看看你，想给你说话……"

远在广东打工的张军，看到手机视频里重病在床、口齿不清的母亲，早已泪流满面。

"妈，您还能吃下东西吗？"

"已经吃不下了。"

"您能喝汤吗？"

"还可以喝点汤……"

这是2018年冬天发生在印江县沙子坡镇庹家村栗坪组张著兵家里的一幕，这一幕已成为定格，将深深印在张家父子脑海里。

曾经是一类贫困村的印江县沙子坡镇庹家村是典型的老少边穷村，该村农民的收入主要靠外出务工。2018年，全村因病、因残、因学致贫45户146人。这些人，是庹家村驻村脱贫攻坚干部重点帮扶和结队帮扶对象，通过一年多的帮扶，2018年，庹家村出列一类贫困村。

身患重病的庹家村栗坪组王治娥，因家境的贫困，近两年来，她的生命维系仅靠外出打工的儿子张军，每月按时寄回药来稳定。驻村脱贫攻坚队驻进庹家村后，通过逐户摸底，了解到王治娥一家的情况后，驻村脱贫攻坚队长田静红，就与她们结成重点帮扶对象，把她们一家记挂心头，常常去看望，几次送钱、送物到家，看到王治娥逐渐病重，思念孩子，于是，找到其子电话，添加微信，让他们母子在微信视频里相见，这就出现了文章开头的一幕。

视频通话后的半个月，王治娥因病去世，当其子张军回家奔丧时，见到田队长一行，立马鞠躬致谢。"田队长，是您让我在半个月前见到了我妈妈最后一面，谢谢！谢谢！谢谢！"

（作者系资深媒体人，贵州省写作学会秘书长）

沙子坡镇庹家村示意图

那一幅幅画

黎淮西

一个伟大的党，正按照一个伟大人物的发现，带领民众在中国大地进行着一场特殊的战争。

这个发现就是恩格斯在马克思墓前所说的：马克思发现了人类历史的发展规律，即历来为繁芜丛杂的意识形态所掩盖着的一个简单事实：人们首先必须吃、喝、住、穿，然后才能从事政治、科学、艺术、宗教等等；……

这场战争没有震耳欲聋的轰炸声，没有揪心的空中呼啸声，它甚至是寂静的。寂静中却有着一幅幅画，流动的画，有声的画，值得珍藏的画！

2018年年底，天寒地冻。凉水村美丽的山川被一场大雪覆盖了，一片银白。

哇！好大的雪。吴帮生对书记梁永说。扶贫队其他队员因凝冻来不了村里，当时只有他们两人。冬天的雪，是人们的最爱。城里人喜滋滋的玩雪、拍照，不亦乐乎！

寒冷中两人站在楼上，看着地上厚厚的雪，吴帮生想到了他的帮扶对象，孤身一人在家的任永模老人。梁永和吴帮生二人不谋而合，老人情况怎样，有烧的没有，……。送炭去！那管它外面冷不冷，路滑不滑。二人立马行动起来。用编织袋装上炭捆好。

好妙！要出发了，悄无声息的山区雪路上，在他们面前，站着一只黄狗。好似仪仗队要为他们开道。梁永和吴帮生用绳子拖着炭，在弯曲的雪地上滑走着，狗在他们前面。他们站着，狗就停着，他们走，狗也走，就在前面。

面对世态乱象，有人调侃说，狗就是狗；人，有时候不是人。

雪中送炭的人是真正的人。

此时，拖着炭行走在雪地上的两个年轻人，不仅是真正的人，更是真正的扶贫战士。

他们走到任永模家，进到屋里。才知他的儿子任达羽也来了。任达羽看到下大雪，头晚就赶回父亲家。眼前，很让他感动。大家都开心地说说笑笑，其乐融融。这个冬天，老人是温暖的，扶贫队员的仁心，儿子的孝心。

这是2018年的年初。印江县医院大楼。扶贫队员马彬，他的父亲因癌症病危住在一楼，他的妻子住在七楼。从父亲的病房出来，他要上七楼看望妻子。妻子四十多岁，又是高血压，怀二胎要生孩子了，亲友照顾着。上到六楼，他犹豫了。他晓得，一家人互相牵挂，情况不好，还不好说。咋个办？许久，他强压探视的念头，下楼了。

提起父亲，马彬愧疚。父亲患病从不告诉他，怕影响他工作。2017年在家里的一次偶然发现，才知父亲患病。即使知道了，他也不能时常照料。扶贫队就是尖刀班，没有固定的放假时间，甚至没有上下班的概念。马彬有哥弟，都不在本地。父亲病危时，白天工作，他只有晚上有空的时候去。

其实，马彬本身就有病。2010年查出冠心病，接着做了心脏搭桥手术。他一边治病，一边坚持扶贫工作。一次晚饭后，他和梁永书记去做搬

凉水村驻村书记梁永、村支书任亚文和帮扶干部任亚华参加沙子坡镇脱贫攻坚调度会，回到村里的路上。

迁户任贞梅的工作。马彬已踏她家门槛十多次了。县里的一个女同志曾经看望任贞梅，送了500元钱。又请马彬转告她，以后会去看她。这位女同志再到村里时很忙，抽不出时间看望任贞梅。任贞梅就说马彬骗她。再者，按政策她不能享受低保。马彬继续"战斗"，想方法和她一起打败躲在心里的"老怪"。她家里的电线老化了，马彬帮忙；知道她的生日了，马彬想法表示。那天和梁书记在她家里，就她提的要求作分析。马彬突然感到很难受，他明白，发病了。大家看到他痛苦的样子，晓得他犯病了。任贞梅不说话了。……。第二天，任贞梅不再提要求，同意了扶贫队的工作安排。此后，她看见马彬，再也不说为难话了。

马彬又接到任永冬的电话了，请他去铜仁喝两口。

任永冬是凉水村村民，现在搬迁到了铜仁。起先他在外地打工，也是马彬的帮扶对象。有时候回到村里，村民大家应该做的村里的事、组里的事，他不参与。好像和他没有关系。马彬不是将眉毛胡子柔在一起。该讲的讲，该办的办。马彬主动帮他咨询和办理农业补贴的事情。任永冬打工在那边，马彬办事在这边。发照片，发材料，直到办好。后来又问及他事情的结果。得知他没有到手一项补贴，马彬就一直了解结果之因。才知是他的小孩在外面读私立学校。（注：一般的私立学校）任永冬回到村里，扶贫队动员他搬迁。他很不爽，说他什么也没有。他还对马彬说，他来来回回花了几千块钱。马彬明白他的心思。当硬的时候要硬。不能一味满足。马彬一个月4千多工资，他自己也要生活。如果自己都站不稳，还怎么扶别人？马彬很当一回事的对任永冬说，你看，我这半条命了，你到街市的牛马市场喊个价，我这个人值好多钱，看能不能帮你的忙。

打老怪的拉锯战，当然是马彬赢了。对手成了朋友。

马彬的身体弱，但头脑清醒，骨头硬。村里要修一条路，已立项多年了，因资金紧张，迟迟不见动静。马彬担心再拖下去，影响干群关系，不好搞工作。县里领导来村里检查工作了。马彬想，这是个好机会，平时哪有时间见县领导。马彬把真实情况向领导反映了。并直言到，当时说马上修，马上修，一个"马上"就是6年。

反映情况的第二个月修路动工了。

扶贫助弱的思想意识已扎根在扶贫队员心里。

现在，马彬看到蒋英的身体好了，家境比过去好了，心里好宽慰。马彬吼过蒋英的丈夫任永尤。那是马彬看见背着猪草的蒋英咳嗽吐血，急了，就吼任永尤：你咋个不把她送去医，现在政策这样好！

像马彬这样，以扶贫队员为主角的精彩画面还有，一幅一幅……。

（作者系贵州民族大学退休干部贵州省写作学会科研部副部长）

沙子坡镇桂花村示意图

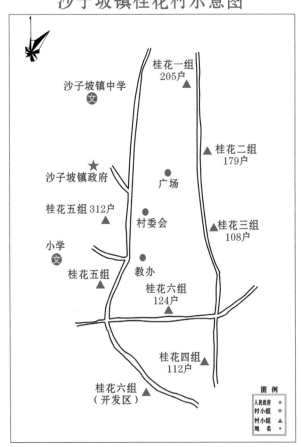

间隔路的缝合

田茂正

2018年底的某一天晚上，寒气正浓，在印江县沙子坡镇池坝村冉家组的一个房间里，两个男人正在喝酒。

一个醉熏熏的男人说："田书记，说实话，这条公路从2009年开工，到2012年完工，就剩我这土地边上25米的公路弯道未连接，到今天有6年啦！许多车在这里出了车祸，虽没伤人，我心里也十分难过。党委政府到我家调解了14次，镇长也在我家坐过两天，我都不允许他们动工，不是我过分，而是他们处理得不够好，我气不顺呀！再说，寸土寸金，我凭什么让别的农户占我的便宜呢？明明是别的农户占用了公路用地，凭什么叫我让？正因为如此，我一直不允许施工方接通这段弯路！直到昨天，在你这几个月的反复动员下，我才气顺心畅，允许贯路连通这段间隔路。你说得好，给后人栽花不栽刺，也是给我的子孙修路，我终于理解了你的好意。"

村攻坚队组尖刀班现场组织施工

县委书记田艳到池坝村督导脱贫攻坚

那个男人又喝了一口酒，接着说："以前村民都说我过份，不让地，不给大家谋利，可是其他村民呢？占他家巴掌大的土地，就要斤斤计较半年时间，他们凭什么要求我无偿让这么多的地？他们把许多污水流到我的地里，不出一分钱修沟修管子，要让我自掏腰包帮他们修排水沟、排水管，你说谁受得了？许多领导不了解这里的百姓，私下说我是刁民，其他人不是刁民，你说我气不气？"

哪个男人喝了口酒，又说："你说我觉悟高，是这里的乡贤，要我主动让步，还和我说了这么多心里话，我顺气啦！这么多年来，只有你才理解我呀！看在你的面子上，田书记，我才让步，才允许通路！你是个好领导，好干部！我喜欢你这样的人，来，再干一口！"

另一个男人接着说："好！冉启佳，冉老哥，我很佩服你！你能主动让利，觉悟很高，我感谢你，我也代表镇党委政府感谢你！来，干杯！另外，半夜啦！我还要回村委会办理表册，明早要上报，我就先回去啦！老哥，你先睡好！"

这个要回村委会的人叫田进波，他是沙子坡镇池坝村的驻村干部，担任冉家组扶贫的尖刀班长。为了精准扶贫，他已经半年时间没回家啦！父母、孩子生病，他无暇顾及，只能把家人全扔给从事教学工作的妻子，让她承包家里的一切。

他回到了村委会，点了一支烟，叭达叭达地吸了几口，用那强烈的烟味强行趋走睡意，接着他又泡了一杯浓茶，用来醒酒。他坐在办公室里，翻开厚厚的表册，拿着笔仔细检查、补漏，最后长长地舒了一口气。

他想：在搞精准扶贫工作之初，干部进村狗来咬，几乎没人打招呼！而现在呢？干部进村狗不咬啦，从它头上跨过，狗也装着没看见！这说明干群关系有了质的改变。另外，以前老百姓对扶贫工作十分抵制，说话不讲真话，语言里常带着刺，让干部下不了台。现在呢？百姓爱讲真话，言语十分客气，见到帮扶干部后相当热情，大家都围上来争着发言，邀请干部到家里喝茶、喝酒、吃饭。村民们杀猪、推菜豆腐时还会主动打电话给帮扶干部，请他们到家中吃饭，拉家常……

鸡开始啼叫了！他又喝了一杯茶，举起他的右手，用浑厚的乐声唱道："这二十五米的泥巴路呀！坑坑洼洼，把十字村和池坝村间隔了六年，今天终于在我的手上缝合啦！我没有辜负党和人民的期望！"

最后，他笑啦！笑得那么开心，那么灿烂……

（作者系印江县沙子镇池坝小学教师，印江县楹联协会会员、中国诗词协会会员）

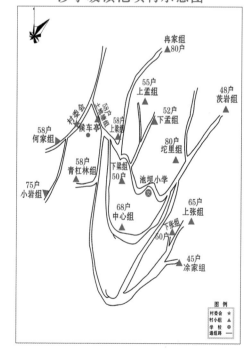

沙子坡镇池坝村示意图

帮扶干部是我家最近的远亲

杨再友

在印江沙子坡镇，有这么首童谣："青球山堡石旮旯，红苕洋芋包谷粑；要想吃顿大米饭，除非屋头生娃娃。"

沙子坡青球村的任季春是个老实巴交的村民，他为村里修路左眼受残，妻子黄银平嫁到他家18年，尽管饱受贫穷夹磨，却是不离不弃。这样一对夫妻，凭着吃苦耐劳，拉扯大两个17岁的孪生女孩和一个12岁的男孩。

黄银平对改革开放越看越眼热是好些年的事了。她赶在一个年尾巴，趁着打工乡邻发财返家的样子惹火，联合亲朋说服了丈夫，确定出门淘金。

几年的"杀广"淘金功夫没白费，任家的小日子撑抖了点。

然而，三个孩子在长大，叠加在吃喝拉撒上面的读书问题，不再是托付给外婆"招呼"那么简单了。左眼残疾的任季春即使在广州收入也少，其妻黄银平读书不多，工资同样不高。好在党中央惠民政策频频送达，2014年，他家进入建档立卡户队列，相继得到政府"四改一维一化、三保障"等精准帮扶。

人们说"富在深山有远亲，穷在闹市无人问。"然而，自从2018年3月，印江中学熊开华老师来到沙子坡镇青球村桂下组，走进任季春家建立起结对帮扶后，这个世俗的信条被彻底颠覆。

熊开华与任季春一家的结对帮扶是在特殊情况下开始的——带高三的熊老师连周末晚上都要辅导学生，他只能抽周六白天到村走访任家；累次走访却见不到人；历尽艰辛才遇到返乡治病的任家亲弟任灵利，听其介绍方知任家的真实详情：任季春夫妻结伴广州打工，丢下16岁的孪生女任廷凤、任廷艳在25华里外的沙子坡中学，丢下11岁小儿任廷瑞在沙子坡镇红木小学读四年级。三姐妹吃住在校，享受国家义务教育吃住免费等厚遇，周末就去十字村外婆家。

熊老师真正见到任家大人已是高考过后。熊老师细问之下得知三个孩子暑假随父母在打工地生活舒心；得悉两个女孩下学期进九年级，因提前开学，缺少社会资源的她们对课本未到束手无策。没课本咋办？熊开华早已把自己当成任家一员，他主动为孪生姐妹借课本，亲自送到沙子坡中学。任家小儿廷瑞该读五年级了，由于大人长年在外，没机会清问他的学业，以至于熊老师到村里看到这孩子总在无聊的玩，完全没有学习自觉性。他的两姐也如此，除了做一些家务，基本不会想学习……熊老师比心痛家人还甚——他委婉指出三姐妹虚度光阴的弊端，通过具体事例说明从小学习知识、磨练本领的重要，屡次三番动之以情晓之以理，终让三姐妹主动要求上进，立志发奋，内生奋起直追的学习欲望。

看着三个孩子思想行为在转变，熊开华心里像喝了蜜。他趁热打铁，因势利导，就在任季春家里腾出一张方桌，安排孩子们学习，不懂的地方

熊开华夫妻陪任家姐姐送弟弟去印江二小读书

熊老师耐心讲解，还不定时强化训练他们良好的学习习惯……他还不厌其烦用微信与任季春夫妇联系，希望他们更加重视孩子，让他们知道孩子的健康成长才是家庭走向富裕的康庄大道。

之后，只要临近扶贫日，熊开华便提前去超市、集镇采购孩子们急需的生活、学习用品。熊开华用实际行动当起孩子们的临时家长——青球村脱贫攻坚队队长赵建江、第一书记任浦人前背后无不羡慕他调教出三个亲儿亲女一样亲近的孩子。

青球村的乡亲眼睛是雪亮的。他们一次次看到，熊老师只要下队，必去他结对帮扶户与三个"儿女"一起做饭吃，给他们辅导功课，谈理想，谈世界观……

春节前，孩子们的学习成绩有了大幅度提高。当孩子们的期末成绩揭晓时，在外打工的任季春夫妻高兴得几天睡不着觉，每每睡着也是笑着醒来。

当年春节，任季春夫妻终于舍得花车费返家过年。熊老师抓住机会与任季春全家谈心、替他们规划未来，提出季春夫妻留下一人在家照看孩子……

面对熊老师的倾情帮扶，面对熊老师精准的金点子，面对熊老师的"不把彼此当外人"，任家夫妻醒悟孩子的行为习惯、智力学识比找钱重要。权衡再三，他们决定：黄银平留下来照顾孩子的学习，就近找一份能支撑家庭用动的工作。

在沙子坡镇青球村村委，熊开华有一个坚强后盾——沙子坡青球村脱贫攻坚队

为了给留下陪读的黄银平找工作奠基础，熊老师密锣紧鼓为廷瑞联系，成功把廷瑞从沙子坡镇花园小学转到印江二小。

开学初，黄银平带着廷瑞来到熊家。因租房一时间落实不下，熊开华的妻子就在自家楼上铺了两张床，让黄银平母子安心吃住在她家。

熊开华夫妻几经转折，黄银平的工作落实了，工资居然不比在外打工

少！一个多月过去，黄银平找到了合适的住房，母子俩搬到了更有利于孩子学习的地方。

之后，熊老师夫妻时不时带些生活用品到黄银平的租住房去。饱经风霜的黄银平几次差点掉泪。激动之余，她逢人便说，习大大的好决策让她家有了"奔头"，帮扶干部是她家最近的远亲。

（作者系贵州省印江自治县木黄镇新光村帮扶干部，印江诗词楹联协会会员）

沙子坡镇强力推进脱贫攻坚"暖冬行动"

一支打了鸡血的攻坚队

杨　超

7月13日晨，天空不时洒雨。上午11点，我们已经爬上了六井溪梁子，雨点却还在傻傻地打着车窗。

透过车窗，我看见前面是一色的迷雾，轿车载着我们，仿佛在团团雾絮中与雾岚融为了一体，轿车仿佛不是在公路上缓缓行驶，而是在浩瀚的天际上飞翔。

"杨老师！别怕，下了坡，就到我们炉塘啦。"村支书陈周似乎在安慰着我说。

我"哦"了一声，接着脱口而出："拨开迷雾见炉塘！"

"是的，我们这里山高坡陡，就是雾多。"陈周转动着方向盘，接着又说，"但老师您别担心，没有弯拐的路不是路，再拐过几道弯，就到村委会了。"

是啊，我应该想到，年龄只有36岁却做了十二年村支书的精瘦的陈周，为了炉塘村的老百姓，他爬过了无数道坡，拐过了无数道弯，上了、下了好多道坎！

终于到了炉塘村窄小的村委会办公室。我没有客套，随手翻开了办公桌上的一份文件：

炉塘村距沙子坡镇7公里，国土面积15平方公里，现有耕地面积1171.8亩，其中田675亩，土496.8亩。村辖15个村民组，共594户2018人……全村主要致贫原因为：山高路陡，土地贫瘠，基础设施建设落后，群众生产生活条件困难，农民收入主要靠种殖、养殖、外出务工为主。2014年以来共有建档立卡贫困户155户629人，其中2014年脱贫17户86人；2015年脱贫22户105人；2016年脱贫28户104人，2017年脱贫7户38人；2018年脱贫65户265人，返贫3户10人，新识别1户6人；未脱贫共19户41人。贫困户的主要致贫原因为因学、因残、因病、缺资金等，其中缺资金31户、因学44户、因残21户⋯⋯

的确，炉塘村的自然条件是极端恶劣的。看吧，站在山腰间的柏油路上，望前看，前面亘古的山峦雾岚浮动，仿佛是在诉说着千年的洪荒；往后看，高高的六井溪梁子兀自耸立，又似乎隐藏着不尽的奥秘；虽然，通往县城的客车每天总会在沿途捎上或留下几个山民，但是我还是感觉得到这里还十分的闭塞；虽然，村委会有了一栋占地不足50平方米的楼房，但是我不得不说，驻村干部们工作上的那份艰辛，无以言表——因为，近六百户人家，全部是巴在岭岗上，藏在沟壑中。

不用说，我相信以前的炉塘村是极度贫困的。但是，自2014年特别是2018年开展脱贫攻坚大决战以来，炉塘村的变化也是翻天覆地的。短短两三年，村里创办了综合专业开发合作社，还采取"非地"模式建起了光伏发电站，同时，采用大户+合作社模式，建起了清水鱼养殖场，栽培了清

攻坚队到组召开群众会

翠李和有机蔬菜基地近千亩。2018年，炉塘村群众仅集体经济分红即达到十二万余元，年人均纯收入已达8809元。

也不别说，今天的炉塘村是落寞的。自2014年以来，惠民政策温暖人心，群众自力更生、艰苦奋斗，8口人畜饮水水池让全村人畜饮水有了安全保障，家家户户有了水龙头；8条（共14.7公里）标准硬化路，在全村的寨子间画了个大圈，将15个村民组连在了一起；而17.17公里的联户路，让老婆婆们出门也可以穿上了绣花鞋；而村级活动室与村级文化广场，也成为了村民们最开心、最热闹的去处。

陈支书说，至2018年底，炉塘村贫困人口实现了稳定的"一达标、两不愁、三保障"，全村纳入农村最低生活保障对象77户172人，共发放低保金60.64万；313位六十岁以上老人共领取养老保险金33.32万；369人次住院治病总费用208.5万，报销173.4余万，其中贫困户173人次报销比例达97%，非贫困户196人次报销比例达62.5%。

攻坚队队长秦再林说，在住房保障方面，炉塘村针对住房危、旧、烂及跑风漏雨等现实，以汗水洗脸，通过四改一化一维，补齐短板，2014年至2018年共实施危房改造166户，补助258.6万解决了166户的住房保障；同时帮助民众改厨、改厕、改圈、改水，房前屋后硬化，如今全村所有农户

攻坚队冒雪入户开展工作

176

的住房安全，功能齐全，人居环境得到了极大改善。

村主任田儒学告诉我，炉塘村攻坚队的八名队员，人人都是一匹烈马，他们在队长秦再林和第一书记喻波的指挥下，精诚团结，磨破嘴皮，跑破脚皮，厚着脸皮，大力动员贫困户易地搬迁，至2018年止，共搬迁了40户195人，其中，铜仁11户，印江29户，如今，他们分别在印江县城和铜仁市内，过上了城市人的生活。

"炉塘村攻坚队团结一心、攻坚克难，战斗力强劲，先后多次迎接省市检查并取得好成绩，县委常委副县长也是我们的指挥长萧子静说，我们是一支打了鸡血的战斗队！"队员杨欢对我说，话语中，有许多抑制不住的内心骄傲。

……短短几个小时的聊天或者采访结束，陈周及冉君林等几位驻村干部们的话语，不得不令我相信，炉塘村攻坚队的确是一支打了鸡血的战斗队，至少，他们那鸡窝样的发式，就是一个最有力的见证。

此间，陈周的车载着我，从海拔926米的村委出发，碾过东边近一公里的柏油路，便一直下，一直下，下到了海拔不过500米的谷底，然后往南，绕过西边的一处处山寨，又一直上、一直上，再从北面回到了村委。我知道，不足一小时，我已经在炉塘画了一个圆圈，圆圈上是老百姓的张张笑脸。随后，冉君林的越野车又载了我，上了海拔1160米以上的六井溪梁子，我看见了合作社几百亩的蔬菜基地，翠绿无边。此刻，太阳从云层钻了出来，炉塘村的山山岭岭，披上了一层金光。

（作者系贵州省作家协会会员，特邀作者）

心会跟爱一起走

何文革

7月13日早，抵达了沙子坡镇，在镇政府门前分好了组，我和同伴由冉副镇长驾车送往天星村。

走进了村委"脱贫攻坚办公室"，冉副镇长介绍下，认识了两位干部：有一头齐肩短发的女村支书任光霞和略显黑瘦的小伙—工作队负责人文钦明。

忆往昔峥嵘岁月　任支书如数细说

我们表明来意—采访天星村脱贫攻坚的感人事迹和扶贫干部的闪光点，任支书打开了话匣：

尖刀班班长吴彪，身患糖尿病，每天自己注射胰岛素，仍坚守在第一线。

56岁的老同志王胜前，身体多病，长期待在帮扶组严家山组里，与多位留守老人同吃同住，群众非常信赖他……

2018年冬天气寒冷，路面凝冻，天星村驻村工作队及时为贫困户送去急需的防寒棉被14床、大衣7件，很多同志一直在组内和群众同吃同住同劳动。

2018年12月30日-2019年1月2日，工作队队员集资3万元，先后在高家山组、高峰组、兰竹组、大坳组吃干群连心饭，并召开村集体经济分红大会当场兑现人均30元分红资金。借此良机，干部群众共商脱贫大计，就如何落实党的好政策，建设美丽乡村，扭转社会风气，密切干群关系达成广泛共识。

在脱贫攻坚战中，我们干部老中青齐心协力，通过大量细微而繁琐的工作，促使天星村发生了巨变——村容村貌整洁、社会风气良好、基础设施日益完善……

攻坚克难千钧重　鸡毛蒜皮见真章

采访中文书记这样说：任支书工作方法特别接地气，她进村入户见到长辈称公喊婆一番家常闲话，一阵家长里短，就能就把国家脱贫政策解说明白，也能知道群众疾苦。

任支书说，论工作方法好，我佩服驻村干部严志文，他的工作方式干脆利落，刚硬大气，群众有时就吃他的那一套。

有一次，上面划拨的低保金迟缓了几天，很多群众不落心不依教，群众围着村委不走，说当天不见钱，要上告，我和文书记一时也解释不清。这时剽悍刚猛的严志文一声大喝：他娘的，好不知理，共产党的钱也领得完？只要你龟儿活得久，数钱让你手抽筋，不就是钱走慢了几步，你们还

走访困难群众

在工作队带动下更多村民参与美丽乡村行动

担心煮熟的鸭子会飞了不成！该干啥干啥去，在这打窝堆，莫不是那个钱会走快点么？

围观者一会就鸟兽散了。

文书记补充，严志文，沙子坡镇农机站站长，派驻天星村后长期驻守，经常走村入户，摸清村情，熟知村民，可称为天星村的活地图。

他口才了得，胆大心细。2018年利用周末时间，先后两次到铜仁营运中心，争取到资金10.9万元和11.5万元，分别用于本村群众补短板和春茶提苗肥和管茶路的建设。

他还帮助搬迁困难群众蔡霞在搬迁点找到工作。帮助兰竹组申明权办理残疾补贴。

忍辱负重孚众望　侠骨情柔一担挑

采访中听文钦明说他是水务局外派天星村驻村工作队队长，我略带疑惑。为什么人家都叫你文书记？

任支书抿嘴一乐。因为他是村委值班最多的干部，群众来办事，总是他来接待。群众把露面多、办事多、入户多的小文当做第一书记，他的书记是村民封的。

　　这个崽崽，工作踏实，过年期间，农村乱办酒，很多村民组，到处都是鞭炮礼炮的残留物，和各种白色垃圾，有的村民对公益活动不热心不参与，很多进村路荒草丛生，垃圾遍地，小文看不惯了，就号召村民一起打扫卫生，在文书记的带领下，很多村民参加到队伍中，引领了美丽乡村行动。

　　小文2018年3月驻村以来，走遍天星村，了解了所有贫困户的具体情况，做到了底数清、情况明。2018年10月初结婚，新婚不足一周就从德江返回村里，为迎接脱贫验收的省检国考，完成相关数据的收集汇总，每天都值守村委加班，新婚小夫妻一个月见不了几次。

　　小文生活节俭，板鞋穿烂了舍不得换新，可对村民很大方，他看见某村民缺药费，毫不犹豫掏了200元。

　　晚饭后，我和文钦明回村委住宿，白天无暇深谈，此时有时间敞开心扉。

　　办公室里，小文把眼镜脱掉，仔细一瞧，剑眉星目，外衣脱了，露出黝黑的胳膊，白天显得稳重的文书记显出年轻小伙的气质，在他轻言细语里，我捕捉到两个细节：

天星村攻坚队员帮助群众整理新房

一是，某村民找他办理低保，文书记拒绝，这人大骂，老子领的是共产党的钱，又不是你家的，赶紧给我办。文书记拍桌而起，大喝道，你是退休老师，你儿子也有工作，该不该得低保，大家心知肚明。别说话没水平，掉了你文化人的价！那人二话不说，灰溜溜走了。

二是，从县里为迎接省检国考，开展"百日攻坚"行动，文书记就没有节假日和周末，工作巨烦，压力倍增，我在他的微信摘了一条日志：哭过、累过、苦过，少年白头，春秋几度，归家何时。

14日，结束了采访。忽想起冉松副镇长评点天星村：村干部每天工作内容就是熟知民情、解除民困、疏解民怨，凝聚民心。

具体工作就是调解纠纷等，别看是鸡毛蒜皮的小事，但顺畅了老百姓的心气，化解了老百姓的怨气，使全村多年来未发一起刑事案件，为基层的稳定做出了贡献。

工作千条线，基层一针穿，只要对老百姓付出了真情真爱，老百姓就信服你们，干群心往一处走，就能创造出一切奇迹。

（作者系息烽县黑神庙中学教师）

天星村攻坚队有力量

无私奉献的攻坚队

吴廷军

2018年2月新春佳节，人们在欢乐的节日气氛中就听到印江县委，政府吹响脱贫攻坚的号角，全县领导干部，公务员，教师，医生一夜之间就奔赴到各乡镇村组入户开展脱贫攻坚工作，像一堆堆篝火温暖每一个人的心。

沙子坡填竹元村脱贫攻坚队全体队员以实际行动谱写一首首新的乐章。

他们首先意识到脱贫攻坚是一场硬仗，要用实招，要有实效，要让老百姓满意。要达到这个目的首先要团结，在攻坚队队长涂显强的带领下，他们团结协作，只要任务下达，都争着干，抢着干，有了这种力量，他们逢山开路，遇水搭桥，攻坚队在每次接受省，市，县，镇的检查，复评都全优合格。

发扬无私奉献的精神，在工作中他们不分白天晚上，不停地工作，队员还要从自己微薄的工资中拿一部分来捐款，2018年攻坚队就捐款1.6万元（含攻坚队队员），逢年过节要买礼物看望孤寡和空巢老人，留守儿童，困难户以及生病的人。帮助修路，建房，打扫卫生，喂药，洗衣，煮饭等等，

竹元村干部在雪天看望群众

像亲身儿女孝敬父母一样。

最感人的事，2018年6月25日，攻坚队第一书记涂显强在工作中不慎掉下废弃多年潮湿、阴暗、并有毒气的苕坑，幸好被队员救起，但多处负伤的他，继续奋斗在攻坚战场上。

7月中旬，因该村厂上组涂当银的两个十来岁的儿子不幸遇难，其妻无故离家出走，面临丧子离妻的悲苦，想跳高坎轻身，涂书记挺身而出，挽救了他的生命。

忠于党的事业，全心全意为群众服务，村支书王超为了脱贫攻坚工作，关闭自己生意好的砖厂，卖掉大货车，闲置新铲车和其它机械设备，他说："真的很辛酸，无奈，也无怨无悔。"

舍小家，顾大局，村长李通志，全家五人，老大读高中，老二读中学，老三读小学，正是用钱之际，他是个包工头，家庭过得很幸福，但为了脱贫攻坚，一年多来没有包一次工程，全身心地投入脱贫攻坚工作中去。

攻坚队里的无名英雄，会计王江霞是攻坚队的内勤当家人，除了干好会计工作外，还要做资料，负责生活等等样样都要管好，并且仍然随攻坚队入户，走进田间地头。在抢抓辣椒产业那段时间，1岁半的儿子没有人照顾，就带儿子到辣椒基地，帮助抓辣椒产业，人们都称赞他儿子是"脱贫攻坚小战士"。更可贵的事，她发扬无私奉献的精神，关闭自家的百货商店，全心全意地投入脱贫攻坚工作。

脱贫攻坚路上，随时都有生命危险，驻村干部叶敏在一次脱贫攻坚的路上，她的车突然被后面的大货车追尾，大货车压坏了她小车后半截，所幸无人员伤亡，大货车车主被判全责，负责修车，他不服气，提刀威协叶敏，但她并没有吓退，毅然奔向攻坚战场。

把真心抛在脱贫攻坚的战场上，驻村干部田宏荟，王芳映两夫妻，2019年2月14日（春节初十日）结婚，三天后清晨积极就奔赴脱贫攻坚战场，在他俩离家仅1小时左右，突然接到家里的电话说："你妹妹家中电炉意外爆炸，你妹妹和另外两个亲人负伤，小外甥遇难"，他们俩马上调头赶回家，回家一天就马上赶回投入到脱贫攻坚的战场上，他妹妹至今都还在西安一家医院治疗。

在调解民事纠纷工作也是很辛苦的。比如，因G211公路征地竹元村陆家组孟兴贵和孟兴荣，其母位于该组生基地的承包地，因权属分配原因导致两兄弟发生矛盾，攻坚队于2019年4月17日8时至第二天凌晨2：00点开始，连续用三个整晚上才把这起纠纷处理好。

村里解决民事纠纷，都是利用晚上的时间，因为白天老百姓要上班和干农活没有时间，2018年处理这样的民事纠纷就有28起。

在脱贫攻坚之前卫生状况堪忧，到处是牛粪，猪粪，鸡粪，卫生巾，尿布湿，以及其它生活垃圾，臭气熏天，连老百姓都不愿打扫，攻坚队发扬不怕脏，不怕臭的精神，终于攻克这座臭堡垒。1年多来攻坚队从没有间段过打扫卫生，有一次连一位92岁老奶奶也感动参加打扫卫生，在她的感召下，全村男女老少共600多人参加，场面极为壮观。

竹元村攻坚队1年多来，不断壮大村级产业发展，完善村内基础设施，2018年危房改造34户，并且入住，连户路累计实施完成3.2公里，已实现户

竹元村攻坚队为老人送温暖

户联通全覆盖，新安路灯242个，"四改一化一维"累计完成262户，极大改善群众的人居环境，群众的荣誉感，幸福感越来越高。竹元村攻坚战团队依然在脱贫攻坚的战场上无私奉献。

（作者系印江诗词楹联学会会员）

村民就近务工增加收入

是谁，甘受聋哑孕妇一家拖累？

杨再友

2018年12月一个阴雨天。沙子坡青球村帅气高大的帮扶干部小饶只身驱车，从印江足足用两个小时赶到铜仁。他找到一家跆拳道私人学馆，找到他堰塘组结对帮扶人任达斌的辍学小儿任明雨，找到答应无条件放人的跆拳道馆老板，一番说道理做工作，还承诺任明雨：若不能让他一分不花入学就原路送他返回跆拳道馆堂哥身边。13岁的明雨不糊涂——反正可以免费回一趟久别的家，去看看大半年没能看一眼的爸妈，去亲热仿佛会从电话里扑上身来的黄宝，去抱抱黄宝刚生下来那三只萌萌的毛茸茸的还没睁眼睛的小狗宝……

明雨特想家，他怯生生的站到素未谋面的高个子干部身边，心里既开心又忐忑。

只是一小会，明雨已经脸露笑容，脚步轻盈，拿来破旧的书包，跟随高干部上了车，准备回他沙子坡的家、回他花园小学最敬佩的老师和玩得好的同学身边去。

铜仁回青球的返程路途。高干部停车路边，买了一大包明雨喜欢的零食递到明雨手里，一路嘘寒问暖，与明雨近距离的亲切交谈……

高干部老早就替明雨联系好接受义务教育的学校，路过沙子坡就带他去老师那里报了名，让他吃下定心丸。

高干部继续带着明雨上路，又颠簸了二十多里还在扩修的乡村山路——好事做到头，他要送小家伙回到青球村炉塘坝他日思夜想的家。

在青球村村委会，高干部长舒口气停下他满身泥浆的爱车。一下车，

187

他就被青球攻坚队队长赵建江拥住肩膀，第一书记任淯则握着他的手一连声"辛苦兄弟你了！"

众人涌进村委办公室，村支书替高干部拿出全套学习用品。高干部满面笑容，把他妻子在城里买的全套学习用品递向明雨："送你的，喜欢吗？小伙，你聪明的，饶叔叔看好你，晓得你一定会好好学习……"孩子满脸是梦一般的惊疑，听着高干部亲切的话语，心里全是欢喜——读了四年多书还从没有用过这么拉风的学习用品！明雨眼里噙泪，朝这个自称饶叔的帅叔叔深深鞠一躬，接过涨鼓鼓的书包……

明雨完全放开了心，依赖在饶叔叔身边，心里有不尽的感激。

任达斌一家作为易地扶贫搬迁户，应该搬往铜仁市碧江区白岩溪安置点，他在青球村老家的房屋已无维修价值。但其妻即将产子，又不愿去铜仁人地两生的地方待产，暂时借住在其二叔的旧房内。二叔旧房室内未粉刷，没装窗玻璃，饶干部便私人购置塑料膜等物资，请攻坚队帮忙装钉，为其解决好临时住房遮风避雨的问题。

任家卫生条件较差，被褥大多破旧。高干部担心其脏乱的起居环境对任达斌孕妻有不良影响，于是购置了全新的棉被给其送去。

辍学儿童任明雨对帮扶干部饶家兴深深鞠一躬，满眼是感激的泪

任达斌自身发展动力欠缺，小饶少不了常去他家走访，交心谈事，宣传相关政策，动员发展产业。这样，任达斌一天天认识并认可"主动脱贫光荣"，从思想上脱了贫困，断了贫根。

谁都没想到，小饶从沙子坡镇将任达斌夫妻接到县城为其办理结婚证！此前，没人注意任达斌哑妻无户籍证明……小饶先从康琴娥出生地找回其户籍，再为她办身份证，跑多家部门协调解决任达斌户籍已婚、哑妻户籍未婚、夫妻二人无法办理婚姻登记的矛盾。通过多次对接公安、民政等部门，小饶成功为其办理好相关手续。

2019年2月28日，任达斌在接近临产时才发现哑妻怀了孕，哑妻无法表达怀孕情况，医生只能根据B超判断预产期，孕妇还是多胎产妇，医生建议就近待产。于是，小饶发动母亲和爱妻调动各方资源，心甘情愿花钱费力，安顿任达斌夫妻等人住旅社、进医院。后因县人民医院和梵净山医院B超判断与该孕妇实际生孩时间差距大（医生判为3月初，真实生产在4月初），小饶了解到任达斌之弟在印江租房，便协调他们夫妻住其兄弟家以便更好照应，小饶则主动承担起他们此后的伙食，直至孕妇顺利产子。

也是这段时间，为确保移民安置房达到基本入住条件，小饶"分身"铜仁，购置基本生活用品，为任达斌布置碧江区白岩溪安置点的新家。经过小饶一番打扫、布置，其新家达到基本入住条件。

2019年5月16日，小饶跑医院、跑民政、跑行政中心，多次对接相关部门，终于将康琴娥的残疾证明办理完毕。当康琴娥的一级残疾证明送达任家时，接近六十的任达斌就差掉泪叩谢帅哥饶干部了。

如此精准帮扶的小饶就是咱印江县沙子坡青球村脱贫攻坚队伍里普普通通的一员，他的名字叫饶家兴，县道路运输局副局长。是这个高大的三十出头的帅小伙，在脱贫攻坚的四场硬仗中把七个"极"（极高的政治站位、极深的民生情怀、极强的全局统筹、极佳的脱贫成效、极准的路径举措、极硬的工作作风、极优的组织保障）践行得淋漓尽致。是饶家兴这样乐于奉献的高大的千千万万个帮扶干部，让党和人民心连心，让干群关系亲又亲，让各级政府的政策更加透明接地气。

（作者系贵州省印江自治县木黄民族小学教师，印江诗词楹联协会会员）

本歌曲荣获贵州省2019年"不忘初心感恩奋进"——庆祝新中国成立70周年歌曲作品评选优秀奖

扶贫干部

词 唐 获
曲 覃春江 张惠芬 唐获 徐小兵

1=G 4/4

深情、赞美地

```
5 5 5 6    5 6 5 3 | 2 2 2 3 6  1 6 5 - | 1.   1 1 6 2 3 2 1 2 |
刚 走 进 张  家的门啊   又要踏上王 家的路      挽   起袖子走进田 里
刚 放下 手  中的碗筷   又接到了新的 任务       嘘   寒问暖吃穿住
```

```
2 2 2 1 1 6 3 2 2 - | 5.   5 5 5 6   5 6 5 3 | 2 2 2 3 2 1 1 6 6 |
种下春天一片片绿   起   早贪黑启新程啊  伏身桌上把爱谱
芳香送到家家户 户   铺   路盖房换新貌啊  你和百姓同甘苦
```

```
5 5   6 5 5 6 5 3ᵛ3 | 2 2  3 2 2 1 6 1 - | 1 1 2  1 2 1.  6 |
手 中 的那个本子上已 住 满了千家万户  扶贫干    部啊
肩 上 的那个帆布包已 装 满了希望之路  扶贫干    部啊
```

```
5  6 1 6  5 3 5 - | 6.  6 6  6 1 6 5 3ᵛ6 | 2 2 2 3 2 1 2 - |
扶 贫 干 部   刮 风下 雨的时  候你 还是那么忙 碌
扶 贫 干 部   春 夏秋 冬已过  去你 还是那么忙 碌
```

```
1 1 2  1 2 1.  6 | 5  6 1 6  5 3 5 - | 6.  6 6  6 1 6 5 3 |
扶贫干    部啊扶贫干   部   翻 山越 岭  谋发展
扶贫干    部啊扶贫干   部   你 为我 们  铺的路
```

```
2 2 2 3 2 2 1 6 1 - : | 6 6  6  6 1 6 5 3 | 2 2 2 3 2 2 1 6 1 - |
为了百姓脱贫致 富        你为 我 们  铺的路  一路芳香好 幸 福
一路芳香好 幸 福
```
结束句

渐慢
```
2 2 2 2 2 2 1 6 6 - | 1 - - - ‖
一路芳香好  幸   福
```

4

「四场硬仗」的战斗华章

决战沙子镇
一个乡镇的脱贫攻坚纪实

决战沙子坡

一个乡镇的脱贫攻坚纪实

省交通运输厅响应省委号召，选派精锐力量投身脱贫攻坚战。厅的脱贫攻坚主战场是帮扶黔东南州从江县，铜仁市印江县沙子坡镇也因选派挂职干部任指挥长而成为全厅系统的牵挂！支部真情结对帮扶助力攻坚战，为沙子坡精彩出列增色，我们深感欣慰，同时对坚守一线攻坚克难的脱贫英雄们致以崇高敬意，为打赢脱贫攻坚战的沙子坡镇表示衷心的祝贺！

——省交通运输厅脱贫攻坚领导小组办公室主任、厅人事处处长　王昌林

我为参与、见证、推动家乡脱贫攻坚并取得成效倍感骄傲和自豪，顺祝乡亲在新一轮乡村振兴和农村产业革命中更获实惠、再创辉煌！

——铜仁市交通运输局局长　李世凡

脱贫攻坚是党中央的重大决策部署，是我省三大战略行动之首，在省交通运输厅党委的安排下，我局有幸助力印江县沙子波镇脱贫攻坚工作，现取得全面胜利，感到非常荣幸和自豪，祝沙子坡人民的生活越来越幸福美好。

——铜仁公路管理局党委书记　曾恒

脱贫攻坚路上，铜仁高管处与印江人民一路同行，助力推动印江自治县沙子坡镇高速度、高质量脱贫贡献了积极力量！祝贺印江脱贫攻坚取得全面胜利，祝印江人民奔上幸福小康高速路！

——铜仁高速公路管理处处长　付松昌

我处定点帮扶沙子坡镇炉塘村这3年来，从炉塘村的点点滴滴变化中深切的感受到沙子坡镇的蜕变。脱贫攻坚能取得如此超预期效果，与中央、省、市、县各级党委政府精准扶贫战略决策密不可分，与全体交通人砥砺奋进实施扶贫路，着力改善农村致富通道密不可分，更与沙子坡镇各级干部职工殚精竭虑忘我工作和人民群众苦干实干后发赶超奋斗精神密不可分！

——铜仁市交通运输局公路处处长　朱永红

寻　路

刘　浪

"路通了，一年来回娘家次数比过去十年还多！"

"路畅了，底气就有了！"

"路在一天，我就养护一天，养到不能动为止！"

沙子坡，印江的边陲小镇，干部的"流放地"，百姓的伤心地，多年来，路不通永远是脱贫攻坚第一痛，如今，随着自然村寨通硬化路的全面完成，蜿蜒的通村通组路将十里八乡连接起来，路通了，通的的是路，更是希望，穷困的历史如今画上了休止符，对于世代生活在此的老百姓来说。

笑容，是他们对美好生活的向往和对外乡人进山的善意邀请！

眼泪，却是对家门口这条路，最厚重的感情和对过去的回忆！

笑容可以骗人，可是眼泪好像不可以。

以路为"媒"　铺就连亲路

沙子坡六洞村，村口一株400年老朴树，暖风袭来，撒下零零叶子，在进村公路上素描三五画卷，远方山泉，带出黄色泥土的气息，原是父辈挖煤讨生计留下的煤洞，洽值雨季，水流如瀑，山外人行至此处，无不摄影为先，相机的快门声似乎惊醒树上灰雀，喳喳的向村里滑行而去，诉说六洞与沿河3.5公里的姻亲故事。

30年前，在这山间小寨，陡山峭岩，一条毛泥路依山而成，连接沿河，年轻小伙们常结伴而行，唱着山歌，分享沿河邻村的美丽爱情故事，路上

193

黄友正接过父亲的接力棒继续养护着万家渡改桥至十字村通村公路

灌木丛生，虫蛇出没其间，晨露打湿裤脚与双肩，难掩心头喜悦。不久，一行人装束喜庆，是从沿河接亲而来，只怨路途坎坷，护着嫁妆而行，精力多用于爬坡上坎，听不到山歌传来，少许遗憾。泥路虽陡，确是一山两地乡亲们唯一的迎亲路。

2018年，自然村寨硬化路建设的号子在沙子坡镇吹响，年底，六洞至沿河硬化路建设完工，百年老树的脚下，通村通组路越修越远，山间毛泥路自此成为历史，六洞的媳妇半数来自沿河，回乡省亲自此不再逢年过节，"组组通"串起两地情，是为回娘家的路。

"以前只有逢年过节才走山路，现在啊！在门口拿点蔬菜辣椒，（骑车）10分钟就能回（沿河）晓景（村）老家看爹妈了"噙着泪，从沿河小井村嫁来六洞二十多年的王华珍开心的说到。

以茶为业，铺就幸福路

"江苏老板来这里投资种白茶，后来茶叶长高了，老板也跑了。"张云祥满心的感叹。

站在800亩茶坡之巅，满屏绿意盎然，一簇簇茶叶层层叠叠向四周铺开而去，杂草已被清除干净，不会争夺土质养分。七年前，得益于相似的亚热带湿润气候和土质条件，江苏茶叶老板来到印江沙子坡，投资种植了800亩吉安白茶，可是茶叶一天天长成，路况确是一天天不如人意，清明时节雨纷纷，一运茶青路断魂，囿于交通不便，管理、运输成本一天天增加，最终，投资方放弃沙子坡这块土地。

"当时的感觉就像被抛弃了一样！"

看着满山茶园杂草丛生，慢慢成为荒山，张云祥铆足干劲不服输，将茶园承包了过来。随着"村村通""组组通"的好声音传来，茶园终于迎来了春天。清明前后采茶青，张云祥前后收入600万。

"今年，800多人在茶园采茶，一个月我给村里人开出的工资就是190万，路畅了，底气就有了"洋溢着自信的笑容，张云祥心里正筹备着接下来扩建900亩安吉白茶的大计划。

一句承诺　一生养护

七月的十字村，稻苗在风中缓缓摇曳，潺潺流水浇灌着河田，流入鱼塘，昨夜的雨今晨的雾，随着第一缕阳光的投射，白色干净的的水泥路与山水鱼田完美融合，云蒸雾霞，美丽乡村的画卷是如此真实。转角养路工

十字青球通村公路穿村而过

黄友正拿着扫帚清扫而来，这是他，家门口的路，是他用誓言守护的路。

这条路，有黄友正一家的故事和他一生的承诺。

2018年，万家渡改桥至十字村通村公路上，68岁的父亲在修剪公路两旁的杂草时，惊扰了树上马蜂，被马蜂严重蜇伤，晴天霹雳，赶回老家的黄友正四处寻医问药，可是最终父亲还是不幸去世。在父亲身边的日子里，他记得家门口路通时父亲的喜悦，他知道把家门口的路打扫干净是年迈父亲心中的执念，于是，黄友正做出了两个承诺，一个是给父亲的：继续把门口公路养护好，让它干干净净；一个是给公路的："以后门口这五公里的路，就交给我了"。带着承诺，黄友正接过了父亲的接力棒，出没在这短短5公里的乡村道路上。

"路在一天，我就养护一天，养到不能动为止。"

手记：

为保护来之不易的脱贫攻坚战果，2019年9月2日，印江自治县人民政府组织召开全县农村组组通公路养护管理暨饮水安全工程后续管护现场观摩会，出台了全县通组公路及饮水管护办法（试行），号召全县干部群众"有路不忘无路苦，好路不忘烂路苦，勤加养护感党恩"，与各乡镇签订了责任状，压紧压实组织责任，发动群众、依靠群众，通过基层组织引领下的基层社会治理体系构建，管理好农村事务，促进共建、共管、共治、共享，取得了良好的阶段成效。

（作者系贵州省交通宣传教育中心干部，特邀作者）

那山，那水，那人

——来自印江县沙子坡脱贫攻坚的纪实报告

冯树发

> 水深能拥抱月亮
>
> 山高更接近太阳
>
> ——谨以此文献给奋战在脱贫攻坚第一线的英雄儿女们

2019年7月13日，我随贵州写作学会及相关作家到沙子坡进行脱贫攻坚纪实采风。作为负责水务脱贫攻坚写作采风的我，就来自于印江的邻县——石阡，很早就听说过沙子坡缺水的传闻，在这些零碎，片段或真或假的传闻中，还有一段顺口溜：

> 沙子坡山高石头多
>
> 天天向上去爬坡
>
> 老天一日不下雨
>
> 十里路外寻水喝
>
> ……

这就是我要采访沙子坡水利资源的历史背景，在现实中有如这顺口溜的编词一样吗？正如印江县脱贫攻坚的工作情况资料整理所概述的一样，沙子坡是全县最缺水的地方，水成了脱贫攻坚的重中之重，像一场战争一次战役一次战斗，都必须要攻克的一个高点，关系到脱贫攻坚成败的全局。

此时的印江脱贫攻坚作战部，所有的时针仿佛凝固了。

我们还有多少时间可以等待？

我们还有多少岁月可以重来?

我们一定要打赢沙子坡水利脱贫攻坚的战争!

我们一定要让沙子坡缺水的历史从此改写!

多么铿锵的语句,像划破沉沉夜空的闪电,这是出发到沙子坡水务脱贫攻坚第一线的技术指导员代兵斌同志与沙子坡水务站站长任鹏程立下的"军令状"般的誓言。

从此沙子坡镇的山里地里,田边土角,沟坎岩下……比平时多了一个身影,像山猴,像草娃,像泥人一样不间断的出现在百姓的眼里,人民的心中。

任鹏程,一个转业军人,挺直的腰杆,宽大的胸脯,国字型脸,个子不是很高但结实,被日晒风吹变得黑黝黝的脸上更呈现出一种坚强自信。在脱贫攻坚最艰难的时候领衔沙子坡水务站站长。七月十三日这天,他接受任务带我采风,却一反常态,塞给我一瓶矿泉水就出发了。结果我都不知道堂堂沙子坡镇水务站在哪里办公?听说每个村都赠送了锦旗,但因我们一路走去,再没有回到水务站办公室,所有锦旗赠言便无从得知了。

中午十二点四十分,我们来到了塘口村,塘口村又是沙子坡最缺水的地方。如果这里的饮水安全工作推进成效及做法都落实了,那其他村也没有什么难题了。

下午十三点二十分,我们驱

红木村会计铁明宝拉水管

饮水安全验收

车沿着陡峭而弯窄的沙泥路来到了塘口盖山，附近干活的村民赶过来问寒问暖。有几个村民用镰刀砍开了一些荆棘刺草为我们引路，把我们带到了一个阴森恐怖垂直眩目的溶洞口。2016年农历正月初二，这里演绎了一段惊天地泣鬼神的故事。

那天中午，盖山深处一处灌木丛中升起了一股股白色的云烟。有经验的村民告诉任站长，那是冷天洞里流水散发的蒸汽，当时的任站长与代兵斌技术员正在山里寻找水源，闻讯赶来，早见村民们已经准备好了绳索刀廉手电筒照明之类，准备下洞寻水。见状，任站长阻止了村民们的自发行动。后又请来了消防，在一切准备就绪确保万无一失之后，消防队员与村民们分成四组，每组六人，组成了一个自上而下的队形。第一队先下在洞的第一台阶找到立足点，然后放下第二队，由此类推，第三队放下第四队。为了更加详实的掌握洞里的水文资料，任站长与代技术员是最后一队下到垂直距离一百二十多米深的洞底的。

这次深洞寻水，在印江创造了一个伟大的奇迹，他们的精神感动了上苍。傍晚时分，本来是好好的天色，突然狂风大作，大雨倾盆，风所到处，草木皆惊。附近村民以为是下洞的人惊动了神灵，便成群结队的赶上山来围住洞口，敲锣打鼓，烧香化纸。

时针已指向深夜十二点，随着几根光柱破洞而出，寻水队员们拉着绳索在外面的人齐心协力的拉动下依次爬出洞口。

任站长也回来了，正要被人们簇拥时，他欣喜若狂地说了两个字

"水……水……"便昏了过去。

这就是沙子坡脱贫攻坚引水工程的前奏。两年后的今天，当任站长带着我走进那条与当年寻水洞底平行掘进四百米的饮水工程隧道时，一股清醇的水通过水管，越过断层接壁的沟渠流向塘口，流向沙子坡，流向了祖祖辈辈盼水渴水的老百姓的心田。

也是这天，任站长带着我走遍了沙子坡镇二十个村，我们又走进了另一处引水遂道，参观了两座净化水厂和凉水村绿井山泉自来水厂。从沙子坡镇水务工程纪要采访中得知，自脱贫攻坚以来，修建提灌工程三十七处，建立地下深埋保质蓄水池一百多个。在与村民王胜雄，赵登华的交谈中我了解到为了脱贫攻坚，任站长新买了一辆越野车，便于在那些崎岖不平的山路上行驶。两年多来行程达到了三万两千六百多公里，而所有车损维修耗油费等从来都不找单位报销。二零一六年正月初六，也就是盖山深洞寻

终于用上自来水了

水的第四天,他寄养在岳母家的孩子发起了高烧,因夫妻双方都扶贫在外,最后是印江县政府脱贫攻坚总指挥部把小孩送进了医院。解除了一场人伦的痛苦和病难。

我需要采访,见证,宣传的东西实在太多了,但天色暗了下来。当我们回到沙子坡路经塘口时,曾上过中央电视台的土家山歌大王刘朝英,正高声的唱着一首自编的歌:

> 哎……盖山那个山高彩云飘
>
> 那是党的恩情浩荡来到了
>
> 习主席近平爱着咱山咔咔的老百姓
>
> 治国如家呀是响当当的好领导
>
> 我们家在沙子坡的山上沙对尘
>
> 祖祖辈辈盼那个水呀盼来盼去失了明
>
> 国家来了个脱贫攻坚的好干部
>
> 好似个神龙吐水降甘霖

(作者系石阡县干部,中国一品堂书院书法家、特邀作者)

沙子坡镇饮水安全巩固提升工程启动

201

红军走过的路

翟河贵

一条弯曲的山路，掩映在莽苍的武陵山脉里。白云缱绻，山路时隐时现。

透过岁月的烟云，仍能清晰地看到：一彪人马，穿着草鞋，在这似有还无的荒径上跋涉；脚下的砂石，发出哗哧哗哧轻微而又执着的声音。

山谷共鸣，轻微的声音蕴成了惊世骇俗的震鸣。他们在沙子坡的万寿宫前召开两千人大会，贺龙洪钟般宣布："红花园乡苏维埃政府，成立了！"

石破天惊！"我们是工农红军，是穷苦人自己的队伍，是为穷苦人打天下的，要让所有穷苦人过上好日子！"一席话点燃了革命的火种，照亮了老一辈乡亲的希望。

李通珍邀约红花园的热血青年们，踊跃报名，参加了红二六军团的黔东独立师，一道踏上追随革命的路。战斗，无疑是惨烈的。无奈，敌我力量悬殊，师长王光泽英勇就义，政委段苏权腿部负伤。时任通信班长的李通珍，背负段政委侥幸逃离了包围圈。

数十年后，当段苏权将军再回故地找到李通珍时，二人百感交集，相拥而泣。泪，为生死情谊而洒，

红木村食用菌厂工人夫妇在采收香菇

也为老区仍旧艰辛的生活境况而流。段将军鼻子酸楚，扭过头来，心有不甘地望着那弯曲泥泞的山路……

红军走过的路，是百姓的希望。

1958年，红花园乡党委号召乡民，在当年红军走过的山路上修马路，让牛车马车替代了千百年的肩挑背驮。

前行的脚步，一直在路上。1962年，印江县与沿河县修过境公路，浸润着先烈血迹的山路，响起了现代工业的马达声。山门，由此敞开。一条纽带，将山里山外紧紧相连。

红花园乡撤了，红木村党支部在一方土地上担起重任，造福村民。2001年，泥砂公路改造成了柏油公路。2016年，公路扩建为二级公路，规格也从X540县道升格为G211国道。

脱贫攻坚战役打响后，村党支部和攻坚队，更是将修路列为当务之急。撇开12公里过境公路不言，全村15个村民组，先后新修通组路12公里，联户路15公里，更有480盏太阳能路灯照明，每当夜幕降临，华灯齐放，宛如景区的度假村。山村，真正改变了旧模样。

村民铁明宝感慨地说："小时候，最怕的就是雨后上学。从家到学校有3公里，一路烂泥，即使不摔跤，稀糊烂泥也要溅满裤脚，更莫说鞋子了，鞋子踩在稀泥巴里，扯都扯不出来。现在好了，整个村子走遍，鞋子都不沾泥。这种好日子，以前想都不敢想呀……"

他笑了笑，接着说："走的路好了，宽敞干净了，最主要是生活好了，我们红木村，一天天走上富裕路了。"他用手指了指院子里摆放的健身器械，还有远在道路尽头的村办养鸡场和食用菌场。

红木村食用菌厂菌棒车间女工在包扎菌棒

车行的路变了，人行的路变了，更重要的是，革命老区百姓摆脱贫困，走向富裕的路也变了。

岁月几何，曾经下雨路成汪，晴天没水吃。而今，自来水管进入了家家户户的厨房，一拧龙头，清水哗哗。胡德高抿着茶，悠悠地说："那年月，坑凼里渗积的水，是矾水，又苦又涩，一大股煤味。"

煤，红木村地下盛产燃煤。挖煤，卖煤，成为村民们重要的经济来源。有镇上的公办煤厂，也有老板的私人煤厂，只有那几眼煤洞，容纳的劳动力并不多，况且那是一个又累又脏又危险的活。

煤是乌金，挖煤并不是掏金，并不是随手就从煤洞里抱出个金娃娃。不愿透露真实姓名的铁太奇，他的生活就自然是煤工的真实写照。他起早贪黑从挖煤作业面，往洞外拖煤背煤，汗水浸泡出的工钱，也不能让四个孩子和残疾妻子的生活得到改观，一家人仍旧"洋芋包谷饭，海椒蘸盐巴，无油青菜苦，碗里晃月花。"

煤工如此，煤老板又如何？村主任吴光友对此深有感触。他曾经在外拼搏，小有成就，也腰缠万贯，他既想返回家乡为乡亲们办点实事，也能继续做着自己的发财梦。他早就惦记着家乡的煤矿，拿出自己的全部家当，又求亲靠友借了些资金，一挖瓢，尽悉投进新买的小煤矿。之后，便美美地做起了金山银山的发财梦。梦刚开始，一场瓦斯爆炸，洞坍魂亡，他赔得个一如水洗，债务缠身。

红木村的煤矿，在上世纪末期就已禁止开采，一条充满希望却又不能致富的财路，也就此了断。

经济门路本身就十分狭窄的红木村，向往摆脱贫困，可路，又该怎么走？当了十七年村支书的何瑞富，陷入了沉思。

敢问路在何方？路在脚下。

不忘初心。这是中国共产党人的使命。一场亘古未有的脱贫攻坚战，在贫穷的贵州武陵山脉打响，在红军播下革命火种的红花园乡苏维埃政府故地打响。进军的冲锋号，嘹亮地回荡在红木村的山峦田野……

人心齐，泰山移。集聚人心，集聚智慧，集聚资金，走集约化路子，成立红木村综合开发合作社。人人是社员，个个是股东，走前人没走过的路，敢吃螃蟹，舍我其谁！撸起袖子，干！

看，一座四万羽蛋鸡的养鸡场拔地而起，一家四十万棒的食用菌场应运而生，更有林下养鸡业，西瓜园，茶叶园……视野向外，参与光伏发电，入股贵茶集团……

运筹帷幄，决胜千里。稳妥地经营，稳妥地收入，利润的百分之七十用于村民全体分红，村民从此有了稳定的收益。

路，还是那条红军走过的羊肠小路，只不过，它更像一条彩缎，媚姿地盘桓在青山绿水间。

（作者系玉屏县政法委退休干部，中华诗词学会会员，贵州省作家协会会员）

沙子坡镇红木村示意图

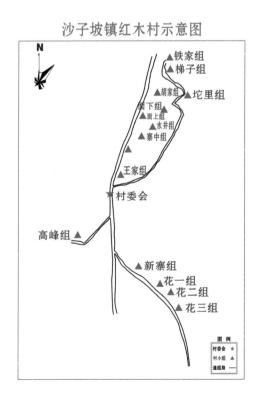

"绿色银行"缀山冈

严易权

每逢早春时节，天还没有亮，我就得起床开着长安车到附近各村"抢"劳力，为采摘明前茶忙得不可开交。三宇种养殖专业合作社负责人王昭华，动情地讲述着自己在茶产业发展中不俗的经历……

他说，最忙时每天请有七、八十个采茶人，茶园里散落其间的采茶人是山村一道靓丽的风景。自己忙里忙外，有时都顾不得吃午饭，只有到了傍晚时分，人们陆续回来交茶青，一边数着全天挣得的票子，一边喜悦地迈开步子离去时，才发现自己又渴又饿。

马家庄、斑竹坨一带丰产的340多亩茂盛茶园，是当地的一座"绿色银行"。这样的"绿色银行"在沙子坡缀满山岭高冈。

沙子坡，一方充满神奇美丽和红色基因的土地。1934年6月，贺龙率领红军在当地开展了轰轰烈烈的打土豪分田地的土地革命和武装斗争。在那里还发生了反抗旧社会苛捐杂税的神兵运动。

那里，山高坡陡，沟壑纵横，褶皱分割，坎坷崎岖，海拔高寒，云山雾岭，重重山岭像一道道屏障，贫困赶不走、小康进步去。曾经流传的一首歌谣是当地真实生活的写照。山高坡陡石旮旯，红苕洋芋包谷粑；要想吃顿白米饭，等到屋头生娃娃。

发展产业，造血扶贫，来一场深刻的农村产业革命。气吞山河的脱贫攻坚战打响后，镇指挥部立下誓言。

靠山吃山，因地制宜，镇里响亮提出茶、果、菌、畜四大支柱产业的发展，倾力破解产业难。

走进红木村，机器轰鸣，人头攒动，各个菌棚及鸡场内，民工麻利地操作着手中的活儿。村支书何瑞富连续用抢天气、抓工期、加速度3句话描述眼前这片初具现代工厂格局的前世今生。原来，发展食用菌和蛋鸡养殖这里历经了巨大的嬗变。红木村地下藏煤丰富，以前有2家小煤窑，后来被迫关停后，该村进入产业寒冬期一直未能找到新的替代发展模式。脱贫攻坚战打响后，镇村决策层下定决心：要让村里产业重整旗鼓、再创辉煌。如今，村里建起了年养殖8万羽的蛋鸡养殖场，食用菌厂和辐射全镇的食用菌棒加工厂，2018年，仅食用菌棒加工就达130万棒。当地群众实现了资源变资产、资金变股金、农民变股东的"三变"，以及土地得租金、分红得股金，务工得薪金的"三金"。

该村攻坚队为产业的发展下足了功夫，他们寻找水源、帮忙建厂、摆放鸡苗，样样争着去干。钢架鸡圈有近3米高，攻坚队员需双脚跨步、弯腰提取放置鸡苗，一天下来，队员们一个个既腰酸背痛又是一鼻孔得鸡毛灰尘，一收工就摊成一团，茶饭不思了。村攻坚队还协调开展技术培训，跑市场销售，办理质检证等。难怪当问起群众对自己生活的感受时一个个笑得合不拢嘴。

韩家村与铜仁市交通建设工程总公司联合新建苗圃种植基地，由公司前期免费提供绿化景观苗木，通过村集体流转土地，组织能人大户和贫困

红木村食用菌加工厂开机投产

沙子坡镇茶产业促进群众在家门口就能增加务工收入

户参与种植，见效后公司按照市场价对苗木进行回收，并按比例分红。山山岭岭间种上的桂花、香樟、红枫，郁郁葱葱正在生长拔节。

该村李世强原本准备大搞茶产业，老婆和儿子劈头盖脑的反对声让他好一阵子没缓过神来。后来，为说服妻子孩子，他自己开车带着一家人到湄坨、鱼良溪等地参观考察，通过茶人的现身说法，妻儿"回心转意"，如今他家租地新建了茶园，还卖掉了大型运输车，一心一意呵护茶产业。

穿梭在池坝村漫山遍野的茶园基地中，心情格外惬意舒畅。村支书张云祥感慨着起步之初的情景，搞规划、铺产业路、基地开挖，协调矛盾，化解纠纷，一个多月没睡好一个觉。那时白天在工地上，晚上组织召开群众会，然而，会上很多时候都是群众你一言、我一语，吵得一腔麻、乱如一锅粥，四乡八里都听得见，就是不能解决问题。土地塘组有的村民刁难要一次性交付20年的土地租金。面对如此棘手的问题，干部只得利用晚上逐家逐户上门做思想动员，春风化雨感润心灵。

在开启大兴农村产业发展时，会遇上一些奇葩的事儿。挖机推土作业中，个别群众爬上挖机，双手吊在长臂上阻难，施工被迫停止。大量的茶苗运进村里，在堆放中被占到土地的农户如口袋里装茄子——叽里咕噜闹嚷不停，是干部苦口婆心说服教育，才平复了情绪。

有心人，天不负。眼下，修剪整齐，设施配套，管理有序的200多亩白茶元成为当地的标配。没膝的葱绿的好大一片茶园。偶尔几只燕雀从低空飞过，还不时飘来阵阵花香，恰是一方美丽花园。不时淘气的小孩子叽叽喳喳走在环绕的产业路上，寻找鸟窝和野果，这成了他们的乐园。这里茶产业的发展经历从"盆景"到"风景"的转变，让人无不感慨大地山村美，乡村"颜值"高。

如今，新产业为山村发展注入新动能。生猪代养、林下养鸡、苗木种植、乡村旅游、果蔬种植、民宿客栈等一项项产业如雨后春笋发展起来。在沙子坡镇七沟八岭，茶、果、菌、畜四大支柱产业已见显成效，形成山上云端种茶、山腰畜果共生、山脚菌蔬连片的产业空间布局。

行进在山山岭岭，村村寨寨，极目远眺一片片葱茏的茶园、一个个养殖圈场，还有那些热火朝天的生产、加工劳作的繁忙场面，即刻让人感受到当下群众殷实的生活，触摸到幸福的未来，铺展在眼前的是一幅幅美丽山村、和谐农家的新时代画卷！

（作者系印江自治县文联主席）

沙子坡高山优质西瓜

产业融合　脱贫稳固

——印江县沙子坡镇庹家村脱贫攻坚纪实

袁董峰

位于印江县北部的沙子坡镇，地处三县交界地段，距县城43公里，面积128.52平方公里，平均海拔778米、属亚热带湿润季风气候，这里四季分明、春暖风和、雨量充沛、雨热同季，素有"印北金三角"、"黔东煤炭之乡"的美称。

但就是这样一个美丽的地方，确是印江县最边远、最贫困、最贫穷的地方，是许多干部都不愿去往的地方。

属一类贫困村的沙子坡镇庹家村，位于沙子坡镇西南部，距镇政府驻地14公里，全村共有11个村民组，森林覆盖率48%。

也许是源于庹家村的边远才造就了他的贫困，也许是源于他的交通不便才有他完好的生态。站在新的村委大门前，落日的余辉映红了茫茫山野，水气托起的云雾凸显在小河的上方，犹如一条巨龙奋勇前行，恰似脱贫攻坚队员们带领全体村民奔赴在脱贫攻坚的战场。

庹家村坚持把脱贫攻坚作为重要政治任务和第一民生工程，按照国家、省、市、县各级组织关于脱贫攻坚工作部署，围绕精准识别、精准帮扶、精准退出的总要求，围绕六个精准（即：扶贫对象精准、措施到户精准、项目安排精准、资金使用精准、因村派人（第一书记）精准、脱贫成效精准）、五个一批（即：发展生产脱贫一批、易地搬迁脱贫一批、生态补偿脱贫一批、发展教育脱贫一批、社会保障兜底一批）开展工作。

对于边远山区的老百姓来说，长期习惯于土里刨食，一直处于贫困的边缘，有时一年还缺几月粮，如果家里没有外出打工人员，经济就十分拮据，面对庹家村"穷"、"难"、"弱"，所以，带动农民发展壮大产业成为当务之急。

在驻村脱贫攻坚队长田静红、驻村第一书记付昌友等八人脱贫攻坚队员带领下，在上级部门的支持下，围绕长短结合、统筹兼顾的原则，庹家村发展起了种养植业。

脱贫攻坚队入村后，队员们深入村寨、进入每户农家，一看房、二看粮、三看劳动能力强不强、四看家中有没有读书郎，精准识别，摸清扶贫对象，盘清家底。

2018年4月，攻坚队结合庹家村的实际情况，依据庹家村的地理环境和优势，在组组通路的情况下，开始考察，外出学习，引进技术，平整土地，加强基础设施建设，准备发展鹌鹑养殖（经国内外临床证实，鹌鹑肉和鹌鹑蛋中所含丰富的卵磷脂和脑磷脂，比鸡蛋营养、更易被吸收利用）。

在脱贫攻坚中崛起，印江县沙子坡镇庹家村，充分利用国家扶贫政策和扶贫资金，建起了占地1000余平方的标准化鹌鹑养殖场。

林下养鸡产业俯景

群众参与"青脆李"种植

2018年12月9日晚，第一批幼崽鹌鹑从山东来到了庹家村，当时正值天寒地冻，一场接待安置的又一次攻坚战打响了。

鹌鹑的生存环境必须在38度的温暖空间，几万羽的幼崽鹌鹑，从山东平原地区来到云贵高原的边远山区，由于地面凝冻，山区道路不能通行，幼崽鹌鹑水土不服，相继死去几千羽，让大家心痛不已。

为了迎接幼崽鹌鹑的到来，脱贫攻坚队员、印江中学扶贫老师队伍、庹家村村民，全体上阵，冒寒风、顶风雨，沙石铺路，一路护送，抓时间，抢速度，直至当晚凌晨3点，终于安顿好4万多羽幼崽鹌鹑。

每天吃的标准养料，呼吸带有负氧离子的空气，喝的是山泉水，半年后幼崽鹌鹑如今已步入成熟期。

标准化的养殖场地，精细化的管理，科学的饲养，山间优良的环境，似乎懂得感恩的鹌鹑们，用高产量来回报山区人民。

如今，鹌鹑日产蛋500—550斤，村集体经济每天实现近3000元的毛收入。

按照产业发展以长养短、长短结合的2＋N模式，结合村情，庹家村成功成立了村级集体经济专业合作社。

产业兴，百姓兴。

围绕长短结合、统筹兼顾的原则，整合退耕还林，2018年庹家村大力发展200亩清脆李，200亩的青桅李今年已部分开始挂果，目前已完成中耕施肥及病虫害防治。带动贫困户56户228人长期稳定增收。

在短效产业发展方面，抢抓全县大力发展新兴产业的机遇，利用集体经济发展资金，流转山地发展林下养鸡，3000羽林下养鸡于2019年6月12日已完成第一批饲养，目前已进入账目的清算及第二批养殖的筹措工作。

2018年庹家村集体经济收益共6万余元，按照集体经济721分红模式（即利润的70%用于贫困户分红、20%用于村集体经济滚动发展、10%用于管理人员奖励），用于全村群众分红资金共53219元，覆盖全村所有人口。通过以短补长、长短结合的产业发展模式，有效地增加了农户财产性收入，增加了劳动就业机会，壮大了集体经济资本。

"两不愁、三保障"（即：不愁吃、不愁穿，保障义务教育、保障基本医疗、保障安全住房）在如今的印江县沙子坡镇庹家村得以完美体现。通过多种产业的融合发展，村级集体经济趋于正常运转，广大脱贫农户有了稳固的收入来源。

2019年底，印江县沙子坡镇庹家村剩余贫困人口将全部脱贫。

（作者系资深媒体人，贵州省写作学会秘书长）

寒冬为养殖运输车铺沙防滑

鼻孔的花絮

翟河贵

啊且——

鼻孔痒痒，打了一个喷嚏。除了鼻孔里的异物，更多的是泪花，一种牵肠挂肚的付出后所回报的欣慰泪花。

谁能想到，在红木村苍翠的坡塝上，一座标准化的蛋鸡养殖场拔地而起，规模四万羽，一举创下沙子坡镇养鸡规模之最，甚至，整个印江县之最！

在脱贫攻坚的决战中，红木村党支部和攻坚队如何考察、商议、拍板、运作，放出果断狠招，这似乎都慢慢从人们的谈资中淡化，而其中两则与鼻孔有关的花絮趣事，却一直让人津津乐道——

其一，鼻孔里的鸡毛绒

寒冬，阴风淫雨，冷飕飕。

村支书何瑞富和攻坚队长吴海峰，却是心如火燎，不住地叨叨着老天别下雨飘雪，万一山路凝冻，从四川拉运鸡苗的车辆就进不大山，就到不了红木村。

谢天谢地，老天开恩，没有冰雪凝冻。两辆长途跋涉的大货车，终于在黄昏时分，平安地停在红木村养鸡场外的土路边。

等待已久的二三十人，呼啦一下拥到车边，像迎接娶亲的嫁妆车辆一样，兴奋地往下搬家什。

铁笼，沉甸甸的，每笼有二十羽临近产蛋期的优质蛋鸡，共二百五十笼，五千羽。清一色的德国罗曼粉，专程从四川内江引进。罗曼粉，好诱人的名字，或许是一个罗曼的粉色梦。梦，注满希望的梦。

"大家小心一点啊，轻抬轻放，这是宝贝呀……"村支书何瑞富抹一把额头的汗珠，高声叮嘱。虽说晚风凛冽，刺肤袭骨，但一个个都忙得口哈热气，头冒热汗。

"好的，你就放心吧，何书记。我们不会委屈你的宝贝的……"

哈哈哈哈……一阵开心的笑声。

笑声，还有一万只蛋鸡咯咯唧唧的叫声，其间，也夹杂一两声啊且啊且的喷嚏声。喷嚏，难免的，空气中飘浮萦游着细微的鸡毛绒屑，被吸进鼻孔，痒痒的，难免有人手揉鼻抽，喷嚏而出。

夜色愈发深重，天气愈发寒冷。大伙没有叫冷叫累，只想快一些卸完，将鸡搬进养鸡场里，以免受冻。夜至三更，夜至凌晨一点，凌晨三点……疲惫倦乏的大伙，终将两车一万羽罗曼粉，顺利地移进鸡舍里。来不及休息，赶忙拌好饲料，喂鸡，人累不要紧，鸡饿了病了那可是大事。

上面那层鸡舍不好加料。年轻的村副主任铁明宝说："我来，我爬上去就是。"话毕，双手一撑，便灵巧地爬上顶层，"快，递料给我。"

红木村标准化蛋鸡养殖场鸡舍，光线明亮，通风良好 / 翟河贵摄影

而后，轻松地跳下来，队长吴海峰诧异地看着铁明宝，说："你年轻轻的，鼻孔怎么长起了白胡子？"

大伙定睛一看，铁明宝的鼻孔处，有一丝白绒在轻轻翕动，像胡子。

呀，大伙心有灵犀，你看看我，我看看你，相继伸手擤自己的鼻子……别说，谁不是一鼻孔鸡毛绒？

笑，忍俊不禁，笑谁？笑自己；笑自己一鼻孔的鸡毛，却浑然不知。

笑声笑脸，定格在2018年12月19日凌晨4时。

其二，鼻孔里的烟尘

转眼半年过去。时入六月盛夏。养鸡场运行正常。

失火啦！养鸡场失火啦……

电话里传来一阵压抑不住的惊慌。鸡场的王贤周平时稳重淡定，浑实的身块就是天崩于头也不在乎，这下如此惊慌，定是火情急迫！

队长吴海峰急叫王贤周采取有效措施灭火，与村主任吴光友和队员刘再权冲出村委会，迅即开动自己的宝马车，朝养鸡场急驰而去。

依稀远处，养鸡场上方冒出浓浓黑烟。车上三人的心被揪得紧紧的，几致跳到了嗓子眼边，平时并不远的两公里山路，此时显得格外漫长。吴海峰尽量加快车速，恨不得一脚油门就开进了鸡场。颠簸，急弯，急刹，猛蹿……小刘既担心鸡场，也担心队长的爱车，轻轻说："队长慢点，小心你的车。""闭嘴！"吴队长只想到加速加速。

"嘭嚓——"

"队长，车剐底盘啦！"小刘叫道。

"别叽呱了！"吴队长大声道，"车坏了可以修，鸡场烧了就没了，就完了！"

小刘不吭声了。他知道，鸡场倾注了大伙脱贫攻坚的心血，也是全体村民的希望，寄托着村民对攻坚队和村支两委的厚爱与信任，如果一旦成为灰烬……小刘不敢再往下想。

急刹！宝马发出尖厉的吱声。到了，下车，快，下车！

除了浓烟，不见王贤周的身影！

吴海峰大声呼叫王贤周的名字，没有回音，没有回音！

吴海峰脑子轰然一声，拐火了！莫非刚才喊他赶紧救火，他就在鸡场里没出来了吗？人没事吧？忧心忡忡。

"赶紧进场，救人要紧！"疾疾说罢，率先冲进了浓烟滚滚的大棚。

浓烟弥漫，鸡棚里分不清东西南北，只有凌乱惊恐的鸡叫声。三人一边手摸着往里闯，一边扯开喉咙叫喊王贤周。

"哎，我在这里——"王贤周在棚场的最深处回答。

噢，心上一块石头落地，吴海峰憋着呛人的烟雾长长地嘘了一气。

此时，王贤周正在摸索着，试图给棚里的应急门窗全部打开，以尽快将会导致窒息的烟雾排散。原来，失火冒烟是配电箱突然意外起火。王贤周一边电话报告，一边及时处置灭火，防止了火势的蔓延。

陷身浓烟，四人逐一打开通风换气的应急门窗。

清理，打扫，检查……又闷又热又累，汗流浃背，花黑脸颊。直到一盆清水洗脸，才发现，鼻孔里全是烟尘，浓浓的黑色粘液，怎么洗也洗不干净……

面面相觑，想笑，却又笑不出来。

此时笑不出，笑声久萦心。养鸡场的成功，让红木村人笑在脸上，甜在心头。半年光阴，两万羽罗曼粉每天产一万八千只鸡蛋，源源上市，摆上千家万户的餐桌。他们的目标，是四万羽满栏；让笑，更加甜蜜，也更加骄傲。

（作者系玉屏县政法委退休干部，中华诗词学会会员，贵州省作家协会会员）

韩家"双代模式"走上绿色产业发展之路

阙灿洪

"我们今天召集韩家全村群众召开大会，会议内容，一是生猪代养，二是苗木代种，并入股分红。"支部书记李海松磁石般的声音一开场就直奔主题，然后有意地停了停。就像早上的阳光，照射到大山，六井溪马上腾起乳白的云彩，在何家梁子郁郁葱葱的半山腰里，静下心来。全场数百名群众一片宁，生猪如何代养？苗木如何代种？如何入股？又如何分红？大家都感到新鲜，都在聆听下文。

"我们韩家的6个组，239户892人（其中贫困户10户24人），雷家寨、韩家坪2个寨就占了大多数。总面积约10平方公里，耕地面积479.7亩，林地面积670亩，森林覆盖率为58%。处在大山峻岭的半坡，千百年来，虽然每天看到何家梁子和六井溪的美丽风光，但交通不便，无法发展旅游，绿水青山无法变成金山银山。群众只能在坡旁沟谷的田地里，广种薄收，改革开放后，青壮年都纷纷外出务工。现在国家实施脱贫攻坚政策，实现了组组通硬化公路，公司能够进来了，企业能够进来了，游客也能够进来了，我们的产业发展，乡村旅游振兴就大有希望了，关键就靠群众的积极参与，热情支持。"李支书讲了这么多遥山绕水的话，也让群众听出了谱谱。公司、企业能够进来了，这只在城市里才有的，现在难道要出现在农村了？

"生猪代养，就是我们与贵州武峰牧业合作，以资源变资产、资金变股金、农民变股东'三变'改革为理念，以脱贫攻坚为统领，选定适合韩家村发展的路径，由企业提供仔猪、饲料、技术和销售等方面保障，村集体申请县村级集体经济扶持资金，用于建设圈舍和相关基础设施，实现资产保全，村里投入人力喂养即可。合同计划发展年出栏2000头商品猪的生猪代养基地，投产后可实现年纯收入28万元以上，每年可为村集体增加收入6万元以上。每头猪平均代养费为170—250元，年总产值40万元。

"苗木代种，就是与铜仁市交通建设工程总公司合作发展绿色生态产业，种植高效绿化苗木200亩作为村集体经济产业，今年同时林下套种辣椒100亩，实现以短养长、产业共生，在产业发展的同时，绿化、美化人居环境；在生猪代养的基础上，发展林下养鸡和稻田养鱼，大坳100亩无公害休闲观光茶叶基地，打造高效立体农业示范园区。

"实行双代模式的好处就是风险低，企业负责防疫和商品猪及苗木收购，技术和销售有保障；比农民自己投资搞养殖场风险大好得多，通过生猪代养和苗木代种，就能拓宽群众就业渠道，通过土地和资金入股，让892人农都分享红利，这是只赚不赔的产业，保障农民收入，也解决了村级组织无集体收益的问题，还能为沙子镇发展村级集体经济起到示范带头作用。"

听了支书的讲话，人人都有分红，群众心里有了盼头，只是还不敢相信，都是带着观望的态度。

"振兴行"诚信互助基金会助力脱贫攻坚

　　说干就干，村支两委干部带头示范。2017年3月起，成立合作社，春晖社，劳务公司。面对多数青壮年外出务工，留守在家的多为"三八六一九九"部队的现状，部分返乡的春晖人士果断担起建设家乡的重任，由李世强、李红军、黄廷权、李海峰等春晖使者承头发展苗圃带种，由李顺具体负责生猪代养，由冉启云、李江分头负责林下养鸡，由李世强承头负责发展茶产业，多渠道为村集体经济创收。

　　生猪代养产业先期1年出栏2批次1000头生猪，以每增重1斤收益1元计算，每头猪平均可获得代养费200元左右，一年可收益20万元左右。苗圃代种产业按215亩，每亩种植167株计算，预计三年后平均每株苗木纯利润在100元以上，总收益将达360万元左右。以上两项产业除去生产运行成本后，盈利部分全部作为村集体经济。

　　2018年2月到3月底韩家村共新植茶叶100亩、樱花30亩、桂花20亩、香樟10亩、印江西桃50亩、红香柚300亩，青脆李30亩，与2017年成功栽植的共167亩红枫、叶石楠、海棠花。同时，韩家村雷家坳林下养鸡10000羽示范点，交通便捷，风景如画，流传着一首民谣："公鸡公鸡真美丽，大红关子花外衣，油亮勃子金黄脚，要比品质韩家土鸡数第一"。林下养鸡项目涵盖韩家、冷草、凉水、红星、四坳、石坪、邱家共7个村242户908名贫困人

韩家村生猪代养场

口。贫困户通过产业发展资金入股到合作社年底分红有股金的基础上，群众通过土地流转有租金，到养殖场务工有薪金，多渠道为民增收。形成了规模化多彩绿化苗木专业示范村！

2018年2月韩家村召开了分红会大会，全村892人，每人分红86元；贫困户10户24人，每人分红2387元。群众尝到了甜头，在外打工的群众也热情高涨，纷纷打电话回来，要求扩大代养代种规模，便愿意回乡就业，人心所向，产业发展的前景十分可观，将实现龙头企业带动，加快产业升级。村级集体经济扶持资金入股养殖场，实现村集体绝对控股，为脱贫攻坚、保障群众利益奠定基础。

韩家村这支强有力的村"两委"班子和积极支持全村级事业发展的乡贤参事员。深刻理解必须做到发展的同时保护好生态环境，即要金山银山更要绿水青山，更知道有了绿水青山就拥有了金山银山的道理，坚持持续造血式产业发展思路，紧紧围绕"双代模式"增强村级集体经济为目标，大家齐心协力，力争用3到5年的时间，努力把韩家村真正打造成百姓富、生态美的多彩美丽乡村，打造印江北部区域乡村旅游示范村。为绿色产业发展、脱贫攻坚和乡村振兴立了头功。

（作者系印江自治县人民法院研究室主任，

印江诗词楹联学会会长，中华诗词学会会员）

找清甜水修连心路

刘春凤

在一个风高月黑的夜晚，斑竹组村民发现一个奇迹，在山上腾起一团白色的浓雾，他们立即寻找，终于在山间找到一溶洞，溶洞入不可测，有工程师之称的水利局驻村干部何飞轮，凭经验判断下面肯定有泉水，与村民一起准备了200米长的绳索，6人分为3组，第一组下到洞内第一个台阶，第二组下去，由第一组接应，接着下到第二个台阶，第三组下去由第一二组接应，下到溶洞的底部，终于发现里面有泉水，溶洞垂直深110米。但要引出泉水面临着很大的困难和阻力，何飞轮硬凭借他的精湛技术和过人胆识，克服了重重困难。

当他到马家庄驻村后，了解到饮水是当地8个组的最大困难，特别是斑竹组有300多人的吃水太难了，要到山外很远的地方挑水，而且还要用树叶贴在山岩石上一点一滴地接水，很多人排队，花一天时间才接到一桶水，这种心酸事让何飞轮看在眼着，痛在心里。2018年他向县水利局争取资金200多万元，解决了马家庄村斑竹组马家庄上中下组、谭家组罗家组陈家组等8个组的饮水问题，但在斑竹组困难最大，他立即开会安排支书任明高和村主任冉启厚等村民勘察地质情况，策划从半山腰与溶洞底泉水平行的地方打一条遂道引水，立即向水利局汇报，在县水务局项目决策阶段个别领导和技术人员认为打隧道洞安全隐患太大，不可预见因素多，建议从寨子脚提水解决，但何飞轮认为提水方案，以后运行管理困难多，成本太高群众负担不起，据理力争，并再三向县局领导承诺对该工程的一切技术负责，经过五次请求最终说服了领导，使该工程得以实施，施工中镇安监站工作人员到工地检查时，看见有黑色的洞渣，便下令停止，要求请有关专家论证，何飞轮再三保证技术，向有关人员解释并马上向有关领导反映，终于得到了上级的支持，最终使该工程得已顺利完工并受益，他为群众所想，认真负责敢于担当的精神，使马家庄村民们喝上了自古以来从没吃过的隧洞山窖泉水，水是贫困山村的命脉，流进了村民的血液里，何队长也走进了村民的心里，让他们祖祖辈辈子孙万代都不会忘记何队长的大恩大得，村民们的口号就是吃水不忘挖井人，幸福不忘共产党。

喝上了水，又想到了路，路不通，百姓就很难脱贫致富。然而，修路与占地出现了两难，修路必用地，用地无补偿，在这样特定的条件下，攻坚队一次不行两次，两次不行三次，三次不行四次，直到做通为止，在和平组通组公路硬化中，驻村工作队队长何飞轮，村支书任明高，村主任，冉启厚曾经到村民家中做三十次思想工作，对个别钉子户睡在地里阻止施工的，攻坚队采取强而有效的措施对其进行监控，使公路顺利硬化了！修路符合群众的根本利益，得到大多数群众的支持，上组村民的付舟在外面当老板，他主动为家乡捐资硬化了公路1.24公里，拆合人民币51万元。

破冰开路为困难户、独居老人送棉衣棉被

　　攻坚队成员其他队员也留下了许多感人的故事，县交通局驻村干部麻润菊驻村后没时间和男朋友沟通交流，更没时间约会，男朋友和她分手了。沙中的张妃林老师为了帮扶，推迟婚期，沙小的李春霞老师，关闭自已的药店，沙中的何再容老师因忙于帮扶工作不上顾不上自己的身体差点流产了，萧子静指挥长阵前指挥深入调查村情、民意，多次冒着风雨来到马家庄村罗家组查看通组公路情况，看到未硬化到终点时，他立即深入户农户家中询问其原因，然后对症开方，使通组路顺利实施。他知道罗家组贾时秀是基督教的倡导者时，多次与其交心谈心，转交其思想观念，维护了社会安定。

　　解决了饮水和交通问题，就大改善了村民的生产活动条件，攻坚队还将四场硬打仗，一下攻克，为党和人民交上了满意的答卷。

（作者系印江诗词楹联学会会员）

电力部门全力保民生

颗颗"红心"，茶山漫话赤子情

杨红莲

"翻过这座山，就到了！"

沙子坡镇冷草村驻村书记田彪说，"沙子坡，海拔比印江县城高，但冷草村海拔还高一些。所以冷草村，给我们的感觉几乎常年在云雾中。"

其时，雨丝晶亮绵长，薄雾弥漫。车将我们从茂密的森林载到山巅。山巅雄浑，给我们一种与云天相接、与尘世隔绝的苍凉之感。

田书记说，这里有他们村大片茶山，叫云雾茶。

我们在山巅雨雾之中，行了五六分钟，然后，下山。山腰处，隐隐约约呈现古树，村庄及人家，还有一些房屋分散在山腰逆向绵延的小山脊上。一片片云雾飘过，这片世界似覆上了一层轻纱，等着我们靠近，揭开……

到达村委会，首先映入眼帘的便是"为人民服务"五个大字。

冷草村的茶园

村攻坚队入户开展走访

孟海队长招呼我们进屋，刚端起茶水，老支书来了。这是一个矮小、瘦黑的老人。

老支书，名吴宏文，五十七岁。1997年担任村里工作，先后任会计、主任等职，2014年任支部书记。

我说："吴支书，我们了解到，你为脱贫攻坚做出了不少牺牲，你能谈谈吗？"他说："我也没做什么，都是应该做的。"

他说脱贫攻坚政策来了，他才变得忙的。"政策这么好，我在这个位置上，总得为群众做点什么才行。"他的眼睛里蕴含着一种情愫。

"那段时间，忙啊。村民不了解，要解释；不支持，要说服；群众意见不一，要从中调解；个别村民贪图利益，一次一次谈话，要他们以大局为重……"我们静静听着，静静地记着笔记，屋子里只有老支书有些沧桑的声音。

"事情多、杂，任务艰巨。攻坚队有时候要忙到深更半夜，为村里工作，田书记、孟队长有时候饭都忘了吃。这时候，我怎么能只顾自己，——我把一切丢给老伴，大事小务她应酬，家里的地她种，能种多少就多少，家里的责任田荒了可惜，就请人耕种……"

"她没怨言吗？"我问。

"没有，有时还助我们一把"。

"如请群众吃连心饭，她一手筹备，亲自做饭。村里有时需要耐心、细心做的工作，她帮着奔走，我和孟队长开始来的那段时间，吃住都在老支书家，没付一分钱……"田书记在一旁说。

"老支书一心投入村里工作，协调地方，兴修水池；走访村民，动员劳力；组织群众大会，采路线，修连心路；选拔干部，我们村谋筹兴办产业的王村长就是他举荐的。有时候我们"尖刀班"成员要去攻坚，饭是老支书煮，碗都是老支书给我们洗……"一直沉默、有些憨厚只微笑听我们互动的孟海队长也加入了我们的谈话。

谈话当口，村长也来了。村长名叫王贵海，四十多岁，身材魁梧，脸庞黑红，双眼炯炯有神。着红色长袖褂子，青色裤子，裤腿上还粘着泥。

看到我们，高高大大的男子汉竟然有些拘谨，客气地打完招呼，便安静地坐在一旁。我笑着说："王村长，你是刚从产业基地回来的吧，看你一身的泥。"

他揉着头，有些不好意思地笑了："我在红心李地里走了一趟，红心李还没完全熟，不过，吃也吃得哈了！"这时，驻村干部王旭东一阵风似的

村支书吴宏文接孤寡老人回家

茶产业发展——新植茶园情景

跑了进来："村长让我打的红心李来了，老师们，快尝尝！"这个年轻英俊的小伙子朝气蓬勃，浑身好似有使不完的劲，看着他，也让人浑身有了精神。袋子里的红心李翠绿、圆润、晶亮，比一般的李子大了许多。我拿起一个咬开，脆生生的，酸酸的，里面一大圈深深浅浅的红……

我问村里种了多少红心李树，王村长说："全面覆盖。"

谈到产业，田书记说村里除了有300亩红心李基地，还有286亩茶叶基地，150亩西瓜基地……说产业这一块基本上是由王村长负责。

我问王村长："你是怎么想到要搞产业扶贫的？"

他说村里大量年轻人外出，留下的大都是老弱病残，无法耕种土地。"大量土地丢荒，太可惜了！"他的声音饱含着对土地的一种深沉爱恋，"政府有这笔扶持款，这大好机会，就想争取，想让自己家乡有产业，让家乡人民富起来！——租老百姓土地，老百姓会得租金；种茶树，给老百姓按工天发工资；产业收成，老百姓可以分红；到时茶叶成林了，老百姓也有事做，采茶叶，制茶……一天大几十块，一个月下来，也有一笔收入。总比紧巴巴过日子，一天耍着强！"

"实施这项工作应该不容易吧！"我说。

"嗯，确实困难！动员农户出租土地，我跑得费力，——开会宣传政策，说计划。然后一家一家做工作，当家人又大多在外打工，我一次一次打电话，一次一次协商，电话都打乏了。"

"土地说拢了，找挖机挖方，平整土地，王村长亲自运石、拉水。最难的是找劳力种植，那段时间，王村长和老支书每天组织二十多人种植，并分站在地头两边，指导群众植苗。早出晚归，天天如此。在茶山上一干就是两个多月。"田书记在一旁感慨。

"田书记，那片茶山，是不是我们来时，你说的山巅那片云雾茶？""正是那片，人工除草，纯原生态！"一旁的王旭东脱口而出。

"印江是中国名茶之乡啊，我想着要整好点，不能砸了招牌！"王村长发自内心地说。

"你有没有想过，如果失败了咋办？"我问。"想过，我怕着啊！——但我想做点实事。老支书说，有村里顶着，要我甩开膀子干。我妻子也支持，说要干就干个样子出来，家里有她顶着，我也就真甩开膀子了……"

第二日，老天好似要我们看到这个带着百姓共同富裕的赤子情怀般，连日的雨停了，雾也无影无踪，阳光灿烂，天地清朗。我们来到了山巅，来到了山巅冷草村的茶山。茶山绵延，道路旁，山腰，山巅，一大片一望无际。远远望去，一层一层的茶地，累累层叠，紧紧围着圆形山峦，就像一轮轮弯月，直到山巅，形成了一座座宝塔，赏心悦目。簇簇青茶在阳光的照耀下闪着翠绿的色泽，令我们的心一阵阵温暖而柔软。

与这片茶山基地，这座山梁相对的，同样是两座绵延天外的山峦，雄浑、稳重、坚实，就像大山里热血男儿的脊梁……

（作者系印江三中语文教师，印江诗词楹联学会副秘书长，县作协会员）

农民住院医疗费报销有保障了

石　峰

　　"我这病从2014年开始医起的，一个星期要去医院透析三次，一次不去就全身痛、肿，以前一个月就要花费1万多，这几年医了几十万，能借的亲戚都借了，要不是现在政策好，医病不要钱，管医不起了，早就死咯。非常的感谢党和政府还有你们这些干部。现在一个星期按时去医院透析，一个月去沙子坡打一次'一站式'，一分钱不花。老伴就去外面打工找钱，我一天就帮读书的崽崽煮哈饭，在家打扫哈卫生。"沙子坡镇炉塘村罗家组吴光屏带着惆怅而满意神情的说，惆怅的是自己的一身病给自己带来病痛，满意的是享受了国家的健康扶贫政策。吴光屏2014年被诊断为肾衰竭，必须通过血透和大量药物维持生命，但是长期的治疗和药物费用让一般的家庭因病陷入了贫困，2104年被纳入精准扶贫系统。2018年吴光屏在医院治疗总金额170305.41元，医疗保障报销181272.86元，实现医疗费用100%报销。像吴光屏这种重病的在沙子坡镇还有12人，也都实现了100%的医疗报销。

　　"我这几年都没有生病，以前的合作医疗钱都白交了"这是各村攻坚队在收缴合作医疗资金的时候听到最多的话。为了转变群众落后的思想观念，达到贫困人口100%参合，确保贫困群众看得起病、能看好病的目标，各村攻坚队利用群众会、院坝会宣讲国家健康扶贫的政策，利用入户的时间千方百计做群众工作，一家一家的走，一户户的排查，对外出电话询问，深怕漏掉一户、漏掉一人，哪家的孩子出生了，第一时间做好群众参保的动员工作和资料收集工作。沙子坡镇2018年贫困人口是7341人，在本镇参合是7240人，异地参合参保101人，实现了贫困人口参合100%任务，贫困人口可享受住院报销90%以上，2018年共办理医疗扶助974人次补助1773809.4元，大大减轻了贫困家庭的的医疗开支。

县人民医院专家集中为群众开展慢性病诊疗

"我们正愁无法到医院为母亲办理慢性病检查，没想到医生竟然上门为我母亲检查身体，真是太好了！感谢党的好政策，感谢你们这些干部和医生"炉塘村马寨组谯义英子女激动的说。谯义英，七十多岁了，因脑梗塞导致半身瘫痪，行动不便。丈夫已经去世，儿子在外打工，外嫁的女儿偶尔来看望她一下；凉水村凉水组任达刚，孩子均外出务工，瘫痪在床，行动困难，医生就把"医院搬到任达刚家里"，给任达刚做心电图、照B超……；炉塘村下宁组宁钦文60多岁了，是一位"五保"老人，无儿无女，患有肺气肿。卫生院姚登江是他的家庭签约医生，宁钦文患有肺病，姚登江帮助他办理了慢性病卡，定期去家检查他的身体状况。

"现在小感冒、发烧再也不用去镇里买药了，以前小毛病嫌麻烦不愿意去镇里看，就一直拖，到后来越拖越严重，现在就方便了，只要身体不舒服将到村里找医生"针对在乡村看病难、看病路途远的的问题。沙子坡镇对镇20个村投入22万元进行修缮，每个村都配备了基本的药物和村医，满足群众日常看病和用药需求，大大减少了去镇看病、买药的次数。

"你听说了吗？专家来到我们村了，免费给检查治疗"

"嗯，我也听说了，明天在村委会集中"

"那我可得早点去，让专家把我这腿好好看看，你去不去啊？"

"去去去，到县城去看病还得排队，现在专家都到家门口了，我得早点去让专家把我的耳朵好好看看"

……

村攻坚队早早的把县级医院组成的义诊团来村义诊的消息通知了在家的每家每户。就是给在家行动不便的留守老人和小孩看病。县及医院抽调骨科、呼吸内科、外科等相关科室的业务骨干15人组成工作小组，深入沙子坡镇20个村，为没有办理慢性病卡的建档立卡病人开展集中鉴定，为平日看病难、看病远的问题，把相关设备搬到村里、相关药品送到村民手中、把温暖送进群众心中、把健康送到群众身边。

2018年沙子坡的冬天格外的冷，冰天雪地，道路凝冻，全镇封路。冬月25日红木村高峰组吴文军出生19天孩子突然出现呼吸困难，初为人父的他慌了神，一时不知怎么办，驻村干部和村干部知道了这事，第一时间帮忙把孩子送往沙子坡镇卫生院救治，孩子病情紧急卫生院急忙联系县人民医院，但是沙子坡镇通往县城的路已经实行了交通管制，无法通行，沙子坡镇脱贫攻坚作战部立即联系印江路政，开辟了特殊通道，路面凝冻，车无法正常行驶，就将卫生院的救护车上了链条往城里送，县医院的救护车

县人民医院专家到我镇开展义诊活动

来接。凝冻天气行车对驾驶员的驾驶技术和全车人的生命安全都是一种考验，途中链条突然滑掉了，"车能开到哪里就算那里，车不能行，就是背也要将孩子背到医院去"攻坚队干部果断地说，最终孩子送到了医院，却因为抢救无效死亡了。吴文军哭着说"尽力了，全部人都尽力了，感谢你们的帮助，只是孩子没有这个命"。

2019年3月，印江县迎接了省第三方机构的成效检查，公示全县脱贫，2019年7月，再次接受了国

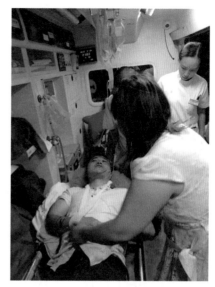

给群众治病、也抢救受伤的脱贫攻坚干部

务院第三方脱贫户查，均取得了好的成绩。经过这一年沙子坡作战部全体干部的浴血奋战，消除了沙子坡镇绝大部门的贫困，人民群众变得更加富裕了。健康扶贫战士还将持续坚守在一线，为沙子坡人民的健康持续地保驾护航，进一步巩固沙子坡镇脱贫攻坚成效堡垒。

（作者系印江自治县人民政府跟班学习干部）

沙子坡镇石坪村脱贫攻坚采风纪实

王怀昕

　　2019年7月中旬，我有幸成为"文军扶贫"中的一员，参加了贵州省写作学会组织的"印江县沙子坡镇脱贫攻坚纪实采风活动"。7月12日下午三点半从遵义出发，傍晚到了印江县城，13日早上我们一行8点30分从印江县城出发，近11点到达了我们的扶贫点沙子坡镇了解情况。

　　沙子坡镇石坪村，总人口1130人。辖区耕地面积854.64亩，却以碎片化坡地为主，农业产业基础非常薄弱。大多数村民都以外出务工为主，留守家中的多是60岁以上的老年人，劳动力严重缺乏。虽然水资源较为丰富，其中稻田种植面积却不足百亩。在沙子坡镇脱贫攻坚战中，属于一类深度贫困村尚未出列。

　　石坪村驻村干部陆向伟接待了我们，这是一个中等个子、胖瘦适中的土家族中年男子，在与我们握手时，略显出一些腼腆来，一路上，他认真地向我们介绍着所经过的村子，我们以问答形式交流，渐渐的我们熟悉起来，在我眼里，他纯朴得发光发亮。

　　半个小时后到达了石坪村村委会驻地，抬眼看，村子呈狭长型，一条六井溪河横穿了整个村子，河道两边是村所辖落差较大的山地。自脱贫攻坚战斗打响以来，村里已修建好的组组通的联户路，大大改善了人们的出行条件。

　　石坪村村支两委近十年来，一直在探索带领村民脱贫致富的有效出路，他们曾利用退耕还林项目在2012年和2013年种植了核桃300亩，因一直未挂果被老百姓砍伐，以失败告终。但他们不气馁，又借助这一次脱贫攻坚机会，引进了一套红苕加工设备，从确定项目到购置安装机器，陆向伟都积极的全程参与进来，在整个设备组装中，除部分水电设施由他设计和制作外，还亲自焊接制作了晾干架。全村第一批红苕粉试验品就是由他和村委会领导班子三个成员一起努力做出来的，产品没有使用任何添加剂，我们当晚亲自品尝了，味道非常不错。

在村干部和多数村民们眼里，这位驻村干部陆向伟是一个不善言辞、喜欢默默奉献的人，他从不与任何人发生冲突，特别善于化解矛盾，大家都喜欢与他在一起；他还精于水电安装和检修，为了帮助村民早日摆脱贫困，他自2018年3月驻村以来，随车带着水电维修全套工具，走村串户，成了村里家家户户的义务水电修理工，即便有村民半夜打电话给他，他也会二话不说，拿上工具就去处理；村民冉茂兰家水管坏了很久，没人修理，水流到了公路上，不但浪费了水资源，还给往来行人带来不便，他去检查后，利用回县城的机会备好了材料，帮助她家重新安装。对待贫困中的村民他真正做到了任劳任怨。今年3月17日，正在县级领导检查驻村工作时，他朗溪镇的家里着火了，他请假回去查看了一下情况，就迅速赶回了村里。在他心里的天平上，谁轻谁重，毫不含糊。自去年驻村以来，他一心扑在工作上，每周仅用一天时间看望父母家人，然后又会在次日一早就返回村

组织村民清理公路

235

石坪村"六井溪"牌苕粉加工厂开机投产

里，继续奋斗在他的扶贫岗位上。

陆向伟是印江县农业农村局农业能源站站长，通过自学获得了沼气工程建设技师资格证书。他清楚的知道，农村产业化发展如果没有产业支撑是十分困难的。经过和村支两委的多次商量，得到了镇脱贫攻坚指挥部领导同意和支持后，他们打算今年下半年利用200亩的闲置坡地上投资20万元修建养牛场，初步打算养殖30头牛，投产后该项每年可盈利近10万元；利用项目还可支持建设200-300立方的沼气池，沼液和沼渣可用于100亩左右的绿色蔬菜种植，又可盈利20万元；苕粉厂投资了30万元，今年9月份即可投产，准备生产1-2万斤苕粉，可盈利20万元；苕藤和苕渣做成青储饲料用于养牛，将苕粉厂和养牛场、蔬菜基地有机结合起来，形成具有石坪山地特色的生态循环农业产业链条，原材料生产、加工生产和销售形成的一、二、三产融合发展指日可待，届时可带动留守家园的老人们种植红苕，或者到养牛场务工，参与蔬菜种植。他们这种不贪多，不图大，找准市场，稳健发展的思路，一定会进一步提高该地区村民自我发展能力和持续发展能力，又能为返乡创业的人们创造良好的基础条件。

陆向伟，这个印江县普通的扶贫干部，一直在竭尽全力，和村干部们一起动脑筋，想办法，他们在充分挖掘石坪村的发展潜力的同时，特别注意努力把地区资源优势利用起来。我们相信：沙子坡镇石坪村切实可行的脱贫攻坚战，一定能使贫困山区的人们走出贫困，让他们和全国人民一起走向共同富裕之路。

（作者系贵州省写作学会会员、遵义市农业科学研究院高级农艺师）

路

吴先海

信步凉水梁子宽敞明亮的产业路上，远眺各村寨新楼耸立，炊烟袅袅，满山遍野的产业发着绿油油的光，各村各寨各个山头，还是田地连片间，到处是路，就像一条条白色的哈达。山梁上攻坚队员与群众合唱着响彻云天的《脱贫战歌》：脱贫攻坚聚力量，消除贫困上战场，不见硝烟见炊烟，村村寨寨齐奔忙……

路影响不同时期行政区划

沙子坡位于印江县北部，与德江县、沿河县交界。据《贵州通志》、《印江县志》记载，印江县行政区划演变过程中，路是一个标志性的划分线之一。

沙子坡镇，唐属思邛县，宋属思堡，元设沙子坡哨，属隘门巡检司辖，隶属厥册蛮夷长官司，弘治七年（1494）改隶印江县，清初改隶安化县，后期划入印江县，民国中期属城关、天堂2个区并管，1950年属民生乡和六井溪乡并管，1950年10月由"保"变村，辖数字村13个，1952年12月设沙子坡乡，隶属第三区，1957年建立了20个高级社，1958年乡改称管理区，撤销高级合作社建人民公社，1961年取消20个人民公社建4个乡辖20个生产大队，1981年土地下放，生产大队更名为村，1984年1月复置沙子坡乡，隶属板溪，1992年"建并撤"，由原沙子坡乡、花园乡、韩家乡、凉水乡合建为如今的沙子坡镇，镇人民政府驻地桂花村。

据考证，行政区划历史演变是与公路、河流、山脉等分不开的。唐、宋、元时期沙子坡只有一条从印江通往沿河、秀山过集镇的茶马古道，全程不足20千米。民国时期以抽壮丁的方式组织民工挖通沙子坡集镇至韩家、凉水两小乡的通乡路，这就是群众的主要出行便道。

凉水往事忆修路艰辛

我是1996年9月到沙子坡政府参加工作的，报到的第二天被派往山高林密的凉水管理区工作。通往凉水的主路坑坑洼洼，背上一大包日常用品，公路一程山路一程，足足用了两个小时才翻过高高的凉水梁子，来到一个世外桃园凉水管理区驻地。

凉水管理区辖凉水、红星、炉塘三个村，通村公路是没有的，商业非常贫乏，老百姓卖农产品换日常用品，需要担百二十斤产品徒步二三十里去沙子坡集镇，出门就是山，抬步就是泥巴路，生活艰辛可想而知！还谈什么发展，什么小康，想都不要想。

韩家村雷家寨全景

凉水村的通组路蜿蜒盘旋在山岭上

任永茂，原凉水村支部书记，干瘦老头，聪明绝顶，决心要将公路修到各寨去，1996年冬至1997年冬整整一年，花了十多只野山羊跑项目，结果是竹篮打水一场空。只有另想办法，当年冬天向镇里要了5箱炸药，与任亚文（现村支部书记）、任永万（现村村长）、郑超（原村村长）、任永贵（原副村长），以及十二个组的组长商议，每户出工60个，出资按现有人口人均500元，土地各组自行调补。说干就干，各组召开动员会，大力宣传，凡是不参与的人家，红白事务寨邻老少皆不得帮忙，过路还得交过路费，没劳力的可请亲戚帮忙，也可按40元一个工折算。经过千难万阻，到1999年也只拉通了到河下四个组的毛坯路面。由于劳动力长期投入公路，农业收成下滑，加之繁重的集资，群众的生活更加困难，公路一度停摆。下雨天，路面更加难行。任永万不知在哪里弄来一台二手土狗崽（摩托车），路有点滑，在郑家弯上来的陡坡上，尽管屁眼胀得非红，说不动就不动，不远处的登权来帮忙推，车上去了，可人家白脸却变成了黑锅。

鲁迅说：世界原没有路，走的人多了便成了路！可人家讲的是一种思想，现实的路是走不出来的，泥泞的路啊还得继续泥泞！

脱贫攻坚群众奔向小康路

国以山水为魂，业以舟路为脉；路通则万业兴，途阻则百业废；交通发达则纵横天下，路途险阻则闭关自守。党中央、国务院全面深入推进改革开放，大力实施西部大开发，交通项目惠及偏远山村，特别是开展脱贫攻坚以来，通村路、通组路、产业路、连户路形成了全覆盖的交通网络。沙子坡镇脱贫攻坚指挥长萧子静与党政班子一道，指挥全镇20个脱贫攻坚工作队，对照"一达标两不愁三保障"和"三率一度"目标任务，着力打赢"四场硬仗"，把交通事业发展放在重中之重的位置，截止目前沙子坡通村公路全长125千米；组组通公路107条，全长115千米；产业路全长80千米；连户路8.9万千米；G211印江至沿河二级路提级改造工程沙子坡段24千米进入铺油间段；天沙公路改扩建工程沙子坡段6千米即将完工。主路四通八达，产业路直上云霄，连户路连心千家万户，组组通让偏远村寨不在与世相隔，通村路使城乡一体。

周增权，沙子坡镇交管站站长，是地道的沙子坡交通人，沙子坡交通事业发展离不开他艰辛的血泪和卓越的技能。在庹家村帮扶期间，实施总投资210万元长3.5千米的万家等四个村民组通组路，得到群众的一致好评。他与攻坚队一道，召开群众会，组织村民调补通组路占地问题，化解各类纠纷，实地指挥施工，总是亲力亲为。笔者在万家组采访时，70多岁的任光和老人硬是握住他的手不放，嘴里不停地刁念他和政府的好，为表感谢，该组村民自行为交管所送去了一面锦旗。

公路网络撬动了沙子坡的经济社会发展，2018年烤烟种植任务1200亩，产值283.915万元；绿茶2200亩、白茶1200亩；果园2030亩，实现财政总收入2398.50万元；存款余额2.95亿元，增长43.1%，农民人均纯收入6601元，增长1.7%。由于交通发达，张忠华、张云祥等群众的茶业销售订单，孟光梅等人的猕猴桃、李秋秋的蔬菜订单全部订完。群众过上了幸福生活。

（作者系县档案局主任，印江诗词楹联学会副会长）

仁义包工头

郭 静

在人们眼里，似乎很多包工头都是自私自利，只顾自己赚钱，不顾其他。

然而，今天我要讲的这个包工头，确是令人称赞，让人敬佩的包工头。

他叫吴宏亮，在印江县沙子坡镇冷草村，村民们亲切的称呼他为仁义"包工头"。

吴宏亮，家住沙子坡镇冷草村湾里组，同时他还是冷草村村监委会成员。作为农村修建房子的手艺人，吴宏亮技术好，为人朴实、做事踏实、认真，搞房屋建设方面从不偷工减料，质量保证，在当地赢得了很好的口碑。

冷草村，是一个充满诗情画意的村庄。这里，四季宜人，空气清新，环境优美，叫人往返，令人留恋。村支书介绍说：我们村里的岩石上长有一种草，一年四季用手摸，都是冰凉的，特别是夏天，非常舒服，故我们这个村就取名为"冷草村"。

2019年以前的印江县沙子坡镇，是距离印江县城最边远的乡镇，也是最贫困的乡镇，是许多人不愿去往的乡镇。乡镇的贫穷，各村寨自然不富裕。

然而，脱贫攻坚的坚强堡垒就是国家扶贫政策到位，措施到位。

根据印江县政府坚决抓好县脱贫攻坚总指挥部"1+10"系列配套文件工作精神，配齐驻村工作队伍，完善优化结对帮扶干部组成，打好"四场硬仗"，开展"四个好"宣传教育，让党的政策好、人居环境好、社会风气好、干群关系好的意识深入人心，进一步激发群众内生动力，增强群众感恩意识，做到群众满意、社会认可、干群和谐，确保在全面建成小康社会

吴宏亮与萧子静指挥长的欢乐合影

的道路上不漏一户、不落一人。

2018年，脱贫攻坚进寨入户。

按国家之政策，组组通、户户新，不让任何一户掉队，不让任何一个农民家庭住危房、透风漏雨房。于是，一时之间，修房、筑路需要许多的施工队伍，专业、技术过硬、能保证质量的队伍更是难求。

邓杨平、吴大发是沙子坡镇冷草村湾里组的村民，也是该村最贫困的人家。他们破烂的房子时刻牵挂着脱贫攻坚队员们的心。如何尽快的把他们的房屋修好，让他们过一个温暖的春节，这成了冷草村脱贫攻坚队孟海队长一行的当务之急。

怎么办？县里拨款的建房资金还未到位？脱贫攻坚队在一起商量时，吴宏亮站立起来：我来修，我来建，我先垫资，你们放心吧。

一句铿锵承诺，吴宏亮当起了"包工头"，经过一个多月的辛苦，修建好房子，让邓杨平及时搬进了新居。

等修建吴大发的房子，已是12月底了，天气寒冷，大雪纷飞，地面凝冻。人们都躲在房里不愿出门。想到村民没有房子住，没有安全、温暖的家，吴宏亮没有犹豫，每天早上六七点钟就起床，带领妻子、内弟冒着大雪进行施工，因天气凝冻，屋顶无法进行粉刷，吴宏亮就在室内烧火，对墙壁进行烘烤，烤干后再进行粉刷；手冻伤了，鼻冻红了，不管不顾。10天的时间完成了房子的修建，让吴大发住进新房，过上了一个温暖的春节，对冷草村如期打赢脱贫攻坚战贡献了自己的力量。

这场攻坚战由于建立了和谐的干群关系，激发了群众内生动力，为决战决胜脱贫攻坚形成强大合力，干部群众众志成城，脱贫攻坚必将取得最后胜利！

2019年3月，顺利通过了全省2018年贫困县退出第三方专项评估检查，4月24日，贵州省人民政府正式批准印江县土家族苗族自治县退出贫困县序列，7月7日顺利通过国家扶贫办对印江县进行的脱贫攻坚复查评估。

（作者系贵阳幼儿师范高等专科学校图书馆副馆长、贵州省写作学会理事）

沙子坡镇冷草村示意图

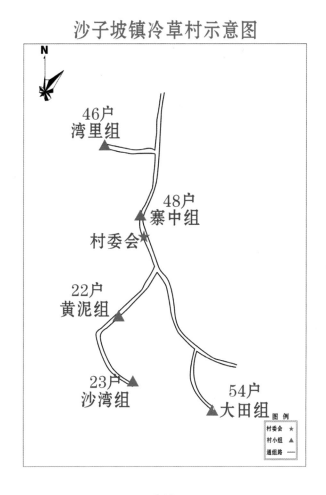

凉水村的良水

严 波

凉水村，是个有凉水的地方，这里的水清冽、甘甜，水源多达十余处。尽管如此，依然有很多村民吃水困难。

这个情况，让刚来的第一书记梁永感觉很疑惑。

凉水村距沙子坡集镇6公里，12个村民小组散布在几座山的山顶、山腰、山脚，与沿河县谯家镇的白沙村合围形成一个微型的天然盆地。千百年来，村民过着砍柴取暖、种粮饱腹、挑水养人的生活，生生不息。

为了更便捷地用水，村民们各自从最近的水源点用水管把泉水接到家中。

但随着生态变化，环境变迁，有些水源点的水量开始减少。

水是大自然的馈赠，山脚的村民从未感觉水资源的宝贵，入户的水，常常不关水阀，任其自然流淌。

"他们完全是敞起用！不晓得教育过他们好多次了。"村支书任亚文有些气愤，却满脸无奈地说。

"山下无节制地敞起放，山上水源点的水存不起来，水量水压不够，居住在地势较高的群众家中就没水了。"村主任任永万也接过话来。

了解到这些，第一书记梁永明白了，解决村里的饮水问题是他来驻村后急需完成的工作。

2018年初夏，村工作队经过分析和预算后向水务局打了报告。计划在各水源点修建水库，并用管道集中共享相邻水库，统一闸阀，同时在每家每户安装水表，明确用水收费标准。

周密的计划、合理的布局、细致的预算和真诚主动的工作态度，使报

244

告得到及时的批准，资金很快下来了。

然而，几个村民却在村委会闹开了。

"凭哪样别家吃水，水管要从我家的地方过？"

"凭哪样收我们水费？这是石头缝里出来的，为哪样拿给你们干部卖钱？"

"凭哪样我们组的水要分给别组的人吃？"

解释，是紧张而紧凑的。但，似乎未收到良好效果，不满的情绪依然高涨，质问的语气愈发激动。

"大家听我说一句，先听我说一句！"一直没说话，但此刻却声若洪钟的帮扶干部陈继学走上前来。

"你们听我说，吃水是大家的事，不是哪一家哪一户的事。"一看没了杂音，陈继学清了清嗓又说，"村主任和村支书都是你们村里人，他们不会和你们为这个事生气，只会苦口婆心劝你们。但我不怕得罪你们，明确告诉你们，水资源不是你家的私有财产，没有权属，统统是国家的，是公共

帮扶干部帮助群众忙秋收

资源，不是你们哪一个人的……"

"说哪样？你算哪根葱？我们的东西，你说不是我们的？我们村的事轮不到你这个外人来指手划脚，你这个二铳子！"凉水组的任明松吼了起来。

"捶他！捶这个二铳子……"旁边同是凉水组的任明禄扯着脖子上的青筋，挥起拳头也喊道。几个人撸衣扎袖，一副作势欲扑的样子。

"住手！"村主任任永万看情况不妙，急忙猛喝一声，指着几个人的鼻子，"哪个敢动？哪个搞他哪个负责。不信试一试！"

一看任永万的气势，几个人暂停了举动。

与此同时，工作队同事们赶紧把陈继学护回了寝室。

"你们先回家，村工作队开会讨论你们提出来的问题，明天再给你们答复。"支书也厉声说。

任明松、任明禄等人悻悻地离开了。

刚经历的一幕，让村支书任亚文苦笑了一下，不由得和驻村干部们谈起了去年底类似的情况：因为水源水压不足，包家组的村民包贵明和田茂强把饮水不方便的问题，归咎于村干部，扬言若他们过年还饮不上水，要让村干部都过不成年……

委屈归委屈，气愤归气愤，脱贫攻坚还得进行。

接下来，经研究，村工作队充分动员村春晖人士、乡贤人士以及这些带不满情绪村民的亲朋好友，针对性地上门对他们做思想教育工作，动之以情，晓之以理，并深入讲解法律和扶贫政策的意义。经过不懈努力，他们终于认可了村工作队扶贫的出发点，完全同意了村饮水工程的实施计划。

最终，村饮水工程共建了14座100立方到300立方容量不等的水库，铺设水管若干，统一水闸，专人管理，一户一表，基本达到了预期目的。现在，家家户户一年365日天天有水喝，凉水村饮水用水不再困难。

水量，不光充足了，而且还富余了。

2018年6月，村工作队分析研究后，以村集体经济形式接手了村里一家私人桶装饮用水厂。这间水厂建在一口出水量很大的山泉旁，经专业机构检测，山泉水质优良，富含各种有益人体的矿物质，且口感极佳。

把凉水村的桶装水和其他村集体经济产出的羊肚菌、黑木耳、西瓜卖出钱分到老百姓手中，同样令扶贫干部很有成就感。

"经过大家努力，桶装水稳定销往沙子坡集镇和周边乡镇，最近也开始进军县城了！"第一书记梁永说这话的时候，眼睛里好像闪着光。

和其它集体经济一样，桶装水厂也是采用盈利分红的方式惠及村民。

"桶装水厂是盘活的，2018年6月营业以来，年底已实现盈利，半年来向贫困户分红3万多元，厂里的7个就业岗位中，4个都是贫困户。"梁永又兴奋地说道。

凉水村越来越有名气，因了它清冽、味道甘甜且富有营养元素的水，这凉水不光销往很多地方，还被扶贫干部用来浇灌一千多村民的心田，孕育凉水村的富裕之花、幸福之花。

（作者系印江县工商联工作人员）

全国扶贫日，爱心企业到凉水村开展募捐活动

幸福串起千万家
——贵州组组通公路三年大决战主题歌

演唱：尤雁子 熊正宇

词：溪 木 万 鸣
曲：张 永 马关辉

1=F 2/4 4/4

♩=118

合:贫困不 除， 愧对历 史！群众 不富， 寝食难 安！ 小康不 达， 誓不罢 休！ 小康不

达， 誓不罢 休！ 这个时 代 真是好 啊 公路修到咱 的 家
同步小 康 多么好 啊 脱贫攻坚要靠大 家

富学乐 美 在农家 真情感动 你我他 百姓富裕 生态 美啊 幸福串起千万 家
泥泞深 处 还有泪花 最后一 里 必须通 达 决战三年 有承 诺啊 走村串路不再 滑

2/4 ♩=118
3、4次反复转G调结束

村庄处处 有风景 产业遍地在开 花在开 花 答 才是报答 决战 组组通 (决战组组
父母老 了 儿女牵挂 把路修好才是报

通) 信心 被点亮 (信心 被点 亮) 汗水 如雨下 (汗水如雨下) 幸福 千万家 (幸福千万

家) 幸福千万家 合:贫困不 除， 愧对历 史！群众 不富，

寝食难 安！ 小康不 达， 誓不罢 休！ 小康不 达， 誓不罢 休！

5

主动脱贫的感人事迹

决战沙子堰

一个乡镇的脱贫攻坚纪实

决战沙子坡

一个乡镇的脱贫攻坚纪实

寄奋战在沙子坡脱贫攻坚战场的全体将士：脱贫攻坚，督战邛江，沙子坡上，战鼓擂响。三万将士，挥矛沙场，作战勇猛，斗志昂扬。脱贫路上，风雨兼程，真帮实扶，民富小康。精彩出列，不负众望，乡村振兴，再创辉煌！

——铜仁市委驻印江县脱贫攻坚督导组副组长、市扶贫办副主任 曾杰

沙子坡的脱贫攻坚答卷，是全体干部群众在全县最边远、基础条件最薄弱的地方，尽最大努力以最极致的方式书写而成！

——铜仁市委驻印江县脱贫攻坚督导组成员 黄方

沙子坡镇脱贫攻坚工作，有镇脱贫攻坚作战部的智慧谋断，有镇党委政府的强力担当，有驻村干部的拼死煎熬，有帮扶干部的劳累奔波，有各级督导同志的认真严格，有沙子坡群众的积极配合，硕果累累成了必然。

——铜仁市委驻印江县脱贫攻坚督导组成员 姚敦保

我作为沙子坡镇脱贫攻坚战的一员我深感自豪！沙子坡身处边远，但沙子坡的指战员们执行脱贫攻坚战的政策一点都不偏！在条件如此不堪的情况下，能大获全胜！是指战员们披星戴月、群众主动参与、各级齐心协力的结果！再司祝我们沙子坡的干部工作顺利！祝我们沙子坡的群众生活更美好！更祝我们沙子坡明天更美好！

——铜仁市派驻沙子坡镇脱贫攻坚督导组组长、市道路运输局局长 杨再司

去冬今春，有幸到沙子坡镇开展脱贫攻坚督导，五个月的时间里只有不到一周的晴天，深知父老乡亲的不易，帮扶干部的不易，凝聚了战区指战员的心血、智慧和汗水，我骄傲，曾是战区的一员。

———铜仁市派驻沙子坡镇脱贫攻坚督导组组长、市交通运输局副调研员晏世贵

"牛人"王昭权

黄 丹

微雨的印江云雾缭绕，掩映在一片青山翠谷间的四坳村格外静谧安宁，沿着弯弯曲曲的水泥路盘旋向下，我们来到了印江"牛人"王昭权的家。

一进院门，王昭权的身影撞入眼帘。他身披白色雨衣，左脚依偎右脚，呈半蹲姿势，双手紧握铁锹，正在搅拌草料。看见我们到来，王昭权憨厚一笑，立马停下手上的活计，就要找板凳给我们坐。

提起王昭权，村里没人不竖起大拇指，他每天起早贪黑，像一匹永不疲倦的"骡子"，不是在放牛，就是去山上割草。他的双手因为承载了更多的使命，显得尤为粗壮，满是老茧大手与瘦小的身躯极不匹配，身体的残疾使岁月的痕迹在他的脸上刻下了沧桑的烙印，但他整个人看上去却精神饱满，坚毅的脸上也显露出自信的光芒。

王昭权砍柴

　　王昭权家里兄弟姐妹有八人，王昭权排行第七。小时候的王昭权爬树掏鸟窝、河里戏耍、溪里摸鱼……与其他孩子一般淘气。可是6岁那年，却因患小儿麻痹症，导致左腿残疾，只能依靠双手、右脚在地上爬行。

　　看到周围小伙伴都背上了书包走进学堂，王昭权既羡慕又渴望。软磨硬泡下，父母终于同意了他的要求，但前提条件是自己要"走着"去上学。

　　为了能上学，王昭权狠练爬行。他的手由于长时间杵在地上行走，被磨得血肉模糊，从最初缓慢前行到后来与正常人无异，他用行动证明了他可以自己上学。

　　8岁那年，王昭权走进了学校。"一开始，大家都疏远王昭权，但随着时间往后推移，大家也都开始主动关心起来。"谈起这位特殊的学生，王大伦老师记忆犹新。"最难能可贵的是，不管是刮风还是下雨，王昭权总是按时到校上课，比别的同学更加努力刻苦，成绩也名列前茅。"日复一日，年复一年，就这样王昭权以优异的成绩小学毕业了。

　　四坳村里面没有中学，最近的沙子坡镇中学距离四坳村9公里，沟谷纵横，交通不便，从四坳村到沙子坡集镇要翻越高山，平常的人也要步行两个多小时才能到达。

王昭权和他的牛

接到中学录取通知书的那天晚上，王昭权失眠了。家里兄弟姐妹多，生活困难，父母日益苍老，自己又腿脚不便……一连串的问题在王昭权的脑子翻腾。

不读书难，读书更难。多重因素交织在一起，最后王昭权选择了放弃。学不上了，但生活还得继续。王昭权与父母一起，依靠种植烤烟、水稻、玉米、红薯、土豆来养活自己，这样的日子过得平淡如水，却也练就了他"不管什么东西放背上都不会滚下来"的硬本领。

2010年，随着农村书屋项目的实施，四坳村迎来了大量的书籍。一向喜欢学习的王昭权，一头扎进书屋，学习国家政策和药草识别、种养殖技术等知识，身为兽医的弟弟王华也时常给王昭权讲一些卫生防疫方面的知识。眼看着村里的年轻人纷纷外出打工，王昭权也在思考自己还能干点什么。"养牛比种地轻松，不需要太多劳力，现在科技发达了，大家的生活好了，牛也从耕地能手变成了餐桌上的美味，需求量不减反增，再加上弟弟是兽医，可以进行卫生防疫方面的指导。"经过反复思考，王昭权决定养牛。

四坳村地处沙子坡镇边缘，耕地面积929亩，林地面积1160亩，森林覆盖率为65%，草料资源丰富，非常适合发展养殖业。2012年打定主意的王昭权东挪西借凑了几万元钱，买了10头牛，开始养殖。他把书本上学到的养牛知识与环境要素结合起来，采用了"放养+圈养"模式，并防患于未然，给自己的小牛上了保险，通过精心管理，王昭权的牛长得格外壮实。

上山放牛割草对手脚正常的人来说不算什么，但对爬着行走的王昭权来说可就难得多，一个不留神就会受伤。王昭权告诉我们，有一年秋天他上山放牛，回家的时候天色经暗了，驼着一捆草料的他一不小心，摔了个底朝天，手被划开一条长长口子，直到现在手上的疤痕还清晰可见。为了保护手不受伤，为了"走"得更快，王昭权自己制作了弯拐木和橡胶垫子来代替拐杖。通过多年爬行，上山的路哪儿高低起伏、哪儿迂回转折王昭权已然烂熟于心。

哪儿有勤奋，哪儿就有回报。一年后，6头牛出栏了，王昭权还完了欠债，还略有盈余。同年，政府补贴6500元，对王昭权的房子进行危房改造，他的居住环境得到进一步改善。

2015年，王昭权因身体残疾被列为兜底扶贫户，享受多项精准扶贫优惠政策。但他仍然继续养牛、喂猪、种地，希望通过自己的双手过上幸福的生活，早日实现脱贫，不给家人和社会拖后腿。

2017年，在精准扶贫贷款的帮助下，王昭权扩大了养殖规模，将牛的存栏数上升到了13头，每年靠养牛收入2万多元，远远超过了贫困户的收入线。第二年他就主动向当地政府递交了脱贫申请书，镇里考虑到王昭权年龄增大，身体状况也不似以前，于是把他的出列评估时间推迟到今年年底。

在残酷的命运挑战面前，王昭权没有沮丧和沉沦，他以勇敢的心和顽强的毅力与残疾和贫穷做斗争，经受生活给予的磨练，始终对人生充满信心，依靠自己的双手告别了贫困，撑起了一方自强的天空。

（作者系贵州师范大学副教授，贵州省写作学会理事）

印江县驻村第一批召回干部重走昭权路，在王昭权家中集中学习，受到极大教育和震撼。

敢问路在何方

敖铭建

迎来日出，送走晚霞；

踏平坎坷，成大道；

斗罢艰险，又出发、又出发……

天星村，印江县沙子坡镇三类贫困村，海拔1200米，G211公路穿境而过。北面是高家山、反封、大水、高峰、止水6个村民组，南面是岩口、大坳、严家山、坨里、对门、槐树、庙堡、荒田、兰竹、消水、尹家岩10个村民组。站在山腰上仰望，天星村的16个村寨就像16颗天上的星星镶嵌在峰插云天的武陵山上，而连接这16个村寨的，便是群山波涛浪间，一条条弯弯曲曲的山路。

天星村南面的10个村民组，原来没有公路相连，全是羊肠小道。2013年，在爱心人士陈德虎的赞助下，开来了铲车，花了3天时间，方才修通一条勉强通行的毛石路。即便是如此，晴天一身灰、雨天一身泥，村里的群众生产出行很是不方便，乡亲们都盼着早一点走上光生生、硬铛铛的水泥硬化路。

2015年11月，党中央的精准扶贫工作翻开了中国减贫事业新篇章。2016年，铜仁市交通运输局对口帮扶天星村，出资20万元帮助村里修通组路。在荒田、兰竹、大坳三个组交界处有一条980米长断头路，这一条路却是天星村通组路的控制节点，如果此路不连通，通往岩口组和严家山组的公路将绕行5.3公里，这样就增加了村民的出行成本，不能有效帮助村民脱贫致富。镇脱贫攻坚指挥部决定，一定尽快修通这一条断头路，助力精准扶贫。为此，天星村支两委向镇党委脱贫指挥部立下了军令状，誓言拿下这条断头路。

2016年8月6日，村里组织召开了岩口、大坳、严家岩、荒田、兰竹五个村民组的村民开大会，商议修路事宜。荒田、严家岩二个村民组认为受益不大，村民态度不积极，而兰竹、大坳、荒田三个组占用的自留地多，又没有任何补偿金，不同意让出自留地。出师不利，第一次群众大会就这样无果而终。

作战部副指挥长、镇党委书记、天星村攻坚队长陈明抗洪抢险

群众会上群众踊跃发言

初战受挫没有影响天星村委工作队的斗志，村脱贫攻坚工作队很快又组织起了第二次冲锋。当天晚上，天星村支两委带上购买的12斤香蕉、15斤苹果，再次召开群众大会。在会上，天星村任光霞支书声情并茂讲道："咱们天星穷，发展不起来，不就是我们的道路制约了我们嘛！父亲们，我们不能让子子孙孙再像我们一样受贫穷的压迫，要想富，先修路"。听了村委领导发自肺腑的讲话，村民们的态度出现了转变，松口答应让出土地，修通这条断头路。

山区的路都是弯弯曲曲的，修路的过程也是曲曲折折的。

次日，也就是立秋这一天，挖掘机轰隆隆开到兰竹组的地上，开挖没多久，却半路杀出了一个程咬金。兰竹组的田某某跳了出来，阻止挖掘机开挖他家的自留地。消息传到村里，村委领导很快赶到现场，与田某进行交涉，问他为什么阻止修路。田某提出要修一条到他家300米长的连户路的无理要求，否则，不让道路通过他家的自留地。把个人利益置于集体利益之，村委断然拒绝了田某的无理要求，同时，开展对他思想教育工作。面对村里工作队的苦口婆心的劝说工作，田某就是干煸四季豆，油盐不进，没有任何松动的迹象。

时间很快就过去，到了晚上也没有任何进展，沟通工作陷入了僵持状态。田某顽固的坚持意见，村里不答应为他家修通这条300米长的到户路，谁也别想动工。立秋的夜，武陵山上，凉飕飕的，工作队只好撤回村委。山风吹来，天空中的星光也变得暗淡，似乎星星也在为修路的事为工作队平鸣不平。一路上，大家边走边商议决定，明天要把此事向上级组织汇报到，请镇领导支援天星村扶贫工作。

天星村的夜晚深邃而静谧，村委领导和工作队成员一夜无眠，思考怎样才能说服田某态度转变。村委领导任光霞躺在床上，辗转反侧，暗下决心，只要思想不滑坡，办法总比困难，不管遇见多大的困难，一定要让断头路修通。

天未亮明，村支书任光霞带领工作队赶到沙子坡镇政府，向分管的任兵镇长作汇报。任兵镇长听说这么早有人汇报扶贫工作，一骨碌翻身下床，跑到镇政府的接待室，听取天星村委汇报。

听了汇报后，任兵镇长当即作出指示，立马上工地，召开现场推进会，扶贫是民生第一号工程，统揽镇里的经济社会工作，绝不能让施工停下来。现场会上，任兵镇长首先对田某进行批评教育，指出了他的错误行为。摄于镇领导的威信，同时又受于村民群众的指责，田某的思想动摇了，认识到了自私自利的错误行为是行不通的，他立刻在现场会上对耽误工程的错误行为作了检讨。鉴于田某认识到自己的错误，同时也为了更快的推进断头路建设，镇领导安排施工队协助他开挖连户路，但其中爆破工作和费用由田某自行承担。

轰隆隆，轰隆隆……开挖机再一次发动，施工的号角再一次在武陵山上奏响。经过3天2晚的决战，断头路被攻克了，工程天当年国庆节前被修通。

山路弯弯山路长，山路弯弯通向天。当天星村村民们沿着这条硬化的水泥路，把山里的山珍特产源源不断的运往外面的市场时候，村攻坚队已迎着精准扶贫的朝阳，朝着另一个扶贫决战点又出发、又出发……

（作者系贵州省写作学会遵义联络处主任）

任贞柏的路

黎淮西

小小的任贞柏跟着老父，五年级结束了，他还想读书。那时，家里八兄妹，太穷。凉水村乡亲的也好不到哪里去。他就自己找亲友借钱，终于凑足了8块钱，母亲支持他，外加10斤米，他又坐进了课堂。可惜，家里活路太多，放牛，割草……总是做不完。他还是没能读下去。

学门手艺吧，为父母为自己。他学会了木匠活。上世纪80年代初，我们的社会正缓慢恢复元气，社会经济基础极为薄弱。农民兄弟们开始走出农村寻找出路。任贞柏怀揣30元钱去广东。他要从玉屏坐火车到广州，火车票是40元。于是，他和朋友两人走了好几个小时，顺铁轨路绕到火车站上车。在车厢里乘警要查票。任贞柏对坐着的人说，麻烦你们，请帮个忙，我没得钱买票，要去广州打工，我躲在你们椅子下。个子不高的他就这样卷缩着，坐着的人还特意用腿遮住他。一天一夜没吃东西，下车来，跑到水龙头接水喝。他还要坐车到中山，他搭上车，掏出10元钱买票，票价4元，车主一直不退钱给他，说没有钱退。他不欺负人，别人欺负他也是不行的。他拿起椅子下的一根钢管，吼着，你不退我钱，我就砸你的玻璃，……。到了中山，他舍不得1块多钱的车费，走路到工地。工友煮碗面给他吃。他睡了整整一天。全身瘫软。……任贞柏就这样艰难地探寻着致富路。

由于他油漆过敏，不做木工活了，就去桐梓那边学烤酒。好在他不仅吃得苦，还会动脑筋。他懂得，要学技术，先学做人。很快，人家愿意教他，他愿意学，更好学。

259

已成家有小孩的他，回到家了，做着农活，他盘算着要有自己的产业。农闲时依然外出挣钱。他开始初步的致富计划，他烤酒、喂猪、养鸡。

而我们的农村扶贫工作，从浅而深，由粗而细渐次展开来。任贞柏说，大的政策方向上我是清楚的，跟共产党走，跟组织走，这点是懂的，但小的方面不怎么搞得懂。烤酒卖酒要办执照，但执照咋个办，他不晓得。他就打电话给扶贫队的书记，书记回说，我帮你问一问。通过电话联系，任贞柏顺利地办好了执照。他高兴的说，一个电话搞定。诸如此类的事，为任贞柏劳动致富增强着信心。

2014年任贞柏生病，小孩外地读书，家庭经济陷入困境，他艰难地支撑着。

后来，随着扶贫力度加大，扶贫方式方法的精准细致，扶贫工作夯实在每家每户。任贞柏所在的沙子坡凉水村的扶贫队员马彬，他的帮扶对象之一就是任贞柏。

马彬工作责任心很强，有经验有水平。与任贞柏对接交往，马彬感到这个对象有思想，内生动力强，工作起来思想轻松。任贞柏对他说，自己苦些，得的钱光荣。任贞柏还说，你自己不干，光是靠国家那点，就打算国家纯粹把你供起，这样大的一个家庭，你也吃不饱。

扶贫队帮他贷款，支持他继续搞养殖业。他养毛鸡（野鸡）、林中散养鸡，喂猪，烤酒。毛鸡野性大，飞了不回来。林中散养鸡损失大，野猫咬鸡喝血，狗也来拖鸡。烤酒还遇到问题，几百斤重的肥猪，说死就死了。2016年辛辛苦苦满怀希望的任贞柏几近崩溃。马彬在思想上精神上为他打气，他对马彬感叹道：创业路上坎坎

马彬在任贞柏家共商发展之路

高呀，难得爬啊！马彬宽慰他，要办好一件事，难有一帆风顺的。鼓励他，稳稳走好自己的路。扶贫队用扶贫资金帮助他1万多元，做简易鸡棚。还把他纳入生态林业管理队伍，一个月有800元收入。

后来，任贞柏走出贫困队列。他一直思考着他的产业要怎么搞。扶贫队依然关注着他，按政策帮助他。经过周折烤好的酒，他主动送到质检部门检查。他说，我要搞就搞土产的，不搞虚构的。我不愿意人家在后头指指点点，说东道西。

现在，任贞柏的酒在当地很有名。他的小甑子烤酒供不应求。眼下，任贞柏和任尚达（正从事产业的村民）还有马彬，就在商讨扩大酒规模，增加酒的品种的有关问题。任贞柏感到资金是个大问题，但他还是想搏一搏。

2018年全县养鸡的较多，任贞柏想把他的鸡拉到贵阳卖。马彬就为他打电话，联系办检疫证。任贞柏从凉水村自己家出发去县城，路途不顺畅，耽误了很长时间。虽然下班很久了，马彬联系的那个办事员一直在畜牧局等着他。"人家等到我来嘞！"他对马彬说，心里热乎乎的。

他拉鸡到了贵阳，心想，这样大的城市，一个地方卖一只，很快会卖完。谁知，人家问都不问。他就杀只鸡，分成好几块，送给小区的居民炖来吃。晚上，9点钟10点钟电话来了：我要买两只。给我留一只……

任贞柏本就一个实在的人，更加坚信为人做事诚信的金贵。

马彬他们认为任贞柏不但诚信，勤劳，而且肯动脑筋，有胆量，想让他当凉水村曹家组组长。起初，他自认性子直，容易得罪人，不愿意当。深入交流后，大家的看法很接近的。扶贫队需要能带动村民致富的人，任贞柏也想发展全组成养殖组，数量大了，客商愿意来。他说，能人都到外面去了，我先试哈。

任贞柏，凉水村第一个致富带头人。对产业，有着新的打算。他想养梅花鹿，鹿茸鹿血可入酒，他还想搞糯包谷酒。家人担心他失败，他有自己的见解。他说，现在政策好，执行政策好，老百姓想在哪点搭个灶头就搭个灶头，想干哪样就干哪样……。

他盯着家里墙上儿子画的画，眼神有些悲壮，但更多的是坚定、自信。

"本性其耐寒，风霜其耐何。"这是他手机微信里的自勉语。

路，在他的脚下！

（作者系贵州民族大学退休干部 贵州省写作学会科研部副部长）

沙子坡镇凉水村示意图

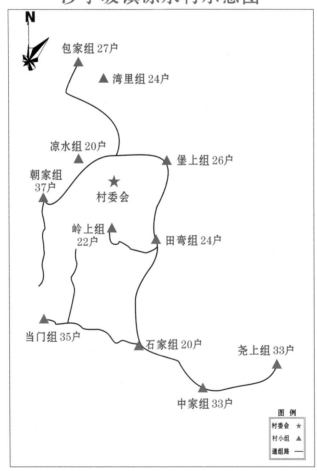

苦干实干心向阳

罗建华　丁啟梅

　　一副壮实魁梧的身板，一个油光铮亮的脑袋，见人就是一脸的"憨笑"，这就是向开阳，印江县沙子坡镇桂花村一组组长，脱贫攻坚的榜样人物。

　　向开阳出生于一九七二年，土生土长的沙子坡人，祖母任修福曾被誉为红军游击队的"地下交通员"。一九三四年十月，由贺龙、肖克率领的红二军团长征来到印江沙子坡，向开阳的祖母任修福和祖父向国光主动参加游击队，为红军筹粮、放哨守卡，祖母还利用女性身份为红军游击队侦察敌情，传递情报，受到贺龙同志高度赞扬。向开阳就生长在这样一个有着光荣革命传统的家庭里。

　　沙子坡镇海拔高，地处偏远，水源紧缺，这里的人们早年间都是靠天吃饭，天上不下雨，地上颗粒无收。沙子坡盛产煤炭，在种庄稼无望的情况下，煤炭便成了人们唯一的经济来源，向开阳的父亲向朝定就是挖煤大军中的一员。向开阳说，早年间，在沙子坡流传着这样一句话："沙子坡缺水又挖煤，连从山里飞出来的麻雀都是黑的，镇上的姑娘都因此愿意嫁到乡下水源好的地方"。可见，当时人们的生活条件有多艰苦。

　　向开阳是一个苦命的人，两岁时，母亲王昭娥生重病离世，刚满十五岁时，父亲撒手离开了他。因家境太过贫寒，成了孤儿的向开阳无力安葬父亲，在老支书的带领下，村民们捐钱捐物，出资出力，帮助向开阳为父亲办完了后事。从此，向开阳过早地承担起了生活的重担，稚嫩的肩膀承受了同龄人无法承受的生活压力，但是，在祖父母革命精神的鼓舞和教育下，向开阳不怕苦，不怕累，毅然接受了生活的挑战，年仅十五岁的他离开沙子坡，外出打工，以养活自己。凭着苦干实干的精神，向开阳在外积累了一些人生经验和经济基础。2000年返回家乡，在20公里外的邱家村找到了心仪的对象袁胜霞，在镇上租了一间房结了婚。婚后，他们有了一双可爱的儿女，向开阳仍然外出打工，维持生计，妻子留守家中，照顾两个孩子兼务农。

2009年，向开阳结束打工生涯，回到沙子坡，开始做起了收破烂的营生，又兼做水泥工，凡是一切能挣到钱的事他都去做，从不觉得累。在热心的介绍下，他承包了妻子娘家邱家村两间烤烟房的修建工作，找了几个合心的泥水工帮忙，但每天要负责他们的生活。邱家村离沙子坡镇有40公里的路程，乡村公路，弯多路陡，路面坑洼不平，一遇下雨天更是泥泞不堪。向开阳和妻子采购'好柴米油盐后，带上两个无处安置的孩子，骑上破旧的摩托车往邱家村赶，因车技不熟，又严重超负荷行驶，在陡坡拐弯处，一家四口连车带货侧翻在地，仰面朝天，两个孩子吓得大哭不止，所幸的是都没受太大的伤，一家人从地上爬起来，收拾好车子及物品，又继续前进。修烤烟房需要用到石头，水泥和沙子这些建筑材料，运送材料的车辆在山路上走走停停，实在不能通过的地方，向开阳还得抢起锄头现修路，每每回忆这些，向开阳说那种滋味怎一个"苦"字能解释得清楚。在持续不断的捶打磨练当中，向开阳练就了坚忍不拔、积极向上的精神。2013年，桂花村开始发展茶叶种植产业，向开阳利用自家的荒地栽种了十来亩茶叶，在侍弄好自家十亩茶园的同时，向开阳又开始搞起了水电安装，在摆脱贫困的道路上，他从未停歇。

2014年，我国脱贫攻坚战役全面打响，作为印江县贫困程度最深、脱贫任务最重、工作最艰巨的沙子坡镇，脱贫攻坚工作尤难开展。在以县委常委副县长萧子静为脱贫攻坚指挥长的带领下，沙子坡镇的脱贫攻坚工作紧锣密鼓地开展起来。全面着手改布饮水管网，家家户户安了自来水，水龙头一拧，清洁卫生的自来水便哗哗地流个不停，再也不是过去那个干涸荒凉的沙子坡了。同时，印江县城至沙子坡的新公路也正在改扩建当中。

在脱贫攻坚惠民政策的指引下，在桂花村脱贫攻坚工作队的帮扶支持下，本就动手能力强，是个多面手的向开阳更是甩开膀子干了起来，开始试探性地承包起了建筑工程，带领村上年富力强的年青人走上了一条脱贫攻坚的新路子。向开阳始终怀着一颗感恩的心，他总想着，在自己最困难、最无助的时候，是老支书及乡亲们帮自己渡过

红军后代向开阳和走红军路的勇者合影

了难关，走出了困境，现在自己日子好过一点了，不能忘记了乡邻，有钱大家挣，有福大家享，向开阳是这样想的，更是这样做的，正因为如此，2016年，他被乡亲们一致推选为桂花村一组组长。

担任组长后，向开阳自知自己肩上的担子更重了，因为村里仍然有一部分村民挣扎在贫困线上，这是他的一块心病，为了不辜负村民们的期望，不辜负镇党委领导的厚望，他要用自己的勤劳智慧，发挥自己脱贫致富的模范带头作用，依靠党的富民政策，带领乡亲们尽快脱贫致富，过上富足的小康生活。

榜样的力量是无穷无尽的，它所释放出来的强大能量必将惠及整个桂花村，及至整个沙子坡镇，干部群众齐心奋战，沙子坡的精准扶贫工作终将取得脱贫决战的胜利。

（作者系贵州省写作学会会员，2017年10月夫妇二人开始骑马重走长征路，从江西瑞金出发，沿着中央红军的路线，用了一年的时间，于2018年10月9日胜利到达陕北，全程走完了25000里长征路。）

灿烂的海霞
——记印江县沙子坡镇炉塘村袁海霞

黎启麟

坐在去印江沙子坡镇的大客车上，我选择了最后面的座位，静静的思念刚离去的父亲，虽然道路颠簸，但仍然颠簸不去我思念父亲的那份痛。一路上萧子静副县长在颠簸的车上不停地分别介绍该镇13个贫困村的状况，忽听萧县长说沙子坡镇炉塘村的故事多，有孝老爱亲的袁海霞，有写劝世文的老农，有冰天雪地的作战部：炉塘会议，有如打了鸡血一般的脱贫攻坚队，等等，"敬老孝亲""劝世文""手术台"等词眼，特别是"孝老"二字猛然扎痛了我的心，古语云"百善孝为先"，我没有尽到这个"孝"字，我的眼泪禁不住流了下来。车行43公里不觉已到了沙子坡镇，下了车，分组采风，我有幸被分配至炉塘村。

炉塘村着落大山深处，车沿山路盘旋而下，似行走在一片云海之中，思绪也任其海阔天空地飞跃，飞上了云海，飞到了灿烂的云山海霞中。

我要急于采访的是一个叫袁海霞的女子，她老家就坐落在炉塘村一个叫老寨组的地方，但不巧的是袁海霞不在家，已易地搬迁到县城一个叫幸福花园的地方了。当问及袁海霞的故事时，从村民到干部至每一个邻里老少，无不给她竖起了大拇指，说她是一个了不起的女人。丈夫去世后她独自照顾重病瘫痪在床上的公爹和三个孩子。丈夫患肝癌的骤然离去，每天为公爹擦洗身子喂饭，接倒大小便，送儿女读书，养猪务农，洗衣做饭，她从无一点怨言。她和睦邻里，阳光处事，用至善的孝道和全部的爱维持呵护着这个家。她之所以广泛赢得大家的赞誉，是因她在看似平凡却很难做到的一些小事中去诠释人生。她做了一位女人应该做的，一般女人和一些男人也难于做好的事，这便是这个女人不平凡的地方。

在村民和干部讲述和赞誉声中，袁海霞的形象在我的心中骤然高大起来，油然升起了对袁海霞的敬佩之情，我把想急于当面采访袁海霞的想法告诉扶贫攻坚队的杨欢书记后，他欣然同意，晚饭后便派帮扶干部冉君林同志开车带领我们从炉塘村赶往县城。

车又从炉塘村沿着大山间新修的扶贫路盘旋而上，此时正遇晚霞升起的时候，大山峡谷的白雾也飘然升起，与灿烂的晚霞交相辉映，构出一幅美丽的山村画卷。

到达印江县城已是晚上九点钟了，我们的车直至峨岭镇幸福花园的移民安置房一栋楼下，袁海霞早已站在那里等候我们了（来时已与她约好）。虽已是晚上，但借着路灯，仍能清楚的看见她有些柔弱的身姿和阳光而自信的脸庞。她手提事先买好的西瓜用十分清丽的语言招呼我们到她家里去坐。我们随她坐电梯到达她家的六层一号房口，她轻轻敲门，门开处站着一位十几岁的女孩和一个小男孩，她一边招呼孩子们喊我们，一边说他的大儿子陈昌海在高中选择学体育，但不幸患上腰椎，没考上学校，刚毕业

市公路处开展捐资助学

267

就去广州打暑假工挣学费准备就读专科技术学校，女儿陈晶琴在思南中学就读，马上读高三了，就是刚才站在门边的那个女孩。她的第三个孩子就是刚才那个不满十岁的男孩，叫陈科举。她说她三个孩子都很乖，懂事，说时脸上显露出对孩子们无限的爱和希望。她说，她非常感谢党和政府，感谢关心她的所有人，一辈子也感谢不尽，报不完的恩，是国家的政策好才能住进了这么好的房子。这种房子，是党和国家为了关心贫困户而建的移民搬迁房，每移民贫困户每人只须交二千元就可享受二十平方米的居住面积，袁海霞家这套房共八十平方米，布局合理，舒适整洁。

当我们谈到她孝老爱亲和睦乡邻的故事倍受人们称道时，她的脸上写满了平静，她说她只是做了一个女人、一个媳妇应该做的事，她说："公爹的儿子走了，要让公爹感受到媳妇也如同儿子一样，儿子未完成的，媳妇替儿子完成"。多么平实的语言，却让人听后感味无穷。当我们问及她丈夫患病及离去时的情况，她的声音顿时哽咽起来：2016年7月她的丈夫在一次偶然的体检中被确诊是肝癌晚期，当年12月份就离她而去，17年的恩爱夫妻从此阴阳相隔。骤然间，妻子失去了一位好丈夫，儿女失去了好父亲，父亲失去了好儿子。原本瘫痪的父亲因思念儿子，病情更加恶化。说着她的眼泪悄然流淌在她清瘦的脸庞上，滴落在了手机上。她擦拭着手机上的泪滴，在她手机上翻着他丈夫和公爹的照片给我们看，可以看出她对亲人无比思念，那份痛至今还未走出来。我们劝她少流泪，保重身体，最好少看这些照片，把思念的痛化作生活的力量。她点点头，擦去了眼泪。她说她现在在东方英才幼儿园当保育员，为了这个家，为了三个孩子，孩子们已经失去了父爱，不能让他们再没有母爱。感谢党和政府以及村干部、帮扶干部和爱心人士，是他们的帮助和支持一直在推动着她，一直在鼓励着她，她才走出了人生的困境。

我想，一个女人最美的永远都是她的情怀、教养和善良，而袁海霞的身上又多了一份质朴和坚强。祝愿海霞今后的日子更加美丽而灿烂。

（作者系贵州写作学会会员、石阡县书协副主席兼秘书长、中学语文高级教师）

袁贤禄与"红军路"

田发军

2018年的一天，邱家村湾里组响起一阵热闹的鞭炮声，组长袁贤禄高兴地对众人说："咱们的通组公路终于硬化通车了，这要感谢邱家村攻坚队，感谢党和国家的好政策呀！咱们这条通组路跟别处的路不同，这条路是当年贺龙领导的红三军长征时走过的路，我们就把这条路叫做'红军路'吧。我们要请人打一个碑，把'红军路'三个字刻上去，让后人也知道这条路，让红军长征精神在这里世代传扬下去，大家说好不好？"村民们都高声说"好"。

说起修筑这条"红军路"，还有一段艰辛的历史呢。它的历史是邱家村湾里组肩挑背磨的辛酸史，也是组长袁贤禄心灵的煎熬史。

袁贤禄是个转业军人，军旅生活磨砺出他不服输的个性。早在1997年，他就曾组织湾里组的村民开会商量修通组公路的事。袁贤禄在会上对大家说："俗话说，要想富先修路。如果把我们的通组公路修通，哪家修房造屋，哪家过红白事务都不用再肩挑背磨了，车子直接把东西送到家门口，那多安逸啊！"村民们都说修路确实有许多好处，但当谈到出钱出力、占地和路线规化的时候，大家的意见分歧就大了。甚至有人说袁贤禄之所以要修路，完全是从自家利益出发，因为他家马上就要修新房子了，还有人说，他家有三个儿子，将来受益肯定最大。于是，修路的事不了了之。

袁贤禄要修新房确实不假，他家的厨房早已是漏洞百出，每逢下雨天，会漏下一屋子的水，他很早就想把厨房改修一下。但要说他组织村民修路出于私心，这无疑像一把匕首插进了袁贤禄的心窝，让他疼痛无比却又无法辩驳。他想：老子先把房子修好了，再谈修路的事，看你些怎么说。

1998年，袁贤禄开始修建自家的厨房。所有的建筑材料都得从张家岭那边通过人工搬运过来。袁贤禄的三个儿子都还小，搬运材料的事自然落到了自己和妻子的身上。那些日子里，袁贤禄一边充当泥水工，一边充当搬运工，妻子也是一边操持家务照顾一家人的饮食起居，一边帮着搬运材料。妻子后来屡治不愈的肺气肿慢性病，正是在那时落下的。没有公路，让袁贤禄一家尝尽了苦头，袁贤禄暗下决心，哪怕是一个人出力也要把这条公路修通。

2017年，已脱贫出列的袁贤禄，召集三个已长大成人的儿子，商量修路的事，三个儿子都表示，愿意拿出一部分打工挣的钱来支持父亲修路。

路基测量好了，挖机也进场了，但新问题又产生了。袁贤禄规化的路线大部分以原先的老路为基础，占的地多数也是自家的地，但尽管如此，仍有一段路要从袁希印家的山林边上通过。这时，袁希印跳出来阻工说："你修路虽然是公益事业，但山林是我私人的，你要占可以，但必须赔钱！"

袁贤禄说："你要多少？"

袁贤禄和他参与修建的红军路

对方说山林面积不算少，你至少得给一万。袁贤禄知道对方占着理，但自己为了修这条路，已经花光了家中几乎所有积蓄。他不是不想给，而是实在拿不出钱。

袁贤禄把自己的苦恼反映到了邱家村攻坚队。攻坚队张毅队长立即带领村长支书一干人等前来协调此事。摸清事情的来龙去脉之后，张队长首先肯定说袁贤禄修路的行为是造福子孙后代的善举，然后又对袁希印说："修桥补路历来是上善美德，我们实地去看了这条路，说实话，路一旦修通是大家都受益，包括你家在内。当然修路占了你的山林，按理说是应该对你进行赔偿，但你一开口就是一万一万哩，这也太过分了点。况且这条路大家都能受益，我们是不是每个人都应该做点贡献，作出点牺牲？不能完全把山林当成商品买卖来谈。"经过一番劝说，最后，袁希印终于想通了，他表示象征性地收一点，就算他支持修路了。

湾里组的路终于修通了。袁贤禄几乎以自己的一己之力，完成了修路壮举，为了修通这条路，他个人先后投入近4万元。2018年，按照国家"组组通"相关政策，国家对这条路进行了硬化。

然而有趣的是，路修通了，袁贤禄一家却搬走了。2018年，按照易地搬迁政策，袁贤禄家符合条件，移民搬迁到印江坪兴寨安置区去了。村里的人都跟他开玩笑说："袁贤禄，你家都搬到印江去了，你修的这条路哪个不搬去呢？

袁贤禄笑着说："修路本来就是为了方便大家，你看，这条红军曾经走过的路，现在被我们修得越来越宽敞了，我们子孙后代的路也会越走越宽阔。"

（作者工作单位：印江县文化馆）

心怀感恩话安居

田景祥

　　大山深处脱贫村民的故事是不可以被遗忘的历史，因为它实证着当今这个伟大时代扶贫攻坚壮举业绩的灿烂与辉煌。

　　十字村六十多岁的黄廷武先前因妻子离家出走而于1990年外出沿海打工，二十八年不归。村里人都以为他早已不在人世，连户籍都被注销了。

　　2018年在党的扶贫政策感召下，黄廷武回归乡梓。先前居住的破木屋早已摇摇欲坠，不能入住了。他兀自在外飘泊闯荡二十八载，却依然身无分文，单身一个，光棍一条。村扶贫攻坚队立即恢复了他的户籍，并将其纳入低保户列为重点扶持对象，重新选址为他新建了一幢大约六十多平方米的住房，从而确保其晚年生活有了归宿。他表示现在乐意在家务农并就

黄廷武旧房全貌

272

近务工。村级脱贫产业利益联结生产经营性收入让他的生活有了基本保障，从此不再外出飘泊流浪。其精神状态豁达而乐观，活像一个未经世事的稚童，一脸的天真快慰，脸上写满了对党和政府的深情感激。

五十四岁的黄天华一脸的幸福感，让你根本看不出他是一个身患绝症的癌症患者。他自述自己是一个被党和人民政府挽救过来的新人，必须遵纪守法，好好做人，才对得起党和政府对他涅槃重生的再造之恩。

原来早在三十多年前他才只有十多岁的时候，由于家贫如洗，实在无能为力为身患重病的父亲看病就医，不慎失足参与抢劫犯罪受到法律制裁，远赴新疆服刑十载。长年的牢狱生活让他魂灵蜕变，被改造成了新人。通过学习反思，他吸收了文化知识，懂得了做人的道理，增添了生活本领。刑满释放时本可以在新疆选择就地安置就业，但因年迈多病的父亲需要照料而不得不回家尽孝。父亲去世后他也曾外出打工养家糊口，日子也还过得不错。殊知天有不测风云，2015年他却被确诊为鼻炎癌患者。因病致贫，膝前一男二女尚在初高中接受教育。村里将他列为重点扶持对像，驻村干部卢老师在他最需要帮助的时候不惜慷慨解囊相助，为他解决了燃眉之急，帮助他度过了最最艰难的时刻。他深怀一颗感恩的心，正在勤奋研读相关医疗医学知识，决心用最良好的心态战胜病痛的折磨，尽可能延长自己的生命，尽量减轻自己对党和政府的依赖，将自己的孩子们培养成为对国家对社会对人民有用的人，以此回馈党和政府的大恩大德。

凡有人去探望或对他进行采访，他都会拿出纸笔作好记载，并虔诚地恳请给他留言纪念。他用自己的行为诠释着一个重新做人、因病致贫的朴实农民之达观善良。

因残致贫的黄廷继，其妻为肢体三级残废，儿子为智障性二级脑残。母子伤残的苦痛让他早已被生活折磨得筋疲力竭。然而屋漏又遭连夜雨。2017年年底他所住的木屋竟然不慎失火成灾化为灰烬。他万念俱焚，绝望至极。是党的扶贫攻坚政策重新点燃了他对生活的希望。当家园重建，入住新居时他凭借自己曾经读过初中的文化知识功底，郑重真事地自撰了一

黄用启组织书法爱好者开展义赠春联活动

副对联，通过精美加工设计镶嵌于新房大门门框之上，以表达自己对党和政府的真诚感激。对联写道：靠人民政府儿孙生活千秋美，跟共产党走家庭幸福万年春。他逢人便说是党的扶贫攻坚政策重塑了他生活的信念，让他从深重的灾难中站立了起来。为了表达自己发自内心的真诚感激，他一次又一次地向村党支部、村委会、扶贫攻坚队、镇党委政府送去他亲笔草拟的一封封感谢信，用发自内心最质朴真挚的语言表达着他对各级党和政府特别是扶贫攻坚队帮扶干部们的无限感激。

为了进一步用行动证明自己走出贫困后不能再坐等党和政府的关爱，年过六旬的他再度走上打工之路。他决心用自己勤劳的双手养活重残抱病的妻儿，永远深怀感恩之心，笑对未来美好生活。

十字村春晖人士黄用启充分利用社会资源组织春晖人士自发筹集资金，将十字村早已中断了三年的大学生教育资助活动重新启动，仅2018年便筹措资金18000元，资助在校贫困学子27人。同时还组织全村大学生书法爱好者积极开展"雪中送炭"赠春联送温暖活动。通过现场书写馈赠，极大调动了村民群众对于弘扬传统文化的热情。他还努力联络组织邻村篮球爱好

易地扶贫搬迁临行前动员

者入村开展"春节联谊杯"篮球友谊赛,丰富了广大村民的业余文娱生活。他有感而发,用心将扶贫攻坚战斗中出现的新人新事新气象编写成顺口溜快板词,同时配上精美摄影录像连袂播放,广为宣传,让十字村人既享受到传统文化的熏陶,也接受现代文学艺术的洗礼:

扶贫攻坚到咱村,男女老少笑盈盈。

处处生机新气象,喜在眉梢乐在心。

……

走进十字村,映入眼帘的处处是黄用启所描绘的真情实景。

(作者系务川自治县退休干部,贵州省写作学会理事)

275

寸草心赞　春晖扶贫

谢　凯

　　暮晚，月色缭缭，天光静穆宏大，一盏盏路灯绵延着远方，绿树，房檐，瓦顶，尽掩在夜色中。安然走在韩家村的路上，一切是那么静谧，那么安宁，那么和谐。

韩家村村办完小情系教育报桑梓春晖使者通过自身资源优势多方争取项目和企业捐款用于新建韩家坪小学教学楼完善现代化多媒体教学设备

　　秋空明月悬，光彩露沾湿。"独在异乡为异客，每逢佳节倍思亲。"那是2016年农历的八月十四，一场不同凡响的"浓浓中秋团圆夜，情系韩家话发展"的中秋联谊活动在韩家村文化广场举行。韩家村两委与乡贤参事会将回家探亲人士与本村乡贤、留守老人、留守儿童妇女、困难户等齐聚一堂，共话发展，共叙乡情。致词慰问热情洋溢，建言献策掷地有声。

　　回乡探亲的游子们纷纷感叹，生命旅途，我们始终情系家乡，对生我养我的故土一直饱含着浓浓的乡情和缱绻的乡愁，家乡干净了，文明了，美丽了，我们能亲自参与、亲自见证家乡的发展，身为韩家村人感到无比的骄傲和自豪。

追溯往日时光，韩家村地处坡旁沟谷，资源匮乏，吃水非常困难，路陡谷深，吃水全凭肩挑背驮。每逢天干，主要劳动力要半夜三更起床到一公里以外挑水，村民们为此苦不堪言。

1999年，是春晖人士积极协调项目资金从庹家村引水解决了全村的吃水问题，韩家村率先喝上了清亮的自来水。

在道路通达及路灯照明基础设施方面，有村镇两级的积极申请，更有春晖人士的呼吁发力。仅2016年就投入项目资金200多万元，使村内所有通组路全面硬化，并新开挖硬化杉树沟组2公里通组路，连通3公里产业路。完善了基础设施，靓丽了村容村貌。这些数字，既简单又复杂，其中付出的艰辛与汗水，与通路后的便利与欣喜简直不能等同而语。

有句话说得好：教育是唤醒，是点燃，是引导，是解放，是成长。韩家村人重视教育，知道知识是力量更是改变。创建于1954年的韩家坪小学，曾经为高一级学校和社会输送了李世凡、吴张松为代表的许多优秀人才。现在经多次修缮扩建成为韩家村建筑最美的房子，也是目前沙坡镇教学质量教学设施比较完善的一所村办完小。

高耸的两栋教学楼，平正宽敞的蓝球场，窗明几净的教室，校园网、班班通多媒体教学设备齐全。这里的校舍建设，教学设备，软硬件设施，资助贫困生的教育基金等，都一一倾注了春晖人士的爱心助力。情系教育报桑梓，他们先后共协调项目资金300余万元，2017年又多方争取项目和协调企业捐款230余万元，全面改善了教育教学环境，以便培养更多的优秀人才，为家乡持续稳定发展注入新的活力。

春晖人士市交通运输局党组书记、局长李世凡说：作为长期在外的一名游子，一直对家乡无比的牵挂和眷念，是春晖行动让我们这些游子为回报家乡，反哺故土提供了一个很好的平台，以此表达我们对家乡和父老乡亲的感恩之情。现在乡风文明，村民满意度提升，我们更要重视教育，通

春晖人士牵线搭桥引进爱心企业捐资助学

过奋发读书来改变个人、家庭和家乡的命运。

韩家村一位贫困大学生深情地说：现在我们不会担心因交不起书学费而辍学，不会担心因没有钱而吃不饱饭。我要感谢春晖行动曾经帮助和正在帮助我的人，是你们让我感受到了大家庭的温暖，我为生活在这个时代而感到快乐，为沐浴在党的好政策里而感到自豪，我要为家乡崛起，为中国崛起而发奋读书。

"吃水不忘挖井人"，亲情、乡情、友情，让走出韩家村走出大山的游子们以回报家乡的春晖理念，带动了一批春晖人士加入回报家乡，建设家乡的行列里来。

春晖社长李世强，回乡后，主动放弃正红火的汽车运输生意，把更多的时间和精力积极投身在春晖社和脱贫攻坚的工作中，在春晖产业园苗圃代种示范基地里尽力耕耘。自己垫钱出力帮助贫困户、五保户盖瓦建房。两年间风雨无阻，无代价无报酬无怨言地运输村里垃圾到42公里外的印江垃圾站。

他说，我是一名党员，无条件地尽一个党员的义务。我又是一名春晖使者，反哺家乡，反哺故土是我应尽的心愿。

是啊，韩家村的每一项建设，每一个变化都离不开党的阳光，离不开春晖人士的鼎力支持。

他们有86岁的老党员春晖人士任达奎，有首先垫资的春晖人士党支部书记李海松，有铜仁任职的李世凡，还有在广东打工的李武军，春晖社长李世强、春晖人士李万军、李红军、黄廷权、李海峰等在外或部分返乡的春晖人士以及在家群众自发出钱出力，出资出劳，助推脱贫攻坚。如今，2014年共投入120余万元建成的韩家村春晖文化广场和感恩亭，已经成为美丽韩家村不忘感恩的标志性建筑。

几年来，韩家村的基础设施完善了，村民的腰包逐渐鼓了，村容村风文明了，文化生活丰富。自文化广场建成，连续三年举行中秋节和其他节日的联谊活动。2018年中秋活动，附近乡镇的多支文艺队都主动要求参加。县委常委副县长、沙子坡镇脱贫攻坚作战指挥长萧子静出席，并高唱《脱贫攻坚战歌》，把联谊会推向互动高潮。

被贵州省委省政府评为"全省文明村"、"全省脱贫攻坚先进党组织"和铜仁市级春晖社示范点的韩家村，正努力念好山字经，打好生态牌，建成美丽乡村，吃上旅游饭，走上小康路的构思。

多情最是春归燕，万里云天恋旧窝。春晖一直在行动并融入每一个春晖使者的生命旅途中。这份感恩如文化广场屹立的感恩亭如山亦如水。它铭记着韩家村村民感恩党的温暖与关怀，感恩脱贫攻坚的日子里流汗开拓

韩家村连续三年组织开展中秋系列活动

的一肩一锄，感恩春晖行动的开花结果。那些在月光下的沉思，那些落在院子里瓜棚豆架上的幸福故事，那些开心畅怀谈笑的风声，穿过山凹，穿过流水，随六井溪，飘到沙坡子镇，飘到印江县，飘到乌江汇入长江，让全中国都知道沙坡子镇韩家村眷眷赤子情，永怀感恩心。

（作者系省团校高级讲师，贵州省写作学会常务理事）

韩家村攻坚队帮助易地搬迁户开展复垦工作

"牛"之精神

谭恩婵

庹家村。黄昏。

山上的野花放肆地在微风中绽开笑颜，远方的天空，淡淡的乌云衬托着美丽的晚霞。当我们沉浸在这一壮观景色之中时，满山的浓雾如浪潮席卷之势，眨眼功夫就吞没了整个大山。任春明挺着个大肚子，有气无力地坐在自家的院子里，目睹着眼前壮观的景象，感叹着自己所剩不多的时光。医生告诉他，他的生命最多还能坚持三个月。可是，他却调侃着说，我有祖传秘方，只要我不停药，即使是在三个月后，也是不能倒下的。

就是这样一个乐观的村民，曾经是一名木匠，十六岁开始就在家乡做木工，靠着自己一个人的工资，足以让一家五口人过上幸福的生活，平时还有点结余。这样的生活一直维持了二十四年。

可是，天有不测风云。2014年三月，任春明感觉身体不适，就去遵义医学院检查，结果是白血病。此时的他，头脑一阵晕眩。但片刻过后，他恢复了往日的平静，作为一个男人，一个家庭的顶梁柱，他必须挺住！他在遵义住院三十三天，以乐观的心态，配合医生治疗。但钱花去了，病情并不见好转，他申请回家调养。后来，又经人介绍，到温州私人专科医院住院四十五天，病情终有好转。出院回家后，任春明想到自己的身体状况，不能再从事木工了，就想到了养牛。他最先在亲戚家借了五千元买了一头牛，让牛生牛，到第二年年底已发展到十二头。这些牛被放养在后山，他每天都会上山去，看看这头，摸摸那头，每天望着那一群不断长大的牛犊，他的心里别提有多高兴。后来，他的病情不断加重，手脚无力，他无

第一书记付昌友慰问生病的任春明

法上山，但他仍然会坚持骑着摩托车到公路边，去看看牛吃得饱不，那几头经常调皮的牛犊是否回到牛群中。等到自己的身体无法承受时，他便要卖掉养大的牛来输血，不够时也向亲戚借一点。

在养牛的过程中，他结识了一群志同道合的朋友，很讲义气，经常给他提供一些买牛的线索。任春明说，得了这个病，我也没办法。如果我不去做点事，就只能躺在床上，这样病情反而会加重。老天有眼，当我躺在床上时，就会有人打电话给我，让我去买牛。我很会做牛生意，每次买牛来卖，总能赚他个三两千，我为什么要躺下呢？我还有一个儿子未成家，我还要为他撑起这个家呀！再说，"牛人"王昭权是一个残疾人，他都能够勤劳致富，我有手有脚，为什么就不能像他那样呢！

"牛人"王昭权的故事对任春明的影响极深，他也想用自己勤劳的双手创造幸福。两年以前，他听说政府有一批精扶贷扶持养殖产业，就借了五万元新建了养殖场，养牛最多时达42头。今年是第三年，任春明通过卖牛和向妹妹借一点，已把贷款还清。有人劝他说，像你这个情况，你就不忙还了嘛，到还不起时，政府自然会想办法免的。他说，这是政府借给我发展的，是为了让我致富，我赚了钱，当然要还啦！国家的政策那么好，我还要继续养牛，赚点钱来把病治哈。

其实，在2014年以前任春明就发现了自己的病，只是他不敢住进医院，他想到了正在上大一的女儿，要是知道父亲得了不治之症，一定不会继续上学了。到女儿上大二时，他实在无法支撑，才开始接受治疗。也是从这时开始，他的女儿开始了周末找零工，家里就不再负担其生活费。期间，任春明经常翻看医药方面的书籍，并结合自家的祖传秘方，不断为自己配药。医院的药不齐，自己就到大药房去买中药来配。现在每个月都要支付六千多元的药费，而这些药又都是无法报销的。其妹妹在遵义卖药，就负责他每月两千多元的西药。而每月四千多元的中药则由自己养牛来负担。现在的家庭经济来源就是养牛、低保和其母的养老金，实在不够就向亲戚借点，却从来不向政府张口叫苦要钱。

天无绝人之路。党的好政策来了，第一书记付昌林接受组织委托，走进了任春明一家。了解家庭状况，评上了低保，对破烂的老屋进行了维修，新建了厕所，硬化了院坝和街岩，带领任春明到民政局去开证明。从此，任春明病情严重时，去医院输血也能按最高标准报销。近一年来，单是输血就为其节约了近两万元。

任春明如同一头老黄牛，默默地在这片贫瘠的土地上耕耘着。付昌林书记的默默付出，任春明看在眼里，心里涌动着许多的感动。他从来不拒绝我们的采访，直挺挺地坐在凳子上，显得有些虚弱。他的手不时地摸着坚硬如顽石的大肚子，又滔滔不绝地调侃起来：这些干部非常重视我的事情，每次从家门前经过，都要进来看看，问长问短，每逢过节，都要带上礼物慰问，还会给钱。要是在以前，哪个会来看你喔！党的政策那么好，这些干部那么照顾我，我无以回报他们，只能用自己的实际行动来支持他们的工作。村里要发展辣椒产业，我是组长，当然要带头种辣椒。做不来的，就请人帮忙做。村里人知道我的情况，都愿意积极支持和帮助我。我现在也没有别的需求，就是希望我的病不再严重，要是能好起来，就太好了！我还要在这些干部的带领下，发展我的牛场，带领村里的人勤劳致富。我还要看着我的儿子成家立业，过上幸福的日子。

（作者系印江县实验小学语文教师，印江诗词楹联学会副秘书长，县作协会员）

从农村到城市的乔迁之喜

阙灿洪

上坡了。每一个武陵山区的农民，都知道是什么含义，父母要去耕田种地，都会跟家里的老人和孩子说，我上坡去了。这是几千年来，山区的农村流传下来的劳动经典。土在山上，梯田也在山上，家也在山上，农民一脚跨出门槛，就下沟或上山，不管是整田栽秧，还是铧土收粮，都简单地叫作"上坡了"。

沙子坡，这个地名也自然带上了农村的浓浓气息和农民的浓厚劳动氛围。这个地方在世界自然遗产梵净山西部，印江北部，从睡美人山，鸡冠山到砚牌山一路上去，与观音岩的两条大山脉合抱的消水坑里面台地上。

铜仁碧江区安置点搬迁户入住

大山套着小山，山梁对着山梁，山梁外面是沟壑，云彩在沟壑之间飞翔。凉水，冷草，石槽，四坳，六洞，这些山水草木地名，让农民感到自然而亲切，但穷山恶水，自然条件恶劣，严重限制了沙子坡农村的发展。千百年来刀耕火种，贫困落后，让农民特别羡慕城市人的美好生活，也产生到城市里去的强烈渴望。

易地搬迁不仅是从农村到城市的乔迁，也是思想的一场深刻转变。对城市的渴望，与对故土的眷恋，总让人举棋不定。而且，像顽疾一样，纠结着每一个人的内心。这一心理，被凉水村的贫困户任永军戏称为定了"万年桩"。他宁愿住破旧木房，也不愿意报名易地搬迁。逼着结对帮扶干部自己想办法筹集资金5万元，帮助其实施了危房改造。不过绝大多数符合条件的易地搬迁户，还是战胜了守旧的思想，切身体会到了乔迁之喜。

四坳村坳上组山势陡峭，杨亚全家5口人，住在仅有70平方米的破旧老木房里，他在贵阳务工，妻子在广东肇庆陶瓷厂务工，照顾不了子女，处在滑坡地段的房屋，缺乏地基的稳定支撑，四处跑风漏雨住不得人，三个子女由奶奶带着在其大嫂家居住，驻村女干部左芳见此情景，心急如焚，打电话要求他搬迁到铜仁，被他一口拒绝，说到铜仁市去，虽然是去城市生活，但离家太远了，寨中老少有三有四，回来不方便。如果搬迁到印江县城就同意。左芳无法，只得向县移民局领导尹华汇报该户情况，得到了移民局大力支持，2018年10月调整到印江坪兴寨安置点。左芳联系车辆，将杨亚全家5口人送到坪兴寨安置点，三个小孩也同时进入三小读书。一下子从农村进入了城市，杨亚心里怀着对党的无比感激之情，高兴地回到印江来照顾三个小孩，也在城里就近做临时工，保障了家庭的稳定收入。

更加喜出望外的是袁海霞，一个40出头的女人，拉扯三个小孩。2018年10月，在帮扶干部吴青青的关心帮助下，搬迁到县城峨岭安置点。崭新的高楼大厦耸立云天，乘上电梯，一步不抬地就到了6楼1号房间。尤其让她高兴的是，三室一厅，足够她一家四口人居住。光亮的地板、一眼可观看城市一角和睡美人峰的凉台，都让她感觉在做美梦一般，农家的旧屋，是不是真的离开了，丈夫和公公，是不是真的永别了，这些都让她不敢相信就是现实。当她一次又一次地从新的床上醒来，睁开双眼，印着花鸟的窗帘微风拂动，贴着天花板上的灯罩，床边的衣柜，一切都是崭新的。她才相信，自己真的进城了。又看看手机上的时间，6点过了，该叫大儿子去一中上学，三子去三小读书了。自己也要马上起床，去东方英才幼儿园上班了。当她一天又一天起来时，枕边空空落落的，他才相信，丈夫真的走了。而且已走了两年，让她伤心落泪的是，丈夫没有与她们一起搬迁进城，没有享受过乔迁之喜。

丈夫因肝癌于2016年去世后，上有公公下有三个小孩，沉重的担子落到了袁海霞柔弱的肩上。她的公公，身患脑梗塞，儿子去世后，悲痛欲绝，两个月就瘫痪在床，大小便失禁。天大的困难横在了袁海霞的面前，她还没有从丈夫去世的悲痛中解脱出来，又遇到了如何服事老人的问题。老人脾气大，又偏好吃糯食，这还好办，有结对帮扶干部的支持，有国家的保障，最大的难题是，男女之别，结对帮扶干部是青年女子，她也是妇女，要给公公换洗衣裤，如何办？孝敬是天下第一美德！她想起了祖辈流传下来的这句话，于是鼓起了勇气，决心克服一切困难，把老人家服事好。尽管每天三五次帮公公换下裤子时，屎尿气味熏人，她强忍着马上用双手搓泻干净。每天还把公公的卧室打扫得干干净净，而且像女儿一样帮公公擦背洗澡。她在无限思念丈夫的过程中，这样一直坚持了两年的漫长岁月，直到公公满意地安息于九泉。当她搬迁到印江县城，才感受到一阵轻松和

沙子坡战区易地扶贫搬迁动员会

喜悦。她打心眼里感恩党，说要不是党的脱贫攻坚好政策，给予了吃穿住房医疗教育保障，她是无法挺不过来的。

人们常说，天上没有掉下来的"馅饼"。易地搬迁，是以习近平为核心的党中央给予贫困地区人民群众最大的"馅饼"。仅沙子坡镇2016年县城搬迁63户312人；2017年县城搬迁28户129人，跨区域搬迁168户789人。2018年跨区域搬迁贫困户完成27户133人，县城搬迁贫困户完成172户791人。在副县长萧子静担任沙子坡镇脱贫攻坚作战指挥长后，分别在碧江区安置点、万山区安置点、印江县城安置点成立党支部，积极开展搬迁群众入住后的生活、教育、医疗、就业等令人感到无比贴心温暖的一系列帮扶工作。

"安得广厦千万间，大庇天下寒士俱欢颜！"唐代诗圣杜甫发出的千载夙愿，终于在新时代得以实现。

（作者系印江自治县人民法院研究室主任，
印江诗词楹联学会会长，中华诗词学会会员）

一步住进新房子，快步过上好日子。

爱唱劝世文的老农

黎启麟

劝世文这种文体的运用很广泛，在现实生活中仍具有其生厚的土壤和空间，其语言简练，通俗易懂，亦诗亦歌，不乏脍炙人口之语，既有浓厚的乡土气息，又有官样文墨色彩。它涉及层面广，有天文地理，亦有名人故事；既鞭策高层人物，又教益平民百姓，各行各业尽在其中。劝世文蕴含着一定的教益和哲理，对于我们当今反腐倡廉，建设和睦家庭，构建和谐社会，促进社会主义精神文明建设都有一定的益处和作用。

2019年7月13日，我随印江县沙子坡镇扶贫攻坚的几位同志来到了该镇炉塘村了解扶贫情况，我们爬坡涉水，深入田地、产业区，走村串户，亲身感受着扶贫攻坚给大山深处带来的巨大变化。当天正遇沙子坡镇赶集，

陈德俊老人在讲唱劝世文

路道上时有来去的赶集人，他们精神焕发，说笑不拘，其乐融融，构成一幅乡间特殊的场景。此时我们正在村委办公室小憩，忽听路人中有人唱到"山高石头多，出门就爬坡……脱贫攻坚搞得好，村村寨寨是个宝……"。我忙问此人是谁，攻坚队的秦再林队长说此人就是爱唱劝世文的陈叔。我说是否可以邀请他来村委办公室小坐一下（炉塘村委就在路边，行人必经之地），不时老人家便应邀来到了炉塘村村委办公室。

老人家穿着很是朴素，穿蓝色夹克衣，一双解放球鞋，显得有些陈旧，裤子卷到小腿，脸上虽然被岁月刻下了许多沧桑，但仍显得乐观而精神矍铄。老人一点也不拘束，主动与我们打招呼，除我们外，村里的干部和扶贫攻坚队的同志们都是他的老熟人了。

老人的名字叫陈德俊，1941年生，今年78岁，虽年至耄耋，但观其精神和面容很不错。他和蔼可亲，主动与我们聊天，聊着聊着就自然的给我们讲起了故事，时而说，时而唱。这些故事和说唱，反映了老人一生的经历和感悟，反映了大山深处人民古今生活的变化，唱出了对新社会特别是脱贫攻坚给农村带来的巨大变化。其语言质朴而意蕴深沉，在今天仍具其教育意义。

老人一坐下了就有讲不完的故事，唱不完的歌，我们一边听他讲唱一边记录着他讲唱的内容，所涉内容十分广泛。

老人家对过去的苦难生活感受很深，尤历历在目，感慨万千，不禁自然地唱道：

> 山高石头多，
>
> 出门就爬坡；
>
> 羊子站得住，
>
> 水牛滚下坡。
>
> 新人要下轿，
>
> 骑马要下鞍。
>
> 黄泥又难路，

溜滑脚板翻。

儿童读书远，

要走十里多。

学生无饭吃，

处处偷者多，

父母无教育，

实际莫奈何。

这是炉塘村过去贫穷现状的真实写照，陈德俊老人以先讲后唱的方式，适合大多数人的欣赏口味。老人家兴致很浓，一会儿他又讲起了新社会带来的诸多好处，唱腔里有几分激动，声音忽又变得高亢了：

旭日照高空，

万里海江红。

没有共产党，

就没新中国。

脱贫攻坚好，

村村是个宝。

户户通公路，

家家通讯好。

医疗有保障，

致富门路多。

生活有保障，

服务堪周到。

乡村环境好，

生活质量高。

一会儿，唱词忽又从五子句转为七言句，可见老人唱法的灵活运用：

山中难逢千年树，世上难逢百岁人；

而今胜过古时语，百岁老人逐渐多。

> 皇粮国税不用交，涉农补贴年年高。
>
> 脱贫致富增经济，政策落实处处好。
>
> 人人都应献党恩，违法乱纪不要搞。

老人家对近年来国家实行的脱贫攻坚政策更是大加赞扬，说起脱贫攻坚队的同志们，他更加显得热情，说唱中充满着对他们无比的同情和热爱：

> 扶贫干部日夜跑，
>
> 家家狗儿汪汪叫。
>
> 酷暑寒风下大雪，
>
> 日夜奔走不停歇。
>
> 干活穿破无数鞋，
>
> 动员磨破一张嘴。
>
> 又拿粮食又送水，
>
> 老人一点不孤单。
>
> 几天一次群众会，
>
> 干群共商致富门。
>
> 过去现在一对比，
>
> 干群心里甜如蜜。

时间过得很快，老人从中午一直讲唱到下午，可他一点也不感到疲倦，我们担心老人的身体，加之老人要赶路回家，便不好再挽留他。最后我问老人为什么要坚持讲劝世文，他说："就是想通过这种方式，达到教育人，让人们少犯错误的目的。"

近五年来，老人说唱的"劝世文"不知有多少，他自己也记不清楚了，在当地引发了热烈反响。感到遗憾的是他没有记录的习惯，别人也没有记录下来，他只是凭借记忆和说唱的天赋，临时进行说唱，有的是他的临时发挥，有点类似民间的孝歌、山歌类。我们建议他把自己说唱的劝世文慢慢记下来，毕竟年纪已高，好记性不如烂笔头，这样便能更好地把这些劝世文流传后世。老人答应了我的建议，表示从现在起进行记录整理。

陈德俊老人虽然只念过小学，但并没有影响他说唱"劝世文"的热情。平时，老人把看到或者听到的有教育意义的故事，记在心里，一有时间就讲与人们听，人们也慢慢喜欢上了他的这种说唱劝世文。

我们目送老人离去后，心里也感慨万分，也如同听了一堂警示教育课，这就是劝世文的力量和作用吧，它感动了我们，感化着大山深处的每一位人。

（作者系贵州写作学会会员、石阡县书协副主席兼秘书长）

车子去不了的地方，就用马驮，争分夺秒推进"四改一化一维"

饮水思源话感恩

刘春林

印江县沙子坡镇建档立卡贫困户黄廷继，现年64岁。一家四口人，家中两个残疾人，其妻子为肢体3级残疾；大儿子为智力2级残疾，没有生活自理能力。祖父曾是红三军团战士，可是不幸被还乡团杀害。作为革命烈士后代，他有着不屈不挠的精神，有着积极向上的乐观心态，难能可贵的是，他还有一颗感恩的心。

在精准扶贫工作开展后，黄廷继被精准识别为贫困户。他和其他的贫困户不一样，在家积极利用国家的惠农政策大力发展养殖，由于缺乏养殖技术指导等原因，养殖发展最终失败。于是，他又外出务工。虽然收

十字村民致村攻坚队感谢信

黄廷继与萧子静指挥长交谈，当即写下感言对联

入微薄，但他却乐观面对，不争不靠国家政策。他认为："当前国家政策好，不能坐着等靠要，只有自己多做多干才会有更多的收入。"这样才活得有尊严，这样才活得有价值。

家有残疾人，房子又被烧，这真是雪上加霜呀。2017年底的一个晚上，还在山坡上看羊的黄廷继惊闻家中房子失火，心中倍感焦急。大女儿知道后，立马打电话劝阻他："房子已经烧了，你就不要管了，也不要过渡悲伤。"听了女儿的话，他权衡再三，经过一番心理斗争后没去现场，他担心自己看到后无法克制自己的悲伤，毕竟人在遇到困难的时候，会显得很无力。但他明白，即使如此，困难也并非是不可战胜的，更需要用一颗坚强的心去对待，不让自己被困难压倒。房子被烧的第二天，他将家里的羊子全部卖掉，远走他乡务工。村里和镇党委、政府知道后，向他伸出了援助之手，为他送去衣服、被子等生活物资及现金，大力支持他重建。让他住房有保障，让他生活有着落。这使他明白，国家是自己最坚强的后盾，没有国就没有家。他体会到，共产党的政策好，镇政府和村攻坚队是真心关心自己的。

滴水之恩当涌泉相报，这在黄廷继身上得到真实体现。房子建好后，为了向村两委、镇党委政府表示感谢，为了表达对党、对国家的感恩之情，只有初中文化的他，在自家大门对联上写道"靠人民政府儿孙万代福，跟共产党走幸福万年青"，并亲自去广告公司把这幅感恩对联装裱好挂在大门上，以示永远感谢党和国家。在他看来这都还不足以表达自己的感恩之情，又于2019年1月23日在千里之外的工地上，当着工友的面写了一封感谢信，并亲自邮寄给沙子坡镇党委政府和十字村攻坚队，再次表达对党、对国家的感恩之情。感谢信中，他深知："共产党恩深千秋万代，人民政府能撑起万年船。"他明白："中国梦代表精准扶贫政策，富强民主构建和谐社会，精准扶贫是为了走脱贫致富道路。"他认为："携手同进共创美好未来，响应党的政策勤劳致富，贪图便宜，将来永远是贫困，只有劳动创造价值，借债不能创造财富。"

如今，已是64岁的黄廷继，依然在外务工，他用实际行动感化身边人，用自己勤劳的双手去创造财富，虽然困难重重，但他不愿给国家增添麻烦，他认为一个人不能什么困难都指望国家来解决。自己能解决的事情一定要自己解决，自己能做的事一定要尽心尽力地做，要用积极乐观的心态面对生活。

这就是黄廷继，有积极向上的思考和谦卑的态度，深知"感恩知福，饮水思源"所蕴含的道理，身体力行将感恩化作一种充满爱意的行动。一

十字村民对联

十字村黑木耳采摘

颗感恩的心，就是以一粒和平的种子，因为感恩不是简单的报恩，它是一种责任，是一种阳光的人生境界！这就是黄廷继，一个平凡的老百姓，一个勤劳朴实的农民，将感恩实践在生活中，用淳朴、诚挚的语言去表达自己对党、对国家的感恩之情。

（作者系印江自治县木黄镇乌巢村帮扶干部，印江诗词楹联学会会员）

天星村奇人奇事

何文革

7月13日，走进天星村采风。进入脱贫攻坚办公室，寒暄了一阵，清茶一杯在手，与冉副镇长、任支书和文书记拉上了话。知道我们想入户采访有点特殊的贫困户，找寻他们自立自强，不等不靠的亮点，任支书绽开笑容说：好啊。我们村有好几个这样的人，文书记很快找来一份材料：

奇人

身残志坚，脱贫标兵——申明权。

自幼失明，……至今未婚，靠养牛和政府兜底为生，因2017年底栽种茶叶后，养牛没有地方，才放弃养牛。……大雨导致通组路旁山体小面积塌落，影响村民出行，独自一人默默清理干净。富有正能量，身残志不残。

不会是忽悠人吧，瞎眼的人能够放牛？我口里说那真不容易，眼见为实吧，按捺不住好奇心，催促带我们去探访这位"奇人。"

随着蜿蜒起伏的进村山道，来到兰竹组申明权的家，一栋低矮的平房，大门敞开，文书记喊了几声，邻居说申明权去某家帮忙干活了，马上叫他回来。

从门口张贴的"四合一"公示牌的信息得知他年近五十，为独居老人户，无劳动力。随任书记走进申明权的家，参观了卧室和厨房，任书记还打开冰箱看了看，说他虽然眼瞎，不仅生活自理，还独自放牛，最多的时

任光霞支书和文钦明了解申明权近况

候可是养了六头牛啊。平时上坡割牛草时还抽空帮邻居干活。

有人喊，申明权回来了，出门正见他从很陡的通村路上施施然走来，看他用木棒探路，走得很稳，行走速度与正常人一样，为了验证他的神奇。我们不告诉他前面停了辆轿车，他居然很快探知有障碍物，敏捷地绕了过去。

在门口，扶他坐下，近观细看，他脑门全秃，双目深陷，两眼结翳，却笑眯眯的。

采访开始

问：你能够种地？

答：可以。

你有电磁炉，自己能做饭吗？

答：我能做饭吃，米面油盐酱醋我侄儿给我买来，我上街不得行。其他什么都会做。

问：你喂了几头牛？

答：最多时大牛和牛崽加起来有五六头。

问：养牛能赚多少钱？

　　他高兴地说：大牛能得七八千，小牛能卖两千多，养的每头牛，国家都有补助，感谢党的好政策。

　　问：现在有没有什么困难需要帮你解决？

　　答：现在政策这样好。我不缺吃不缺穿，村干部经常来看我，以前水来的远，现在不用挑，不用担；以前路难走，现在落雨都不沾泥，路好走，感谢党，感谢习近平。

　　从其他村民了解到申明权他平时乐于助人，从不给大家添麻烦。大家对他交口称赞。

奇事

　　村中出了一位超龄大学生，27岁才上大学。

　　随后来到大坳组任达富家，平房前的菜畦规整，家里收拾得清清爽爽，女主人马祥平撑着助行器招呼我们，一番问询得知，他们夫妇早些年外出温州打工，马祥平误入一家危害身体健康的工厂，几年后发病，昂贵的医疗费掏空家底还欠了外债，最终因病致残，因病致贫。现在每月买药需数

眼瞎的申明权敏捷地绕过障碍物

县中医院帮扶干部帮助群众看病

百元，随着话题深入，一个"别人家的孩子"浮出水面。

让任支书赞不绝口是马祥平的儿子任宏。任支书原话如此：

说起任宏这个崽崽，真是乖，生得白白净净，个儿高高的，帅气得很！

他成绩不错，因怜惜母亲生病致残，家庭负担重，把读书的机会让给妹妹，自己辍学打工，年纪轻轻就承担家庭责任，太让人感动。

他是我娃娃的发小，我经常拿他的事来教育我娃娃。

一家人都能吃苦，任达富每天早出晚归，挣钱养家，马祥平在家料理家务，还能拄拐到房前屋后种菜，虽然享受农村低保，全家都努力挣钱，任宏暑假也不归家，到松桃去打工，自己挣生活费。他家务工年收入已经突破了八千元。全家都自立自强。

马祥平听力有障碍，沟通不顺畅，我们要了任宏的电话，后从他那了解到更多情况。

任宏，1990年出生，目前大三，毕业时已到而立之年。他已享受的国家贫困生补助，足以让他完成学业。

（作者系息烽县黑神庙中学教师）

何知权孝老爱亲更富有

田　谱

　　何知权，1968年出生，今年51岁，家住印江土家族苗族自治县沙子坡镇红木村，前妻已去世二十一年，由于岳父家无后代，只有一个女儿又过早去世，何知权对岳父不离不弃赡养老人二十余年。

　　1990年何知权和妻子吴别艳结婚，生育2个小孩。1997年10月20日妻子因病去世，临终前将六旬的老父亲和两个未成年的孩子，托付给何知权，为了更好的照顾岳父，何知权将老人接来共同生活，默默践行当初对妻子的承诺。2001年，何知权重新组建家庭后不但没有改变对岳父的态度，反而要求妻子对前岳父像亲生父母一样好，这就是当初两人重组建家庭的唯一条件。天有不测风云，2013年。何知权在工地上做工，被石头砸掉左手

贵州电视台记者采访何知权

致残，更让这个破碎的家庭雪上加霜，2017年岳父上沙子坡街赶赶场时，不慎跌倒导致坐骨摔碎半身不能活动，加之年事已高生活完全不能自理。何知权便全权照料岳父的饮食起居，妻子在外务工补贴家用。每天早早起床煮饭，送到岳父嘴边，待老人吃饭后再下地干活，就这样，何知权二十多年如一日的孝顺岳父。

2019年7月13日下午16：00，雨过天晴，驻村干部和我一起走在组组通路上，不一会就到了何知权的家，刚走到家门口就见到了何知权还在房边的莱地里奔忙，驻村干部对他说有人来你家有事，于是他停下手中活路，回到家中用一种陌生的眼神看了我很久，后来驻村干部向何知权说明来意，就请我入进家中，一眼见到他个头高大，身体宽大、面色暗黑，实地的标准农民，很热情的为我们泡茶，我叫他坐下但他坚持把茶水搞好了才入坐，这就是农村群众的务实之处，刚一坐下我清楚的看到了他的左手只有一个指头，我的心里一下就酸楚了，原来就是这样的一个人，敬孝岳父二十多年的人，他就在我的眼前，此时此刻，我无法用一个合适的语言来告慰这个可敬之人，坐下后我给他取张照，这时我听到了内室有人的咳嗽声，我问何知权，是谁在内室，他说；是我的岳父在里面，我问他能走动吗，他

何知权给前岳父洗脚

幸福的一家人

说；不能，要人扶起才能走动，我向他说；如果方便我想让你岳父起来坐下，我想取个照，他说；行，说着就把他岳父扶到我边前坐下，老人的身体很虚弱，我给他取了一张照，我见到了桌面上大包小包的，问是什么东西，何知权回答说；是药、每星期都要四十元钱的药，我问他苦不苦，他说；苦也没有什么办法，只有一直下去，是对我去世妻子的在天之灵得到安慰，我问他政府对你有没有照顾，他说；钱这几年都有，我们村一七年脱的贫，再说；国家的钱也不能没完没了地拿下去，只要我还做得一天，最终还是要靠自己，手的确不方便但也还得坚持，多么朴实的语言，多么坚定的信心，多么坚定的意志，这就是何知权几十年如一日对去世妻子的承诺，这就是何知权几十年如一日敬孝岳父，他做到了，时间不等了，驻村干部们等了我很长时间了，我和他打着招呼马上回去了，他站在门前向我挥手告别，由于汽车的风动声响距离行远，只见他在门前高手招展，再见了！值得我们尊重的……何知权。

（作者系龙津街道办事处信访接待员）

本歌曲采用了武侠风编曲，借金庸先生
"侠之大者，为国为民"点赞脱贫攻坚干
群同心向绝对贫困发起总攻的史诗壮歌

脱贫攻坚原创
歌曲视听扫码

千山万水走近你

溪木一帆 词

马关辉 王昭美 曲

1=A 3/4

6 - 6 | 3 - 3 | 2 - 23 | 6 - 67 | 1 - 21 | 7 - 67 | 3 - - | 3 - - |
千　山　万　水　走　近　你，我　的　父　老　乡　　亲，

6 - 6 | 3 - 3 | 2 - 23 | 2 - 67 | 1 - 21 | 7 - 57 | 6 - - | 6 - - |
千　言　万　语　说　不　尽　每　一　句　都　是　情　　义，

3 - 3 | 6 - 6 | #4 - 24 | 3 - 17 | 6 - 5 | #4 - 32 | 3 - - | 3 - - |
千　差　万　别　别　流　泪，心　里　装　着　咱　百　姓。

6 - 6 | 3 - 3 | 2 - 23 | 6̇1 - - | 7 - 7 | 7 - 1 | 2 - - | 2 - - |
千　难　万　险　显　豪　气，　心　手　相　牵

7· 3 5 6 | 6 - - | 6 - - | 6 - - | 6 - 6 | 6 - 3 | 1 - 63 | 2 - 17 |
永　无　敌。　　　　　　千　辛　万　苦　也　无　悔，只　为

6 - 5 | #4 - 56 | 3 - - | 3 - - | 6 - 6 | 3 - 3 | 2 - 23 | 2 - 67 |
立　下　的　军　令。　　　千　家　万　户　幸　福　景，一

1 - 23 | 7 - - | 5 - 76 | 6 - - | 6 - - | (6 - 17 | 6 - 5 | 3 - 25 |
声　笑　语　暖　人　心。　　　啊……

3 - 21 | 6 - 1 | 6 - 56 | 3 - - | 6 - 6 | 6 - 17 | 6 - 17 | 2 - 16 |

7 - 35 | 7 - 3 5 | 7 - 5 75 | 6 - -) ‖ 6 - 6 | 3 - 3 | 2 - 23 | 2 - 67 |
　　　　　　　　　　　　　　　千　秋　万　代　念　此　役　让

1 - 21 | 7 - 17 | 6 - - | 6 - - : ‖ 1 - 23 | 7 - - | 7 - - | 5 - 76 |
我　一　生　永　追　忆。　　　我　一　生　　　永　追

6 - - | 6 - - ‖
忆。

6

结对支援的磅礴力量

决战沙子坡

一个乡镇的脱贫攻坚纪实

决战沙子坡

一个乡镇的脱贫攻坚纪实

　　因为真实，所以感动！《决战沙子坡》用解剖麻雀的方式，记录了脱贫攻坚战中一个乡镇的脱贫行动。沙子坡，是这场没有硝烟的战斗单位之一。在党的领导下，干群同心携手向贫困发起一轮又一轮猛烈攻击，最终取得了战斗的胜利。期间，涌现出了许多有血有肉、可歌可泣、感人至深的战斗故事，彰显了脱贫战线上所有干部的责任与担当。舍小家为大家，全身心投入脱贫攻坚战，谋一方百姓的安宁与幸福。此刻您们是最幸福的人，因为幸福着百姓的幸福。

——湖南农业大学中国反贫困行动实验室主任　李飞

　　沙子坡镇是我县典型的老少边穷地区、贫困程度相对较深，在这轰轰烈烈脱贫攻坚的战场上，来自省、市、县的各路攻坚勇士，与沙子坡人民一道，出智谋、找路子、做实事、叙真情，用智慧与汗水，为打赢这场没有硝烟的人民战争，谱写了一曲轰轰烈烈、可歌可泣的壮丽诗篇。沙子坡脱贫攻坚最后胜利之基，也有印江政协久久为功、经年助力的积淀。凉水、石坪、冷草、韩家、塘口、十字、红木、天星、竹元、桂花等等，都曾有政协机关和政协人在一线开展扶贫和助力脱贫。沙子坡在走过峥嵘岁月、迎来沧桑巨变、迈向崭新时代之际，我们共同继续在脱贫后续巩固提升、农村产业革命、探索乡村振兴道路上不离不弃、携手前行，继续奋斗、同谱新篇。

——印江自治县政协主席　饶继勇

　　决战沙子坡是印江县脱贫攻坚战的缩影，作为一名援黔医生，有幸见到了一种伟大的精神，有了这种精神，我们将战无不胜。作为东西部协作健康扶贫的一名参与者，使命光荣、责任重大，我愿在这里留下我的印迹。

——江苏省苏州市吴江区选派挂职印江县人民医院副院长　夏正

党建引领　支部结对　交通先行
——贵州省交通运输厅支部结对帮扶印江县沙子坡镇取得突出成效

舒刚　张永　简行　刘浪

2018年9月，贵州省交通运输厅向驻地在铜仁市范围内的交通运输系统支部发出号召，结对帮扶印江县沙子坡镇开展脱贫攻坚工作。自2018年9月至今，共有20余个交通运输系统支部在沙子坡镇结对开展建强基层组织、找准产业、走访慰问、政策宣讲、交通建设、基础设施完善等帮扶工作，投入帮扶资金200余万元，实施各类补短板项目200余个，干出了一条"党建引领、支部结对、交通先行"的帮扶路子，助推印江县沙子坡镇通过考核验收，胜利脱贫。

抓好党建促脱贫　用好结对帮扶这一"利器"

习近平总书记指出：要加强贫困村"两委"建设。"帮钱帮物，不如帮助建个好支部"。要深入推进抓党建促脱贫攻坚工作，选好配强村"两委"班子，培养农村致富带头人，促进乡村本土人才回流，打造一支"不走的扶贫工作队"。

省交通运输厅系统高度重视党建助推脱贫攻坚的作用，扎实用好支部结对帮扶这一"利器"，目前，在贵州全省常年保持150个以上支部结对帮扶各地贫困村，开展脱贫攻坚工作，其中在印江县沙子坡镇的结对帮扶是重要战场之一，有20余个支部参与结对，助推当地脱贫攻坚。

贵州省公路开发有限责任公司按照省交通运输厅的安排部署，派出铜仁中心党支部结对帮扶天星村，既注重脱贫攻坚的内因，大力着眼于"扶贫扶智"，又强化为乡村经济发展项目造血，扎实开展脱贫攻坚工作，获得当地群众一致认可及好评。该公司先是组织宣讲队伍进村入组多次宣讲党的十九大精神以及习近平总书记在贵州省代表团的重要讲话精神、省委十二届三次全会等精神；再是组织天星村村支两委与铜仁中心党支部前往黔东南州施秉县望城村，通过对望城村精品水果基地文化园、村活动场所、旅游经济等"入眼式"的参观，以及望城村党支部书记曾维军现身说教的"入脑式"宣讲，详细了解望城村如何从一个曾经有名的"赌博村""小偷村""打工村"，发展成初具规模的"文化村""美丽村""小康村"的鲜活例子，拓展了天星村村干部的视野和工作思路，激发了村支两委发展壮大集体经济、推动脱贫攻坚的信心；紧接着深入天星村开展实地调查研究，拟定天星村帮扶措施及实施方案，着力从项目资金帮扶入手，帮助当地产业发展，解决天星村综合开发专业合作社解决茶叶"西洋牌"环保生态春管提苗肥购置资金3.5万元整，帮助其天星村集体550亩经济茶产业茶园正常管护正常运行，投入帮扶资金11.5万元建设了5.5公里的茶园产业路，为村集体经济发展项目不断壮大奠定了坚实基础。通过不懈的努力，现天星村拥有茶叶种植550亩，辣椒种植145亩，村集体经济投入30万元入股光伏发电，前三年每年分红4.5万元；入股贵茶集团13万元，每年分红1.04万元，村集体经济分红覆盖贫困户122户499人，经济发展已呈现良好势头。

交通先行 打通脱贫大道

千古百业兴，交通须先行。交通建设不仅是经济发展"先行官"，也是百姓致富的"排头兵"。贵州省交通运输厅立足主业优势，充分发挥交通扶贫对全省脱贫攻坚的基础性作用。

省交通运输厅厅党委成立了由厅主要领导任组长的交通扶贫脱贫攻坚

领导小组，每年平均召开党委会议6次以上研究交通扶贫工作，将交通扶贫纳入年度考核目标任务，深度聚焦项目、资金、政策等向贫困地区倾斜，层层分解落实到人，确保交通扶贫实效。2016-2018年，加快打通贫困地区高速公路大通道，创新加快贫困地区普通公路建设，全面加快贫困地区农村公路建设，协调推进贫困地区场站及水运建设；现城乡客运一体化发展，现农村群众出行智能化；贫困地区累计完成交通固定资产投资3891亿元，占全省4851亿元的80.2%，有力助推了贫困地区经济社会快速发展。

结对帮扶印江沙子坡镇之后，各交通运输系统支部结合主业工作，立足主业优势，将脱贫攻坚作为统筹全盘工作的重要抓手，在沙子坡镇开展了一系列卓有成效的帮扶。铜仁高管处印江路政执法大队支部支持15万用于王家寨排水渠建设，5万用于农户补短板；铜仁市公路处支部协调解决通组公路连接线开挖经费15万元；省公路开发公司铜仁营运中心支部帮扶资金3.5万元用于天星村茶产业春管提苗肥，8万元用于修建完善茶产业路；贵州公路集团松铜高速公司支部捐助沙子坡镇红木村等5个村贫困学生助学资金9.3万元，捐赠图书300余册；帮扶红木村资金9.9万元，用于在红木村产业发展；印江县交通运输局机关支部支持党建帮扶经费50000，水毁资金补助10万元，补短板捐赠款3万元，硬化村级文化广场798平方米等合计44.9万元……一笔笔发展资金的注入、一项项民生项目的推进，方方面面改变了沙子坡镇贫穷落后的面貌，为沙子坡镇脱贫攻坚注入了强大动力。

此次帮扶前，桥梁集团已经在印江开展了帮扶活动。缠溪水塘桥是连接印江缠溪镇秀木关至杨柳镇凯坪村、杨家寨村及思南县大坝场镇甘家坪、野毛溪等地的控制性桥梁，2016年7月原缠溪水塘石拱桥被洪水冲毁后，两年多来，行人只能从村民搭建的小木桥上经过，过往的车辆只能从河水中趟过，骑车时有摔倒在水里，小车开到河中间时有熄火，遇上河里涨水，人、车都只能绕行，缠溪水塘桥的冲毁，给当地人民出行造成了极大的不便，重修缠溪水塘桥成为沿途群众强烈的期盼。2018年4月，挂职干部带领缠溪镇、杨柳镇党委书记及县交通运输局负责同志到省交通运输厅对接。

接到印江县求助请求，集团党委高度重视，快速响应，集团党委副书记、工会主席张金武同志亲临现场，挂帅督战，选派施工能力最强的分公司进场支援重建缠溪水塘桥，该桥总投资143万元，总长49米，全宽7.5米。水塘桥重建项目在建设期间受到雨季涨水、取材较远、进场路窄等不得因素影响，尽管困难重重，桥梁集团仍竭力通过加强人力物力调配和强化工程项目监管以保障工程的顺利进行，最终水塘桥重建项目经过三个半月的全力施工，在保证质量的前提下于2018年8月中旬全面完工，8月底已正式通车，极大改变沿线群众出行条件，车辆不用趟水，行人不用绕路，过路很安全、方便，更节约时间。

（作者系贵州省交通运输厅挂帮办成员）

省交通运输厅直属14个支部及市县16个结对帮扶支部到
沙子坡镇开展结对帮扶工作

立夏后的一次村民会

吴　晨

　　这是立夏后第二个星期五的下午。虽说已立夏，可雨后的大山深处的青球村还透着一阵清凉。青球村在山坳坳里，四周环绕着苍翠的群山。站在村委会前的操场上放眼望去，远处是一道道青山，近处是一垄垄长势喜人的水稻。雨后的水稻绿得逼人的眼！哦，再过几天就是小满了，丰收的喜悦慢慢地越过时间晕染过来。中午的一阵来去匆匆的大雨将村委会前的广场冲刷得异常白净，让人都想席地而坐。广场边上几只农家的小狗顾不得地还未干，在广场上追来跑去，翻滚撒欢。

　　村主任任达义和驻村干部唐勇各提着一条长木凳从村委会里走了出来，村主任一出来就驱赶着狗儿："去、去、去，别处疯去，这里要开会。"第一书记任清一手提一张长凳紧随其后走出村委会，边走边大声喊："开会了，开会了！"他是村委会里最年轻的干部，有健壮的身体和儒雅的气质。前年从县交通局来村里的时候他的孩子才一岁半。妻子真不愿他去驻村，孩子还这么小，是最需要夫妻携手抚育的。丈夫去驻村当第一书记责任大、任务重，肯定是5+2、黑+白，没休息日、没白天没黑夜地干。县城离青球村有50多公里，坐汽车单程就要3个多小时，一个月恐怕都难得回一次家，想想就孤独、想想就想哭。可这是他的工作，这是他的选择，只能理解、只能支持：去吧，去好好干吧！

　　才一会儿工夫，广场上就挤满了人，原先宁静的广场变得喧闹起来。脱贫攻坚队队长赵建江一手握着茶杯、一手拿着本子最后从村委会走了出来。赵队长五十开外的年龄，稳重踏实，是去年从县信访局调来驻村的，

311

来驻村之前他是信访局的副局长。"赵队长，你中午吃饭没有？"村民们一看见他就热情地与他打招呼，"赵局长，你的胃还痛没有？""明天周末，还是回县城去看看胃病吧！""总这么拖着对身体不好！"赵队长走到广场中央，笑盈盈地挥动着拿本子的手："谢谢大家！谢谢大家！请大家安静，我们现在开会！""今天的会是让大家和我们一起回顾一下一年半来我们共同走过的路，总结一下有什么收获，有哪些值得我们骄傲和自豪的事。也看看还有哪些事没做好，哪些问题没解决好，听听大家的批评和建议，请大家出出主意、提提看法。"

县派驻村干部唐勇打开了笔记本，将笔记本放在腿上开始记录。村会计任廷富靠在他身旁，会计瘦小、干练。别看会计个头不大，本事却不小，是村里的能人。他一人养了47头牛，每年能收入一二十万。他的父母也是勤劳持家的庄稼人，不仅农活做得好，还不辞辛劳养了十几箱蜜蜂。他和父母那不算豪华却殷实丰足的家里总弥漫着甜蜜与幸福。

赵队长提高了声音问大家："大家说我们村最大、最让人高兴的事是什么？""修路，修环村公路！"大家大声一起答道。"两年半啊，太不容易了！感谢大家的全力支持！我代表我们全体干部给大家鞠躬感谢了！""感谢赵队

桂溪口新建的穿寨排水沟

炉塘坝新建的栏杆

长！感谢任书记！""感谢唐勇书记！""去年年底，我们终于建成了总长4.6公里的环村公路，把我们全村9个村民组串在了一起。让每家每户门前都有一条通往远方的路，让每个人一出门就可以坐上汽车走出山门，去看外面精彩的世界。"任书记插话道："环村公路没有修好之前，晴天，车子一开过，我们村就是灰村；雨天，一脚水一脚泥，我们村就是糊村，稀里糊涂的糊哈。现在，环村公路修好了，晴天雨天我们村都是福村，幸福的福哦！""对，任书记说得好，现在我们都生活在福村，落到福窝窝头里了！"

"第二件大事是什么？对，是建广场！去年国庆前我们建成了青球坝文化广场，我们又多了一个打金钱杆（土家族的一种民间活动）、跳广场舞的地方，又多了一个开展文化活动的好地方。大家可要早点准备啊，今年过年等外出打工的人都回来了，我们也要在广场上举办我们村自己的春晚。到时候每家每户都要出一个节目，看谁家的节目最精彩！""好，这个主意好！只是表演节目好难哦，我们行吗？""有什么不行？我们有这么多帮扶干部，特别是那些老师，能歌善舞、多才多艺，一定会帮我们弄出一台精彩的春晚！"

"第三件大事是治理了两条沟，一条是炉塘坝穿寨水沟，一条是桂溪口排洪沟。现在我们村变干净了，更美了！""是啊，这下我们青球村不臭了！""只有稻花香喽！""还有酒香！""队长、书记，今天开完会去我家喝酒！今天我家小酒坊又酿好了一窖酒。""去我家！我家自己酿的蜂蜜酒可好喝了。""你们的好酒都留着，等到祖国70岁生日庆典时，我们同时也给村里70岁以上的老人过集体生日，到时候在一起喝你们的好酒！""我们印江是长寿之乡，我们村的长寿老人可不少。到时你们小酒坊可要多酿些酒啊，就怕酒不够喝哦！"

"第四件大事是全村实现安全稳定饮水、电信信号和4G网络覆盖、户户拥有安全住房等六个百分之百。""谢谢政府！谢谢习总书记！谢谢扶贫攻坚队的干部！"

"最后，报告大家一个喜讯。今年4月，省政府发布了公告，正式批准我县退出贫困县。我们印江县脱贫了！我们沙子坡镇脱贫了！我们青球村脱贫了！"

"大会进行第二项：表彰先进！首先要表彰在修建环村公路中表现最突出的、贡献最大的、吃苦受累最多的驻村干部唐勇同志！还要表彰最有爱

青球村文化广场上的第一届运动会

心、帮扶力度最大、成效最突出的帮扶干部饶家兴同志！"广场上响起热烈的掌声。

两只栖息在大树上的喜鹊被掌声惊起，掠过水田飞向远方，它们是要把青球村的好消息传向远方吗？

（作者系贵州大学教授、硕士研究生导师，贵州省写作学会常务理事）

悲欢相与共，甘苦一起尝

六井溪畔访邱家

涂万作

"邱家"非指邱姓人家,而是印江县一个二类深度贫困村。了解这个偏远山村脱贫前后的变化,这对于我这位"资深"新闻工作者来说意义不同寻常。脱贫攻坚是我国进入新时代的三大战役之一,能够零距离感受这场伟大战役的战场热度,是一份莫大的荣幸。

从沙子坡镇到邱家村20多公里,中间竟隔着"九岭十三弯"的崎岖山道,恰逢雨天,雾重路湿,不免让人有些许的紧张。好在眼前的乡村公路已经硬化,加之张毅队长驾驶技术娴熟,一路上有惊无险。

趁着行车的时间,我们聊起了邱家村脱贫攻坚的"前世今生"。从张毅言谈中得知,邱家村地处偏远,属于典型的"边、角、掉",脱贫前没有乡村公路,没有清洁的饮用水,没有电源,更不要说通信网络。所辖的8个村民小组,分散在八、九平方公里的崇山峻岭之间,多年来一直处在深度贫困线下。而村里的青壮劳动力大都外出务工,留守老人、留守妇女和留守儿童,靠着贫瘠的土地与一些简单的养殖带来的微薄收入,勉强支撑着山村清淡的烟火人气。

张毅告诉我,他是2017年9月被沙子坡镇党委派驻邱家村担任脱贫攻坚队队长的,那时的职务是镇人大副主席,不久当选镇政府副镇长。攻坚队由9名队员组成,其中市、县、镇驻村干部6人,村干部3人。刚来那阵子,面对邱家村的贫困现状,感觉很茫然:道路如何通?水从何处引?电从哪里来……千头万绪,不知从何处着手。但尽管难度大,攻坚队的同志们却没有一个叫苦的,更没有一个退却的。之后,经过深入细致的走访调查,大家统一思想，认为当务之急就是完善村组的基础设施。而基础设施中的"基础"，则是要有一条进村公路，所以"通路"就成了脱贫攻坚的切入口。

说话间就到了邱家村，从车上下来的那一刻，我几乎不敢相信，这难道是传说中的贫困村吗？倒像是一幅镶嵌在山水间的风景画，山岚起伏，云蒸霞蔚，氤氲着"柳倚古溪风不断，路迷芳草客来疏"的诗意气息。

我有些陶醉，径直浏览起邱家村来。透过整洁的村容村貌，首先看到是一个宽敞的篮球场，球场一侧是一处装有各种运动器材的休闲场地，两三个村民正在做着旋转、吊环之类的运动。休闲场地紧依着的是一片错落的民居，这些民居看上去有一个共同点，即：一边是砖混结构的新房；一边是歪歪斜斜的旧屋。一新一旧的对比，印证着危房改造的成果。

本打算找脱贫攻坚队的同志开个座谈会，集中了解一下他们的经历和故事。却因一位闻讯赶来的老人而改变了想法。老人名叫王明哲，邱家村朗家组人，曾当过多年小学校长，他说自己是邱家村脱贫攻坚的亲历者和见证者。

这真是意外的惊喜，王老校长虽然76岁了，依旧思路清晰，热情不减，让我肃然起敬。刚一坐下，老人家便滔滔不绝地说起驻村干部脱贫攻坚的

采访邱家村脱贫攻坚的亲历者和见证者，原沙子坡镇小学校长王明哲老先生

事来。他说："驻村干部们刚来的那阵子，一些群众认识不足，对于脱贫缺乏信心，甚至持怀疑态度。但干部们并不气馁，一边组织群众召开动员大会，宣讲党的扶贫政策，学习习主席关于扶贫攻坚的讲话精神；一边包户上门，同群众促膝谈心，解读党的惠民、富民政策。为了密切群众关系，干部们有的主动上门，深入贫困户、五保户家中访贫问苦，为生病老人送医、买药；有的白天帮村民干活，晚上和村民拉家常。特别是队长张毅，肩上有责任，心中有群众，没有官架子，群众有什么诉求只要找到他，都会第一时间处理。还有女干部王艳，不论寒暑，经常到对口帮扶户家中搞卫生、做家务。比如堰刀组的长期保障户、75岁的土家族阿婆冉茂会，就得到过王艳无微不至的照顾。老人的女儿早已出嫁，常年一个人生活，是名副其实的孤寡老人。冉茂会原先的房子十分破旧，连起码的遮风避雨都无法做到。如今不仅住上了新房，还配备了家具和一应的生活用品。"

说到冉茂会，我提议到她家看看，老校长欣然同意，说自己也想看看这位老邻居。

见到冉茂会老人的时候，她正在打扫她的新居，看上去精神很好。得知是来采访她的，便忙不迭地讲起了她家的变化。她指了指新屋旁边的几根裸露的木架子，说那就是她先前的房子。"是张毅队长和扶贫工作队的干部，帮我修了新房，换了新家具，还送我衣服和吃的，我现在享福了！还

邱家村新貌一瞥

有王艳，比我亲生女儿还好、还亲。"冉茂会激动地说。

随着老人家的讲述，我也趁机打量起她的家来，房子是新盖的，厚厚的墙壁，严实的门窗，完整的家具。与旁边旧屋形成了鲜明的对比。再看看墙上挂的玉米棒子和一串串红红的辣椒，以及老人家脸上满足的笑容，让我深切地体会到邱家村的脱贫攻坚真是到家了。是呀，我们的干部做得咋样，还是群众说了算。所以，我决定利用这短暂的时间，走到村民中间，去聆听他们的心声。

走访的结果如我期望的那样，不仅看到了实实在在的变化，还收获了一组来自脱贫户最真实、最淳朴的"村民语录"——

朗家组王大志："中央好政策来了，我们要听党的话，努力致富，摘掉多年穷帽子。"

湾里组袁贤亮："现在路面硬化，晚上亮化，商店进村，雨天走路不沾泥，晚上出门不用手电，买东西不跑路，真好！"

寨上组袁义友："以前挑水吃，现在自来水；以前脏乱差，现在环境美，感谢党的扶贫好政策。"

朗树组冉启娥："我70岁了，一生没见过现在这样的好干部，真心帮扶我。"

堰刀组冉茂会："我死了，我的灵魂也忘不了共产党，忘不了扶贫干部。"

朗家组王昭昌曾对"国检"工作组的同志说："我是农民，不会讲话，请你们跟习主席、跟党中央捎个信，我们感谢了！"

朗家组王明瑞养了一马匹、牛四头、蜜蜂十多箱，便写了四句欢乐歌："一匹马儿跑得快，四头笨牛好自在，十箱蜜蜂嗡嗡叫，脱贫致富发大财。"

正所谓"金杯银杯不如老百姓的口碑"，扶贫攻坚，原来是这样的合民情、顺民意、得民心……

（作者系贵州省写作学会副会长、中国作家协会会员、原贵阳市记协秘书长）

山村公仆

刘春凤

今天恰逢初一，是马家庄村民到镇上赶集的日子，在该村罗家组的晒坝边有几个赶早场回家的村民正在下货，一个拄着拐杖的老头正与一位中年男子招呼着："王书记，你每场都来接送我们去镇里赶场，你太好了，走、到我家坐坐，吃饭再回村委。""老人家，吃饭就不用了，我还要赶到镇上去接李家组的二位残疾老人，他们还要回家喂圈里的猪呢。"

在提高"三率一度"工作中最受老百姓称赞的当数这个"王书记"了，他心怀百姓、为民办事，被村民授予"山村公仆"的外号。

王书记，原名王宏，男，1969年出生，土家族，中国人民银行印江土家族苗族自治县支行职工，1989年参加工作，2008年加入中国共产，2016年组织委派到缠溪镇塘房岭村任第一书记，2018年组织安排到沙子坡镇马家庄村驻村帮扶，后因原单位工作原因调整为结对帮扶。到沙子坡马家庄后他已不是书记，但他对帮扶村的工作热情、工作力度依旧不变，老百姓还亲切地称他为书记，他不因结对帮扶而改变帮扶初衷，仍然和村民打成一片，哪里有困难王书记就走向哪里帮到哪里。

王书记的帮扶故事太多，所以还得从他在缠溪镇扶贫说起。在挂旁山下的塘房岭村有一个73岁的老人，名叫杨开远，在插秧的时候，不小心将腿刮伤，当时认为是小伤，没及时治疗。过了1天老人的腿开始胀痛，难以忍受，伤口开始流脓，需要马上住院治疗，无奈之下找到了"第一书记"王宏。王书记二话没说，开着自己的私家车沿着海拔1100米高的盘山小路连续跑了近50公里将杨开远送往印江县人民医院，到了县医院住院大楼他既帮忙跑上跑下为他办理住院手续，又帮助咨询镇合管站医疗费用报销等信息并告知其家人，使得杨开远安心住院治疗于一周后康复出院。出院后的杨开远来到村委会，抓住"第一书记"王宏的手，连连道谢，"王书记，我这个腿要感谢你啊，要不然就该废了，在你的帮助下，现在完全好了，你真的是帮了大忙啊"。

2018年3月调到沙子坡镇马家庄村继续开展帮扶，其帮扶事迹动人故事更多了。王书记很接地气，一个人常到农户家转转，听农户讲心里话。一天和平组的几个村民向他反映土地流转问题，说自家流转到村茶叶合作社的土地面积有错，少报了亩数，因此历年的流转费合作社少付了一半。为了农民的利益，王书记立马返回村委找到合作社的负责人，查阅了和平组土地流转登记册，并要求村干部与当事农民一起到现场再次丈量流转的土地，经计算有三户农民流转的土地确实有误，合作社负责人当即表示补齐历年少付的流转费。事后该组的村民逢人就说：王宏真心为民办事，是位好书记。

每逢镇上赶场，王书记都要抽出时间开车接送到沙子坡赶场的老人，还经常买些东西看望他们，不是亲人胜亲人。朱家组有一位聋哑智障老人每每遇上王书记都会嗷嗷地比划呼叫，她的独生女儿解释说是在向王书记

帮扶干部王宏与马家庄村民

表示感谢，其故事是2018年王书记刚来村里，在走访贫困户时发现朱家组建档立卡贫困户朱文碧的母亲72岁的付恒昌老人又聋又哑，且蹲在田里不断地自言自语。问其女这老人有没有残疾人证，有没有残疾人补贴，其女说不知到哪里办，并且老人家又脏又嗅不听管理，想带到县城去很难；所以一直没有去鉴定办证。王书记听说后立即提出要带老人去县城鉴定办证，要求朱文碧将老人梳洗更衣，当王书记与其母交流说去县城时，付恒昌老人难得一次地听话，很快将老人带上小车往县人民医院鉴定中心开去，在王书记的帮助下，老人的残疾人证和残疾补贴很快办妥，为该家庭办了一件实实在在的事。事后其女朱文碧激动地说"王书记，你是我们家的大恩人，你的大恩大德我们家不知怎样回报"。

扶贫先扶志。扶志就是扶思想、扶观念、扶信心，帮助贫困群众树立起摆脱困境的斗志和勇气。"船上人不努力，岸上人累断腰"形象生动的说明此现象。要打赢脱贫攻坚战，就是要帮助贫困群众提高认识、更新观念、自立自强，唤起贫困群众自我脱贫的决心和能力。

罗家组有一位名叫汪朝荣的唇腭裂残疾人，52岁孤身一人，身穿破烂衣服，住房破烂无比，家里只有一架子床、棉被、灶台、锅碗等一切都非常破烂，本人无所事事，整天在山坡上游耍，作为王书记的帮扶户，看到这心酸的情景忍不住为他心寒、掉泪。王书记与村脱贫攻坚队一起研究如何改善汪朝荣的人居环境，办法是为他申报"四改一化一维"资金，项目找到了，但汪朝荣本人无一分积蓄，镇上的商家不愿赊销建材给他，送上门的钢材水泥听说他付不出现钱都掉头拉回仓库，汪朝荣的"四改一化一维"无法按期完成。王书记看在眼里，急到心里，主动到镇信用社协调周转金，到镇上建材商家做工作并担保，求商家把建材送到村组，在王书记的努力下，信用社同意放款、商家及时送货，汪朝荣的厨房和住房等得到如期完成。房子建好后室内却没有家具，怎么办！王书记还是继续为他想办法，找家具商捐沙发、找单位要电视、本人为他买窗帘买被子等等，一个完善的家形成了。

　　50多岁的王朝荣第一次看到如此完善的家感动得热泪盈眶，拉着王书记的手连声说：书记我是在做梦吧！王书记亲切地对他说，这不是做梦，现实摆在面前，仔细看看，慢慢享受吧！今后只要改变不良习惯，靠勤劳的双手去劳动去创造，就能永远享受这样的幸福！

　　王宏虽然是一名结对帮扶干部，但他在缠溪镇塘房村和沙子坡马家庄村的人民群众心里是终身难忘的好人、恩人，是山村里人民的公仆，是一个合格的共产党员，他用实际行动诠释了共产党的初心。在脱贫攻坚的路上，有无数名王宏这样的脱贫攻坚战士，他们用青春和热血谱写着老百姓的幸福篇章！

（作者系印江县诗词楹联学会会员）

众志成城

好校长，结对帮扶化"冷草"

杨红莲

谈到为冷草村脱贫攻坚做出极大贡献的干部，不得不提印江民族中学校长任春华。

2018年3月，在脱贫攻坚开展得如火如荼的岁月，大山里走进来了一位温润如玉的帮扶干部，他就是任春华校长。他是结对帮扶干部，帮扶的村民叫吴宏位。吴宏位是残疾人，语言障碍，能劳动，在外进厂，其妻子也带残疾，在外务工。上有七八十岁的老母亲，下有一个读高中的儿子。儿子叫吴浩，为读书方便，随在兴义工作的叔叔一起生活。家里只有老母亲一个人。住房窄小，生活困难。

今日美丽冷草村

帮扶干部暑期与学生一起整治环境卫生

冷草村驻村书记田彪满怀感激地向我们述说任校长帮扶的日常："任校长来到这里后，把老人当自己的亲人那样照料，买生活用品，嘘寒问暖。他们家是移民搬迁户，一切手续都是任校长办理，连房屋卫生都是他亲自打扫。给吴浩买学习用具，经常联系孩子，问孩子学习情况，并给以辅导，完全把贫困户的孩子当成了自己的孩子。吴浩高考结束后，任校长帮他找学校，填报志愿。"

"来到村里，看到我们办公条件差，给我们解决了两台电脑，一台投影仪，一个电炉子，村里请人打扫环境卫生的经费都是任校长出。定期帮我们攻坚队送生活物资和办公用品，和攻坚队一起参加群众大会，帮助开展群众工作，给村民做思想工作，还说村里有什么困难都告诉他。老百姓都非常敬爱他，信赖他，亲近他。老百姓都说好幸运，我们村里来了位好校长。"

孟队长也很感慨："他的到来，潜移默化中，人们变得谦和有礼，他如春风化雨般，让大山剽悍的民风逐渐变得和谐，我们开展工作时渐渐一团和气。"

我采访任校长，他说，他也没做什么，都是一些小事，是他应该做的，实在没必要写他。

可是，我电话采访了吴浩，这个已步入大学校园的男孩，他的话让我眼眶一次次潮湿。

他说："我随叔叔来兴义读书，家里就只有奶奶，任校长经常去帮助、照顾奶奶，让我们没了后顾之忧，我可以安心学习。高考结束后，我回到了家乡，任校长常常给我们买粮食、肉、水果等，就像我们是他的亲人，还根据我考试分数帮我选学校，填志愿。我们家很贫困，房屋四处透风，村里给我们办理了移民搬迁，一切手续都是任校长在给办理。——我非常感谢他！他有一颗可贵的教育之心，尽他所能真诚地帮助我，他的帮助给了我希望，给了我们全家克服困难、勇敢生活下去的信念！真的，我想对任校长说，谢谢您！真的谢谢您！"这个大男孩的声音有着春风般的温暖，彬彬有礼，温和宜人。

他情真意切："我还感谢党和国家的脱贫攻坚政策，让我感受了爱，感受了温暖，我很幸运！"

被分派到冷草村采风前，县文联严主席拿着采访材料对我说："看到没，沙子坡镇所有乡村中，这个乡村的名字最富诗意，你运气不错！"

我也很喜欢这个村庄的名字，来到这个乡村的路上，我的心一直像小草般柔软。我对这个地名也充满了好奇。到达冷草村后，闲聊中，我问吴宏文老支书，说为什么叫冷草呢！老支书笑着说："据先辈说，我们所住的

吴浩父亲吴宏卫主动买来饮料为暑期参与环境卫生整治的学生斟满

这座大山上有一株草，终年都是冰凉的。即使炎热的夏天，温度都不会有改变，触手同样冰凉一片。"

我说："老支书，那株冷草在哪儿呢，好想去看看啊……"

结果所有人都笑了起来，都兴致勃勃，都有了跟着老支书爬山涉岭去看那株冷草的想法。

老支书亲切地说："有人去找过，但那株冷草不见了，现在山上所有草都是暖和的。"

"七沟八梁九面坡，山高沟深弯又多……"这首民歌就是印江沙子坡的一个缩影，沙子坡的脱贫工作异常艰巨。但就如吴浩话里所说，正是因为这项政策，让他们家遇到了任校长，让他看到了希望，让他感受到了爱和温暖……

我想，是不是有党和国家的惠民政策，有各级领导的奔走关怀，有攻坚队的脱贫炽热之心，有帮扶干部的温暖情怀，有整个社会的深情凝眸，那株终年冰冷的冷草才变得温暖的呢？

（作者系印江三中语文教师，印江诗词楹联学会副秘书长，县作协会员）

脱贫攻坚原创
歌曲视听扫码

本歌曲由沙子坡镇韩家村真实故事创作，
荣获贵州省庆祝新中国成立70周年歌曲评
选金奖

红 手 印

丁 杰 词
马关辉 曲

1=G 4/4

♩=72

```
3   5   3 2 1 | 2 3 1 6 5 - | 6   1 2 1 6 | 3 1 6 3 2 - |
树   上  那只鸟  又在喳喳叫     说   来又说去   都是你的好。
```

```
3   5   6 5 3 | 2 3 2 1 6 - | 6 5 1 2 3 | 2 3 2·6 1 - | 2/4 2 1 - |
听   说  你要走  我就睡不着     晃 来又晃去  都是你的笑。
```

※
```
4/4 6 1 1 6 1 - | 6 5 6 5 3 5 - | 6 1 1·6 6 5 3 | 5 5 5 6 5 1 2 - |
白云 朵朵飘    稻谷 黄 了       为你摁个红手印， 你留下来好不好。
```

[1.]
```
3 5 5 6 5 3 | 2 3 3 1 6 - | 5 6 1·2 3 5 6 5 | 2 2 2 3 2·6 1 - ‖
青 山 绿水绕 日子红 了，      为你摁个红手印  你慢点走好不好。
                                                          D.C.
```

[2.]
```
5 6 1·2 3 5 6 5 | 2 2 2 3 2 6 2 - :‖ 5 6 1·2 3 5 6 5 | 2 2 2 3 2·6 1 - |
为你摁个红手印  你慢点走好不好，      为你摁个红手印  你留下来好不好。
                             D.S.
```
结束句

```
2 2 2 3 2  6 | 1 - - - ‖
你留下来好  不 好。
              Fine
```

决战沙子坡

一 个 乡 镇 的 脱 贫 攻 坚 纪 实

决战沙子坡

一个乡镇的脱贫攻坚纪实

偶然的机会认识了萧子静副县长，那时候他在交通厅忙于从江县加勉乡这个极贫乡镇的脱贫攻坚工作，满腔热情谋划着如何开展深入细致的帮扶。去年春天，突然接到他的电话，说要带领印江县沙子坡镇的同志拜访我，共同探讨脱贫攻坚工作如何推进。我才知道他又被组织上派到印江县挂职副县长，是沙子坡镇脱贫攻坚的县级领导。

面对2018年底脱贫摘帽的艰巨任务，他深入沙子坡镇的村村户户了解贫困情况，与攻坚队、帮扶责任人促膝谈心探求有效的帮扶办法，激励干部和群众树立战胜贫困的决心。为解决脱贫攻坚中的项目、资金等困难，带领镇领导到省城想办法，找交通厅领导解决困难。为解决村民婚姻矛盾问题，不惜远赴天柱县帮助村民化解家庭矛盾恩怨。短短的几个月的时间，沙子坡镇脱贫攻坚工作的局面发生了巨大变化，涌现出一大批舍小家为扶贫的优秀扶贫干部和攻坚队员。有些人过去甚至不理解脱贫攻坚的重要意义，但是，他积极努力克服各种困难的精神感染了大家，努力为沙子坡镇脱贫攻坚尽心尽力地工作成为大家自觉的行动。

他们都是在平凡岗位上工作的平凡人，在脱贫攻坚战中，为贫困百姓解决"两不愁三保障"困难问题时，他们学会了耐心细致地作老百姓思想工作，明白了辍学的孩子劝返工作多么重要，懂得了产业扶贫与市场要挂钩，对"饮水安全""住房安全""医疗保障"等等了然于胸。白天入户了解农户家庭情况，掌握工程建设进展、问题与困难，晚上还要填写入户调查的表格，接受上级下派的各种任务责任清单，每天可能只休息五六个小时，没有周末，更没有假日，甚至结婚也等着脱贫攻坚摘帽以后再举行。他们每个人都在脱贫攻坚的岗位上谱写了不平凡的故事，一桩桩、一件件，都是精准扶贫共和国记忆的组成部分。

拜读《决战沙子坡》，字里行间讲述着平凡的干部群众在脱贫攻坚战中不平凡的战斗，这是一种精神，是中国共产党人"不忘初心·牢记使命"的精神，为实现习近平总书记提出的"庄严承诺"努力奉献的精神，是"一切为了人民"的精神。值此新中国成立70周年之际，致敬贡献脱贫攻坚战每一位战友！

——贵州师范大学教授、国务院扶贫专家库专家　但文红

附录1：脱贫攻坚大事纪

一、国际扶贫纪事

1.1990年制订的《联合国第四个发展十年国际发展战略》等文件都把发展中国家的经济持续发展和消除贫困列为国际发展战略的首要目标和国际合作的优先领域。

2.1993年10月，联合国秘书长加利代表联合国郑重宣布1994年10月17日为国际消除贫困日。

3.1995年3月，联合国在丹麦首都哥本哈根召开的社会发展世界首脑会议，集中讨论了消除贫困、社会融洽、促进发展的问题，并通过了《哥本哈根宣言和行动纲领》。

4.1995年12月18日，联合国第50次大会正式宣布1996年为"国际消除贫困年"。

5.2002年10月联合国成立扶贫工作组。

二、中国扶贫纪事

1.1956年底我国顺利完成了社会主义改造，社会主义制度在我国基本确立，为消除贫困和当代中国的发展进步奠定了根本政治前提和制度基础。

2.1978年党中央作出了改革开放决策，农村经济发展迎来了"春天"。

大幅增加了农村贫困人口的收入，分担了中央政府的扶贫压力。

3.1980年，中央财政设立"支援经济不发达地区发展资金"。

4.1982年，开始有计划地对甘肃省定西地区、河西地区和宁夏回族自治区西海固地区实施了"三西"扶贫开发，开创了我国区域扶贫的先河。

5.1984年颁布《关于尽快改变贫困地区面貌的通知》，划定了18个集中连片贫困地区由政府进行重点扶持。

6.1986年，国务院成立国务院贫困地区经济开发领导小组（1993年改为国务院扶贫开发领导小组）及其办公室，从中央到省、市、县都建立了相似的行政组织体系，使扶贫工作开始走向制度化、专业化。中央政府首次确定了331个县为国家级贫困县，另设368个省级重点贫困县，重点关注老革命根据地和少数民族地区。

7.1994年，国务院制定和发布《国家八七扶贫攻坚计划》。"八七"的含义是：对当时全国农村8000万贫困人口的温饱问题，力争用7年左右的时间（从1994年到2000年）基本解决。把贫困县的数量调整为592个。以该计划的公布实施为标志，我国的扶贫开发进入攻坚阶段，实现了从救济式扶贫向开发式扶贫的转变。

8.2000年底"八七扶贫攻坚计划"基本完成，基本解决了农村贫困人口的温饱问题。

9.2001年国务院颁布并实施《中国农村扶贫开发纲要（2001–2010）》，

脱贫攻坚 难忘瞬间

将瞄准对象转移为贫困村，在全国确定了14.8万个贫困村，强调以整村推进实施参与式扶贫，调动农民参与扶贫的积极性，进行农村扶贫综合开发。为了防止脱贫后返贫现象的发生，我国在农村建立健全了社会保障体系。

10.2003年，建立新型农村合作医疗制度。

11.2006年，全部废除农业税费。

12.2007年，在农村推广免费义务教育和建立最低生活保障制度。

13.2009年，农村社会养老保险制度相继建立，形成了保障性扶贫的制度基础。

14.2011年，《中国农村扶贫开发纲要（2011–2020年）》出台，使我国扶贫开发主战场再次转向了国务院扶贫开发领导小组认定的14个集中连片特困地区。

15.2012年党的十八大以来，党和政府先后颁布《关于创新机制扎实推进农村扶贫开发工作的意见》《建立精准扶贫工作机制实施方案》《关于打赢脱贫攻坚战的决定》《关于支持深度贫困地区脱贫攻坚的实施意见》和《"十三五"脱贫攻坚规划》等一系列指导性文件，把"精准扶贫"放到新时代国家发展战略的最核心位置。

16.2013年11月，中共中央总书记、国家主席、中央军委主席习近平到湖南湘西考察时首次作出了"实事求是、因地制宜、分类指导、精准扶贫"的重要指示。

17.2014年5月，国务院扶贫办等7部门联合印发《建立精准扶贫工作机制实施方案》；5-10月，全国开展贫困识别和建档立卡工作，建立起全国扶贫开发信息系统；10月17日，我国首个"扶贫日"。

18.2015年10月16日，习近平在2015年减贫与发展高层论坛发表主旨演讲时表示，未来五年，我们将使中国现有标准下7000多万贫困人口全部脱贫；11月29日，中共中央国务院印发《中共中央国务院关于打赢脱贫攻坚战的决定》。

19.2016年2月，中共中央办公厅国务院办公厅印发《省级委和政府扶贫开发工作成效考核办法》，明确考核工作从2016年到2020年，每年开展一次，标志着国家扶贫荣誉制度建立。

20.2017年12月，中共中央办公厅国务院办公厅印发《关于加强贫困村驻村工作队选派管理工作的指导意见》。

21.2018年8月，《关于打赢脱贫攻坚战三年行动的指导意见》公布，为脱贫攻坚三年行动明确了时间表和路线图。

22.2019年2月，中央一号文件再次聚焦"三农"，提出2020年确保农村贫困人口脱贫。

23.2019年4月15日至17日在重庆考察，习近平主持召开解决"两不愁三保障"突出问题座谈会并发表重要讲话。

三、贵州省扶贫纪事

1.1976年，贵州省关岭自治县顶云公社陶家寨生产队暗地试行"定产到组"生产管理方式。到1978年，粮食总产量增长三成，打破粮产10年没有增长的局面，在全省引起强烈反响，顶云公社的做法在贵州农村传播。

2.1979年贵州省民政系统在纳雍、赫章、思南、德江、都匀、福泉、贵定、惠水、长顺、麻江等县进行民政"双扶"（扶持一般农户中的特困户、扶持军烈属中的特困户）试点。

3.1980年7月贵州省委签发《中共贵州省委关于放宽农业政策的指示》，明确在坚持生产资料公有制和按劳分配原则下，可根据当地实际情况选择"包产到组或包干到户"。

4.1980年10月28-30日，中共中央总书记胡耀邦赴六盘水、黔西南自治州等地视察，要求努力改变贵州农业和农村的落后面貌。到1981年底，贵州农村98.2%的生产队实行"包干到户"生产责任制。

5.1983年1月和12月，中共中央总书记胡耀邦两次率中央有关部门负责人视察贵州省毕节地区的威宁、赫章、纳雍、毕节、织金、大方等县的贫困村，指出"贵州省人均（收入）倒数第一，是全国最末一位"。指出"党的一切政策归根到底都是富民政策"。

6.1985年6月20日，省、地、县三级机关抽调400多名干部，对毕节，大方等26个县的1238个集中连片贫困乡开展历时50余天的调查，结果显示：农民人均纯收入不到120元口粮不足200公斤的贫困人口达526万人，占26个县总农业人口的75%以上。省委，省政府以此为重要依据，将26个县作为贵州贫困县呈报中共中央和国务院。

7.1985年，中央政治局委员、书记处书记习仲勋同志在新华社《国内动态清样》"赫章县有一万二千多户农民断粮，少数民族十分困难却无一人埋怨国家"一文上作出重要批示："有这样好的各族人民，又过着这样贫困的生活，不仅不埋怨党和国家，反倒责备自己'不争气'，这是对我们这些官僚主义者一个严重警告！！！请省委对这类地区，规定个时限，有个可行措施，有计划、有步骤地扎扎实实地多做工作，改变这种面貌。"同年7月，贵州省委书记胡锦涛同志到赫章县调研之后，倡导并报经国务院批准建立了毕节"开发扶贫、生态建设"试验区。

8.1985年10月30日省委办公厅印发《关于印发省委农工部〈关于划分筑困户和极筑户标准的意见〉的通知》，确定贵州按年计算农民人均纯收入120元以下；人均口粮水稻主产区200公斤以下，玉米主产区150公斤以下，兼产区175公斤以下为贫困户；以户按年计算人均纯收入80元以下，人均口粮125公斤以下为极贫户。按此标准统计，1985年年底，全省有贫困人口1500多万人，占当年全省农业人口总数2609万人的57.5%。

9.1986年1月6日省委、省政府印发《关于从省地县三级机关和部分事业单位中抽调干部到贫困地区加强基层工作的决定》。确定从1986年起，每年从省地县党政机关和部分事业单位抽调干部到贫困、边远县加强基层工作，一年一轮换。各地（州、市）和县（市区、特区）也照此办理。当年省直机关抽调536名干部组建26支扶贫工作队分赴26个贫困县开展帮扶工作。

10.1986年2月4-10日，中共中央总书记胡耀邦赴贵州镇宁、关岭、晴隆、普安、水城、盘县等地视察，要求首先解决贫困群众的温饱问题。

11.1986年3月1日省委、省政府印发《关于加强贫困地区工作的指示》，要求各级党委政府把扶贫工作作为大事来抓，力争5年左右时间，使贫困地区农民人均年纯收入达200元以上，温饱问题得到基本解决。

12.1986年3月，国务院扶贫领导小组确定31个贵州省贫困县。其中国家级贫困县19个，省级贫困县12个。

13.1986年6月26日，农牧渔业部、林业部从"世界粮食计划署粮援项目"中，安排贵州省纳雍、织金两县营造水土保持林3.4万公顷，由联合国无偿援助粮食约9.84万吨，国内配套资金2542.86万元。这是贵州第一个较大的国际援助项目"WFP-3356工程"。

14.1986年冬，正安县政府组织300名农村女青年赴广东番禺打工，开创贫困地区有组织地开展劳务输出、增收脱贫的先河。

15.1988年3月9日，省委书记胡锦涛主持召开省委常委扩大会议，研究建立毕节"开发扶贫、生态建设"试验区。6月9日，国务院办公厅行文通知，国务院原则同意贵州省建立毕节开发扶贫，生态建设试验区。

16.1989年8月12日，贵州省贫困地区"温饱工程"审批会，同意在31个贫困县实施以杂交良种为龙头加先进适用技术组装配套的"扶贫温饱工程"400万亩。

17.1991年6月5日，国务院扶贫领导小组、中国人民银行、中国农业银行、国家财政部联合印发《关于新增5亿元扶贫专项贷款有关事项的通知》，明确1989年农民人均纯收入低于300元的县为国家扶持贫困县，贵州有27个县被列入扶持名单，贞丰、安龙、晴隆、镇宁、平塘、长顺、麻江、施秉、岑巩、三穗、黎平、松桃、石阡、凤冈、正安15个县为新增的国家级贫困县。至此，全省有国家级贫困县34个，省级贫困县12个，共计46个。

18.1991年6月26日，省委、省政府印发《关于在我省贫困地区实行以工代赈建设基本农田的决定》，决定从1991年起，把国家每年分配给贵州的1.5亿公斤以工代赈粮食集中用于以坡改梯为主要内容的基本农田建设，在贫困地区每年建成50万亩基本农田。

19.1991年12月19-26日，中共中央总书记江泽民到遵义县石板乡坡改

梯工地视察并参加劳动。

20.1993年4月21-26日，全国扶贫办主任会议在贵阳召开。

21.1994年1月13-21日，世界银行贷款中国西南扶贫项目组赴关岭普定定长顺等县考察，并与省直有关部门座谈，确定了贵州拟定的贷款扶贫项目初步内容、范围（13个县中的117个乡、826个村、82.67万人）。

22.1994年2月27日，贵州省委、省政府召开麻山、瑶山（以下简称"两山"）极贫地区社会发展和贫困状况调查汇报会，要求对"两山"地区要采取特殊政策、特殊措施。

23.1994年7月2日，省政府印发《贵州省扶贫攻坚计划》，要求到2000年，全省基本实现解决贫困地区贫困人口的绝对贫困题。全部解决所剩1000万贫困人口的温饱问题。

24.1994年根据国务院扶贫领导小组通知，省政府印发《关于我省列入"国家八七扶贫攻坚计划"贫困县名单的通知》，全省有48个县（自治县）被列入国家"八七"扶贫攻坚县。

25.1995年2月8-10日，省委决定从省直单位抽派201名干部组成省直机关第一批基层组织建设工作队，集中培训后分赴48个贫困县驻村帮助工作。

26.1995年7月17-23日，世界银行贷款扶贫项目第一次项目监督团专家赴黔，对项目先导工程实施、项目机构建设、追溯性支付计划、环评专家小组工作计划；劳务市场开拓、财务、物资、计划监测等方面的工作进行督促检查。

27.1995年12月14-16日，省委省政府在贵阳召开全省扶贫开发工作会议，表彰"八五"期间扶贫开发先进县21个，先进集体63个，先进工作者469名。

28.1996年4月25-29日，国务院副总理朱镕基深人到长顺县长寨镇王寨村走访慰问贫困农户，视察坡改梯工程强调："坡改梯是扶贫的好办法，是利国利民的好事，要扶持推广"。

29.1996年7月15-19日，国务院副总理姜春云深入黔东南自治州，贵阳、安顺等地考察农业生产、扶贫开发等项工作。

30.1996年10月25-28日，中共中央总书记江泽民先后深入到赫章县珠市彝族乡兴营村、水城县杨梅乡光明村看望慰问贫困户，指出"贵州扶贫任务非常艰巨，各级干部要增强群众观点，加倍努力工作，如期实现扶贫攻坚目标"。

31.1997年7月18-20日，中共中央政治局常委，国务院总理李鹏赴遵义、息烽等县，考察坡改梯工程、扶贫"温饱工程"、移民搬迁扶贫工程。

32.1998年5月，全国人大常委会副委员长、民革中央主席何鲁丽赴毕节试验区考察医疗卫生扶贫工作，要求增加贫困地区医疗卫生投入，尽快改变贫困地区医疗卫生落后状况。

33.1998年8月18-23日，全国政协调查组分赴黔东南、黔南、黔西南3个自治州，专题调查少数民族地区的扶贫开发情况，重点调查毛南族、仫佬族、水族、瑶族地区的扶贫情况。

34.2000年8月，中共中央政治局委员、中央统战部部长王兆国赴贵州考察工作，要求全国统一战线进一步加大对毕节试验区的扶贫力度。

35.2001年7月20日，省委、省政府做出《关于切实做好新阶段扶贫开发工作的决定》，同年印江自治县被列为新阶段国家扶贫重点县。

36.2002年2月10日，国务院扶贫开发领导小组办公室印发《关于审核确定扶贫开发工作重点县的通知》，明确贵州原有48个贫困县中，凤冈、息烽两县提前脱贫，新增道真、思南、锦屏、江口4个贫困县，全省贫困县总数达到50个。

37.2002年3月14日，省扶贫开发办印发《关于贵州省扶贫开发工作重点乡（镇）、村确定的通知》，明确全省（除贵阳市的云岩、南明、白云、乌当和遵义市的红花岗、汇川共6个县级区外）新阶段扶贫开发工作重点乡（镇）934个，其中：一类重点乡镇100个（人均收入700元及以下），二类重点乡镇545个（人均收入701~1100元），三类重点乡镇289个（人均收入1101~1300元），占全省乡镇总数的62.68%；共有扶贫工作重点村13973个，其中，一类重点村5486个（人均收入700元及以下），二类重点村7638个（人均收入701~1000元），三类重点村849个（人均收入1001~1100元），占全省总村数的54.46%。

38.2002年7月，贵州利用世界银行贷款扶贫项目全部完成并通过世界银行专家组验收。实际完成投资10.22亿元（世行贷款5.11亿元，国内配套5.11亿元）。

39.2003年10月21–27日，中共中央政治局常委，全国政协主席贾庆林深入贵州部分贫困乡村调研，要求各级政协和统一战线进一步加大扶贫力度，深入开展智力支边活动。

40.2005年2月13–16日，中共中央总书记胡锦涛视察毕节、六盘水等地的贫困山区，强调要把扶贫工作作为重中之重来抓。

41.2006年省委、省政府决定停止以工代赈坡改梯项目，转投建设每口容积不低于30立方米的小水窖（池）4万口。

42.2007年12月5日，国务院扶贫办、财政部同意将贵州省印江土家族苗族自治县列为全国"县为单位、整合资金、整村推进、连片开发"的首批8个试点县之一。

43.2008年1月中旬至2月上旬，贵州遭受百年难遇特大冰雪灾害。同年11月24日，省长林树森主持召开省长办公会议，研究贫困地区最具地质灾害的2.65万户农户和69所学校实施搬迁问题。

44.2009年9月6-7日,中共中央总书记胡锦涛,中共中央政治局常委、国务院总理温家宝,批示,将贵州威宁彝族回族苗族自治县(以下简称威宁自治县)列为全国喀斯特地区扶贫开发综合治理试点县。

45.2010年1月8日,省委常委会确定对19名省委常委、省政府主要领导抓扶贫联系县和定点扶贫乡,实行板块推进,集团帮扶。12月13日,抓扶贫联系点的省级干部增加省人大、省政协省级领导干部,抓点领导干部从19人扩大到27人,抓点个数从20个贫困乡扩大至28个;省委,省政府领导每人还要在同一个县内再扩展指导1个贫困乡,要求不脱贫不脱钩。

46.2011年2月11-13日,中共中央政治局常委、国务院副总理李克强赴贵州重点考察扶贫工作并强调,要按照党中央、国务院的决策部署,加大对欠发达地区扶持力度,坚持民生为先,在推进跨越式发展中更加注重保障和改善民生。

47.2011年2月25-27日,省委、省政府在贵阳召开全省农村工作会议暨全省扶贫开发工作会议,省委书记栗战书号召以扶贫攻坚为重点,向"绝对贫困"发起"总攻"。

48.2011年3月9日,省委办公厅、省政府办公厅印发《关于对国家扶贫开发工作重点县加快脱贫攻坚步伐进行奖励的意见》,明确贵州到2015年要实现30个重点县和500个贫困乡"减贫摘帽",到2018年实现50个重点县、934个贫困乡全部"减贫摘帽"。

49.2011年5月8-11日，中共中央政治局常委、国家副主席习近平赴黔西南自治州、黔南自治州和贵阳市的农村，企业，社区，大学和科研机构进行调研，强调要牢牢把握国家实施新一轮西部大开发战略和新一轮扶贫开发等重大机遇，用足用好中央的支持政策，在转变经济发展方式中实现跨越发展。

50.2011年5月31日-6月3日，中共中央政治局常委，全国政协主席贾庆林深入铜仁地区考察时强调，要把扶贫开发作为"一号民生工程"来抓，提出向绝对贫困发起总攻。

51.2012年1月12日省委、省政府印发《关于贯彻落实〈中国农村扶贫开发纲要（2011-2020年）〉的实施意见》。强调统筹推进"三农""扶贫开发""民营经济""县域经济"4项工作，推进县域经济提速转型、民营经济快速发展。

52.2012年3月7日，全国"两会"期间，国务院总理温家宝参加贵州代表团审议时指出：要充分认识扶贫开发工作的长期性和艰巨性，采取更加有力的措施，持之以恒地抓紧抓好。

53.2012年10月5日，省委、省政府印发《关于加快创建全国扶贫开发攻坚示范区的实施意见》，提出着力把贵州建设成全国多民族聚居，欠发达省份扶贫攻坚后发赶超的示范区。

54.2012年10月31日，省人民政府办公厅印发《关于进一步加强和规范涉农专项资金监管的意见》。

55.2013年1月8日，贵州省第十一届人大常委会第三十三次会议审议通过《贵州省扶贫开发条例》，共8章66条，以法律形式明确全省扶贫开发的方针、原则、范围、权责和程序，涉及扶贫开发多项制度建设。

57.2013年2月21日，省政府在贵阳召开全省扶贫开发工作会议。省委、省政府与三大集中连片特困地区重大事项责任牵头单位签订《2013年度扶贫开发工作暨集中连片特困地区扶贫攻坚重大事项责任书》。

58.2014年1月4-6日，省委书记赵克志赴威宁自治县调研"精准化扶贫""产业扶持到村到户"和"教育培训到村到户"等事宜。

59.2014年2月25日，省扶贫办印发《创新产业化扶贫利益联结机制的指导意见》。

60.2014年3月7日北京召开全国"两会"期间，中共中央总书记，国家主席习近平参加贵州代表团审议时指出：全面建成小康社会最繁重最艰巨的任务在农村，特别是在贫困地区，没有农村的小康，特别是没有贫困地区的小康就没有全面建成小康社会。贵州贫困面广，贫困人口多、贫困程度深，是全面扶贫开发的一个主战场。各级领导干部一定要多到农村去，多到贫困地区去，了解真实情况，看真贫、扶真贫、真扶贫，带着深厚感情做好扶贫开发工作，把扶贫开发工作抓紧抓紧再抓紧、做实做实再做实，真正使贫困地区群众不断得到真实惠。

61.2014年5月，省委办公厅、省政府办公厅印发《关于以改革创新精神扎实推进扶贫开发工作的实施意见》，同时附发《贵州省贫困县扶贫开发工作考核办法》和《贵州省财政专项扶贫资金项目管理暂行办法》。

62.2014年6月，省财政厅印发《关于开展财政专项扶贫资金乡级财政报账制管理试点工作通知》《贵州省财政专项扶贫资金报账制管理实施细则（试行）》。

63.2015年2月13–15日，国务院总理李克强抵黔调研，强调要落实集中连片扶贫开发和精准扶贫的安排。

64.2015年省委办公厅、省政府办公厅分别印发《贵州省"33668"扶贫攻坚行动计划》《贵州省公募扶贫款物管理暂行办法》《关于建立财政专项扶贫资金安全运行机制的意见》《贵州省创新发展扶贫小额信贷实施意见》《关于进一步动员社会各方面力量参与扶贫开发的意见》等文件。

65.2015年4月21日，省扶贫开发领导小组印发《关于建立贫困县约束机制的工作意见》。

66.2015年4月，省扶贫开发办公室、省民政厅印发《关于进一步做好扶贫开发与农村低保有效衔接的指导意见》。

67.2015年5月，省委、省政府在晴隆县召开扶贫开发重点县结对帮扶工作座谈会，研究12个扶贫开发重点县经济社会发展和扶贫攻坚有关问题，部署结对相扶工作。

68.2015年6月1，中共中央总书记习近平抵黔视察，就做好扶贫开发工作、谋划好"十三五"时期经济社会发展规划做出重要指示。要求贵州打赢科学治贫精准扶贫有效脱贫攻坚战，决不让一个民族、一个地区掉队，走出一条不同于东部，有别于西部其他地区的扶贫开发路子，确保与全国同步全面建成小康社会。

69.2015年10月，省扶贫开发办公室、中国人民银行贵阳中心支行、贵州省农村信用社联合社印发《贵州省精准扶贫"特惠贷"实施意见》，明确了"特惠贷"的内容，切实解决建档立卡贫困农户贷款难、担保难、抵押难、贷款贵、还款难的问题。

70.2015年10月16日，省委印发《关于坚决打赢扶贫攻坚战确保同步全面建成小康社会的决定》，明确打赢扶贫攻坚战的总体要求，大力实施"十项行动"。同日省委办公厅、省政府办公厅印发《关于扶持生产和就业推进精准扶贫的实施意见等扶贫工作政策措施的通知》，从10个方面扶贫政策推进精准扶贫、精准脱贫。

71.2015年10月17日省委、省政府在贵阳举行全省扶贫开发成就展暨"扶贫日"现场捐募活动。省委书记陈敏尔、代省长孙志刚等省领导参观全

省扶贫开发成就展，并带头捐款。

72.2015年12月4日，省委印发《于落实大扶贫战略行动坚决打赢脱贫攻坚战的意见》。

73.2015年12月7日，省委贯彻中央扶贫开发工作会议精神落实大扶贫战略行动推过电视电话大会在贵阳召开。省委书记陈敏尔，代省长孙志刚出席会议并讲话。会议强调：要把脱贫攻坚作为"十三五"时期头等大事和第一民生工程，以"扣扣子""担担子""钉钉子"的精神抓落实，用心用情用力开展工作，坚决打赢脱贫攻坚战。

74.2015年12月9日贵州启动民营企业"千企帮千村"精准扶贫行动。

75.2015年12月31日，省扶贫开发领导小组印发《省级单位和贵阳市经济强区结对帮扶贫困县实施方案》。

76.2016年，省委、省政府决定实施"33668"扶贫攻坚行动计划，在3年时间内减少贫困人口300万人以上，实施结对帮扶、产业发展、教育培训、危房改造、生态移民、社会保障精准扶贫"六个到村到户"，完成小康路、小康水、小康房、小康电、小康讯、小康寨基础设施"六个小康建设"任务，使贫困县农村居民人均可支配收入达到8000元以上。

77.2017年是脱贫战果持续扩大。春季攻势、夏季大比武和秋季攻势节节胜利，减少农村贫困人口120万人，农村公路组组通大决战建成2.5万公里，易地扶贫搬迁76.3万人，实施产业扶贫项目1.5万个，257万人次享受

"四重医疗保障",完成20万户农村危房"危改""三改",资助贫困家庭学生83万人。

78.2018年坚持尽锐出战务求精准,超常规推进脱贫攻坚战。全力打好"四场硬仗",狠抓"五个专项治理",实施"四个聚焦",按照"八要素"要求大力推进农村产业革命,深入开展"春风行动""夏秋攻势""秋后喜算丰收账"和"冬季充电",夺取了脱贫攻坚关键之年决定性胜利。完成农村"组组通"硬化路5.1万公里,98%的村民组通硬化路,解决88.4万农村贫困人口饮水安全问题。安排预算内资金170多亿元用于脱贫攻坚,其中深度贫困地区近60亿元。全面启动实施乡村振兴战略,"四在农家·美丽乡村"小康行动完成投资802亿元。

四、铜仁市扶贫纪事

1.2014年4月22日,铜仁市精准扶贫建档立卡工作会议召开,各区县按照市里要求建立精准扶贫建档立卡工作领导小组,实行一把手要亲自管,分管领导要亲自抓。并召开动员大会,扶贫办分管领导亲自培训至村一级。

2.2015年2月11日,铜仁市实施大扶贫战略行动誓师大会在万山区体育馆召开。全市贫困村村支书和村主任、"第一书记"近6000人参加誓师大会。

3.2016年10月,铜仁市出台《铜仁市脱贫攻坚定点帮扶工作方案》,积极探索"真情实意、真金白银、真抓实干""因地制宜、因势利导、因户施策""定点包干、定责问效、定期脱贫"的"三真三因三定"工作法,以村为单位开展"整村推进"定点帮扶工作。

4.2016年11月15日,市委、市政府在各区县和市直部门抽调精兵强将组建成立了铜仁市脱贫攻坚指挥中心。指挥中心办公室下设综合协调组、规划项目组、产业发展组、宣传调研组、督查考核组等五个工作组,具体落实全市大扶贫战略行动的有关工作任务,并对全市扶贫。

5.2017年5月4日,《铜仁市脱贫攻坚惠民政策资料汇编手册》出版,使脱贫攻坚惠民政策家喻户晓、入脑入心，使干部群众知政策懂政策会政策，进一步激发群众的参与热情和内生动力。

6.2018年6月28日中国共产党铜仁市第二届委员会第五次全体会议在铜仁举行，审议通过了《中共铜仁市委关于深入实施打赢脱贫攻坚战三年行动发起总攻夺取全胜的决定》，会议要求坚持"三真三因三定"工作原则和"76554"工作方法，切实增强发起总攻夺取全胜的使命担当。同年，碧江区、万山区、玉屏自治县、江口县顺利通过国家第三方评估实现脱贫出列，全市脱贫成效考核在全省名列前茅。

7.2019年3月，印江自治县、石阡县代表铜仁市接受省扶贫办第三方脱贫摘帽评估。此前，铜仁市委四家班子领导三次到印江、石阡两地开展三次交叉检查深入指导，选派专门督导组在两地县、乡开展驻地开展日常督导。

8.2019年7月1日建党98周年之际，全市脱贫攻坚"七一"表彰大会在铜仁人民会堂隆重举行。市委书记陈昌旭，市委副书记、市长陈少荣共同为获表彰的先进个人和先进集体颁奖。

9.2019年7月，印江县代表贵州省接受国务院扶贫办第三方脱贫摘帽评估并顺利通过。

五、印江县扶贫纪事

1.2014年1月23日，我县2013年整县及朗溪等4个乡镇"减贫摘帽"工作和2012年6个"减贫摘帽"乡镇复查工作圆满通过省级验收，获省委、省政府奖励资金1100万元。

2.2014年4月28日，我县召开全县精准扶贫建档立卡工作会议。

3.2014年9月30日上午，我办组织召开全县扶贫对象建档立卡信息采集软件操作培训会，17个乡镇扶贫站工作人员参加培训。

4.2014年10月17日，是我国首个"扶贫日"，也是第22个国际消除贫困日。我县共募捐扶贫基金10.25万元。

5.2014年10月18日，中央电视台《中央新闻联播》节目，对印江县贫困考核指标体系的做法进行了报道。

6.2014年10月23-24日，由吴江区区委副书记、区长沈国芳率领的苏州市吴江区党政代表团一行，到印江开展对口帮扶工作。吴江区向我县捐助100万元对口帮扶资金。

8.4月12日至14日，省委书记赵克志深入铜仁市印江自治县、思南县、石阡县，就扶贫开发和同步小康工作进行专题调研。

9.2015年6月10日-11日，中煤集团公司党委书记、副董事长、总经理李延江一行到印江木黄镇凤仪村开展中央企业定点帮扶贫困革命老区百县万村工作调研。

10.2015年10月21日至22日，全省电商扶贫现场推进会在我县召开。全省各市（州）扶贫办主任、负责电商扶贫的科室负责人，县（市、区）扶贫办主任等参加会议。

11.2015年11月18日，全县精准扶贫"回头看"工作调度会召开。

12.2015年12月15日，全县决战决胜脱贫攻坚誓师大会在县人民大会场召开。县直各部门主要负责人，各乡镇（街道）党委（党工委）书记、乡镇长（办事处主任）、分管负责人、扶贫工作站负责人，各村（社区、居委会）党支部书记近600人参加誓师大会。

13.2016年2月26日，全县扶贫开发工作领导小组召开2016年第一次会议，研究部署今年和当前的扶贫攻坚工作。

14.2016年2月27日，中国国际扶贫中心组织专家调研组来印江开展贵州省精准扶贫模式研究实地调研。

15.2016年4月11日，县委、县政府召开全县2016年全员动员驻村帮扶脱贫攻坚大会，县直部门、乡镇（街道）、第一书记和民营企业代表分别作了表态发言。会上对2015年驻村工作先进集体、优秀个人进行了颁奖表彰，并印发了《印江自治县2016年脱贫攻坚实施意见》、《印江自治县"民企帮村"精准扶贫行动实施方案》等相关文件。

16.2016年7月28日，由印江县委组织部、县扶贫办组织的脱贫攻坚专题培训会在县委党校召开，乡镇（街道）扶贫工作分管领导、扶贫工作站负责人、全县"第一书记"、驻村工作组组长223人参加培训。

17.2016年8月4至5日，为编制《印江自治县"十三五"脱贫攻坚规划》，印江扶贫办召开了"十三五"脱贫攻坚规划编制专题培训会，17个乡镇（街道）分管扶贫工作的领导、业务骨干参加了培训。

18.2016年11月7日，印江县召开大扶贫战略行动推进大会。成立脱贫攻坚指挥部，从相关部门抽50余名干部到指挥部，成立和补充综合组、统计监测和民生保障组、项目规划及基础设施组、产业规划发展组、易地扶贫搬迁组、资金监督组、巡查组，扩充人员后共约80人。

19.2017年1月8日-16日，以贵州师范大学李亮教授为队长，11名大学生、研究生为队员的国务院脱贫攻坚第三方评估组到印江县开展脱贫攻坚第三方检测评估工作。通过进村入户访谈、现场录音、录像等方式进行评估，随机抽查6个乡镇的6个村，共185户，其中贫困户123户，脱贫62户。

20.2017年3月25日，上午9：00在县人民大会场召开2017年全县脱贫攻坚暨"六绿"攻坚大会。会议下发印党办发【2017】35号文件《关于印发印江自治县脱贫攻坚指挥部调整充实组建方案的通知》，方案对印江自治县脱贫攻坚指挥部作出调整：县扶贫开发领导小组下设县脱贫攻坚指挥部，设指挥长2名、执行指挥长2名，副指挥长1名；指挥部下设办公室，设办公室主任1名、副主任19名。

21.2017年10月27日，印江县脱贫攻坚秋季攻势推进大会在县人民大会场召开。

22.2017年11月21日，印江自治县召开脱贫攻坚工作专题研讨座谈会。会议以11月15日至17日我县组织党政考察团赴赤水考察学习整县脱贫摘帽工作经验为背景，研究如何借他山之石进一步推进当前和明年工作的思路、方法和攻势路径。

23.2017年12月11日，我县召开"印江县脱贫攻坚暖冬行动动员大会"，会议由县委书记田艳同志作动员讲话，县长张浩然同志宣布暖冬行动动员令。由县委副书记张勇同志宣读讲解《关于健全完善"县、乡、村、组"四级脱贫攻坚指挥体系的实施意见》（印党发【2017】11号）文件。从当日起，省、市驻印帮扶干部和全县各机关单位和企事业单位、乡镇（街道）结对帮扶干部5000余人，从12月11日至12月20日分批次进村入户开展为期10天的脱贫攻坚"暖冬行动"。

24.2018年2月23日，我县在县体育馆召开自治县2018年脱贫攻坚"整县摘帽"动员暨誓师大会，会上宣布了自治县脱贫攻坚3号令，对当前抓好精准识别与管理、基础设施调查摸底、易地扶贫搬迁和开展好"春风行动"等工作作了具体安排部署，会上印发了《自治县2018年脱贫攻坚"整县摘帽"实施方案》等"1+10"系列配套文件。县直各部门主要负责人、各乡镇（街道）班子成员、扶贫站站长、2018年新选派的驻村干部、全县365个村党支部书记、村委会主任、春晖使者代表等共2000余人参加了大会。

25.2018年2月27日，全县2018年脱贫攻坚专题培训会在县博物馆开讲。培训共分3期进行，参培人员包括县级及以上单位选派到全县365个村的干部，各乡镇（街道）班子成员、村管所所长、国土所所长、乡镇选派的驻村干部、全县365个村党支部书记。

26.2018年3月21日，"整县摘帽"市级督导组一行9人来印督导，为期一年，住宿办公在县党校。当日下午，县脱贫攻坚整县"摘帽"市级督导启动会在县委会场召开。

27.2018年4月20日，我县举办脱贫攻坚专题培训会，邀请了四川省南部县县委副书记朱仕友到会为全县领导干部、驻村干部介绍南部县在脱贫摘帽工作中的成功经验做法。各乡镇（街道）党政主要负责人，县乡督导组成员、第一书记、驻村干部等共700余人参加了培训。

28.2018年5月4日，印江自治县与市驻印江脱贫攻坚督导组召开联席会议，通报市驻印江脱贫攻坚督导工作组在印督导工作情况，共同商讨印江"整县摘帽"工作。县委书记田艳主持会议并讲话，市驻印江脱贫攻坚督导组副组长、市扶贫办副主任曾杰出席并通报在印督导情况。

29.2018年5月15日，县扶贫开发领导小组召开2018年度第二次会议，听取各乡镇（街道）作战部指挥长工作推进情况汇报，研究审定2018年脱贫攻坚相关工作方案。听取并研究讨论了《印江自治县2018年扶贫开发工作考核实施方案》《印江自治县关于开展"五大主题教育"助推脱贫攻坚的实施方案》《关于建立2018年脱贫攻坚整县摘帽"三按月、三按季"动力赶超现场验靶机制的实施意见》《关于进一步修改完善印江自治县2018年脱贫攻坚"整县摘帽"督导工作方案》，对当前脱贫攻坚工作作了进一步安排部署。

30.2018年5月24日，苏州市吴江区·铜仁市印江自治县东西部扶贫协作2018年第二次党政联席会议在印江召开，双方携手共谋两地全方位深层次扶贫协作新篇章。吴江区委、区政府向印江县捐助了500万元对口帮扶资金，吴江开发区（同里镇）、汾湖高新区（黎里镇）、吴江高新区（盛泽镇）、太湖新城（松陵镇）分别与结对帮扶的印江经开区和沙子坡、龙津、罗场、天堂、刀坝、板溪六个乡镇（街道）现场签订了"携手奔小康"合作协议并捐赠了帮扶资金，实现了吴江区8个区（镇）与印江17个乡镇（街道）结对帮扶全覆盖。吴江区、印江县相关部门、乡镇（街道）负责人参加会议。

31.2018年6月10日上午，县委、县政府在县体育馆召开自治县2018年脱贫攻坚"整县摘帽"工作推进大会，传达贯彻全市四个拟退出区县脱贫摘帽工作推进会精神，总结全县脱贫攻坚"春风行动"成效，反思存在问题，紧盯省、市督导反馈问题和"五个专项治理"抓整改落实。县直各部门主要负责人，各乡镇（街道）班子成员、扶贫站站长，2018年选派的1012名驻村干部、新增选派的464名驻村干部，全县365个村党支部书记等共2200余人参加了大会。

32.2018年6月10日，我县在县博物馆对2018年第二批新派500名驻村干部进行脱贫攻坚业务培训。本次从县直部门增派的500名干部到脱贫攻坚一线，与第一次选派的524名县直部门干部、中央省市40名干部、23名上划垂管部门干部、435名乡镇干部、1070名村三职干部共2556名干部，共同组成

365个村攻坚队，决战决胜脱贫攻坚"整县摘帽"。

33.2018年6月21日，由省委选派挂职常委、副县长萧子静，中组部选派挂职常委、副县长何学明，江苏省吴江区对口帮扶挂职常委、副县长沈建民联合作词，青年歌唱家马关辉演唱的印江县《脱贫攻坚战歌》在印江门户媒体上线，并广为流传，传唱在脱贫攻坚的田间地头，激发广大干部群众坚定打赢脱贫攻坚战斗志。

34.2018年7月8日，全县脱贫攻坚"两错一漏"专题调度会召开。会议还对农村危房改造、"四改一化一维"、易地扶贫搬迁、村卫生室建设等工作进行了安排调度。

35.2018年8月13日，县博物馆四楼举行2018年脱贫攻坚业务知识专题培训会，参训人员（约458人）。

36.2018年9月21日，市委书记陈昌旭同志率市四家班子领导组成2个面上检查组、17个乡镇检查组深入印江自治县交叉检查脱贫摘帽工作，并于当晚召开印江县脱贫攻坚交叉检查总结会。

37.2018年9月25日，印江自治县2018年脱贫攻坚"整县摘帽"百日攻坚动员大会在县体育馆召开，会议通报了2018年脱贫攻坚"整县摘帽""三按月、三按季"考核情况，为第三季度考核"先进乡镇（街道）"和"先进单位"授予了流动红旗，为"后进乡镇（街道）""后进单位"发放了流动黄旗，17个乡镇（街道）作战部指挥长分别作了百日攻坚表态发言。会

议指出，按照"七个极"工作总要求，坚持"三真三因三定"工作原则和"76554"工作方法，全力以赴打好百日攻坚战，确保2018年顺利实现"整县摘帽"目标。百日攻坚县直各部门副科级以上干部，各乡镇（街道）党政主要负责人，县督导组全体成员，全县365个村攻坚队队长、第一书记、村支书、村主任等2100多人参加会议。

38.2018年11月8日，县四家班子领导和市驻印江脱贫攻坚督导组等组成2个面上督导组、17个入户督导组深入全县17个乡镇（街道）交叉调研督导脱贫攻坚工作。

39.2018年 11月9日，自治县2018年脱贫攻坚交叉调研督导总结会在县博物馆召开。

40.2018年1月15日，市四家班子领导组成2个面上检查组、17个乡镇检查组深入印江自治县交叉检查脱贫摘帽工作，并召开印江自治县脱贫攻坚交叉检查总结会。

41.2019年2019年3月，顺利接受贵州省贫困县退出第三方专项评估检查。4月24日，省人民政府正式批准我县退出贫困县序列。

42.2019年7月，印江县顺利接受国务院扶贫办第三方2018年贫困县退出抽查。

六、沙子坡镇扶贫纪事

1.2015年8月，全力推进"两遍访"工作。

2.2015年11月，创新"村两委+乡贤会"助推脱贫攻坚。

3.2016年4月，掀起"三到位"抓好结对帮扶。

4.2016年5月，开展"白日助生产，夜晚访农家"助推脱贫攻坚。

5.2016年7月25日，开展"三合一"精准打造同步小康指挥部。

6.2016年10月20日，开展"四举措"推进精准扶贫工作。

7.2017年3月，发动脱贫攻坚"春季攻势"行动。

8.2017年5月22日，协同施策助推精准扶贫。

9.2017年6月9日，部署脱贫攻坚"夏季大比武"工作。

10.2017年8月20日，率先成立韩家村"春晖社"；汇聚春晖力量，助推脱贫攻坚。

11.2017年9月5日，部署脱贫攻坚"秋季攻势"行动。

12.2017年11月9日，率先成立20个"农民讲习所·感恩教育基地"助推脱贫攻坚。

13.2017年12月12日，发出"暖冬行动"令，并掀起"大学习、大宣讲、大宣传、大调研、大落实"的热潮。

14.2018年1月3日，四坳村王昭权接受中央媒体采访。为沙子坡脱贫攻坚宣传工作打开新局面。

15.2018年1月15日，CCTV13频道记者到四坳村继续深入采访王昭权。

16.2018年1月，石坪村集体经济红薯粉加工厂正式启动。

17.2018年1月30日，沙子坡镇指挥长、县委常委、副县长萧子静，沙子坡镇副指挥长、县经开区管委会副主任王斌奔赴沙子坡镇战区一线，正式入驻指挥沙子坡战区脱贫攻坚工作。

18.2018年2月，沙子坡镇代表印江县迎贵州省成效考核。

19.2018年3月7日，向"整县摘帽"发起总攻，开展"春风行动"工作。

20. 2018年3月，第一批驻村干部入驻到村，真蹲实住开展脱贫攻坚工作，同时成立20个攻坚队。

21.2018年4月7日，开展跨区域党建促支部活力，产业合作决战脱贫攻坚。

22.2018年5月11日，开展大力弘扬王昭权精神活动、凝聚社会正能量、坚决打赢不能输、输不起的脱贫攻坚战。

23.2018年5月21日，脱贫攻坚五个专项治理工作正式启动。

24.2018年6月，第二批驻村干部入驻到村，真蹲实住开展脱贫攻坚工作，同时成立204个尖刀班。

25. 2018年7月17日，炉塘村代表印江县迎接省"五个专项治理"和"春风行动"交叉检查。

26. 2018年7月18日，吹响"四好一先""五大主题"教育活动"结集号"。

27. 2018年7月31日，沙子坡镇召开八一老兵座谈会，县指挥长萧子静，县委常委、县武装部政委邱跃业、部长刘齐全出席并讲话，指示"人生不光有青春无悔，更应有家国和边关"，要求"老兵不死，退伍不褪色"，号召广大退伍老兵发扬光荣传统，积极投身沙子坡脱贫攻坚战。

28. 2018年9月25日，迎来省交通运输厅直属系统14个党支部及市县交通行业支部、企业共计30家单位结对帮扶沙子坡镇20个村党支部工作启动，助力脱贫攻坚。

29. 2018年9月27日，脱贫攻坚作战部安排部署"百日攻坚战"。

30. 2018年9月30日，召开"百日攻坚战"誓师大会，为夺取"整县摘帽"全面胜利发起总攻。

31. 2018年10月17日，在省交通运输厅的关心和统筹下，省、市、县交通部门和印江交通参建单位、有关企业，共计30家单位（支部），扶贫日集中在沙子坡镇开展脱贫攻坚结对帮扶工作，此后各支部捐助脱贫攻坚补短板及贫困助学资金200余万元，办好事实事无数。

32.2018年11月，掀起"同吃连心饭，共叙帮扶情"活动。

33.2018年12月10日，指挥长、副指挥长及镇党政班子冒着风雪凝冻徒步前往炉塘村召开韩凉线脱贫攻坚安排部署会。

34.2018年12月13日，红星村、十字村、塘口村、冷草村、四坳村代表印江县迎市级贫困县退出审查。

35.2019年3月16日，邱家村代表印江县接受省第三方评估。

36.2019年7月7日，邱家村、十字村代表印江县接受国扶办第三方评估。

37.2019年7月中旬，省社科联、省交通运输厅关心指导下，省写作协会、县文联、县诗词楹联协会及写作爱好者前往沙子坡镇采风，身临其境挖掘采写脱贫攻坚故事。

38.2019年8月，全镇进一步深入开展脱贫攻坚"五个专项治理行动"，巩固提升脱贫攻坚后续成果。

附录2：印江土家族苗族自治县
沙子坡镇脱贫攻坚感言

参加过2008年贵州抗凝冻保畅通，深入灾区参加汶川抗震救灾，在黔西县雨朵镇驻过村，从江县加勉乡极贫乡镇战斗了一年，经历生死考验，非常难忘。但最刻骨铭心的，莫过于在印江、在沙子坡脱贫攻坚两年多的艰辛岁月！让我深刻地感受到：没有上级的英明决策，没有战友们的拼死攻坚，没有乡亲们的全心支持和共同努力，我们是打不赢这场史无前例的反贫困战役的。因此我们决不能错把平台当本事，总贪天功为己功！务必始终不忘初心、牢记使命，担当务实、感恩奋进，才能无愧于时代，无愧于重托，无愧于良心！

又感：苏幕遮·脱贫攻坚感怀

暴雨歇，秋风起。稻谷黄了，河岸柳依依。晓看云中月徘徊。梵山净水，酌人间悲喜。

战脱贫，至归期。恰来急电，严阵执戈载。白发几缕添豪气。不忘初心，万水千山忆。

——萧子静（沙子坡镇脱贫攻坚作战部指挥长，挂职县委常委、副县长）

脱贫攻坚，锻炼了干部、教育了群众、造福了百姓。党心所向，民心所依。

——王斌（沙子坡镇脱贫攻坚作战部副指挥长、县经开区副主任）

忆往昔邛江之北，十里尘飞，百里荒芜。望高山上下，惟羊肠小径，乱草丛生；大小河库，竟失饮水之源。山枯煤竭，民生贫瘠，吾等挥师试比高。

脱贫攻坚号角响，弃妻儿，上战场，将士齐心把关闯！凿阔道，引山茶，瓜田鱼肥，欣得无数百姓喜。心忧否，产业强。按统筹，接援手，冰天雪地萧王出，吾乃战就挂帅印，血泪高歌共奋进，怎能由它是弱小！吾辈正风华，何惧长路雷雨成冰道！不负民与将，瞭望彼伏众山，云雾尖头茶香溢。将指山河，民捧富裕，终迎检，屡过关，来时之心方能安。收官脱贫皆实现，聚欢颜！代代贫苦，俱往也，而今同步小康路，攻坚之战入史册。

今宵月，直把天涯都照彻，此心百感不入眠。

又感：

脱贫攻坚真伟大，攻坚穷镇也不怕。抛家弃子上前线，干群情深如一家。将士齐心攻难关，县级统筹力量大。支部帮扶伸援手，作战指挥传佳话。省市督导是煎熬，过程辛酸泪雨下。如履薄冰做副帅，战战兢兢过关卡。国检省检都精彩，进军小康乐无涯！

——陈明（沙子坡镇脱贫攻坚作战部副指挥长、镇党委书记，天星村攻坚队长）

沙子坡是我们的根据地，沙子坡是我们的井冈山，沙子坡是我们的南泥湾！按时打赢脱贫攻坚战，是我们的光荣使命。顺应形势，把握大局。团结和带领全镇干部群众把脱贫攻坚工作不断向前推进；上下结合，注重实践。上面千条线，下面一针穿，增强贫困对象的"造血"功能；低调务实，少说多干，拿在手上，放在心上，落实在行动上，真抓实干。敢于担当，积极作为，一份责任，一份担当，充分带动干部的主动性与能动性！

——任兵（沙子坡镇党委副书记、镇长，红星村攻坚队长）

无令不共事，无缘不相遇；同树奋斗心，铭记甘苦情。

——杨雪锋（沙子坡镇党委副书记、政法委书记，池坝村攻坚队长）

"七沟八梁九面坡，山高沟深弯又多，土地少来石头多，不到过年敲锅锅……"我今年83岁，这首土家族高腔山歌我唱了几十年，唱出的辛酸与无奈。过去兵荒马乱饿死人，草根树皮，哪样没吃过？真是苦心慌了！现在"两不愁三保障"，吃的穿的住的，哪样没得？日子好过了，只是干部们累心慌了！党的政策好，感谢党的好政策！

——刘朝英（沙子坡镇塘口村村民、高腔山歌歌王）

千颗心、万颗心，干群互容相连合一心；千句话、万句话，农户勤劳致富才像话；千条路、万条路，产业发展确是脱贫路；千干部、万干部，为民解难齐称好干部。

——田政（桂花村驻村干部）

人民工程太艰辛，多少个废寝忘食，多少个通宵达旦，三过家门而不入，没管父母和家庭，只因扶贫大如天。

——付天婵（桂花村驻村干部）

你们农村扶贫队，千辛万苦不怕累。党员干部树典范，服务村民心操碎。领民脱贫做得对，感谢派驻工作队。

——吴习蓉（桂花村群众代表）

脱贫攻坚手牵手，幸福桂花心连心。看到贫困户们脸上越来越多的笑容，就是我们帮扶干部最大的快乐。

———罗长春（桂花村驻村干部）

群众的好口碑，来自于脱贫攻坚的实干为先，扶真贫，用真情，办实事。千千万万扶贫干部上战场，集中力量办大事，打赢脱贫攻坚战，体现了社会主义制度的优越性。

——周增绪（韩家村结对帮扶干部）

脱贫攻坚，大小干部驻村入户，不论风霜雨雪，逢年过节，都穿梭于乡间小路，一心只为带领农民致富奔向小康路。

——田黔航（韩家村结对帮扶干部）

脱贫攻坚，莫道使命艰巨，瘦肩亦要如铁！聚全域合力，用几载功夫，荣光岁月，脱数层皮，尽锐出战，不破楼兰誓不返！诗和远方很美。当下，走在乡间小道，为亘古民族伟业拼搏奉献的人更美。

——周琴（韩家村结对帮扶干部）

脱贫攻坚，国之大计，一年多的脱贫攻坚工作，识战友、聚民心，因户施策，为贫困户谋幸福。

——杨天义（韩家村结对帮扶干部）

干部乐了 群众笑了

脱贫攻坚战就是要和困难群众面对面，零距离接触，解决生产生活中的实际困难，帮助贫困户树立脱贫信心和决心，早日脱贫过上幸福美满的生活。

——冉茂学（韩家村结对帮扶干部）

感谢脱贫攻坚战斗，让多少此生原本不会有交集的陌生人，成为战友，成为此生最佳拍档，成为亲戚和朋友。让很多"空想家"知道"锅儿是铁铸的"，让默默无闻甘于奉献的民间英雄被铭记。

——李海松（韩家村驻村干部、村支部书记）

"脱贫攻坚，实干为先"，苦点，累点，值得！
"全民参与，合力攻坚"，凝心，聚力，坚持！
"众志成城，坚决打赢"，团结，奋进，坚守！

——杨喆（韩家村驻村工作队队长）

百年辱耻东亚夫，狗骑人背当马牛。瑞顼帝誉五千史，一醒雄狮震全球。立党为公一世纪，立国为民七十秋。脱贫攻坚摘穷帽，国旗红映满神洲。

——田国儒（韩家村结对帮扶干部）

脱贫攻坚任务坚决，责任压力重于泰山；整县摘帽士气高涨，四场硬仗各显神通；众志成城攻坚克难，乡村振兴指日可待。

——杨印（沙子坡镇组织宣传统战委员、韩家村攻坚队长）

脱贫攻坚战的冲锋号已经吹响，决胜在此一举。把贫困群众当亲友，倾听他们的诉求和想法，设身处地的谋划，真心付出，诚意帮扶，坚决打赢脱贫攻坚收官战，永不服输！

——周静（韩家村结对帮扶干部）

扶贫路上，风雨无阻。就算天寒地冻，也阻挡不了帮扶干部看望贫困户的心！十天半个月，甚至几个月没回家一趟，一切为了脱贫，一切为了群众。正因为这项工作，干部与老百姓格外亲近！

——任慧敏（韩家村结对帮扶干部）

我们的手越拉越紧，心越贴越近。加油沙子坡！加油韩家村！

——任廷珍（韩家村结对帮扶干部）

我作为韩家村的一名春晖使者，有幸能够投身于战贫困、斩穷魔的攻坚队伍中，每当广场播放着振奋人心的《脱贫攻坚战歌》，便心潮澎湃，主动协助村攻坚队进言献策，共谋发展。林下养鸡、生态茶园、环境治理、乡风文明……所有一切，感谢战斗在沙子坡战区的一线战士！我们将迎着脱贫攻坚胜利的曙光，迎接振兴乡村的又一壮举继续前行！

——李世强（韩家村春晖使者）

脱贫攻坚，要三坚"坚定、坚强、坚守"，还要三心"信心、爱心、耐心"。

——陈进（韩家村结对帮扶干部）

用心用情，一切为民。努力提高满意度、认可度。家中亲人住院，而不得照顾，妻子怀有身孕，而不得陪同。舍小家，为大家。自古忠孝难两全，只愿家人多谅解。迎接省检、高度紧张、生怕出错、夜不能寐。国检通过、众人齐欢，解放啦！

——廖恩举（韩家村结对帮扶干部）

脱贫攻坚战，我参与、我奉献、我作为、我发力、我自豪、我骄傲。

——胡雪娇（韩家村女子党员突击队队员）

作为一名农村党员我因有幸参加了这场史无前例又刻骨铭心的全民战争而感到无比的骄傲。

——任爱平（韩家村女子党员突击队队员）

昨日一声令下，今朝战鼓齐鸣，十里八乡齐上阵，共把家园变乐园！

——刘再权（红木村驻村干部）

何曾畏惧雨连阴，唤醒乡民致富心。碧水青山藏愿景，铺霞植被长黄金。

——吴光友（红木村村委会主任）

你帮助我脱贫，我难忘你恩情，你我是兄弟，你我是姐妹，兄弟姐妹是一家，我们共建中国家。

——任贞婵（红木村结对帮扶干部）

红色老区红花园，脱贫攻坚战正酣。不忘先烈牺牲志，阔步小康谱新篇。

——柳仁华（红木村结对帮扶干部）

一句问候，一份捐赠，小行大爱，牵手你我，奔赴小康。

——黄银妹（红木村结对帮扶干部）

扶贫的日子是甜蜜而美好的，多少个日夜，你我同行共进退，建之良好干群关系，愿农村人人致富奔小康，祝祖国繁荣昌盛。

——陆世民（红木村结对帮扶干部）

全镇下辖二十村，桂花红木相与邻，山势峻拔水见鱼，但叹百姓尚多贫，结构调整是关键，多种经营要先行，多方帮扶不可少，干群一心必脱贫。

——冉瀛（红木村驻村干部）

偏远老区红花园，你我脱贫在一起，幸福生活已来到，党恩不忘代代传！

——覃雪梅（红木村结对帮扶干部）

手牵手参与扶贫济困，心连心建设和谐家园。（不忘初心）

——刘亚庆（红木村结对帮扶干部）

不畏路途坎坷，不畏风雪交加，只为党的召唤，脱贫攻坚路上有我！

——杨韬（红木村结对帮扶干部）

脱贫攻坚战，百姓心里甜。乡村大变样，感谢党中央。

——杜文锴（红木村结对帮扶干部）

扶贫是什么？就是从一件一件的小事做起，把贫困村民的事情当做自己的事情，真诚、真心的帮助他们。只要"扶起精气神，立起勤勇谋"，就没有跨不过的火焰山、蹚不过的通天河。

——符海玲（红星村帮扶干部）

驻村工作没有取巧，要有耐心、忍心、责任心；用心、用情做好政策明白人、群众贴心人。

——周秋实（县水务局驻红星村第一书记）

脱贫攻坚为人民，坚持、坚持、再坚持！

——周智松（红星村帮扶干部）

脱贫攻坚，干群连心；走家串户，交心谈心；扶贫扶智，干部在先；利在千秋，功在当今！

——晏彬（红星村帮扶干部）

从最开始的茫然，到如今的泰然，不仅经历了又一次成长，更深入了解了农民和农村，也用自己的行动赢得了帮扶户的支持和认可，这种高于友情和亲情的特殊情感，是在学校教学中体会不到的。

——代红燕（冷草村帮扶干部）

脱贫攻坚，人人愿为、人人会为、人人能为。最开心的事，莫过于你尽力做到了力所能及的自己眼中的小事，但对于他人来说却是极其重要的大事。

——王旭东（冷草村驻村干部）

坚定贫困群众的奋斗精神和发展愿望，脱贫攻坚才能聚指成拳战无不胜。

——王贵海（冷草村村委主任、攻坚队成员）

要脱贫就要充分激发群众的内生动力，而贫困户自身的脱贫愿望与能力才是真正的内生动力。这不仅要站在贫困户的角度上思考问题，还要将工作落到实处，真心付出，真心帮扶，扶贫工作才会取得成效。

——魏爽（冷草村帮扶干部）

　　规划精准到户，帮扶精准到户。因地制宜、因户制宜地帮助每家贫困户制定好一个切合实际、有效管用的规划，十分重要。

——田彪（冷草村第一书记）

　　一看房、二看粮、三看劳动能力强不强、四看家中有没有读书郎，就是实践中管用的好方法。

——孟海（冷草村攻坚队长）

　　在和战友们一起攻打脱贫攻坚这场战役中，其过程让我们留下了许许多多美好的回忆，例如为了能和帮扶户吃顿"连心饭"，不惜在大雪纷飞的寒冬里不惜爬过一座座冰封的雪山等等……在这场战役中让我多了一家亲戚，结识了那么多共谋脱贫致富路子的战友！

——甘乾河（冷草村帮扶干部）

　　磨练使我深受感动，村容村貌更加美丽，村寨更加亮化，脱贫户得以顺利脱贫，奔向小康生活，村民发的内心的感党恩，听党话，跟党走。

——吴宏文（冷草村支书、攻坚队成员）

　　回首一年的脱贫攻坚工作，许多画面历历在目，可以说喜怒哀乐，五味杂陈！作为村干部的我，有幸参与这场没有硝烟的战争，我深感荣幸！队友让我在工作中成长，提高！

——胡友波（冷草村会计、攻坚队成员）

　　小康不小康，关键看老乡。"白加黑"、"5＋2"已经成为脱贫攻坚一线干部常态化工作，尽职尽责、全力以赴是我的工作态度，入户走访、交心谈心、帮解困难是我的工作方法。

——安丽丽（冷草村帮扶干部）

　　脱贫攻坚，犹如战争。干部参与，全民皆兵。困难再大，没有逃兵。拿下高地，劳苦劳心。干部在前，后面是兵。忆往事，胆颤心惊。

——王治文（冷草村帮扶干部）

　　脱贫攻坚路上所负出的艰辛与无奈，能换取老百姓的一个"好"字，是我最大的荣幸与满足。

——付婕（六洞村驻村干部）

　　在脱贫攻坚的路上，每个人都经历了酸甜苦辣，但能得到群众的理解和支持，就是对我们工作最大认可。

——陈小玲（六洞村驻村干部）

　　"通组路"连人心，甘愿化作铺路石，脱贫路上奔小康！

——冉劲松（六洞村帮扶干部）

　　脱贫是福，实干是真！帮扶到位，百姓欢心！

——任贞雄（六洞村村长、攻坚队成员）

　　以真情扶真贫，用仁心润民心，政策落实到位，召全民感党恩。

——刘富华（六洞村帮扶干部）

　　紧跟共产党，连着干群心。用尽全部力，脱贫得民心。

——杨文（六洞村支书、攻坚队成员）

　　积极宣传动员统一群众思想积极性。撸起袖子以实际行动加油干，打赢脱贫攻坚硬仗。

——杨再兴（六洞村会计、攻坚队成员）

　　扶贫攻坚，责任在肩。全民参与，奋勇当先。

——刘垚（六洞村第一书记）

　　我是老师，也是帮扶干部，我爱学生，也爱老乡。爱是工作、学习和生活，是"不忘初心，牢记使命"。对贫困，我有一种发自内心的感同身受。群众是有困难的，这驱使我用爱关爱尊重他们，传播宣讲，忆国史感党恩、忆家史报亲恩，励志勤劳战胜贫困，奋斗奔小康。

——魏丽芳（六洞村帮扶干部）

一号工程降四方，万名干部赴战场；背井离乡洒热血，抛家弃子负爹娘；春夏秋冬攻答卷，男女老幼拇指扬；四场硬仗展风采，整县摘帽谱华章。

——张毅（沙子坡镇副镇长、邱家村攻坚队队长）

到一个村庄，打一场胜仗，留一片产业，传一段佳话。

——龙施翼（邱家村帮扶干部）

脱贫攻坚是持久战，要坚决破除那种当时感动、想时激动、过时不动的习惯。被动不如主动，主动不如时时行动，我们才会有感动。谢谢参与脱贫攻坚的你们，我们，他们！

——冉航（十字村攻坚队队长）

不达目的，誓不罢休。这是每一个扶贫干部的真实写照。从政府到医生、教师……无关年纪大小都参与到这场没有硝烟的"战争"中。无论寒冬还是酷暑，他们都朝着一个目标前进，战胜贫困！战胜贫困！

——冉文艳（十字村帮扶干部）

平凡却不平庸——致最可爱的脱贫攻坚战士！

——田波（十字村驻村干部）

脱贫攻坚拔穷根，精准施策需认真；责无旁贷无抱怨，万众一心担使命。

——涂武盛（十字村驻村干部）

冒风冒雨冒雪只因抓实脱贫攻坚，天时地利人和奇取全面小康。排万难抓实脱贫攻坚，解民愁同仁不懈努力。靠人民政府儿孙万代福，跟共产党走幸福万年青。

——黄廷继（十字村群众代表）

脱贫攻坚鼓急擂，驻村帮扶竭全力。政策宣讲联民心，人居改善美村庄。产业发展促民富，两错一漏是核心。政策帮扶得实惠，帮扶干部亦受教。今朝脱贫传捷报，明日乡村大振兴。

——杨光海（十字村驻村干部）

喊破嗓子，不如甩开膀子，只有做，才能出成效，不做只能永远做观众，上不了历史舞台。

——姜仕军（石槽村攻坚队长）

放下心中等靠要，惠农政策是依靠。

——张正（石槽村驻村干部）

脱贫攻坚重在参与、过程重要、结果达标，让群众过上幸福生活。
——李承强（石槽村驻村干部）

脱贫攻坚让我们的基础设施焕然一新，以前水来的远，现在不用挑，不用担，龙头开开自然来；以前路难走，现在不沾泥，路好走，家家户户大门走。
——张运春（天星村槐树组组长）

脚下有路、心中有志、生命有光，脚踏实地，美好生活干出来。
——申明权（天星村兰竹组贫困户）

感谢党委政府的好政策，让我家从居无定所、居在危所，搬进了明亮安全的大房子，让我"搬"出幸福感，"点亮"了致富梦。
——何能勇（天星村消水组贫困户）

听党指挥，敢当脱贫先锋。当好群众呼声传话员、民生事业监督员，传播正能量，助推脱贫攻坚全面胜利。
——任明昌（天星村荒田组贫困户）

作为一名教育工作者，我很荣幸能参加这次脱贫攻坚战，更荣幸的是能做一名帮扶干部到村去了解百姓生活，在这一年多的时间里我学到了村干部，住村书记他们身上的那种勤劳朴实，不怕苦，不怕累的奉献精神和实干精神。
——冉旭峰（天星村帮扶干部）

非常有幸在临近退休之龄，参与了这场没有消烟的脱贫功坚战役，亲自体验了贫困群众生活的艰辛，努力去为改变他们的生存环境和不良生活习惯而尽自己作为党员的应尽义务。
——王胜前（天星村严家山组尖刀班班长）

　　没有健康就没有小康，全面落实医改政策，重点解决农村"看得起病""有医师看病""有地方看病"问题，继续把卫生工作的重点放在基层和农村，加快构建新型基本医疗卫生服务体系，确保城乡居民身体健康。

——王勇（天星村帮扶干部）

　　扶贫工作一年来，我作为一名帮扶干部不忘初心、牢记使命，我们打的是团体战，为贫困户做了很多实事，深深感受到：做任何事只要"人心齐，泰山移"！

——唐朝阳（天星村帮扶干部）

　　在其位，谋其职，实事求是，爱岗敬业，乐于奉献，听党话，知党恩，跟党走。

——田儒洪（天星村村会计）

　　不积跬步无以至千里，不积小流无以成江海，不忘初心、牢记使命，艰苦奋斗，砥砺前行，全心全意为人民服务。

——任光霞（天星村党支部书记）

　　消除"绝对贫困"这场无硝烟的战争，我们已然遇到，就要义无反顾、苦干实干、勇往直前，把一切不可能变为可能，坚决打赢这场属于我们的战役。

——冉松（天星村攻坚队队长）

　　我们，奔走异乡，立下铮铮誓言，不破楼兰终不还；我们，扎根基层，奋战脱贫前线，决心铺就致富路；我们，处处为民，倾情播洒茶乡，真把群众当亲人。

——严志文（天星村驻村干部）

一句温暖的话语、一双搀扶的双手、一点扶弱帮困的善心，这样的事，你我都可以做到。

——代丽（天星村帮扶干部）

脱贫攻坚聚力量，干群连心奔小康，走村入户户户清，精准扶贫解民困。

——文钦明（天星村驻村干部）

百岁老人等除夕，孙子还在第一线，百姓电话一声响，四代同堂欠团圆，决胜脱贫胜过年。

——郭义军（天星村村主任）

在没有硝烟的战场，在消除贫困、脱贫攻坚的路上，虽有太多艰辛与无奈，换来乡亲们的认可和感谢，所有付出都变成了幸福和快乐！

——李海峰（天星村攻坚队副队长）

初到村无人识，泥路难行才知老百姓出门难；攻坚奋战二年通村组路、联户路、硬化路、路灯亮化一片新景象；路过群众家门村民喊"书记进屋来喝茶、吃少午了（方言：吃饭）"……！

——喻波（炉塘村第一书记）

当回首往事，不因虚度年华而悔恨，不因碌碌无为而羞愧。作为一名脱贫攻坚干部，我们敢闯敢拼，不畏荆棘坎坷，主动奋斗在脱贫攻坚的一线上，用汗水浇灌美丽的花朵，用勤劳创造美好明天，用青春谱写无悔人生。

——杨欢（炉塘村驻村队员）

回顾脱贫攻坚这些日子，我忙碌而充实，幸福而满足。在无数个烈日炎炎、大雨滂沱的日子里进组串户，脚印遍及全村每个自然村寨、遍及家家户户。每当我的付出得到群众的认可，内心感到无比的幸福和温暖。只有脚上沾的泥土多了，离百姓的心才会更近。相信今日经风雨，明日必将见彩虹！

——田儒学（炉塘村村委主任）

我见证并参与了中国乃至人类历史上规模最大的一次减贫脱贫行动。这将成为我人生中最辉煌的一部分，我将为此感到无尚光荣和自豪！在若干年后，当我们再次回首脱贫攻坚这段激情燃烧的岁月时，依然可歌可泣！

——汪豪（炉塘村县中医院帮扶干部）

脱贫攻坚路上：有苦有累，也有甜，但更有收获。是我们这一代人永远会记得这一场无消烟的战争！干部的自觉意识强了，肯干的精神有了，肯做实事的同志多了。群众的觉悟在转变，感恩意识强了，对美化乡村、邻居和谐的认识也增强了。

——冉君林（炉塘村驻村队员）

风雨无阻帮扶路，甘苦与共干群情。

——王昭美（石坪村结对帮扶干部、春晖使者）

3月16日协助邱家村迎检有感：号令军中得，邱家士气昂。韩凉人勤奋，富裕路康庄。异日蓝图美，花朝细柳长。于今无贫困，大德永不忘。

——戴秉武（石坪村帮扶干部）

石坪村里扶贫行，忽闻百姓颂党声。历朝历代论关爱，不及党恩似海深。

——池宣尧（石坪村帮扶干部）

做好脱贫攻坚工作，要敢于动真碰硬，要用绣花的精准抓扶贫，用铁杵磨成针的坚持做好工作，要细琢磨、擦亮眼、迈开腿、抓落实。

——刘倩（石坪村帮扶干部）

脱贫攻坚号角响，热血儿郎奔战场；离开家中爹和娘，妻子儿女一边凉，一心只为脱贫忙。

——彭斌（石坪村帮扶干部）

满怀壮志去扶贫，跋山涉水到石坪；入村走访探民情，入户交心连心行；冲锋号角已吹响，冲锋陷阵无愧党；干群连心聚力量，众志成城打胜仗。

——孙贵刚（石坪村帮扶干部）

如果不是共产党好、国家扶贫政策好，我们家很难爬得起来！不知道这辈子拿什么来报答！

——周文婕（石坪村易地扶贫搬迁脱贫户）

何为贫？何为富？入户查看最清明。为何贫？如何富？听着书记细细道。
看条件，看环境。因地制宜开培训。学养殖，学种植，学到技术笑开颜。

——周琳（竹元村帮扶干部）

不忘初心，扎根基层奉献青春。牢记使命，精准扶贫砥砺前行。

——张咏薇（竹元村帮扶干部）

脱贫攻坚有成效，百姓吃穿不担忧。漏房破房变新房，住房安全有保障。子女学业有保障，生病看病可报销。书记下乡为民忙，教师医生齐帮忙。百姓干部聚一堂，全民百姓奔小康。

——任艳（竹元村帮扶干部）

呕心沥血为教育，忠肝义胆为扶贫。

——吴小英（竹元村帮扶干部）

当褪下白衣天使的外衣，我们也是有血有肉的群众，我们也有家人，也有儿女。但自精准扶贫政策实施一来，于我自己的父母及家人，我因无法顾及而深感愧疚。而父母及家人却给予了最大的支持，让我可以全身心投入精准扶贫工作！

——杨益萍（竹元村帮扶干部）

不管是天晴，还是下雨，天热还是天冷，甚至是酷暑难奈，冰天雪地，牺牲了周末休息时间一早就去赶车，有时去的路上堵着车，有时来的路上堵着车，甚至有时车开到泥塘里，发着脾气不肯走，脑海里点点滴滴，永远难以忘记，我们全体同仁都义无反顾开辟扶贫道路。

——田桢荟（竹元村帮扶干部）

用心用情做扶贫，民心人心定感动。

——涂显强（竹元村攻坚队长兼第一书记）

立下愚公志，扎根基层奉献青春。凝聚战友情，精准扶贫砥砺前行。

——田宏荟（竹元村驻村干部）

　　集众志，聚群力，团结一心，决战脱贫攻坚；用真心，动真情，攻坚克难，决胜全面小康。

——王芳映（竹元村驻村干部）

　　战贫困，先动员；老中少，齐上阵。新农村，新变化；通村路，通组路，联户路，户户通；路灯亮，电路通；卫生间，水路通；发视频，网络通；样样通；村庄美，迎省检；生活美，迎国检；大家来，奔小康。

——田园（竹元村帮扶干部）

　　省委一声令下，市开万人大会，县招千人宣誓，镇做攻坚安排，派遣干部驻村，落实部门帮扶，号召乡贤加入，引来支部解惑，警官教师医生入户搞帮扶……，史无前列之脱贫攻坚战打响了！抓住核心之本——"两不愁，三保障"，重视"辨识研判"，强化"补齐短板"，发展集体经济，落实村民决策，打击"两争两隐"……全体干部投真情、用真心，突出了重点，破解了难点，凝聚了人心。脱贫攻坚胜利了，更多的记忆必将永载史册，更多的感动必将永驻民间，更美的花卷必将催人奋进！

——何钧（沙子坡教办主任、竹元村帮扶干部）

　　我一生中感到最骄傲、最光荣的是参加了两次战斗：一次是自卫反击战，一次是脱贫攻坚战！这一战比那一战还要苦，一年干的工作要当过去好几年，更多是"心苦"！就像做手术把肚皮划开了，一直都没缝上，天天都拼命地投入。

——王超（竹元村党支部书记）

　　四改一化村村在，三通水电路变宽。众志成城谋幸福，群众感恩在心间。

——任明超（庹家村支书、攻坚队成员）

生不易、活不易，生活不容易，扶贫甚艰辛。群众脱贫了，生活富裕了，村容村貌变好了，产业发展了，我就欣慰了。

——田静红（庹家村攻坚队长）

脱贫攻坚战，精神和意志的锤炼。

——付昌友（庹家村第一书记）

风雨兼程帮扶路，酸甜苦辣收获多

——刘洲（庹家村结对帮扶干部）

庹家山高雾浓路险沟深，扶贫任重道远情深意长。

——黄小燕（庹家村结对帮扶干部）

走访，谈心，话家常，真情流溢；泥泞，汗滴，斗冰雪，感地动天。扶贫攻坚气昂扬，一路辛苦一路歌。

——冉隆前（庹家村结对帮扶干部）

带着真心走访，载着真情帮扶；用心传递温暖，用爱感化心灵。

——何柳（庹家村结对帮扶干部）

脱去盔甲背行馕，贫民战将斩魔王。攻到沙场拼到底，坚决打赢永名扬。

——庹举万（庹家村会计、攻坚队成员）

献真情扶真贫，苦心志脱真贫！上为国分忧！下为民谋福！

——庹永洋（庹家村村长、攻坚队成员）

抛家弃业去他乡，脱贫攻坚赴战场。按户施策济贫困，因地制宜绘小康。严寒酷热无畏惧，赤胆忠诚有担当。脱贫摘帽功成日，扬眉吐气诉衷肠！

——任亚文（凉水村支书）

凉水村寨是山坡，贫困发生比较多。贫困比率较深度，工作方面有难处。脱贫攻坚是硬仗，贫困不除不能放。一心为了贫困除，四面八方来帮扶。舍了自家为别家，用心用情规划它。妻子儿女都不顾，想尽办法来帮助。帮扶单位找经济，攻坚队员用实际。房屋破损处处补，教育医疗来救助。帮了小家为大家，环境卫生当自家。村庄条件需改变，水电路讯覆盖它。带领群众不忘本，永远感恩好干部。不忘初心要挂心，都是一家亲。

——任永万（凉水村委会主任）

水电路讯忙完善，产业发展更要干，人居环境大改变；

脱贫成效真显著，但是还需百姓做，才能变得更加富。

——梁永（凉水村攻坚队队长、第一书记）

脱贫攻坚大舞台，抱团取暖众拾柴；危改厕改样样改，日夜奔波把汗甩；不图名誉不图利，只为群众搞富裕。省检国检不要紧，唯愿百姓好光景！

——许博文（凉水村驻村干部）

周六、周日，扶贫日，扶贫路上，车队似迎亲。风雨无阻共进村，入村入户慰民心。

——王江艳（凉水村帮扶干部）

风雨无阻，扶贫路上我们同舟共济，致敬最亲爱的你，中国扶贫者！

——王雯晴（凉水村帮扶干部）

指挥长亲临一线，运筹帷幄、指挥有方、以身作则、体恤下情，为帅者之表率！党政带领如一心，周密部署、调配有度、执令如山、严管厚爱，为将者之风范！战士团结若一人，坚守战壕、进退有据、有令必行、真情实感，为士者之魅力！人民纯朴亲一家，听党的话、走党的路、念党的恩、颂党的情，为民者之典范！

——王永飞（凉水村帮扶干部）

第一书记驻村上，挨家挨户去走访。农技人员忙推广，田间地头耐心讲。县委书记和县长，深入一线摸情况。建档立卡设台账，因人而异处方。惠民政策大宣讲，春风化雨润土壤。脱贫之路在何方，一号工程明方向。两不愁唻三保障，四好就像防护网。五个一批心头亮，六个精准不走样。冲锋号角已吹响，干群结对到身旁。众人拾柴火焰旺，驱散雾霾和冰霜。脱贫攻坚如战场，誓言如山震天响。承诺践诺人心向，执政为民无愧党。

——任达继（凉水村帮扶干部）

扶贫干部献真心，凉水老乡感党恩！

——陈全红（凉水村帮扶干部）

慈母依门望眼穿，儿郎驻村似边关。义无反顾赴一线，凯旋归来娘心安。

——吴帮生（凉水村驻村干部）

带病坚守、舍命坚持。我用"搭桥"的心脏，在干群间搭起一座座温暖的桥梁！

——马彬（凉水村帮扶干部）

六井溪河清又清，凉水干群一条心。社会各界来参与，老乡好客工作易。党的政策来帮助，百姓勤劳齐致富。

——田小兵（凉水村帮扶干部）

凉水炉塘地偏远，通衢大道接乡邻。政策惠民手拉手，帮扶济困心连心。天寒地冻为哪般，和谐富民谋发展。神兵若见愿改志，为民方能算好汉。

帮扶一载半，连心辈子亲！

——肖军（凉水村包村局长）

红梅漂亮一枝花，为了帮扶驻包家。七六五四工作法，不忘初心人人夸。

韩凉线上战贫困，晨练徒步进乡村。平凡生活炊烟袅，松柏迎春节节登。

——张金太（凉水结队帮扶干部）

保持与人民群众的血肉联系，这是我们的力量源泉和胜利之本。

——田英（四坳村帮扶干部）

脱贫攻坚战场上，全体干部聚力量。不畏风雪齐奔忙，只为百姓得小康。

——陈浪（四坳村帮扶干部）

精准脱贫任在肩，走村访户问嘘寒。雪中送炭民情系，万众一心共渡关。

——陈敏（四坳村帮扶干部）

为政之道，以厚民为本；治国之道，必先富民！

——龙绪华（四坳村帮扶干部）

结对帮扶一人一策，脱贫致富同心同向。

——安尤万（四坳村帮扶干部）

拍照签名寻佐证，致富脱贫找政策。扶贫路上显真情，干群连心聚力量。

——张韵刚（四坳村帮扶干部）

党的政策惠及千家万户、深得民心、人人感恩党，
干群齐心不畏艰难困苦、战胜贫困、处处暖人心。

——任军民（四坳村第一书记）

政策宣传好，措施落实棒，出门联户路，夜行路灯明，四改齐实施，群众展
笑颜！

——徐会（四坳村帮扶干部）

脱贫路上寻清泉，饮水保障尽开颜！

——邓江（四坳村帮扶干部）

脱贫攻坚战。字面上看是一场战争，实质上是一场磨练；表面上是一种煎熬，
实质上是一种幸福。

——黎红敏（四坳村驻村干部）

　　山峦悬臂开隧洞，泉水潺潺润民心。千秋大业载史册，万分感激党的恩。健康扶贫进万家，监测数据告诉他。千叮万嘱生活试，服药必须指导他。严寒酷暑何畏惧，病人健康回报他。

——冉启厚（马家庄村村主任、攻坚队成员）

　　踏实苦干，攻坚克难，脱贫致富，奔向小康。

——付天江（马家庄村村会计、攻坚队成员）

　　脱贫攻坚政策好，四好一先要宣讲。真帮实扶意义大，人民群众得实惠。

——李春霞（马家庄村结对帮扶干部）

　　你严寒酷暑风霜冰雪拔山涉水从不间断，进村入户谋计送暖，热泪盈眶欣然一笑，定格脱贫攻坚一瞬间！

——冉渊（马家庄村结对帮扶干部）

　　同驻同劳同吃连心饭，一心一意一定脱贫致富。

——吴少波（马家庄村结对帮扶干部）

　　脱贫攻坚世宣言，四场硬仗体民情。小康篇章千人绘，不为金来只为民。

——杨胜周（马家庄村驻村干部）

　　用辛苦战胜贫困，换百姓奔向小康！

——张河涛（马家庄村攻坚队队长）

　　我们集中火力，在印江公路管理段支部的帮扶下，向困扰青球村的排水沟垃圾宣战，现在村庄干净、空气清新，群众点赞！

——赵建江（青球村攻坚队队长）

干部群众、男女老少都参与到这场史无前例的脱贫之战，在青球村留下了不灭的印记，我们胜利的法宝，是始终依靠群众、发动群众，始终坚持群众路线。

——任淯（青球村第一书记）

在实现伟大复兴的征程中，党员、干部紧紧地拉着贫困户的手，带领着他们，走出困境。

——陈伟（沙子坡镇卫生院院长）

天寒地冻雪纷飞，日行十里来扶贫。别无他求只为民，愿民早日把贫脱。

——王帮庆（沙子坡镇卫生院工作人员）

脱贫政策好，村里大变样，道路畅通了，房子翻新了，村子干净了，饮水安全了，网络连上了，城里该有的，村里都有了。

——吴大海（沙子坡镇卫生院工作人员）

走过一个春，经过一个夏，一年多见证了炉塘村像小孩一样成长，公路修进村，旧房变新房，猪圈变卫生间，水管牵到家，扶贫接地气，谈笑有乡亲，时间在变，不变的是我们的情怀。

——黄爱玲（沙子坡镇卫生院工作人员）

一年多跑沙子坡山山岭岭、村村寨寨跑了六万多公里，可绕地球一圈半。一些干部受伤，有的身体透支亮红灯，还有的女干部流产，很多轻伤不下火线……冰天雪地车轮打滑就改为徒步，车运不上去就用马驮人背，争分夺秒、攻坚克难，目睹、参与、见证，很感动，很难忘！

——张海峰（印江县人民政府驾驶员）

附录3: 印江脱贫赋

张 浩

武陵深处，梵净西麓，乌江之东，山环水绕，巍峨雄奇，层峦叠嶂。凌云九霄，感寰宇之浩瀚；极目远眺，叹印江之璀璨。岁月峥嵘，万世其昌，文化名城，古韵新章。此地集民俗之淳朴，荟萃群英而才人出。

印江郡县，环山聚贤，艳阳高照，浩然雄风，山水圣仙境，盛世继勇成。不忘初心，牢记使命；扶贫溯源，策马扬鞭。聆新时代思想指引，秉共产主义为至道。以诸贤际会集大智，施县委政府之良策。

丁卯创制，民族自治，已逾三十载；辛巳末年，国定贫困，立志攻坚战；十七战区，尽锐出战，脱贫何惧难？

钟灵龙津，毓秀齐全，英雄豪杰，人文多元。文昌阁，遗世独立，三坟五典依仁攒；大圣墩，自然天成，睡美人憩千秋伴。翰墨峨岭，古韵悠长，志宏致远，至坚至刚。黔溪蘸笔，寅亮挥毫，皇家骚客数称赞；川岩朝阳，曙光精神，喋血为民成典范。壮美中兴，猛志常在，莉香满园鸡冠山，骏骑一跃印德界，辖地依山傍水，仁贵隐于田间。梦境新寨，琪瑞琼瑶，温泉故里，波光潋滟。潭瀑相连神仙谷，御赐殊荣曹状元。书香板溪，人杰地灵，落纸云烟周以湘，天之骄子吴学超。蕙兰芬芳，幽长胜桂；古往富饶地，得天独厚；军民鱼水情，晶莹剔透。多彩杉树，珙桐初开，薄蔼隐现，江河绰约。神兵天降冉少波，国务委员戴秉国。平野展绮丽，农舍增华采。人间天堂，心驰神往，民情质朴，忠善弘扬。雀鸣金城，百户植海棠；仰观洪溪，九龙佑俊良。魅力刀坝，北部要塞，贤能聚集，物华天宝，正理平治，人地相宜。赏白金晨雾，观玉岩翠林；依全民勤俭，促合作发展。古迹朗溪，建制蛮夷。民国四年，隶属印江，天下奇观，东作屏障。守文持正，不同民族融合；收弓藏羽，化干戈为玉帛。两溪合水，腹地沃土，鱼米之乡，普天同庆，旭日初升，承平盛世。古法造纸，展蔡伦绝技；长号唢呐，歌万民健勇。长寿紫薇，晴云轻漾，慕龙清泉，贡茶飘香。凤鸣朝阳，护国禅寺蕴祥光；山明水秀，情人谷底逞新妆。红色木黄，赤旗高扬，飞渡天堑，军团奋亢。神泉吐潺，文明汇海。纪念碑，缅怀革命先烈；会师柏，焕发长征精神。画廊罗场，清渡河畔，秀溢生机，茉莉沁芳，寓意国鸿，奋进激昂。天生桥，涟漪逐波浪；迷宫洞，青龙护洪荒。养生缠溪，旖旎水乡，鱼翔浅底，红日映江。民富刚健，春茶润翠岭；大道康庄，秋实满稻缸。轻舞杨柳，山川秀丽，学明思齐，乐而忘返。民俗淳厚，抒风土之怡情；施仁布德，表万众之感恩。民丰洋溪，沃野百里，四季稼穑，南方粮仓，黔中养性，胜居仙宫。娃娃鱼，涧谷岩洞藏；双龙汇，晓月迎新阳。人和沙子坡，印北金三角，地处高寒，举步维艰。子静调遣，文武俱全；明志集结，兵民同向；破冰成江，雪峰似樯；毅力攻坚，军勇体壮；雄心烙印，永志不忘；松柏盟誓，决胜归航；田垚河涛，彪炳册章。

甲午于今，鏖战五载，撸袖浊泥，甩开臂膀。誓师志如钢，齐鸣共激荡：贫困不除，愧对历史；群众不富，寝食难安；小康不达，誓不罢休！往昔穷现状，辛酸歌高腔："深居山野，陋室滂沱，蜿蜒足行，泥泞穿梭，七沟八梁九面坡，山高沟深弯又多，土地少来石头多，不到过年敲空锅！"俱往矣，观今朝，党治理，定中枢，好政策，落实处，聚民心，同致富。挂帅出征，精准施策，干群携手，砥砺奋进。扶贫踏征途，舍家行日暮；村落绘蓝图，入户解困苦。

各级政府，积极部署，依七六五五四方法，施一二三保障计划。凿山建路，天堑变通途；危房改造，漏室成雅墅；四改一化，居家心情舒；饮水安全，轻拧直入腹；路灯夜缀，伴行如明珠；人居环境，新颜刷旧苦；文化遗产，广场现大幕；产业兴旺，就业有归宿；教育医疗，倾情送服务；

易地搬迁，脱贫更显著；帮扶干部，万千把民助；驻村队伍，汗血洒热土。多措并举，万物复苏。春风行动，慰民似雨露；夏秋攻势，战士皆翘楚；百日攻坚，纪实群英谱；暖冬行动，真情咸流露。

四级指挥，敢于担当；三农建设，忧心难忘；秉烛达旦，乘风破浪。市县督导，勇杰尧刚；心想事成，解刨症状；精准研判，公正法章。驻村之行，帮扶之路，晓之以理，动之以情，示之以范，教之以方。民之所向，克孚众望；精诚团结，和睦互帮；主动攻坚，脱贫标榜。两江汇合，四方支援，贵州师院，中煤集团，大连民大，贵阳云岩，国安倾力，交通遣将，支部结对，加添力量。东西部协作，健民催发兴旺；南北有春晖，贤士反哺故乡。真帮实扶难相忘，温暖民众树榜样。

回首五载，铭心镂骨，以脱贫攻坚统揽，促经济社会全局。改革弊病，力破篱藩，整合资源，统筹发展，深入推进，巧干大干，惠政民生，巩固完善，创业热潮，黎庶尽欢。各界援助扶自强，朗宇林立破天荒，攻坚岁月千万险，凯旋回首挺胸膛。日新月异，共话桑麻，鼎烹牛羊，酒祝千秋。端午节，浓浓粽香情；连心饭，干群一家亲。党之基层治理，民之福泽根本。历届班子，励精图治，举全县之力；反腐倡廉，扫黑除恶，获得感增强。俱人地优势，战攻坚硬仗；以国检实查，书出列华章。功在当代，利在千秋。忆国史，颂党恩；忆家史，感亲恩。土家儿女，铿锵吟唱："脱贫攻坚，实干为先；全民参与，合力攻坚；众志成城，坚决打赢"！

"我将无我，不负人民"！德布天下，习习春风；上下齐心，其利断金；披星戴月，纷纷效行。

噫我梵净，空前盛况！户均保障，组通八方；村业兴替，镇乡安良；县创辉煌，黔省寻芳；凤栖兮梧桐，人居兮邛江；海纳天下客，曲水共流觞；书法韵律，长寿茗汤；敬和俭静，惠泽城乡。美哉！万年峻岭，梵山呈霞光；壮哉！华夏属郡，净水润印江！

（作者系沙子坡镇扶贫站干部，文中将县脱贫攻坚总指挥部、

17个乡镇作战部指挥长、副指挥长名讳悉数点到，以尊纪念）

附录4：名词解释

一达标两不愁三保障："一达标"指收入达到扶贫标准；"两不愁"是指扶贫对象不愁吃、不愁穿；"三保障"是指义务教育、基本医疗、住房安全有保障。

精准扶贫"六个精准"：扶贫对象精准、项目安排精准、资金使用精准、措施到户精准、因村派人精准、脱贫成效精准。

脱贫攻坚"五个一批"工程：发展生产脱贫一批、易地扶贫搬迁脱贫一批、生态补偿脱贫一批、发展教育脱贫一批、社会兜底保障一批。

脱贫攻坚"四个不摘"：摘帽不摘责任、摘帽不摘政策、摘帽不摘帮扶、摘帽不摘监管。

五步工作法：政策设计、工作部署、干部培训、监督检查、追责问责。

七个极：极高的政治站位、极深的民生情怀、极强的全局统筹、极佳的脱贫成效、极准的路径举措、极硬的工作作风、极优的组织保障。

三真三因三定：真情实意、真金白银、真抓实干；因地制宜、因势利导、因户施策；定点包干、定责问效、定期脱贫。

76554：七个补：亡羊补牢、取长补短、查漏补缺、勤能补拙、合力补位、将功补过、激励补赏；**六个不**：自强不自卑、期待不等待、依靠不依赖、包干不包办、苦干不苦熬、借力不省力；**五个看**：贫困户身上穿的、锅里煮的、柜里放的、床上铺的、家里摆的；**五个一致**：客观有的、系统录的、袋里装的、墙上挂的、嘴上说的；**四个好**：党的政策好、人居环境好、社会风气好、干群关系好。

四场硬仗：基础设施建设、易地扶贫搬迁、产业扶贫、教育医疗住房"三保障"。

一申请一比对两评议两公示一公告：农户申请，村级初审并入户调查比对，村民评议、村民代表大会评议并公示，乡镇核查并公示，县级审核并公告。

四看法：一看房、二看粮、三看劳动力强不强、四看家中有没有读书郎。

"四卡合一"公示牌：家庭基本信息卡、走访工作记录卡、收入统计卡、政策落实卡"四卡合一"。

四改一化一维：改厨、改厕、改圈、改水及室内和房前屋后硬化、房屋维修。

农村产业革命"八要素"：产业选择、培训农民、技术服务、资金筹措、组织形式、产销对接、利益联结、基层党建。

"2＋N"产业：以生态茶、食用菌为主导产业，同步发展精品果蔬、生态畜牧业、中药材等特色产业。

6211：利润的60%用于为贫困户分红、20%用于村集体经济滚动发展、10%用于管理人员奖励、10%用于全体村民分红。

721：利润的70%用于贫困户分红、20%用于村集体经济滚动发展、10%用于管理人员奖励。

易地扶贫搬迁"六个坚持"：坚持省级统贷统还、坚持以自然村寨整体搬迁为主、坚持城镇化集中安置、坚持以县为单位集中建设、坚持让贫困户不因搬迁而负债、坚持以产定搬以岗定搬。

易地扶贫搬迁"五个三"：盘活承包地、山林地、宅基地"三块土地"；统筹就业、就学、就医"三大问题"；衔接低保、医保、养老保险"三类保障"；建设经营性公司、小型农场、公共服务站"三个场所"；探索集体经营、社区服务管理、群众动员组织"三个机制"。

易地扶贫搬迁"五个体系"：基本公共服务、培训和就业服务、文化服务、社区治理、基层党建体系。

四级作战指挥体系：县设脱贫攻坚总指挥部，乡镇（街道）设作战部、村设攻坚队、组建"尖刀班"。

四包工作机制：指挥长包片、攻坚队长（局长）包村、尖刀班长包组、帮扶干部包户。

三按月三按季：按月下达任务清单、按月督查工作落实、按月调度；按季考核、按季排名、按季奖惩。

四不准一公开：不准挪用、不准挤占、不准截留、不准优亲厚友，坚持上榜公开。

64321：县级领导干部包6户贫困户，正科级干部包4户贫困户，副科级干部包3户贫困户，股级干部包2户贫困户，一般干部包1户贫困户。

"五小"工程：小食堂、小澡堂、小厕所、小图书室、小文体室。

四好一先：党的政策好、人居环境好、社会风气好、干群关系好、先进典型。

五大主题教育：感恩教育、法纪教育、习惯教育、风气教育、自强教育。

三计划九行动：系沙子坡镇脱贫攻坚作战部系统谋划推进的基于基层党组织引领下的基层治理体系构建助推脱贫攻坚出实效的载体和抓手，即乡村振兴计划（基础设施攻坚行动、产业就业致富行动、基层组织提升行动）、乡风文明计划（法治扶贫整治行动、环境卫生保洁行动、邻里互助暖心行动）、乡亲满意计划（干群连心帮扶行动、社会民生保障行动、基层治理拓展行动）。

好政策一点通：为提升脱贫攻坚档案资料精准度，减少查阅搜索惠民政策时间和人力，沙子坡镇创新建立了"好政策一点通"惠民政策平台，以居民姓名或身份证为索引依据，以2014年以来各级各部门落实的各项惠民政策为基础数据库，涉及部门11个，表册14余种，建立了"好政策一点通"。该数据平台"小而优"，高效惠民便民，更能直观全面反映"收入"等脱贫数据，为脱贫攻坚基础资料的到户项目统计节约了人力、物力、财力支出，极大地提高了工作效率，提升了档案资料的质量，为精准帮扶、精准退出提供了参考依据。

附录5：作战部和攻坚队名录

序号	姓名	职 务	备 注
1	萧子静	指挥长（县委常委、副县长）	
2	王 斌	副指挥长（县经开区管委会副主任）	
3	陈 明	副指挥长（镇党委书记）	天星村攻坚队长
4	任 兵	作战部成员（党委副书记、镇长）	红星村攻坚队长
5	任永江	作战部成员（党委委员、人大主席）	四坳村攻坚队长
6	杨雪锋	作战部成员（党委副书记、政法委书记）	池坝村攻坚队长
7	梁 永	作战部成员（挂职党委副书记）	凉水村攻坚队长、第一书记
8	陈江雄	作战部成员（党委委员、纪委书记）	
9	陆 勇	作战部成员（党委委员、武装部长、副镇长）	塘口村攻坚队长
10	杨 印	作战部成员（党委委员、组织宣传统战委员）	韩家村攻坚队长
11	张 毅	作战部成员（党委委员、副镇长）	邱家村攻坚队长
12	冉 松	作战部成员（党委委员、副镇长）	2019年6月份调入后任天星村攻坚队长
13	冉 航	副科级干部	十字村攻坚队长
14	姜仕军	政协工作联络组副主任、计生协会专职副会长	石槽村攻坚队长
15	李海峰	综治办专职副主任	天星村攻坚队副队长（2019年6月份调出）

队名	姓名	职 务
庹家村攻坚队	梁 程	包村局长（县交通运输局党组书记）
	田静红	攻坚队长
	付昌友	第一书记
	陈 涛	县派驻村干部、攻坚队成员
	张丙林	县派驻村干部、攻坚队成员
	杨 旭	镇派驻村干部、攻坚队成员
	任明超	村党支部书记、攻坚队成员
	庹永洋	村主任、攻坚队成员
	庹举万	村会计、攻坚队成员
韩家村攻坚队	杨 印	攻坚队长
	杨 喆	驻村工作队长
	周 灏	县派驻村干部、攻坚队成员
	吴根平	镇派驻村干部、攻坚队成员
	李海松	村党支部书记、攻坚队成员
	李万军	村主任、攻坚队成员
	李 江	村会计、攻坚队成员
	李世强	村会计、攻坚队成员
冷草村攻坚队	李黔东	包村局长（县农业银行行长）
	孟 海	攻坚队长
	田 彪	第一书记
	王旭东	县派驻村干部、攻坚队成员
	吴宏文	村党支部书记、攻坚队成员
	王贵海	村主任、攻坚队成员
	胡友波	村会计、攻坚队成员
四坳村攻坚队	任永江	攻坚队长
	任军民	第一书记
	左 芳	县派驻村干部、攻坚队成员
	黎红敏	县派驻村干部、攻坚队成员
	杨 峰	镇派驻村干部、攻坚队成员
	吴 松	村党支部书记、攻坚队成员
	杨秀华	村主任、攻坚队成员
	何廷印	村会计、攻坚队成员
石坪村攻坚队	田志明	攻坚队长
	彭 斌	攻坚队副队长
	田 野	第一书记
	陆向伟	县派驻村干部、攻坚队成员
	张浩波	镇派驻村干部、攻坚队成员
	王昭茂	村党支部书记、攻坚队成员
	王昭宽	村主任、攻坚队成员
	吴 荣	村会计、攻坚队成员
邱家村攻坚队	张 毅	攻坚队长
	张启阳	第一书记
	周 力	县派驻村干部、攻坚队成员
	王 艳	县派驻村干部、攻坚队成员
	张永红	县派驻村干部、攻坚队成员
	黄 浪	镇派驻村干部、攻坚队成员
	袁海林	村党支部书记、攻坚队成员
	袁刚强	村主任、攻坚队成员
	王莲琴	村会计、攻坚队成员
炉塘村攻坚队	秦再林	攻坚队长
	喻 波	第一书记
	杨 欢	县派驻村干部、攻坚队成员
	饶建刚	县派驻村干部、攻坚队成员
	冉君林	镇派驻村干部、攻坚队成员
	陈 周	村党支部书记、攻坚队成员
	田儒学	村委负责人、攻坚队成员
	晏 彩	村会计、攻坚队成员
凉水村攻坚队	肖 军	包村局长（县科技服务中心主任）
	梁 永	攻坚队长、第一书记
	敖红梅	县派驻村干部、攻坚队成员
	吴帮生	县派驻村干部、攻坚队成员
	许博文	镇派驻村干部、攻坚队成员
	任亚文	村党支部书记、攻坚队成员
	任永万	村主任、攻坚队成员
	包 红	村会计、攻坚队成员

	冉 航	攻坚队长
十字村攻坚队	田 波	驻村工作队队长
	杨光海	县派驻村干部、攻坚队成员
	吴 鹏	县派驻村干部、攻坚队成员
	任问明	镇派驻村干部、攻坚队成员
	涂武盛	镇派驻村干部、攻坚队成员
	黄 明	村党支部书记、攻坚队成员
	黄廷武	村主任、攻坚队成员
	黄 华	村会计、攻坚队成员
青球村攻坚队	赵建江	攻坚队长
	任 清	第一书记
	唐 勇	县派驻村干部、攻坚队成员
	高军勇	镇派驻村干部、攻坚队成员
	王信超	镇派驻村干部、攻坚队成员
	任明举	村党支部书记、攻坚队成员
	任达义	村主任、攻坚队成员
	任廷富	村会计、攻坚队成员
塘口村攻坚队	陆 勇	攻坚队长
	尹业江	第一书记
	孟跃江	县派驻村干部、攻坚队成员
	王文化	县派驻村干部、攻坚队成员
	任 聪	县派驻村干部、攻坚队成员
	张光松	镇派驻村干部、攻坚队成员
	何真明	村党支部书记、攻坚队成员
	孙正妃	村主任、攻坚队成员
	刘万富	村会计、攻坚队成员
六洞村攻坚队	刘 垚	攻坚队长、第一书记
	陈小玲	县派驻村干部、攻坚队成员
	付 健	镇派驻村干部、攻坚队成员
	杨 文	村党支部书记、攻坚队成员
	任贞雄	村主任、攻坚队成员
	杨再兴	村会计、攻坚队成员

	杨雪锋	攻坚队长
池坝村攻坚队	黄尚伦	驻村工作队队长
	卢道德	县派驻村干部、攻坚队成员
	姜 涛	县派驻村干部、攻坚队成员
	刘 飞	县派驻村干部、攻坚队成员
	田进波	镇派驻村干部、攻坚队成员
	张云祥	村党支部书记、攻坚队成员
	杨秀乾	村主任、攻坚队成员
	孟 春	村会计、攻坚队成员
竹元村攻坚队	涂显强	攻坚队长、第一书记
	田宏荟	攻坚队副队长
	叶 敏	镇派驻村干部、攻坚队成员
	王芳映	镇派驻村干部、攻坚队成员
	王 超	村党支部书记、攻坚队成员
	李通志	村主任、攻坚队成员
	王江霞	村会计、攻坚队成员
桂花村攻坚队	张江南	攻坚队长
	田 政	第一书记
	付天婵	镇派驻村干部、攻坚队成员
	罗长春	镇派驻村干部、攻坚队成员
	张羽春	村党支部书记、攻坚队成员
	吴 军	村主任、攻坚队成员
	杨 猛	村会计、攻坚队成员
红木村攻坚队	吴海峰	攻坚队长、第一书记
	冉 瀛	县派驻村干部、攻坚队成员
	田 军	县派驻村干部、攻坚队成员
	刘再权	县派驻村干部、攻坚队成员
	胡德高	镇派驻村干部、攻坚队成员
	陈嘉杰	镇派驻村干部、攻坚队成员
	何瑞富	村党支部书记、攻坚队成员
	吴光友	村主任、攻坚队成员
	铁明宝	村会计、攻坚队成员

	任 兵	攻坚队长
红星村攻坚队	周秋实	第一书记
	阚斯铭	县派驻村干部、攻坚队成员
	陈浪淘	县派驻村干部、攻坚队成员
	杨 杰	县派驻村干部、攻坚队成员
	周 彬	镇派驻村干部、攻坚队成员
	晏光俊	村党支部书记、攻坚队成员
	晏祖斌	村主任、攻坚队成员
	王 敏	村会计、攻坚队成员
天星村攻坚队	陈 明	攻坚队长
	李海峰	攻坚队副队长
	文钦明	驻村工作队队长
	冉华蓉	县派驻村干部、攻坚队成员
	魏宏伟	县派驻村干部、攻坚队成员
	严治文	镇派驻村干部、攻坚队成员
	徐 琴	镇派驻村干部、攻坚队成员
	陈洪森	镇派驻村干部、攻坚队成员
	任光霞	村党支部书记、攻坚队成员
	郭海军	村主任、攻坚队成员
	田儒洪	村会计、攻坚队成员
石槽村攻坚队	姜仕军	攻坚队长
	任仕权	驻村工作队队长
	李承强	县派驻村干部、攻坚队成员
	张 正	镇派驻村干部、攻坚队成员
	任达顺	村党支部书记、攻坚队成员
	任永松	村主任、攻坚队成员
	任达江	村会计、攻坚队成员
马家庄村攻坚队	谯 刚	包村局长（县人行行长）
	张河涛	攻坚队长
	何飞轮	驻村工作队队长
	彭翮翮	县派驻村干部、攻坚队成员
	麻润菊	县派驻村干部、攻坚队成员
	杨胜周	镇派驻村干部、攻坚队成员
	任明高	村党支部书记、攻坚队成员
	冉启厚	村主任、攻坚队成员
	付天江	村会计、攻坚队成员

附录6：沙子坡行政区划图

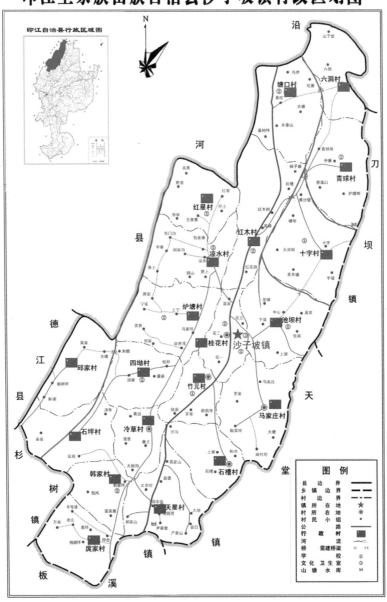

印江土家族苗族自治县沙子坡镇行政区划图

2017年省直机关选派到贫困县挂职干部合影

2017.9.14

贵州省委书记孙志刚（前排中）在出征前与65名挂职脱贫攻坚干部合影留念。

出征脱贫攻坚战——中秋时节春意显，桐木岭上志气坚。众志成城未请战，百姓不富慢难安。沙场纵未见烽火，贫困不除誓不还。洒向黔山都是爱，不负青春暖人间！

本歌曲在2018年央视春晚演出；纳入文化和旅游部庆祝改革开放40周年交响音乐会"奋斗的时代在一起"全国优秀现实题材舞台艺术作品展演

脱贫攻坚原创
歌曲视听扫码

天 渠

（男生独唱）

萧子静 词

穆维平 曲

1=♭A 4/4

深情、豪迈地

1 2 | 3 - 3 2 3 5 | 7̇ - - 5̇ 6̇ | 7̇ - 7̇6̇ 7̇2 | 6̣ - - 1̣ 1 2 |
天 上 有一条 河， 地 上 有一道 渠 天上的

3 3 3 3 2 3 5 | 5 - - 6̣ 7̣ 1 | 3̇ 7̣ 7̇ 5̇ 6̇ | 6̣ - - - | （间奏）
银河 在星空 地上的天渠 在心中

1 2 | 3 - 3 2 3 5 | 7̇ - - 5̇ 6̇ | 7̇ - 7̇6̇ 7̇2 | 6̣ - - 1̣ 2 |
三十六 年的风雨 多少辛 酸的泪滴 只为

3 3 3 3 2 3 5 | 2 - - 1̣ 1 6̣ | 3 2 2 - 5 5 6 | 7 - - - | 7 - 5 6 7 |
包谷 变大米 拼尽了一生 的毅 力 一双
一辈

6 - 6 3 5 6 7 | 6 - - 5 6 7 | 6 - 3 - 2 3 5 | 3 - - 5 6 7 |
手 一群 人 悬崖凿开 生命 渠 水来
子， 一道 渠 愚公移山 的豪 气 山青

6 - 6 3 5 6 1 | 2 - - 2 3 5 | 3̇ 7̇ - 5̇6̇ 7̇ | 6̇ - - - |
了 你笑 了 幸福的 日子 万年 长。
了 田绿 了 幸福的 日子 万年 长。

3̇ 7̇ - 5̇ 6̇ 7̇ | 6̇ - - 5̇ 6̇ 7̇ | 2̇ 6̇ 4̇3̇2̇ | 2 - 3̇7̇ 5̇1̇ | 6̇ - - | 6̇ - - 0 ‖
日子 万年 长。 一双 DS 水与 情长流， 情与水相 依。

后 记

　　时值印江土家族苗族自治县巩固脱贫攻坚"整县摘帽"成果、扎实深入开展"不忘初心、牢记使命"主题教育之际，贵州省写作学会组织数十名作家深入沙子坡镇各村各寨采写《决战沙子坡——一个乡镇的脱贫攻坚纪实》，贵州省社科联、省交通运输厅派出专人深入沙子坡给予关心指导，印江自治县作协、县诗词楹联学会积极支持，选派既是各乡镇扶贫干部又是写作爱好者的"脱贫攻坚战士们"参与采写，大家共同发力，完成了脱贫故事采写的"急行军"和攻坚战。大家都用心用情、用笔头呵护每一个有关脱贫攻坚的真实细节。其情其景，感人至深。

　　在本书的策划、编选和出版中，得到了省交通运输厅直属党支部及市、县交通运输系统各帮扶支部、建设队伍的大力支持，得到了铜仁市、印江自治县宣传部、扶贫办及有关部门的鼎力相助，得到了派员开展帮扶的中煤集团、东西部扶贫协作的苏州市吴江区、印江党建扶贫对口单位贵州省国家安全厅、贵州师范学院及农业专家服务团有关同志的关心指点，得到了各帮扶责任单位、镇作战部、村攻坚队、组尖刀班干部和乡亲群众的积极响应。有关作家、专家和领导同志给予了具体指导。在沙子坡脱贫攻坚及本书采编期间，顾久、邓楚润、陈昌旭、高卫东、包御琨、王景福、陈少荣、李程、蒋兴勇、费光明、孟麟、田艳、朱永献、张浩然、袁昌文、游来林、申元初、喻莉娟、但文红、黄俊杰、李飞、张仁红、曾杰、郭乾、甘怀亮、杨秀强等领导和专家学者给予了悉心指导。摄影家何雄周、张正能友情提供图片。在此，谨向对编辑出版提供帮助支持的部门和同志一并表示衷心的感谢。

由于时间和篇幅有限，故事挖掘还有不到位之处，许许多多生动的细节也许就要散落民间，但它们都像感人的泪珠，滴在了老百姓的心田，沙子坡的山山水水已经铭刻！由于水平有限，书中难免有疏漏和不足之处，比如"大事记"的整理缺乏权威论证定有疏漏，许多脱贫攻坚政策在基层的落地落实未能在书中得到一一印证，本书讲述的"决战沙子坡"故事仅仅是印江自治县脱贫攻坚战中的一个缩影，也未能代表印江脱贫攻坚之精华。以上种种，敬请读者包容和提出宝贵意见。

谨以此书献给中华人民共和国成立70周年！谨以此书献给奋勇拼搏在脱贫攻坚一线的各级干部、春晖人士、帮扶团队和十里八乡的乡亲们！

编者

2019年10月